U0925658

HERMES

在古希腊神话中，赫耳墨斯是宙斯和迈亚的儿子，奥林波斯神们的信使，道路与边界之神，睡眠与梦想之神，亡灵的引导者，演说者、商人、小偷、旅者和牧人的保护神……

西方传统 经典与解释 Classici et Commentarii HERMES
古典学丛编
Library of Classical Studies
刘小枫◉主编

赫西俄德：神话之艺

Le métier du mythe. Lectures d'Hésiode

[法]居代·德拉孔波 Pierre Judet de La Comb | 编
吴雅凌 | 译

華夏出版社

古典教育基金·“传德”资助项目

“古典学丛编”出版说明

近百年来，我国学界先后引进了西方现代文教的几乎所有各类学科——之所以说“几乎”，因为我们迄今尚未引进西方现代文教中的古典学。原因似乎不难理解：我们需要引进的是自己没有的东西——我国文教传统源远流长、一以贯之，并无“古典学问”与“现代学问”之分，其历史延续性和完整性，西方文教传统实难比拟。然而，清末废除科举制施行新学之后，我国文教传统被迫面临“古典学问”与“现代学问”的切割，从而有了现代意义上的“古今之争”。既然西方的现代性已然成了我们自己的现代性，如何对待已然变成“古典”的传统文教经典同样成了我们的问题。在这一历史背景下，我们实有必要深入认识在西方现代文教制度中已有近三百年历史的古典学这一与哲学、文学、史学并立的一级学科。

认识西方的古典学为的是应对我们自己所面临的现代文教问题：即能否化解、如何化解西方现代文明的挑战。西方的古典学乃现代文教制度的产物，带有难以抹去的现代学问品质。如果我们要建设自己的古典学，就不可唯西方的古典学传统是从，而是应该建设有中国特色的古典学：恢复古传文教经典在百年前尚且一以贯之地具有的现实教化作用。深入了解西方古典学的来龙去脉及其内在问题，有助于懂得前车之鉴：古典学为何自娱于“钻故纸堆”，与现代问题了不相干。认识西方古典学的成败得失，有助于我们体会到，成为一个真正的学人的必经之途，仍然是研习古传经典，中国的古典学理应是我们已然后现代化了的文教制度的基础——学习古传经典将带给我们的是通透的生活感觉、审慎的政治观念、高贵的伦理态度，永远有当下意义。

本丛编旨在引介西方古典学的基本文献：凡学科建设、古典学史发微乃至具体的古典研究成果，一概统而编之。

古典文明研究工作坊

西方典籍编译部乙组

2011 年元月

目　录

中译本前言

古希腊文学起源于神话诗——首先是荷马的神话式史诗，接下来还有赫西俄德和俄耳甫斯的神话诗，对于理解以后的古希腊诗人、史书作家、哲人乃至拉丁语诗人和作家，荷马、赫西俄德、俄耳甫斯同样重要，尽管俄耳甫斯的神话诗（及其日神、酒神观和灵魂死后受苦以及乐土观等等）与赫西俄德的神话诗系统不同，却互相关联，对整个希腊文明传统的影响都是决定性的（参见默雷，《古希腊文学史》，孙席珍等译，上海译文出版社，1988，页45－93）。如果对古希腊文明的这三大源头没有深入的理解，那就说明我们的西学研究还缺乏根底。

荷马的两大史诗已经有了两个成功的汉译本，晚近的一个译本还有较为详细的注释，有助于我们深入解读。遗憾的是，国人的研究还乏善可陈，连翻译的研究文献也少得可怜。赫西俄德的两部作品篇幅很小，影响却极大——感谢前辈的努力，上世纪90年代初我们有了汉译本（《工作与时日、神谱》，张竹明、蒋平译，商务印书馆，1991，从英文迻译），可惜迄今未见值得一提的研究文献，晚近出版的代表我国学界最高水平的《欧洲文学史》仅给了赫西俄德一页多一点点的篇幅（李赋宁主编，《欧洲文学史》，卷一，商务印书馆，2002）。至于俄耳甫斯的神话诗传统，我们脑子里几乎还一片空白。

中国学人致力于认识西方传统虽然已有百年历史，但就对古希腊文学的三大源头（荷马、赫西俄德、俄耳甫斯）的了解来看，从总体上讲还是尚未开垦的荒地——由此可以断言，我们对西方传统的认识尚缺乏起码的基础。如果说对西方传统的认识得整个儿重新来过，就得从古希腊文学的源头做起。

研究中国的古典传统，不仅有汉语学界的学者在辛勤耕耘，日本、韩国的中国古典传统研究绝对值得称道——同样，研究西方古典传统，不仅有英语学界的学者在辛勤耕耘，法国、德国、意大利的古典传统研究亦值得称道。依笔者陋见，法国的西方古典传统研究从总体来看胜于英、德、意国学界——从法国的大学多次举办国际性的古希腊文学研讨会就可以看出该国学界古典研究的热诚。

二十年前，法国里尔大学的古典语文研究中心提出了一种研读古典文学经典的治学方针，叫作“多人阅读”（Lecture à plusieurs），1986 年以阅读《神谱》和《劳作与时日》为主要内容重新创办了博士生班，由 Jean Bollock 和 Heinz Wismann 两位教授主持，贯彻这种“多人阅读”的治学构想——通过内在的阅读搞清赫西俄德神话诗的独特构筑方式及其对古希腊诗歌—哲学—政治传统的内在影响。1989 年 10 月，这个古典语文研究中心便举办了题为“赫西俄德：语文学、人类学、哲学”（Hésiode. Philologie. Anthropologie. Philosophie）的国际性研讨会，以后又联合美国康奈尔大学、哈佛大学、普林斯顿大学、瑞士洛桑大学、意大利比萨古典语文研究中心，在各校举办巡回研讨班和研讨会研读赫西俄德。

本书即 1989 年里尔大学古典语文研究中心举办的“赫西俄德：语文学、人类学、哲学”国际研讨会的论文结集，论题多集中于解读赫西俄德神话诗的写作方式以及其中的一些对西方传统影响深远的重要章节（比如诗章开篇的自我介绍，两部诗篇中都出现的普罗米修斯神话、潘多拉神话、人类种族神话、奥林波斯神与提坦神之战、宙斯与提丰之战以及由此产生的荷马与赫西俄德的关系等等)。

选译论文集有一个好处：我们可以较快了解和吸收英、法、德、意诸国的古典研究成果（如今所谓“与国际接轨”)。比如，通过这部文集我们得以了解到，西方的古典研究主要分布在法、英、美、德、意诸国学界（从而得知，国人倘若要研究古典西学，即便通晓了古希腊、拉丁语文，仅掌握一门现代西方语文远远不够)，而且解释路向大致有三种：1. 传统的古典语文学路向；2. 结构主义和后结构主义路向；3. 作为政治哲学的古典解释学路向（这一路向虽尚未成为“显学”，但发展势头明显且强劲)。因此，面对赫西俄德的文本，西方古典研究学者的解读存在极大差异，甚至针锋相对。

了解这些差异和不同的解释方式，不仅对于我国学界的西方传统研究有帮助，也有助于我国的古典研究开阔视野。比如，为什么风靡一时的结构主义解释路向必然走向“解构”主义？结构主义的实际含义其实在一开始就已经蕴含“拆构”主义：凭靠所谓“结构语言学法则”或“文化人类学法则”，如此解读在分析重构古典文本的结构时无异于拆毁了古典文本的自在结构本身。何况，这类解读往往从现代或现代之后的种种观念或问题意识（比如性别主义、平等主义、文化多元主义）出发来读古典作品，而非先搁置现代视域潜心进入传统文本，无可避免与传统文本中的意义世界失之交臂。

译者留学巴黎多年，对古希腊文学情有独钟（这个文集即由译者推荐)，译笔精审典雅，实在难得——谨此感谢译者的辛劳，让我们得以领略当今法语古典学界的学术成果。

刘小枫

2004 年 5 月 6 日于中山大学哲学系

赫西俄德与传统政治

赫西俄德与诗神们：真实的赐赠和言辞的征服[*]

［意大利］阿瑞格提（Graziano Arrighetti）撰

在传统英雄诗系的传承问题上，赫西俄德的思考涉及文字表述的宝贵遗产、价值与理想的错综关系，和史诗特有的诗艺原则等等，其深刻性和严肃性在今天已是经得论证的事实。[①] 在这个前提下，《神谱》行 27 近乎一字不漏地沿用《奥德赛》卷 19 行 203：

他说了许多谎言，说得如真事一般。
（*ἴσκε ψεύδεα πολλὰ λέγων ἐτύμοισιν ὁμοῖα*，《奥德赛》）
我们能把种种谎言说得如真的一般。
（*ἴδμεν ψεύδεα πολλὰ λέγειν ἐτύμοισιν ὁμοῖα*，《神谱》）[②]

---

* 笔者在 *Poeti*，*eruditi e biografi*，*Momenti della rifflessione dei Greci sulla letterature*（Pise，1987，下文简称 *Poeti*）一书前六十页对《神谱》的诸多问题已发表看法。本文不再赘述。参看 Marie – Christine Leclerc，*La parole chez Hésiode*，Paris，Les belles Lettres，1993。此书涉及本文探讨的许多问题。

［译按］原文标题：Hésiode et les muses. Le don de la vérité et la conquête de la parole。由德拉孔波从意大利语翻译成法语。

① 参看 *Poeti*，第一部分，第一章。

② ［译按］本译稿中的赫西俄德译文引自《神谱笺释》（华夏出版社，2010），《劳作与时日笺释》（华夏出版社，2014）。荷马译文引自罗念生先生和王焕生先生的译本（《伊利亚特》，人民文学出版社，1994；《奥德赛》，人民文学出版社，1997）。

我们对此可以找到令人信服的解释。① 不妨再次提问，赫西俄德参照荷马诗文的明确意图是什么？《奥德赛》卷 19 行 203 的上下文是论战语境，对此行诗的参照本身很可能也是一种论战。如此一来，这种参照是否仅仅具有某种象征性意味，也就是说，是否仅仅用来指代荷马诗或至少是英雄诗系传统？还是说我们可以从中觉察到更明确更具体的意图？这样的意图又是什么？

能否掌握赫西俄德的意图正是问题核心所在。放弃定义行 27 所包含的论战对象（整部《奥德赛》或其中一部分内容），就是承认，赫西俄德没有提出任何定义同类诗歌创作所具有的真实部分与虚构部分的准则。换言之，如果不对《神谱》行 27 建立赫西俄德作品以外的文本参照，赫西俄德文本解释的基础或必要预设便是，诗人无法从介于真实与谎言的不确定中脱身，因为缪斯启发的灵感同时包括这两个方面。如果赫西俄德的全部作品，即从《神谱》第一行到《劳作与时日》最后一行，丝毫不显示诗人具有认知真实并将真实教诲他人的清楚明确的意识，那么这一观点无疑完全合理。② 但是否定这一点，将使我们无从理解赫西俄

---

① 两处诗文的关系，参 H. Neitzel，*Homer-Rezeption bei Hesiod*（*Abhandl. Kunst-*，*Musik-*，*Literaturwissenschaft*，189），Bonn，1975，8－10。毫无疑问，赫西俄德用行 27 形容他人的诗歌，而用行 28 表明自己诗歌的真实。这是行 27－28 最明白的意思，赫西俄德的全部诗歌也证明了这一点。赫西俄德显然要求他的听众对荷马诗有足够详细的认识，参见 Schmidt，*Würzburger Jahrbücher*，n. s. 14，1988，41。Schmidt 同时指出，缪斯在行 27 的说法是为了确保在她们名下作出的诗歌的总体特征（页 44）。

② K. Latte（*Kleine Schriften*，Munich，1968，71－73）试图明确赫西俄德的真实与英雄诗系之间的矛盾表现在哪里。这一研究意向值得注意，但并不足够。真实指传授自己的诗歌的使命感，它在赫西俄德作品里始终存在，并且表现在诗人对人类生活的具体真实的关注：“缪斯所知道传递的真实是与存在自身的关系。”观点正确，但只对《劳作与时日》有效。

德诗歌的特点和他的教诲意图。①

为了使问题更加明确，我将在一开始说明现代解释立场与文本本身的基本信息。《神谱》行27所含的论战性具有普遍针对性，赞同这一观点的人非常多，其中包括韦尔得纽斯（Verdenius）② 和内泽尔（Neitzel）③。但是卫斯特（West）颇有道理地观察到，④ 荷

---

① G. M. Kirkwood（*American Journal of Philology* 109，1988，602－605）在分析 *Poeti* 一书时，指出笔者没有注意到普西（Pucci）的著作 *Hesiod and the language of poetry*（1977）。这是不正确的。我在页23注释3结尾处简单提到，普西没有考虑我所分析的问题。换言之，由于引导我们各自研究的方向和兴趣迥然不同，比较我和普西的研究将导致一场不合时宜的争论。另外，我在书中第一部分第二章所讨论的问题与普西在 *Studi Classici ed Orientali*（25，1976）发表的文章论题接近，这个章节单独发表在 *Année Philollogique*（卷47，4693）。普西没有注意到这篇文章的存在。这使我相信，他和我一样。我们各自的研究出发点相差甚远，以至于只有一次冗长细化的讨论，涉及研究方法和多种文本解释，才有可能促成我们之间的对话。这使我坚定了原先的看法和做法。

然而，Kirkwood 的善意批评使我考虑，一次面对面交流的时刻也许已经到来——即使是间接而非论战性的——题目将是普西在其著作中讨论的赫西俄德的表述方式。我将尝试着参与这次讨论，进一步明确我的观点。由于资料有限，在此仅说明一点，普西的研究和 Kirkwood 对我的分析，两者的区别在于《神谱》行26－28缪斯用语造成了“认识真实”和“表达真实”两种可能性的某种模糊状况，这种模糊状态预先影响了赫西俄德的大部分作品及其根本特点。普西并非发表此观点的第一人，基本上他与法国学者们持相同见解。另参 W. G. Thalmann，*Conventions of Form and Thought in Early Greek Epic Poetry*，1984，143－149。

② Verdenius，*Notes on the Proem of Hesiod's Theogony*，in *Mnemosyne*，1972，225－260（详见234）；R. Kannicht，*Des altsprachliche Unterricht* 23（6）1980，16－21（第一部分明确提出了赫西俄德诗歌的问题，非常有用）；W. G. Thalmann，前揭，146。由于在确定赫西俄德所批评的具体对象时遇到了困难，学者们往往忽略传统诗系的论战性质。换言之，我们处于这样一种状况：因不可能解决问题而否认问题本身的存在。困难没有在内泽尔处得到解决（页16）。

③ *Hermes*，1980，页390。

④ 有关《神谱》行26－28的笺注，页162。

马诗歌在希腊古人中享有很高信誉。想要撇开这一事实不予考虑，如韦尔得纽斯所做的那样列举赫西俄德在有限范围里暗中修改或否定荷马诗中的某些内容或标准，这是远远不够的。这些例子不足以证明存在着一次针对全部荷马诗的论战。

文本方面提供如下信息：《神谱》行27沿用《奥德赛》卷19行203，毋庸置疑意味着一场反荷马论战，但应同时看到，《劳作与时日》行164和行651有关特洛亚战争的叙述，无论如何从基本上证明，赫西俄德承认荷马诗中所歌唱的事件的真实性。① 如果赫西俄德论战荷马，他所针对的不会是荷马诗全部，可能也不会是其中大部分。为此，确定赫西俄德反荷马诗的具体内容，涉及诗歌真实的问题，唯一的方法就是明确他沿用《奥德赛》卷19行203的动机。此行诗在很大程度上可以代表或象征反对的理由。

笔者认为，如果说赫西俄德选择《奥德赛》这行诗作为参照对象这一点比较容易理解，那么要定义诗人论战的明确范围，并且给予类似的限定范围一个理由，将会有更多困难。

众所周知，《奥德赛》的作者赋予其主人公诸多优点，其中以优雅和说服能力（不论真话还是假话）最为重要。奥德修斯完全意识到自己的优点，并引以为豪，例如他与欧律阿洛斯的舌战（卷8行169－174）。诗中连续两次停下来，描述奥德修斯的言辞对在场人所施加的影响。

> 他这样说，在场的人默默不言语。（*ὣς ἔφατ'· οἱ δ' ἄρα πάντες ἀκὴν ἐγένοντο σιωπῇ*，卷11行333）

---

① Kannicht同样指出这一点（页15）。他认为有必要明确赫西俄德批评荷马诗的哪部分：“赫西俄德第一个觉察到……在他之前没有人能够看见的东西，并且第一个知道，荷马式的伊奥尼亚史诗，正因为某种透彻根本而明确的叙事倾向，已经不能叙述事物‘如同它们所发生的那样’，而是以‘想象的形式进行诗意的修饰’。”（页20）

> 奥德修斯说完，大家一片静默不言语，在幽暗的大厅深深陶醉于听到的故事。（κηληθμῷ δ' ἔσχοντο κατα μέγαρα σκιόεντα，卷13行1－2）

沉默中暗含某种中了魔法般的情绪。同样，阿尔基诺奥斯如此表达他对奥德修斯的言辞真实性的信任：

> 你言语感人，有一副高尚的心灵，
> 你简直有如一位歌手，巧妙地叙述。（卷11行363－369）

在这里，拥有“高尚的心灵”与拥有歌手般的言说能力（“感人的言语”“巧妙地叙述”）是两个彼此联系又相互独立的评判标准。不少学者已经提出，阿尔基诺奥斯在赞美奥德修斯的叙事时，提出的理由与奥德修斯赞美歌手得摩多科斯相似（卷8行487－498）。① 赞美集中在奥德修斯叙事细节的精确性，与得摩多科斯的歌唱一样。但令人吃惊的是，奥德修斯在阿尔基诺奥斯的皇宫里述说真事所得到的评判，居然重复使用于他对牧猪奴欧迈奥斯所说的谎言。事实上，欧迈奥斯告诉佩涅洛佩，他有一个陌生的客人（卷17行518－521），同时强调，此人说话如同歌手吟唱一般，会将人迷住。奥德修斯接下来对佩涅洛佩的叙述得到诗人的直接评论：

> 他说了许多谎言，说得如真事一般。（卷19行203）

这使奥德修斯的妻子边听边流泪，就好像费弥奥斯歌唱阿开亚英雄从特洛亚归来时也曾使她如此感动过（卷1行336－344）。

借助上述例子，我们有可能明确《神谱》行27的特殊意图。我们可以比较容易地找出赫西俄德论战里反荷马诗的具体内容，

---

① A. Heubeck，*Omero. Odissea*，Milan，Fondazione，L. Valla，第2版，卷3，289。亦见Kannicht，16－19。

并且确定批评范围。

首先，赫西俄德的意图似乎与使谎言如真实一般的能力有关。这样的能力显然没有什么特别之处，但从普遍理论层面来看，在一个认真审视诗艺问题甚于荷马的诗人眼里，荷马在《奥德赛》中为此提出的动机理由很有可能导致严重后果。

其次，从诗学的角度了解奥德修斯言辞欺骗的先决条件，也就是诗歌叙事的美妙与真实的完美对等如何运用在奥德修斯的叙事及其本人形象中。荷马诗中的歌手呼唤缪斯，唯一用途就是宣布缪斯“当时在场，知道一切”有关知识和记忆的事。[①] 我们也看见奥德修斯对得摩多科斯的赞美（卷 8 行 487 - 498）。然而，诸如《伊利亚特》这种叙述时空古远事迹的诗篇，在某个特定时代作为诗艺原则和评判标准的典范，其中最具价值的，显然便是诗中带着一切可能的包容性，承载所有深层矛盾，从而使人更加了解诸如《奥德赛》此类迥异的诗篇，换言之，从而为奥德修斯作为无视谎言与真实之间差别的叙述者的奇妙能力提供有效前提。

事实上，如果说在奥德修斯的准确叙事与众多细节陈述之间，在叙事内容的真实、叙事风格的美妙与相应产生的说服能力[②]之间确实存在某种严格意义的对等，那么，整部诗篇中奥德修斯的全部叙事内容（无论真实与否，这些叙事大都精确，并带有丰富细节）将符合如下几点推理：

（1）为了准确地叙述并陈述大量细节，无需诸神启发灵感，只需亲身经历这些事件。目的在于

（2）叙事要美妙，并且

（3）完全令人信服；

---

① 最著名的例子显然是《伊利亚特》卷 2 行 484。但显然这并非唯一的例子。

② 参 R. Kannicht，18。

（4）内容因此真实可信。

如此得来的结论是，巧妙的言说能够使谎言如真实一般（第4点），前提是赋予谎言第1点和第2点条件，因此也就是带有第3点特点。这意味着原本使诗人的形象和角色区别于其他普通人的标准彻底消失，诗人只需是巧妙机智的叙说者。诗歌的神圣特征也随之消失。

这样一来，没有必要继续在类似叙事中区分真实与谎言，正如《奥德赛》卷19所示，这样的叙述因其美妙，似乎受到缪斯的灵感启发。显然，如《神谱》开篇所示，赫西俄德在考虑这些问题时，不能把诗歌的美妙与否作为区分真实诗歌与谎言诗歌的标准，否则我们将得出真实的诗歌都不够美妙这样荒谬的结论。① 正因如此，缪斯与赫西俄德相遇时不能否认，如同奥德修斯般虚假却美妙的叙述同样受到她们的灵感启发。但是，她们同时也让诗人知道，必须分清真实的歌唱与虚假的歌唱。②

我们现在清楚地知道，赫西俄德反对荷马诗中的哪些部分，尤其是反对荷马诗中的哪些原则。我们同时也明白了，赫西俄德在缪斯斥责他与牧人们轻信时，参照《奥德赛》卷19行203所具有的真正含义。赫西俄德反对荷马诗，在于它把诸神启发灵感的诗歌所特有的神圣性赋予一个有死者的叙述，甚而是一种虚假的叙述。和赫西俄德一样，品达为诗歌的尊严和神圣作过论战宣言。他在《涅墨竞技凯歌》中对荷马诗中的奥德修斯做出类似却更明确的批评，矛头指向奥德修斯的谎言，以及他擅长欺骗

---

① 在赫西俄德诗中，缪斯的声音“美妙”“和谐”“甜美”，从始至终。《神谱》开篇尤为明显。

② 赫西俄德并没有定义这些区分标准。这恰恰是文本的明显之处。也许他认为，说出自己的名字并自称拥有此种知识，足以保证他了解这些区分标准的可信程度。见 *Poeti*，155 – 157。

（κλέπτει）的机智（σοφία）（卷7行20－23）。①

---

① 品达，《涅墨竞技凯歌》，7，20－23："在我看来，奥德修斯的盛名甚于/他的苦难，皆因言语甜美的诗人荷马。/他的谎言因轻松的技巧显得高贵，/他的机智在叙事中可以骗人。"这几行诗历来引发诸多评论。文本理解越是困难，评论越是大胆微妙。晚近著作如：A. Köhnken，*Die Funktion des Mythos bei Pindar*（Untersuchungen zur antike Literatur und Geschichte 12），Berlin/New York，1971，47－60（附参考文献综述）；G. W. Most，*The Measures of Praise. Structure and Function in Pindar's Second Pythian and Seventh Nemean Odes*（Hypomnemata，83），Göttingen，1985，148－152。两部著作均有重要的理论创见。但我认为，我们还可以就这几行诗文展开进一步思考。

首先，我赞同 Köhnken 的主张，σοφία 应解释为奥德修斯的巧妙，而非荷马的技巧。不过，就这两种解释可能性进行截然对比似乎没什么意义。因为，奥德修斯的技艺在文学作品里的表现等同为荷马的技艺。理解品达对奥德修斯的批评应以荷马诗为核心，否则，这几行诗所引出的系列观点将没有意义。

第一，品达依据什么说奥德修斯的苦难（πάθα）不如诗中赋予他的声名（λόγος）？是否应理解为，奥德修斯本身的苦难不如荷马赋予他的苦难？

第二，假设品达的批评建立在荷马诗以外的层面，言下之意是不是，奥德修斯的谎言因得益于荷马的技艺（ποτανᾷ μαχανᾷ）而带有某种权威（σεμνότης），虽然事实上荷马诗的听众都明白他说的是谎言？品达明显影射了奥德修斯虚构的奇遇和他以假乱真的能力。换言之，品达明显影射了文学本身的根本问题。

第三，如果排除以上假设，如何将行22－23与行20联系起来？在确定奥德修斯的苦难不如声名与奥德修斯是说谎者之间，有什么联系？在行21－23与明确奥德修斯的说服能力之间，有什么联系？

相反，假设品达的批评解释了行20－23的观点，联系他对奥德修斯欺骗方式的态度，换言之，联系文学本身的根本问题，一切都变得清楚了。

因此，这几句诗的意思应该是这样的：荷马在诗中使声名超越现实的限度，是为了使主人公的谎言变得可信；而事实上他也给叙事带来了诗歌技艺的说服能力所具有的美感。荷马因此赋予奥德修斯巧妙的能力，使他在对阿喀琉斯的盾牌的评判上可以欺骗希腊人（如同他欺骗了欧迈奥斯和佩涅洛佩一样）。如果这一观点能够成立，那么品达对荷马诗中的奥德修斯，因而也就是对荷马本人的批评，与赫西俄德的批评非常相似：他们批评荷马创造了一个人物，拥有只有诗人才具有的能力，却不像诗人那样以述说真实为己任。有关品达与赫西俄德的关系，参 *Poeti*，62－75。

因此，《奥德赛》卷19行203重现在《神谱》行27，意味着赫西俄德完全而真诚地意识到自己拥有缪斯所确保的真实和知识，同时也深信他从缪斯处得到的教诲等同于她们面对宙斯的歌唱。① 行27的ἔτυμα因而是“真实”。“许多谎言”（ψεύδεα πολλά）有可能通过述说真实的方法而变得像真实一样。奥德修斯的巧妙叙事正是这种情况。

这样一来，真实的赐赠和用来歌唱真实的诗的声音的赐赠相联：“［她们］把神妙之音吹进我心。”（神，行31）但两种赐赠远远没有得到同样明确的定义。真实的内容，其特点在于赫西俄德所拥有的真实和别人视为真实的虚假之间存在着差别；至于歌唱形式，缪斯并没有说明其中的特征。我们能否就此得出结论，赫西俄德不曾考虑过革新文字表述传统的可能性？也许是的。这样一来，我们将为时下争论的议题多得一个论据：赫西俄德在成为真正意义的诗人之前或同时是不是也是一名行吟歌人？不过，这是本文计划之外的问题。更重要的是考察赫西俄德是不是在有意识地渴望修改文字表述传统，假设他并不是有意识，那也不值得奇怪。正如我们所知，诗人所构思的主题仅限于他在传统中找到的那些，他似乎不知道自己在实际上所做的革新。

继真实的赐赠之后，赫西俄德面临第二个问题：诗人把“真实”转述给听者，从而完成传播真实的使命，如何确保他所使用的工具，也就是语言，能够忠实可信，适用于实现最终目的？缪斯在这方面似乎没有给予任何帮助，因为，在缪斯和听众之间不可能存在任何直接联系，而且缪斯也没有义务提供类似担保。在这种情况下，诗人是神与人之间唯一的不可缺少的中介。诗人独自负

① 《神谱》行32－34和行35－46。尤其行33的“极乐神们”在行44的“可敬的神们的种族”得到回应。我们显然无从了解，赫西俄德为什么这么清楚地知道缪斯为宙斯所作的歌唱。

责选择语言表述方式，这样的语言必须真实可信，才能使听众避免诸如波奥提亚山区①不够机灵的牧人们的遭遇，他们和欧迈奥斯、佩涅洛佩一样，不明白美丽的叙述背后可能隐藏着一个谎言。

赫西俄德似乎从未怀疑过自己支配语言以实现既定目标的能力。因为有这样的确信，他在《劳作与时日》开篇对佩耳塞斯宣布，他将“诉说真相”（行10）。开篇提到宙斯作为正义的保护者和执行者的所作所为，诗人对自己的信心与对父神宙斯的信心一致，让人惊讶。稍后，诗人满怀激情和真诚地颂扬自己的教诲职能，也体现同样的自信心：

> 至善的人亲自思考一切，
> 看清随后和最后什么较好。
> 善人也能听取他人的良言。（行293－295）

赫西俄德显然把自己视为“至善的人”，能给出“良言”。没必要去找个别例证，赫西俄德的全部诗作已经证明这一点。此外，值得注意的是，赫西俄德的真诚使他在拥有上述能力的同时从不犹豫承认自己的局限。

有关表述方式的运用，赫西俄德所作的革新甚多。所有这一切显然来源于诗人对英雄诗系传统的深刻思考。这些思考也促使他有意识地去充分掌握这些表述方式的运用。从赫西俄德的全部作品来看，诗人似乎有意证明自己确实掌握相关技艺。事实上，他所运用的某些与传统迥异的表述方法不可能有别的解释。

从这些例子②中，我们首先感受到某种根本性的决心：放弃所有

---

① ［译按］Béotie：赫西俄德生活的地区，这里的说法呼应《神谱》中缪斯将诗人呵斥为“荒野的牧人”（行26）。

② *Poeti* 第一部分第一章讨论过赫西俄德的语言。另见 Françoise Bader, *Les Etudes classiques* 58，1990，3－26，221－245。

那些表现荷马独特性的特征，放弃认知有别于人类语言的神的语言。承认另外一种表达方式的存在，会使人怀疑赫西俄德对缪斯教诲的理解力。如果缪斯使用的名称是人类无法完全了解的语言，诗人理解的可能性也将打折扣。① 诗人与缪斯相遇不在一个神秘地点，而在人类经常出没的赫利孔山，无疑为整桩事件带来明确直接的交流氛围。②

古希腊文明对语言提出挑战，在于寻求一种方式来表现古希腊文明的“精确”（justesse），按照柏拉图《克拉底鲁》中的说法，即语言的表达能力与事实之间的关系，以及语言与现实的相符程度。赫西俄德运用另一个重要方式表现事实与语言的对应关系，即词源学——这里应依据这门科学在古希腊文明所具有的价值和含义来理解。在《神谱》中，词源学倾向，或词源学要求，主要体现在诸神的名称上，这些名称分别代表事实的不同构成部分的拟人化和实体性。在《劳作与时日》里，词源学倾向则涉及与某些特别重要的概念有关的词语。③

在赫西俄德作品里，词源解析和名称释义得到广泛乃至有规律的使用。这有力证明，诗人有意识地把语言表现为叙述事实的工具。这同时还表明，诗人完全而真诚地想要认知真实并忠实地表现事实。④ 有关这一信念，在涉及诸神时，我们对其重要性的强调永远不会嫌多。正因为带着信念，赫西俄德才能肯定地列出名称，解释语义，指出拥有此名的神的职能，比如缪斯

---

① 这个观点得益于 Franco Montanari。

② 人与神在人类世界相遇，见 W. G. Thalmann，143。

③ 这一现象在赫西俄德诗中的广泛性和重要性，见 *Poeti* 第一部分第一章。现有例子之外，还可补充两个词源的例子：《神谱》行 75 的 Styx 和《劳作与时日》行 256 的 Diké。参韦尔得纽斯，139。

④ 在古人眼里，给某物起名意味着赋予其完整的存在意义。这被称作“名谱”（onomatogonie），可与神谱（théogonie）或世界起源论（cosmogonie）相提并论。俄耳甫斯教文本，见 W. Burkert，*Les Etudes philosophiques* 25，1970，443 –455。

（《神谱》[1]，行77－79）；才能解释一些传统名称的含义，比如库克洛佩斯（神，行143－145）；才能通过分析诸神的名称明确宙斯在人类命运中所扮的角色（《劳作与时日》[2]，行2－8）。

但是，在赫西俄德诗中，总有一部分事实无法通过名称解析以单一透彻的方式得到理解和定义。基于事实本身的多样性和内在矛盾，“名称的准确”原则并不总是有效。此处事实指人的现实。不是史诗英雄的现实（传统史诗很知道如何以可靠恰当的方式加以描绘），而是日常生活的现实——这种现实不仅是《劳作与时日》的基本主题，甚至在《神谱》中也经常出现。

诗人如赫西俄德，在对诗艺进行缜密思考的过程中，将不可避免遇到一个根本问题：必须对自己的诗歌的真正特征及其所能实现的目的作出明确定义。不过，赫西俄德无意对这些问题作出满意的回答，尤其是无意找到一个与诗人的使命和行为观念所要求的革新相应的解决方案。

让我们从《神谱》开篇开始。行100有可能让读者以为，除了从前人类的业绩（*κλεῖα προτέρων ἀνθρώπων*）和极乐神们（*μάκαπες θεοί*），也就是英雄诗系和祷歌颂诗的传统主题以外，赫西俄德没有能力为他的诗歌想象其他主题。但事实上，就《神谱》《劳作与时日》和《列女传》而言，赫西俄德既没有歌唱人类的行为，也没有歌唱诸神的行为。《神谱》与传统颂诗非常不同，尽管如弗里德兰德（Paul Friedländer）在八十年前所示，这首诗自开篇起沿用了传统颂诗的一些元素。[3] 诸神行为和冒险既

---

① 文内夹注中，“《神谱》”简作“神”。

② 文内夹注中，“《劳作与时日》”简作“劳”。

③ Paul Friedländer, *Das Proomium von Hesiod Theogonie*, in *Hermes* 49, 1914, 1－16; E. Heitsch, *Hesiod* (*Wege der Forschung*, 44), Darmstadt, 1966, 277－294.

不作为单纯叙述的主题，也不成为敬拜仪式的理由，而是解释世界的生成过程，并且有助于辨认作为管理世界的原则和力量的诸神。

赫西俄德的诗歌属于几个世纪以后被我们称为“训谕诗”的文学类型。这种称呼也许不完全准确，却是实用的，它是一种旨在教育、教训甚至责难的诗歌。不过，在提到诗歌行为的目的时，赫西俄德只有说“让人立刻忘却苦楚，记不起悲伤”（神，行102）。缪斯在行26－28中显得是严厉的女神，但在下文不远处被说成“不幸中的遗忘，苦痛里的休憩”（神，行55）。有关缪斯的歌唱和声音的形容词有“美妙”“可爱”“蜜般”，也与此相符。当然，赫西俄德在《劳作与时日》中明确指出，诗歌的目的不是取悦，而是述说真相给佩耳塞斯（行10）。即使在这一点上，诗人有关诗歌目的的说法也与传统如出一辙。荷马诗中的歌人同样祈求诸神给予灵感，助他认识真实、歌唱真实。

因此，赫西俄德定义诗人的任务，以及他自己的诗歌行为的特点，始终没有和英雄诗系传统区分开来，也似乎没有想过要作出一些真正不同的新尝试。赫西俄德既没有为他的革新设置相应的定义，也没有留下任何暗示革新的说法。

《劳作与时日》证明，要在事实本身与表现事实的语言之间建立一种单义的对称关系（无论肯定或否定）是困难的，甚至是不可能的。这种尝试在《神谱》中得到充分体现，语言具有能力理解和指代它们试图表达的那一部分事实，但是在《劳作与时日》，情况受到惊人限制。我们将会看到很多例子。这里只说明一点，赫西俄德似乎丝毫不受类似困难的妨碍，他以一种甚至是随意的方式来面对这些困难。

我曾在其他地方指出，赫西俄德的技法之一是形容词化。①

---

① 《神谱》行211－215，参 *Notte e I suoi figli*。

这使他可以指出同一事实的不同方面，因为有些事情无法用单纯的名词来理解和表达。某些研究者把注意力集中在“多重接近”（approches multiples）原则，以及这一原则在赫西俄德作品里的运用特点。① 我认为应该把这两方面放在一起考虑。“接近的多重性”（multiplicité des approches）可以用不同方式、不同观点看待同一事实，即使会导致相同事实的不同方面之间互相矛盾。最复杂也最具意义的例子，就是赫西俄德看待女人的方式。② 女人背叛了被指定的在人类生活中的角色和行为。诗人能做的，只是并列描述她的各个方面，③ 好的坏的，作为对人类的惩罚或者人类的幸福的象征。④ 我在赫西俄德的作品中没有发现一个表述或者一种观点综合总结女性的所有矛盾。赫西俄德记录女人引发的各种矛盾情感。《劳作与时日》行 58，宙斯声称要送给人类一件礼物，“让人满心欢喜，从此依恋自身的不幸（*ἑὸν κακὸν ἀμφαγαπῶντες*）”。

类似表述出现在《劳作与时日》，显然不是没有道理。不过，上面这个例子几乎是独一无二的。在多数情况下，诸如“坏”（*κακός*）、“好”（*ἀγαθός*）、“不好”（*οὐκἀγαθός*）之类的形容词可能在一处说明某种存在（拟人化与否）的某一因素或某一行为方式的特有价值，而在另一处行使别的语言功能。前缀*ἀ-*，*δυσ-*或*εὐ-*所构成的词汇表现人类真实的多种微妙区别，但对于早期诗歌来说，这要么是全新的，要么是被忽略的用法。⑤

---

① Christopher Rowe, *Journal of Hellenic*, in *Studies* 103, 1983, 124 – 135.

② 有关这个问题和赫西俄德轻视女人的问题，见笔者的著作 *Esiodo, opere e giorni*, Milan, 1985, XXXVII – LV。

③ 最令人困惑的是《神谱》行 602 – 612。参 *Esiodo*, *opere e giorni*。

④ 《神谱》行 590，《劳作与时日》行 702。

⑤ 谢斯肖普（Inez Sellshopp）在 1932 年的汉堡论文（*Stilistiche Untersuchungen zu Hesiod*）对赫西俄德的文字表述做了令人满意的分析。此文发表于两年后，1967 年再版（Darmstadt），与此处相关的是第四章，94 – 100。

最有趣的手法是只借助上下文语境就能定义某种存在的方式和状况。任何前缀或形容语也做不到这一点。著名的“双重性”伦理概念即属于这一表述现象范畴。① 谢斯肖普早在1932年就明确指出，赫西俄德在《神谱》中确定为单一含义的某些抽象概念，在《劳作与时日》里却具有多种含义。因此，这种“双重性”比简单的“双重性”要复杂许多。早期研究主要集中在《劳作与时日》行11对不和的表述处理。但谢斯肖普并不认为，赫西俄德最精练的发现在于通过《劳作与时日》意识到“迄今为止”被传统诗系所忽略的事实，亦即“即使是简单唯一的词语，我们也不能总是把它和一个简单的并且总是符合事实的解释联系在一起”（页94）。不过，这个发现直接反映一种需求，即让《神谱》中那些带有绝对单一性的概念或存在适应人类本质的复杂性。

不和神“双重性”非常显著。学者们就此发表过不同观点。马提纳佐里似乎不了解谢斯肖普的著作。除了ἔρις［不和］，他还研究αἰδώς［羞耻］（劳，行197－200、317）、νέμεσις［惩罚、报应］（神，行223，劳，行197－200）、φήμη［传言］（劳，行760－764）。在这些例子里，同一概念可能此处是贬义，而在彼处是褒义，只有φήμη带绝对贬义。《劳作与时日》行764明显表明，“传言神”的神性丝毫不带正面积极的因素：“她所具有的神性明显和她的权力有关。”②

---

① F. Martinazzoli, *Studi Italani di Filologia Classica*, *n. s.* 21, 1946, 11－22; G. Broccia, *Tradiziore ed esegesi*, Brescia, 1969. 笔者在 *Studi Classici ed Orientali* 19－20, 1970－1971, 297－301 对这部精彩但偶尔有些混乱的著作发表了看法; J. Blusch, *Formen und Inhalt von Hesiodsindividuellem Denken* (*Abhandl*, *Kunst－*, *Literaturwissenschaft*, 98), Bonn, 1970, 146。

② G. Broecia, 48.

在《劳作与时日》里，同一概念所呈现的多样含义，根据上下文及其起到的作用，似乎远比某种介于正面价值与负面价值之间的简单矛盾更微妙复杂。

提起ὅρκος［誓言］，我们会想到νέμεσις［惩罚、报应］。报应神是夜神的最后一个女儿，在《神谱》行223得到负面描绘，但是在《劳作与时日》里表现为人类社会良好秩序的守护神和象征（劳，行197－200）。在《神谱》中，誓言神“能给大地上的人类带来最大灾祸”（神，行231），这一说法几乎是报应神是“有死凡人的祸星”的翻版（神，行223），只不过其负面意思得到接下来的从句的缓冲：“若有谁存心设假誓。”（神，行232）《劳作与时日》也有同样说法。当人们对正义施行暴力时，“誓言神随时追踪歪曲的审判”（行219）。因此，具体上下文决定了对誓言或褒或贬的定义。总的说来，誓言对于人类是一种不幸，但“当它给存心设假誓的人带来不幸”，如维拉莫维茨所言，[①] 只能是积极肯定的。Λιμός［饥荒］和ἄτη［惑乱］也是经得多方分析的例子（神，行227，样230）。这些神全是不和神的后代，因此都是邪恶的，但在《劳作与时日》又帮助惩罚那些不尊重正义的人（劳，行230）。

同一种存在处于不同上下文语境，可表现为不同的价值或功能。在这种情况下，单一表述方式不能满足这种多样性。此外赫西俄德也并不认为有必要每次都明确语境的异同。有关《神谱》中一个事实只与唯一名称和单一含义对应，如果说我们无从了解诗人对此是否有意识，或者他认识到什么程度，我们却无论如何可以确定，诗人的语言丝毫不给我们留下面临无法逾越的困难的印象，诗人也没有表现出任何失望受挫的情绪。

---

① 参看 Wilamowitz 对《劳作与时日》行218－224的分析，48－50。

还有一个重要问题：我们定义《神谱》开篇缪斯传授给赫西俄德的知识的深度和广度时所面临的困难。《伊利亚特》中的歌手丝毫不对他将要接收的知识产生怀疑：

居住在奥林波斯山上的文艺女神啊，
你们是天神，当时在场，知道一切，
我们则是传闻，不知道……（卷2行484－492）

歌手受到诸神的灵感启发，确信他已了解必须歌唱的事实和内容。相反，赫西俄德似乎没有类似信心。如果我没有弄错的话，诗人至少在诗中两处表现自己所知，因而也就是缪斯所授的局限性。一处在《神谱》：

此外还有三千个河神……
细说所有河神名目超出我凡人所能，
不过每条河流岸边的住户都熟知。（行367－370）

另一处在《劳作与时日》：

我将告诉你咆哮大海的节律
虽说我不谙航海和船只的技艺。（行648－649）
但我要述说执神盾宙斯的意志，
因为缪斯们教会我唱神妙的歌。（行661－662）

我曾在别的地方讨论过《劳作与时日》中航海篇的两个段落。[①] 这里只做一点补充。卫斯特对比了《劳作与时日》行649与《奥德赛》：

---

① *Poeti*, 48－50.

我不是预言家，也不谙鸟飞的秘密。(卷 1 行 202)

雅典娜借这句话说出奥德修斯重返故土的预言。赫西俄德的诗行显然受到荷马诗影响，但是如同习惯做法，他借用荷马诗，同时也使其更加丰富和深刻：事实上，他在行 650 - 653 已经对前文的“无知”说明理由，并且解释为什么他在行 662 可以越过因“无知”而起的障碍。如果雅典娜声明自己不是预言家是为了符合她所化身的人物身份，不可严肃对待，那么赫西俄德此处的承认也带有相反意思，诗人刻意解释道，“无知”并不妨碍他作为诗人所承担的教诲任务。

我认为，对于“无知”的承认加上克服“无知”障碍的方法，如果和另外两个问题联系起来，将具有更丰富的意义。第一个问题，赫西俄德的“述说真实”是否具有逻辑紧凑性所引出的“不说不知道的事情”这个问题，涉及诗人与《奥德赛》的极具微妙的论战。第二个问题集中反映诗人与听众的关系。

我从第二个问题开始。借助缪斯的教诲弥补诗人直接经验的不足，从理论上来说可以消减听众的惊奇反应，尤其是他们不能了解诗人如何在“没有航海和船只技艺”的情况下给出航海教诲。相应的结果是，这也意味着，诗人对于缪斯的教诲，以及听众对于诗人的教训所具有的信心，也不再是绝对的了。相比之下，《伊利亚特》卷 2 诗人对于神的帮助带着完全信心。换言之，我们在此找到诗人与启发灵感的诸神之间的某种关系危机征象(赫西俄德也许并未意识到这种危机)，或者，诗人开始认为神的启示并不能保证知识的完整。① 正如我对《神谱》行 367 - 370 的分析所示，对于某一方面知识无知，并不阻碍赫西俄德讲述他的主题：航海事实上是人类劳作的一部分，如同人的其他行为，航

---

① 早期诗歌中诗人与启示神的关系，见 *Poeti*，37 - 75。

海可以通过某种高度的道德目的论标准得到阐释。①

在《神谱》行 367－370，相似情况的表述可以说是直线性的。诗人明确承认自己无知，但并没有因此求助缪斯的启示。难道是因为神的参与在此已不可能？有关这段诗文的解释，我们习惯提及荷马诗和其他作品里的许多相似章节②：《伊利亚特》卷 2 行 488、卷 12 行 176、卷 17 行 260，《奥德赛》卷 3 行 114，《伊比库斯残篇》卷 1 行 23③。但是，在这些章节里，我们看不见存在于赫西俄德那里的矛盾，也就是表现在通过经历而可能认识的优越性与由于缺乏经历而无知的自卑感之间的矛盾。

这些章节或者证明有一些事物是人类所不能知道的（《伊利亚特》卷 2 行 260），或者更经常的做法，把人类知识的有限与神的智慧的无限进行比较（《伊利亚特》卷 2 行 488、卷 12 行 176，《奥德赛》卷 3 行 114，伊比库斯卷 1 行 23）。赫西俄德面对其他人通过亲身经历获得知识，承认自己无知，承认自己比起其他人并不具备任何优势，因而也承认，亲身经历带给人的知识有时候胜于缪斯通过真实的赐赠所传达的知识。具体概念（指单纯的名称）方面的无知无可解救。我们因此得到的最终结论是歌唱之不可能性。

《神谱》开篇，缪斯传授给赫西俄德有关过去和未来的事情（行 32），而她们自己还知道现在的事情（行 38），这个区别在此是否别有含义？有关这两行诗的不相符合，研究者多有分析。这两行诗的对比鲜明，自有道理。④ 如果我们认识到诗中宙斯所建

① *Poeti*, 48－50.

② West, *ad Theogonie*, 369, 269.

③ ［译按］Ibycos，公元前六世纪初的古希腊诗人，以多利安方言作诗。亚历山大里亚学者将他的诗作编修成七卷，迄今仅存一百多首诗歌残篇。

④ 现有研究只关注如下事实：赫西俄德在诗中只歌唱过去而不歌唱未来。《神谱》行 32 因而被视为文学性添饰（Sellshopp，47）。韦尔得纽斯有同样的困惑（1972，239），但解释为“所有事物”的迂回说法。内泽尔采

立的时间秩序具有永恒意义，那么行 32 引发的最难的一个问题，即歌唱未来的可能性，可以较轻易得到解决。《神谱》因此不只讲述世界如何生成为今天的世界，也为未来提供一幅永恒的画面。正如一部神谱既是对“过去”的叙述，也是对“未来”的展望。

如果我如此分析行 32 提出的问题是正确的，如果我们不再认为它只是行 38 的另一种说法，如果我们考虑这种叙述的差别可能有助于表达思想的差别，那么毫无疑问，行 32 忽略“现在”表明赫西俄德思维路线的一种逻辑要求：缪斯可以启发有关过去和未来的知识灵感，但不会传达一些微不足道的事情，比如所有河流的名称或航海的各项细节。

如果这样分析是对的，那么赫西俄德思考诗人与缪斯之间，以及诗人与听众之间的关系，对于他本人而言十分重要，在历史上的意义也非同寻常。事实上，赫西俄德的思考纠集了那些最难的问题。直到古典时代末期的诗歌创作，包括品达和巴库里德斯①，都继续面临同样的问题，并且保持同样的严谨。

取较复杂的解决办法。他把“未来和过去”理解为“现在一直是的”，行 32 因而指代《神谱》的全部内容。内泽尔没有提及 32 和 38 两行诗的关系（页 396）。W. Rösler 似乎没有考虑赫西俄德的知识存在任何局限（*Poetica* 12，283 – 319，尤见 295 – 297）。此外，研究者均倾向于把行 32 与《伊利亚特》卷 1 行 70 连在一起，荷马诗中用来定义卡尔卡斯的语言能力。研究者往往从预言家的智慧与诗人的智慧的相似之处出发，将《神谱》这几行诗提出的问题放到某种历史文化的整体范畴里，反而忽略了赫西俄德的具体上下文语境。参看 E. R. Dodds，*Les Grecs l'irrationnel*，Paris，1977 再版，87 – 89；M. Treu，*Cymnasium* 72，1965，440。

① ［译按］Bacchylide，古希腊诗人，生活在公元前 450 年左右。传说他是大诗人西蒙尼德斯的侄儿。他稍比品达年轻。两人同为西蒙尼德斯的学生，且互为对手。

让我们最先咏唱赫利孔的缪斯们，
那高岸圣灵的赫利孔山的主人。
她们轻步漫舞，在幽幽水泉边，
伴着强大的克洛诺斯之子的圣坛。

——《神谱》行 1—4

王者的复本：赫西俄德诗中的哲人王先例*

［法］拉刻（André Laks）撰

一

在最后一次呼唤缪斯（行 104－115）之前，《神谱》引出王者与诗人这两种不同身份之间的相似关系（行 80－103），制造了某种意外效果。缪斯们从前作为一个不分彼此的群体，在此得到了她们各自的名称。尽管缪斯们彼此紧密相连（如行 60 和行 39 所示，她们“同心同意”），最后一个缪斯卡利俄佩（Calliope）被专门提起（行 79）。在其余八位缪斯一一点名之后，卡利俄佩位列句末，显得尤其重要，“最是出众”（行 79）①。每位缪斯主司一个特定的文艺领域，比如忒耳普克索瑞（Terpsichore）和墨尔珀墨涅（Melpomène）掌管歌舞，克利俄（Klio）给予荣誉，再比如乌腊尼亚（Ouranie）接近奥林波斯山，塔莱阿（Thalie）

---

* 本文最早酝酿于里尔大学的赫西俄德研讨会，并先后在 1992 年 5 月普林斯顿大学的 David Furley 讲座和 1994 年 8 月第戎的 Guillaume Budé 会议上发表。

［译按］原文标题：Le double du roi. Remarques sur les antécédents hésiodiques du philosophe－roi.

① 同一用法见行 361 的斯梯克斯。

较常出现在会饮上。① 卡利俄佩的字面意思是“美丽的声音”，她司掌语言，代表语言的完美形式。②

如果说缪斯群体的个体化表现了赫西俄德诗中某种独特的关注倾向，③ 我们却可以在荷马诗中发现对于卡利俄佩的类似强调。因为，在荷马诗中，缪斯启发诗人的灵感，以美妙的歌声著称。④ 相反，在赫西俄德诗中，卡利俄佩并没有把歌唱首先授予诗人。她在缪斯中享有至高无上的地位，不是通过诗的语言，而是通过王者—法官的语言得到确定：她总是“陪伴受人尊敬的王者”（行80）。

在没有真正区分下面两个性质内容各异的问题时，研究者往往会感到困惑。我们可以先就一般作为诗人保护者的缪斯在《神谱》里执行审判权力这一事实提问。⑤ 但更根本的是，如何解释卡利俄佩的优越性与语言的政治职能的相互关联。

首先，当赫西俄德把缪斯与王者—法官联系起来时，他只是

---

① 弗里德兰德在分析 Jacoby 的 *Hesiodi Carmina Pars I*（*Göttingische Gelehrte Anzeigen*, 1931, 253）时指出，《神谱》开篇通过作为群体的缪斯的活动呈现了诸种文艺领域（忒耳普克索瑞指代舞蹈，行4；克利俄指代歌颂人和神的荣誉，行44、66，等等）。参看 P. Walcot, *The Problem of the Prooemion of Hesiod's Theogony*, in *Symbolae Osloenses* 32, 1957, 44。

② *Καλλιόπη*的名称呼应行68中修饰缪斯群体的 *ἀγαλλόμεναι ὀπὶ καλῇ*（另参41行）。荷马诗中也有*ὀπὶ καλῃ*的用法。鉴于缪斯群体与缪斯个体两种形象的关系，卡利俄佩与言说能力相连，并不与缪斯在后文重新以群体形式出现矛盾。F. Solmsen, *The "Gift" of speech in Homer and Hesiod*, in *Transactions and Proceedings of the American Philological Association*［TAPhA］85, 1954, 7.

③ F. Solmsen, *Hesiod and Aeschylus*, Ithaca, 1949, 40.

④ 试比较《伊利亚特》卷1行604的 *ἀμειβόμεναι ὀπὶ καλῇ*。一般认为，《奥德赛》卷24行60与《神谱》的用法相关。

⑤ Wilamowitz - Moellendoff, *Die Ilias und Homer*, Berlin, 1916, 477; West, *Hesiod. Theogony*, Oxford, 1966, 182.

继承了一个传统逻辑。语言对于王者职能所具有的重要性，在古代印欧传统里经得论证，① 在荷马诗中更是明显。涅斯托尔作为好王者的典范，从根本上便是一个会说话的人。他在阿伽门农与阿喀琉斯的争执中扮演和解人。这是他在《伊利亚特》里的关键职能。② 事实上，王者的语言未曾从属于缪斯的权力范畴。缪斯只是启发歌唱的灵感。③ 但促成例外的伏笔已经埋下，尤其是用来形容涅斯托尔的语言，正与赫西俄德描绘缪斯所宠幸的王者和诗人的诗句暗合：

> 从他舌尖流出比蜜还甜的［言语］。(《伊利亚特》卷1行249，指涅斯托尔)
>
> 从他口中倾吐蜜般言语。(神，行84，参行93，指王者)
>
> 从他唇间流出蜜般言语。(神，行97，参行39，指诗人)

缪斯的其他特征也反映诗人与王者的相似。缪斯“无所不知”，④ 她们的灵感既可以引导那些领导未来的人的行为，也可以启发那些扬颂过去的人的歌唱。⑤ 简言之，为了强调诗歌创作和

---

① R. Martin, *Hesiod, Odysseus and the Instruction of Princes*, in *TaphA* 114, 1984, 33–38.

② R. Martin, 43.

③ 涅斯托尔、芬尼斯（Phoenix）和波利达玛斯（Polydamas）的言说能力与某个无名神有关。参 F. Solmsen, 5; H. Maehler, *Die Auffassung des Dichterberufs im frühen Griechentum bis zur Zeit Pindars*, Göttingen, 1963, [= Hypomnemata], 43。

④ 《伊利亚特》卷2行485。

⑤ 参 W. F. Otto, *Die Mesen und der göttlich e Ursprung des Singens und Sagens*, Düsseldorf/Cologne, 1995, 35。缪斯的无所不知是 Allen 解释梭伦的《缪斯颂诗》的基础（*Solon's Prayer to the Muses*, in *TAPhA* 80, 1949), 65。另参与占卜和缪斯同时相关的王者皮透斯。参 M. Detienne, *Les maîtres de vérité dans la Grèce archaïque*, Paris, 1973, 72, 注133。

正义执行这两种不同法则的实践之间也许已成传统的相似关系，赫西俄德用隐喻的方式把缪斯的保护延伸至王者。[①] 这会不会是过度解释呢？有些研究者甚而指出，记忆女神的女儿们很早就与司法权力相提而论。哈伏洛克（Havelock）认为，[②] 司法决策最初以诗歌的形式表现，或者用更可靠的说法，记忆在古代早期司法决策里占有一席之地。“说法”（dire la loi）意味着依据具体情况有选择性地参照古法（themis）。[③] 从这种角度看，赫西俄德没有扩大缪斯的权力范围，而是继承了远古的习俗。相反，荷马作为真正的革新者恰恰忽略了这些。

然而，上述观点不论确切程度如何（在类似情况下，运用人类学研究方法显得不够谨慎），都不足以论证，如行 80 所示，卡利俄佩的权力高于其他缪斯，并且由此推导出王者职能比诗歌职能更有优越性。这正是《神谱》开篇的难点和微妙所在。相比之下，诗中在描述缪斯和诗人的关系时结构完整。其中最有力的体现便是缪斯在赫利孔山下选中诗人一幕。

我们也许可以尝试忽略上述问题的重要性。赫西俄德暗示卡利俄佩具有政治语言（将来发生并未经说出的）的优越性，同时提及与此相关的王者，是否只是因为这不是缪斯的惯常能力？这是一种可能的理解方法，在这种情况下，同一行诗中与*βασιλεῦσιν*

---

① 参 F. Solmsen，5；H. Fränkel，*Dichtung und Philosophie des frühen Griechentums*，Munich，1962，119。

② 参 E. Havelock，*Preface to Plato*，Cambridge（*Mass.*），1963，109。书中比较赫西俄德的王者和弹竖琴的大卫。

③ 参 Croth，*The Kings and the Muses in Hesiod's Theogony*，*THPhA* 106，1976，336。司法审判结构的另一说法见 K. Latte，*Der Rechtsgedanke im archaischen Griechentum*，in *Antike und Abendland* 2，1946，65。争端的双方依据传统的 themis 作出判决。审判是一种革新行为，根据特定情况决定使用什么法律。

［王者］相连的*καί*应释为“也”。但这样一来，我们的结论将陷入困境，①尤其要面临如下难题：即便卡利俄佩相对其他缪斯的优越性和她对王者的关注两者的关系在事实上不如在表述上强烈，我们还得解释，为什么卡利俄佩的优越性反映在引导王者的语言这一附加职能，而不是在她的首要职能即诗歌职能。

不过，缪斯语言相对于政治职能的优先权，尽管与传统里王者近似诗人的观点相矛盾，却是《神谱》特有提问方式的结果。诗人与王者的相似关系，明确了缪斯关注真正的王者的性质（行81－92、96－103），也为重建文本提供了基本条件。

诗人语言和王者语言的相似表现为两点：甜美（行84、97）和有效（行89、103）。这两个特点相辅相成。语言的甜美完全体现在效果中，因为转变往往发生在撕裂的痛苦之先。在司法秩序里，判决结束了敌对双方的暴力争端（行87），而在诗歌秩序里，言语的力量与缓解痛苦的程度相关（行98）。这两种修复类型的相似本身也强调了它们彼此的反差。前一种影响整个政治群体，后一种则基本只涉及个人。审判程序中关键的不是敌对双方的命运，而是社会群体的命运。个人的争端总是有引起公众不和的危险：这就是为什么全体民人会被牵连到审判中，而王者在这种情况下被所有人当作神来看待。②赫西俄德在行97－103描述诗歌

---

① 依据韦尔得纽斯的分析（页291），此处模仿了荷马诗中的用法：《伊利亚特》卷1行249；《奥德赛》卷3行43、卷4行206。

② 行88的*λαοις βλαπτομένοις*译为复数形式的遭受不公的受害者，司法判决会给这些人相应补偿。如果*βλαπτομένοις*指某种方式，那么也可译为（互相伤害的）双方中的某一方，王者会在他们之间进行调停（参看K. von Fritz, *Das Prooemium des Hesiodischen Theogonie*, in *Festschrift Bruno Snell*, Munich, 1956, 41）。行84 *λαοις*指参加诉讼的民众，为什么行88不是同样的意思？原因在于，*βλαπτομένοις*似乎不能直接修饰诉讼双方（无论单指受害者，还是包括有罪的一方）。在《伊利亚特》中，阿喀琉斯的盾牌引发纷

语言的功能，地点在宴席上（或任何公共庆典），[①] 歌唱的疗效出乎意料地个人化："这人便会立刻忘却苦楚，记不起悲伤。"（行102）[②]

如果说，司法判决首先涉及争端双方，并最终影响社会整体，那么，诗歌首先面对听众群体，但使人忘忧的愉悦效果只有在个人受挫折时才能得到全面发挥。两种语言的相似关系甚至表现在表述形式上。

> 他们能轻易扭转局面。（行89，指王者）
>
> 缪斯的礼物安慰了他（或：改变了他的情绪）。（行103，指诗人）

从讨论局势的转变到心理情绪的转变，两者遥相呼应。[③]

上述的关系反差限制了政治用途和诗歌用途的相似关系，从而使类比成为可能，有助于我们了解卡利俄佩相对于其他缪斯的优越性为什么涉及她的政治职能。作为正义语言的保护神，卡利俄佩使人类社会安定所不可避免的诉讼程序得以实现。在此领域里，即便诗歌语言也不能与之媲美。

争，导致希腊联军群体分化，使群体的正常运作面临困难（卷18行497－508）。即便动词 βλάπτεσθαι 作了纯技术性的语义放大处理，《神谱》里的叙事也不可能与"受害的群体"这一解释矛盾。

① 此为推论，赫西俄德并没有明确指出。显然他想加强诗歌的个人意味。参本文有关缪斯中的塔莱阿的注释，以及 F. Solmsen，1942，42。

② K. Latte，*Hesiod... schildert die wirkung von eine*，*Sonderfall her. Hesiods Dichterzeihe*，in *Antike und Abendland* 2，1946，160. 重点不在于痛苦异乎寻常，争端的强度未尝不是异乎寻常的（行87）。根本对比在于社会争端与个人痛苦之间。

③ P. Pucci，*Hesiod and the language of poetry* Baltimore/Londres，1977，17. 普西从不同角度强调了表述方式的不对称。

二

然而，诗歌语言较于政治语言的不足是相对的。歌唱与审判的双重相似关系，即甜美和有效，才是这两者之间的基本关系。不过诗歌语言也与司法判决保持重要关系，比如当王者作出正确决断，使神的秩序在人类历史中得到继承和发扬时，诗歌语言就会借此歌颂奥林波斯的秩序降临人间。在这种情况下，歌唱毋庸置疑优越于审判，因为歌唱对审判的结论和方式进行最后的审判。但并不是所有诗人都具备这样的诗歌能力。赫西俄德之所以区别于其他诗人，是因为他在赫利孔山下被缪斯选中，因而具有与缪斯相同的歌唱能力。[①] 因此，在展开诗人与王者的平行叙说时，诗中提到的是普遍意义的诗人，乃至延伸至整个诗人行业："大地上才有歌手和弹竖琴的人。"（行95）甜美和有效是歌唱的两个普遍特点，并不与任何特殊内容相联。我们没有理由认为，在作为出色的心灵疗救者方面，荷马不如赫西俄德。赫西俄德的吟咏因其内容的独特性而区别于其他歌唱。神谱这种诗歌类型的普遍意图也进一步限制了卡利俄佩的优越性体现在政治判决上的矛盾。王者胜于诗人，仅仅在于王者执行诗人所言说的（王者本人想必无法如此言说），或缪斯透过诗人所言说的。

三

赫西俄德区分的两种语言类型不容混淆。缪斯启发赫西俄德歌唱灵感，从本质上来说，这是近乎理论性的。诗歌讲述"真实"。政治语言仅仅在实践层面上优先于诗歌语言。王者与歌手的平行叙

---

① 《神谱》行31－34。

说证明了卡利俄佩的优越性，却只体现了后一种观点。《神谱》开篇体现的则是前一种观点（诗歌语言优于政治语言），缪斯在奥林波斯的歌唱（行37）有效印证了她们赐予赫利孔牧人的歌唱（行22），虽说缪斯的歌唱并不仅限于此。缪斯歌唱的纯理论尺度从实践效果中显露出来。整个奥林波斯都回响着缪斯之唱（行40-43），但宙斯在众神里显得最重要，因为缪斯首先为他而唱（行36）。通过对诸神种族和宙斯得权的叙事，宙斯沉思自己的形象。他那被称作“伟大”的精神（*νόος*）感到喜悦（行37、51），因为他拥有他所置身其中的整个历史。歌唱的所有甜美便在于此。歌唱的甜美并不反映在诗歌的疗伤功能上。整部《神谱》并没有提到宙斯必须无忧无虑。宙斯的喜悦（行37）是一种单纯的沉思的喜悦。①

四

在《神谱》开篇的优美语言里所具有的政治和诗歌两种职能上，存在着两种不同的、某种程度上还是矛盾的观点。这种双重性在根本上揭示了缪斯在赫利孔山上对赫西俄德的赐赠，她们传授给他“美妙的歌唱”，同时还送他一支“权杖”。纳吉揭示了缪斯的这一动作的政治含义：

> 赫西俄德从缪斯那里接过*σκῆπτρον*［权杖］，表明他将带着王者的权力说话，这是源于宙斯本人的一种权力。②

---

① 形容缪斯是“痛苦中的遗忘”（行55），并不一定适合于修饰宙斯。G. B. Walsh，*The Varietues of Enchantment. Early Greek Views of the Nature and Function of Poetry*，Chapell Hill/Londres，1984，25.

② G. Nagy，*Pindare's Homer*，Baltimore/Londre，1990. 本书的分析远远超出了普西著作的分析范围，权杖赋予诗人的权力在书中被解释为“超越一切诗人”的权力（页53）。

他同时指出，在与诗人的平行叙述中，有关王者的描述（行83－92）并没有提及σκῆπτρον。[①] 如此“别有用心的疏漏”反过来强化了缪斯在赫利孔山上的赐赠的政治含义：两段诗文的相似性暗示“得到最终的司法权力象征物”的是赫西俄德而不是某个王者。这种解释似乎没有考虑存在于真理权力（诗歌）和审判权力（政治）之间关系的复杂性。两种权力尽管通过卡利俄佩的双重职能（或者更根本的是缪斯的双重职能）交汇在一起，但又享有相对的独立性。毫无疑问，诗人在赫利孔得到一个新的权力。但是这个权力的内容受到明确限制，王者与歌手在缪斯的教诲这一点上的相似关系便是用来确定这种限制。因为这种相似关系不是要通过潜在或理想的方式使诗歌权力代替政治权力，而是要在卡利俄佩这一共同起源的范围内标注两种权力的区别。行94－96有力地证明了这一点：[②] 诗人与王者对称性地分别依附各自的保护神，一边是缪斯和阿波罗，另一边是宙斯。王者的语言同时受到两位神的庇护，从宙斯处得“王者言说正义”之“正义”，从缪斯处得“王者言说正义”之“言说”。[③] 相比之下，诗人的语言只受到缪斯的庇护。至于阿波罗在行94与缪斯并列，与传统说法相符，[④] 并且别有深意：除了缪斯，诗人所依靠的不是宙斯，

---

① P. Pucci，53，参64；M. Puelma，*Sänger und König. Zum Verständnis vom Hesiod Tierfabel*，in *Mueseum Helveticum* 29，1972，94，注37。有关荷马诗中的σκηπτρον作为宣扬某种权力语言的伴随符号，参见Combellack，*Speakers and Scepters in Homer*，in *Classical Journal* 43，1984，209－217；E. Benveniste，*Le vocabulaire des institutions indo－européennes*，Paris，1969，2，32。

② 行96似乎打断了诗歌的叙事脉络。本来在说诗人，突然转而提到王者拥有宙斯的权力，令人困惑。但意外本身自有含义。

③ 这也是为什么缪斯与王者的关系区别于缪斯与诗人的关系。缪斯启发诗人灵感，但她们在王者出生的时候守候着他。

④《伊利亚特》卷2行604。

而是阿波罗。正因如此，诗人在赫利孔收到的权杖是“月桂”之杖①。

五

王者与诗人对保护神的依附关系也是不对称的。尽管诗人不像王者那般依附宙斯，缪斯的父亲始终是诗人的最高参照点。就连缪斯本身也和诗人一样歌颂宙斯。② 我们可将诗人对宙斯的附属关系定义为“间接的”。这一点解释了诗人从来不等同于王者，但可作为王者的复本，正如缪斯在赫利孔为诗人从“开花的月桂”摘下的树枝是王者权杖的阿波罗式的自然的版本。③ 这样，我们搜集了总结这一双重关系的诸种元素。赫西俄德的诗人是柏拉图的哲人王的前身，卡利俄佩则是在理论与实践之间实现完美协调的保证。

---

① 月桂与阿波罗，参 West，ad 30。

② 开篇介绍缪斯，称之为“宙斯的女儿们”（行 25，29，36，40，52）。

③ 属格用法的 δάφνης εριθηλέος（行 30）引出有别于荷马诗文中的 σκῆπτρον 的两个元素。纳吉的解释没有提及这点。

普罗米修斯神话、人类种族神话和城邦—国家的产生*

［法］卡里埃尔（Jean – Claude Carrière）撰

代序：赫西俄德，“城邦—国家”的观念学者

本文对《劳作与时日》两大神话的分析以一个假设为前提，即诗篇表现了我们称为城邦—国家（Cité – État）或国家—城邦（État – Cité）的理想整体。城邦—国家是现代概念。赫西俄德时期的人们不可能完全意识到他们经历的生活变迁具有何等重大意义。即便在今天，我们不但不能确定城邦—国家何时出现，也无法给出这个概念的明确定义。① 最符合本文观点的一种解释是观念学的：城邦—国家是由自由的人民围绕某个城市中心所形成的

---

* 本文内容涉及作者此前发表的如下论文：*Les démons, les héros et les rois. Les ambiguïtés de la justice dans le mythe hésiodique des races*, in *Les Grandes Figures religieuses*, Annales litt. de l'Université de Besançon, Paris, 1986, 193 – 261; *Mystique ou politique dans les Travaux et les Jours d'Hésiode. L'authenticité et les enjeux du v.* 108, in *Mélanges Etienne Bernand*, Annales litt. de l'Université de Besançon, Paris, 1991, 61 – 119; *Imparfait de découverte, aoriste gnomique, futur prophétique*, in *Mélanges F. Kerlouegan*, Annales litt. de l'Université de Besançon, Paris 1994, 95 – 104。

［译按］原文标题：Le mythe prométhéen, le mythe des races et l'émergence de la cité – état。

① M. B. Sakellariou, *The Polis-State. Definition and Origin*, Athènes, 1989.

想象中的道德整体，是享有平等权利的公民的共同体。此处自由的含义更多指经济而非司法。比如一家（oikos）之主掌握或经营某些财产（klèros），有能力满足全家的生活需求，便是自由的。面向这样的共同体成员——无论他们处境如何不平等——赫西俄德提出了宙斯的正义。这个理想适用于所有人，并且要求人人平等，共同承担责任。赫西俄德的理论不同于荷马诗所反映的社会典型：社会通过羞耻（aidôs）得到统一，但根据社会等级、年龄和性别的差别存在着因人而异的行为准则。

赫西俄德的正义（dikè）理论首先针对贵族和骑士这些在当时唯一自由的人。从这层意义上来讲，它代表了某种进步。但是，为了让所有人接受新的正义法则，斗争冲突随之进化；要求社会的一致同意掩盖了人持久地受物质支配的现象，反过来违背正义的利益，造成民主（dèmos）的异化。

我们知道，城邦—国家的出现与公元前八世纪古希腊的种种繁荣景象有关：冶铁、农业、商业的发展和人口的增长。这个世纪里还经历了诸神崇拜的复兴（巨石神殿为证）、英雄崇拜、政治军事变革、文字普及等等。如果说，在这样的时代背景里，荷马式的骑士典型显得过了时，那是因为他们是建立在有限财富的强制性流通上，他们必须带着长枪生产。在新的物质条件下，只要所有人齐心协力投入和平劳动，财富的创造在某种程度上是没有限制的。但是，实现这个理想要求每个人都能够从劳动中得到利益，也就是说，要求统治者做出某些让步。赫西俄德所提出的理论因此具有双重理想：劳动创造财富，平分劳动果实（即正义）。

人人平等在现实面前却显得过于理想化，因为事实上，劳动是穷人的美德，而正义（指分配财产）是富人的美德。城邦—国家在刚刚出现的时候就体现了现代国家制度的某些含糊性质。显然，在人类历史的进步过程中，只有那些拥有劳动工具的人真正得到财富，也就是贵族，至少是最突出的那一部分贵族，即希腊世界里的阿庇乌斯·克劳狄乌斯们①。因此，城邦—国家在根本上不是民主的，而是贵族的。

然而，一种新的社会阶层相应产生了：公民，亦即自由的农民。他们既是贵族的同盟，又是贵族的对手。在赫西俄德笔下，贵族做出种种歪曲正义的事，但诗人没有指出他们的统治地位的根本原因。大部分自由生产者过着艰辛的生活，诗人作为补偿使他们看到无法企及的财富和幸福，从而引导他们加入新的社会体系。事实上，由于缺少建立在平等的人之间、在邻居亲友之间的互助关系，遭受不幸的往往是这些最弱势的人。因此，理论的平等和实际的不平等潜在地构成最严重的社会矛盾。

社会和经济的进步，自然伴随着出现一些新的统治形式，以及对于社会职能和社会阶层的更严格定义。这也导致诸如仆人、奴隶、女人之类的隶属关系更加恶化。另外，如果说战争作为战士“创造财富”的基本方式被禁止，那么为了争夺土地、市场等等而产生的激烈冲突，也与公民的整体利益相违背。

赫西俄德以神话的方式解释理论，他把社会准则说成是自然神圣的法则。正如罗兰·巴特所言：“神话旨在把文化颠倒为自然，或至少是把社会的、文化的、观念的、历史的颠倒为自然的。”② 亚格尔（W. Jaeger）也说：“赫西俄德不以任何方式区分自然法则与道德：两者在他看来皆源于神。”③诗人赋予他的教诲

---

① ［译按］Appii Claudii：Appius Claidius 的复数形式。克劳狄乌斯家族是罗马时期的贵族世家，家族里有许多人取名为阿庇乌斯（罗马人的常用名）。好些阿庇乌斯·克劳狄乌斯担任甚至连任过罗马执政官。

② Roland Barthes，*Changer l'objet lui - même*，Esprit，n. s. 4，1971，613.

③ W. Jaeger，*Paideia*，Paris，1964（1988），105，参 96。

一种道德的永恒形式，从而掩盖现实意义以及它们和某个具体时代的联系。不过，赫西俄德必须对传统神话作出修改，使其适应自己的教诲意图。有关普罗米修斯神话，诗人留下《劳作与时日》和《神谱》两个不同版本，我们因此可以详细分析这种原始神话的修改过程。① 至于人类种族神话，由于只在《劳作与时日》中出现，我们将无法对诗人的创作做出同样的衡量。

《劳作与时日》的普罗米修斯神话：劳作的必然和人类生存条件的揭示

一 神话逻辑和首尾对应

普罗米修斯神话的主题是什么？由人类失去谋生之道（bios），引出劳作（ergon）的主题（行 42 – 47）。经过错综复杂的事件，女人诞生，打开具有象征意义的瓶子，不幸（指痛苦、衰老和疾病）流传人间。叙事开始，bios 的消失是一种隐喻，并不影射任何神话篇章。叙事结尾，不幸从瓶中散布人间，属于神话的范畴。

叙事的首尾呈现了两种截然相反的生存状况：人类当前的不幸命运，与人类已然丧失或梦想中的幸福生活。具体说来，就是行 43 – 46 所表现的无须劳作的乌托邦式梦想，与行 90 – 93 普罗米修斯事件以前类似黄金时代的景象。在这两段诗行里，我们可

---

① 没有必要重建普罗米修斯神话原型。有关普罗米修斯的传说显然远远不只是赫西俄德所描述的这些，但从没有一个叙事文本把所有说法收集在一起。普罗米修斯神话的诸种说法，参 F. Carter Philips Jr，*Narrative Compression and the Myth of Prometheus in Hesiod*，in *The Classical Journal* 68，1978，289 – 305，尤见 291 – 297；W. Berg，*Pandora*，*Philology of a Creation Myth*，*Fabula* 17，1976，1 – 25，尤见 5 – 6。

以领会到从前，代表某种自在丰盛、无忧无虑的生活状态，以及往后，即一种欠缺的状态，人类必须通过辛劳才能填补这种欠缺。

如果要假设神话首尾具有一定意义上的对等关系，那么相应产生的两个对等关系如下所示：

起因：谋生方式的丧失——女人和瓶子

后果：劳作——不幸（辛劳、衰老和疾病）

显然，这样的对等关系在字面上没有任何意义。因为，女人不是谋生方式的缺失，劳作也与痛苦疾病无关。我们也不能从神话叙事的意群学角度来理解这种对等关系。诗中并没有说女人隐藏了种子，而是说她是作为人类生存状态本质的种种不幸的来源。神话首尾的对等关系因此只具有某种象征意义。韦尔南指出，女人象征人类在未来的沦落，以及人类从此为了生存必须付出不幸。我们还可以再补充一点，这个象征意义证实了，作为一种神话元素和最初的过错的象征，女人的社会地位被贬低。

至于劳作与辛劳、衰老、疾病所形成的不幸之间的对等关系，是否也具有象征意义？我们可以这么理解，叙事开头的劳作（ergon），作为一种社会事实，被转化成为辛劳（ponos），亦即在形而上层面定义的人类生存条件。劳作因此不仅仅如神话开场所示是不可避免的事实，也是人类的生存条件。神话叙事使赫西俄德能够把社会事实转变成神的法则。这种概括往往使人忘记在事实上劳作法则面前并非人人平等，正如在疾病与衰老的不幸面前也并非人人平等一样。继女人之后，赫西俄德的法则认可劳动者的社会地位被贬低。当然，诗人也说劳动可使人获得财富（行308－313），并且劳动还有可能变得越来越容易（行291）。但诗人借此想要强调 ergon 一词所具有的含糊意义。它既指辛苦的劳作，也指劳动创造。只有那些寄生于他人劳动的人，才有可能既不需要劳累自己又可以从劳动中得到财富。因此，在《劳作与时日》里，我们必须用近乎马克思主义的方式区分用来谋生的“劳动—再生产”和只能使少部分人致富的“劳动—生产过剩”。

某些研究者认为，赫西俄德的普罗米修斯神话缺乏叙述逻辑性，要么开头的 ergon 不是结尾的 ponos，① 要么诗人在叙事半途放弃初衷。然而，如果我们把这两个段落放在一起，就不难看出神话首尾的对应：

原来神们藏起了人类的生计。
不然多轻松，你只要劳作一天
就够活上一整年，不用多忙累，
你可以很快把船舵挂在火上，
牛和耐劳的骡子犯不着耕作。
但宙斯全给藏起，他心中恼恨，
因为狡猾多谋的普罗米修斯蒙骗他。
于是他为人类设下致命灾难。（行 42－49）

原来，人类族群生活在大地上，
远离一切不幸，无须辛苦劳作，
也没有可怕疾病把人带往死亡。
因为凡人身陷患难，很快会衰朽。
但女人用手揭去瓶上的大盖子

① G. Broccia, *Pandora, il Pithos e la Elpis. Ancora sul κρύπτειν βίον di Zeus in Esiodo, Erga 42 – 105*, in *La Parola del Passato* 13, 1958, 296 – 309. Broccia 认为，ponos 不是指 ergon，而是指谋生手段的欠缺（页 300）。另见 *La Parola del Passato* 9，1954，118 – 136。

散尽一切，给人类造成致命灾难。（行 90－95）

这两段诗行在形式上惊人相似。内容方面的相似尽管不明显，也还算清楚。由γάρ［原来］引出的句子（行 42、90）与由ἀλλά［但是］引出的句子（行 47、94）形成对比，分别表现人类犯罪之前的幸福生活和犯罪之后宙斯使人类陷入不幸的意愿。另外，由αἶψα［很快］引出的句子（行 45、93）尽管不明显，但也具有对等关系。两句均表明神话中的幸福已离人类太远："哎！人类原本可以很快将工具搁在一边无须劳作！""哎！人的衰老是如此的快！"两句均等同于如下不可能实现的祈愿句式："要是不是这样就好了！"笔者认为，把行 93 看成对《奥德赛》卷 19 行 360 的抄袭并加以删除，这是对赫西俄德思想的一次真正损害。比较荷马，赫西俄德的反讽意味非常明显。在《奥德赛》里，佩涅洛佩看见异乡人（事实上是奥德修斯的伪装），带着伤感说：

奥德修斯的双手和双脚可能也这样
因为人们身陷患难，很快会衰朽。①

这两行诗感伤岁月流逝，诗意地反映年老战士悲悼一去不复返的年轻，让人难以忘怀。但是，《奥德赛》所具有的积极浪漫主义情怀拭去了哀伤语气：异乡人并非真的是年老的乞丐，而是王者，并将恢复力量和俊美。与之相比，在赫西俄德笔下，人类的衰退无可救药。真实的奥德修斯本应如他伪装的模样，是被岁

---

① 类似的有感而发，参见放羊人菲洛提奥斯的话："我一见此人不禁眼流泪水汗满身，回想起奥德修斯，我想他也会穿着这样的破衣烂衫到处游荡在人间。"（卷 20 行 202）此外还有奥德修斯的狗令人哀叹的衰老："现在它身受不幸，主人客死他乡。"（卷 17 行 318）

月和患难摧残的人。赫西俄德偶尔“偷得”荷马的一句诗，在诗中仅用这么一次，并与前一行中的 kèras（指各种形式的死亡）① 相映成趣。因此没有必要把κῆρας改为γῆρας，此处文字游戏的意味非常明显：不幸使人既走向衰朽，也走向死亡。行 93 的反讽意味完全是赫西俄德式的。由此我们可以推断，在文本中插入荷马诗行的不是别人，正是赫西俄德本人。赫西俄德对荷马的诠释因而深入到援引原诗的程度。在新的上下文语境里，他赋予援引诗句截然不同的含义。② 由此可见，删除赫西俄德作品中所有与荷马诗相关的诗句或段落，③ 这样的做法是多么荒唐和轻率呵！

二 人类沦落的神话式中介：盗火和女人的礼物

人类生存条件的前因后果借助人类沦落神话得到叙述：犯错、盗火、惩罚、女人和不幸。神话叙事本身呈现为一系列计谋的角逐。

（一）第一部分：盗火（行 20－52）

叙事分成两个阶段。

1. 宙斯藏火（行 50）

赫西俄德在“藏”这个动词上大做文章。行 42 表明无须劳动的谋生手段④在现实中并不存在。掩藏谋生手段，在此隐喻劳

---

① 《伊利亚特》有多处提及“各种形式的死亡”，似将 kèras 平常化（卷 18 行 535，卷 12 行 325）。

② 只有行 705（“男人会被恶妻白白榨干，过早衰老”）与《奥德赛》卷 15 行 357（“妻子的亡故使他极度悲伤，老态龙钟提前入暮年”）对应。此处的意思是，促使丈夫衰老的不再是妻子的死亡，而恰恰是她的存在。

③ 荷马诗文在赫西俄德诗中的再现这一课题还有待整体性的研究。参 P. F. Kretschmer, *De iteratis hesiodeis*, Bratislava/Wroclaw, 1913。

④ 行 42 的 bios 比行 31 具有更普遍的含义。它是持续生命的一种物质方式。“为神所藏”，可以解释为一个抽象含义（无须工作的生活可能）被一个形而上含义（生命起源）所掩盖。

作的必要性，尽管表达方式是神话且形而上的，劳作的必要性在一开始就是神圣的，并且被表现作一种欠缺。

“但宙斯全给藏起，因为狡猾多谋的普罗米修斯蒙骗他。”（行47）这里的表述第一次暗示了普罗米修斯神话。“藏”在这里是形而上的，因为普罗米修斯神话的主要内容不在于人类丧失谋生手段，而且普罗米修斯犯下的第一个错误在文本中也没有得到体现。我们指的是《神谱》行535－557讲到普罗米修斯在墨科涅对宙斯掩藏了牛肉（此段可以说是祭祀起源叙事）。在《劳作与时日》里，盗火是人与神的争执的起源。

行50第三次出现动词“藏”：“宙斯藏起火种。”在《神谱》行563的表述中，“宙斯不再把不熄的火种丢向梣木，给生活在大地上的有死凡人使用”，这个动词还是隐喻性质的，似乎意味着，宙斯不愿再给人类从雷电自然产生的原始的火，可以采集的免费的火。

神话的开场阶段揭示诗人为在象征和神话层面上叙述事实所做出的努力。

2. 普罗米修斯盗火（行52－54）

诗人简单交代普罗米修斯盗火过程：他用一根空阿魏杆从宙斯那里偷得火种，宙斯竟未觉察。普罗米修斯的计谋在于把一件宝贵的东西掩藏在平常外表下，使人看不见（墨科涅事件亦如此，普罗米修斯用牛肚掩藏牛肉）。

《神谱》行569，普罗米修斯带走的火被保存在人间，成为人类可以随时取用的财富。人类不再依附神的赐予。拥有火，使人类获得某种自治的权力。

火被神藏起，又让人盗走。它是一种财富，但属于哪一类型的财富呢？在此之前，火似乎并不是技术性的火，可以用来制造工具，烹煮食物。[①] 这是宙斯对狡猾的人类的一个回击。他没有夺回火种，而是贬低火的作用。火不再具有原来的神奇力量，而只能被运用在人类日常生活。[②] 在犯错之前，人类拥有火具有某种象征意义。从宙斯的武器闪电处偷得的火象征权力和力量。如果和 bios 连在一起看，火应是象征生命的权力，创造的能力，即无须神的帮助就可以使 bios 持久地生长。[③] 因此，在神与人的争执上提出了带政治色彩的权力问题。而从神话角度来看，人与神的争执在于重建维持社会平衡、分配权利财产的基本法则。

正如不幸之瓶与女性有关，火的生命力和火种均具有男性特征。[④]

（二）第二部分：女人的礼物

这部分构成神话叙事的核心内容。

1. 宙斯宣布要送出一件让人类欢喜又带来不幸的礼物（行 53 –59）

此处尚未提到女人。我们还不知道礼物的具体内容，只知道它是一种不幸（*κακόν*）。宙斯的礼物（*δώσω*）和普罗米修斯的盗火相关。宙斯的计谋与普罗米修斯的计谋恰恰相反：他把不幸掩藏在一个诱人的外表下，使人接受它。宙斯的计谋是高超的，因

---

① 杜梅齐尔在 1924 年的博士论文（*Le Festin d'immortalité*，93）中把这里的火解释为用来烹煮食物的火。但他对于普罗米修斯神话的重建很多是出自想象（至少涉及赫西俄德的这一部分）。

② 韦尔南认为，火和女人一样象征人类生存状态。参见德第安和韦尔南编，*La cuisine du sacrifice en pays grec*，Paris，1979，98 –105。但笔者认为他的观点并不正确，因为火在一开始是好的。参《神谱》行 585："宙斯造了这美妙的不幸，以替代好处。"

③ 火与繁殖的关系，见 J. Frazer，*Le rameau d'or*，*Balder le manifique*，4 –11；G. Bachelard，*La psychanalyse du feu*，Paris，1949，3 –4。

④ 在不同古代文明传统里，创造或盗取火种者皆为男性（J. Frazer，*Les mythe de l'origine du feu*，Londres/Cambridge，1921，附录 3）。另外，北美神话里的带火者是鸟。

为他不但欺骗人的眼睛，还欺骗人的智慧和感情（行58）。

女人作为不幸被送出，以惩罚人类盗火。从某种意义上说，女人似乎抵消了人类对火的拥有。火所具有的雄性力量的永恒意义，通过与女性的空缺的结合，化作某种痛苦的永恒意义。正如韦尔南所言，雄性的力量被女性的空缺所淹没，而在生成循环里，雄性力量为了满足某种无法填补的需求而精疲力竭，比如性欲和饥饿。①

2. 宙斯的吩咐和女人的诞生构想（行60－68）

女人的诞生先后有两个重叠的叙事版本。《神谱》在女人诞生处结束普罗米修斯神话，紧接以一长段对女人的批评；《劳作与时日》则详细描绘神话人物潘多拉的诞生过程（行53－59，潘多拉由此成为女性的起源或祖先），以及不幸的瓶子被打开。这两段穿插在女人诞生叙事的两个阶段之间。神话叙事为过渡做了周密准备，使剧情得到延伸：②

---

① 弗洛伊德解释过普罗米修斯神话（*Zur Gewinnung des Feuers*, in *S. Freud*, *Résultats*, *idées*, *problèmes*, 2, 1921—1938, Paris, PUF, 1985, 191－196）。他的多数解释与赫西俄德相去甚远，但有一个基本观点却是符合的：火象征 libido 的力量，普罗米修斯式的人通过盗火获得创造生命的力量，也因此受到不可遏止的饥饿的惩罚。此处的饥饿象征没有限度的性欲。这种欲望和普罗米修斯的肝脏一样总是再生，要彻底满足它，除非使之变得社会化，或者克制它。弗洛伊德的观点接近赫西俄德神话的基本精神，即只有社会法则可以使人类重新找到黄金时代式的幸福。参看 J. Laplanche, *Faire dériver la sublimation*, *Psychanalyse à l'Université* 2, 1977, 401－407; F. Pasche, *Mythologie et psychanalyse*, *Psychanalyse à l'Université* 10, 1985, 97－109; P. Smith, *History and the individual in Hesiod's Myth of Five Races*, in *The classical World* 74, 1980, 145－163。

② 没有必要就此推论，赫西俄德在神话原型上补充了两个传说，否则就是把女人所象征的两个连续性含义（女人先是不幸本身，接着是不幸的媒介）实体化。

A. 神话中的盗火

B. 女人的当前存在

A1. 神话中女人的诞生

B1. 不幸的当前存在

关于女人的创造，这一部分叙述与《伊利亚特》中赫拉梳妆打扮的场面（卷 14 行 170 – 223）相似，尤其有阿佛洛狄忒的介入。① 赫西俄德还沿用荷马诗中对海伦的形容（《伊利亚特》卷 3 行 158、160、180）。这是一种外文本（épitexte）形式。②

比较《神谱》，《劳作与时日》做出的修改别有深意。参加创造女人的不再只是原来的两位神，即雅典娜和赫淮斯托斯（他们代表神话的传统形式，以古代陶器上的图案为证③），而是四位神。这意味着诸神群起响应人类群体的抗争。继前两位神，阿佛洛狄忒和赫耳墨斯分别带有特殊象征含义。前者是诱惑，后者是小偷的庇护神。

3. 神话女人的诞生（行 69 – 80）

创造女人的场面并不是对荷马诗的重复，而是具体直观的，往往让人想到雕塑或木偶的制作过程。从文学角度来看，这是对英雄诗系中“经典场面”的再现，诸如某个女神梳妆打扮或进行“爱的武装”。④

---

① 此处模仿《伊利亚特》卷 14 的场景（行 179、181、183、187）。

② 赫西俄德大约也想到赫淮斯托斯的那些用黄金制作的侍女们（《伊利亚特》卷 18 行 418 – 420）。她们和未来的潘多拉一样，有智力，会说话并且能干活。另见海伦出现在特洛亚望楼的场景（行 56 = 《伊利亚特》卷 3 行 160；行 62 = 卷 3 行 158）。

③ 在巴比伦史诗《阿特拉哈西斯》（*Atrahasis*）和苏美尔史诗《恩基和宁玛赫》（*Enki et Ninmah*）中，创世神均包括一个男神和一个女神。

④ 除赫拉的例子以外，另见《奥德赛》卷 8 行 364 – 366；《阿佛洛狄忒颂诗之一》，行 86 – 90；《颂诗之二》，行 5 – 13。

诗中在此处重提宙斯的话，被视为笨拙的写法，研究者为此常将女人的诞生场面判为后人的篡插。① 然而，在象征层面上，前后两个部分并不矛盾。② 赫西俄德的创作过程（或风格）远远不是在套用既有惯例，而总显得是细心设计过的，不能用荷马式法则加以评判。

潘多拉的创造场面建立在《神谱》行 570 – 584 相关场面的叙述基础上：这是一种超文本（hypertexte）形式。《劳作与时日》重复了《神谱》的三行诗。③ 与此同时做出的修改则更显得别有深意，诗人取消了《神谱》行 579 – 584 有关金带的冗长描述，代以“在她胸中造了谎言、巧言令色和诈诡习性”（行 77 – 80a）。因为，在《劳作与时日》的经济司法角度上，寄生、偷窃总是与暴力欺骗或语言欺骗相关。

4. 命名：潘多拉（行 80b – 82）

潘多拉的名称构成含有隐秘的字面意思。潘多拉是“拥有所有礼物的人”。这个名称同时具有主动含义（送出所有礼物的）和被动含义（收到所有礼物的）。词缀 *-δωρος* 在古希腊文中通常作

---

① 仅列出相关研究者：Lehrs（1837），Schöll（1879），Lisco（1903），Raddatz（1909），Fuss（1910），Schwartz（1915），Wilamowitz（1928），Jacoby（1930），Merkelbach（1956），Lendle（1957）。被删却的诗行如下：行 72，视为行 76 的重复（Solmsen 1949）；行 73 – 76（Terzaghi 1916）；行 76，视为行 72 的重复（Paley 1883；Sinclair 1932；Kerchensteiner 1944；Goettling 1831/1843 做改动）；行 79，与行 61 矛盾（Bentley，C. Robert 和 Sinclair；Parley 1883；Rzach 1913；C. Robert 1914；Kerchensteiner 1944）；行 81，潘多拉名称的词源语义有误（Lehrs 1837）。

② C. Robert（*Hesiod*，*Wege des Forschung* 44，Darmstadt，1966，355）持相同观点。另见 Mazon（1914，51）；F. Krafft，*Vergleichende Untersuchungen zu Homer und Hesiod*，Göttingen，1963，101 – 106；P. Pucci，*Hesiod and the Language of Poetry*，1977，96 – 101；W. J. Verdenius，*A comm. On Hesiod*，1985，55 – 58。

③ 《劳作与时日》行 70 – 72 等同于《神谱》行 571 – 573。

主动用法，用来形容德墨特尔。然而，依据上下文，赫西俄德还赋予潘多拉的名称第三个意义：“作为所有神的礼物的人。”潘多拉事实上是一件礼物（行57）。作为一件集体作品，她是所有神的礼物。这层意思和此类词的被动含义相关联：潘多拉是所有神的礼物，因为所有神都送她一件礼物。不过，正如宙斯所宣布的，这个礼物实际上是不幸，我们因此也不能忽略该词的主动含义：潘多拉是送出所有不幸的人，某种类似于反德墨特尔的人物典型。综上所述，正因为潘多拉是所有神的礼物，她才是完全诱人的。而从象征层面来说，潘多拉的完全的诱惑力恰恰与她所具有的完全的邪恶分不开。

5. 把礼物送给厄庇米修斯（行83－89）

《神谱》行585－589，女人被送到神和人聚集的地方，永生神们和有死的凡人见到她，不由得惊奇。在《劳作与时日》中，根据政治司法倾向的需求，神和人居住的地方被分开了，礼物直接送给厄庇米修斯。

赫耳墨斯护送女人。此处似乎带有送新娘子的意味。韦尔南认为，女人被送到厄庇米修斯那里，正是婚姻起源神话。① 但确实如此吗？《神谱》行513和行602－612对于婚姻带来的困窘境况的思考很可以证实这一点。但是，在《劳作与时日》中，神话的结尾是形而上的。《神谱》所体现的两难，也就是婚姻和单身各有缺陷，具有现实主义的戏谑意味。② 而在神话中，人类并不能选择接受或拒绝女人。神话的关键在于揭示欲望的陷阱，至于与女人的结合，亦即婚姻，只不过是形式而已。潘多拉具有所有优点，完美纯洁，是典型的婚姻对象。但她与用甜言蜜语蒙骗农

---

① J. P. Vernant，*A la table des hommes*，M. Detienne－J. P. Vernant 编，37－132、108－110。

② 参看拉伯雷，《巨人传》，第三卷，第9章。

夫的淫荡女人（行 373 – 375）在本质上没有什么差别。由此可见，在厄庇米修斯和潘多拉之间，婚姻的概念非常不明确。

毫无疑问，这个场面的叙述松散，七行诗中有四行（行 86 – 89）反映了人类智慧的卑微。厄庇米修斯的名称所隐藏的词源意义也强调了这一点。他是“过后思考的人”。①

（三）第三部分：希望和人性最终的文化适应

行 90 – 93 对普罗米修斯事件以前的黄金时代做了简短回顾，行 96 – 104 则描述人类当前所处的黑铁时代，两种状况形成鲜明对比。中间穿插女人打开不幸之瓶这一场景（行 94）。女人在《劳作与时日》里成为不幸的起源，在《神谱》中却是不幸本身。

我们已经看到，神话首尾在形式上彼此对应，神话叙事始于人类当前生存状态的现实描述，终于某种形而上的思考。不过，结尾部分似乎没有提到：陷入辛劳、衰老和疾病的人类还有什么样的生存可能性？人类在一开始梦想着无须劳动的美好生活，尽管这个梦想不可能实现，但我们由此得知，劳动虽然艰苦但还是人类赖以为生的一种手段。结尾处却没有类似暗示。对于遭受不幸的人类来说，唯一的生存可能似乎完全寄托在希望的象征寓意上（行 96 – 99）。赫西俄德用希望来对比漫游人间的不幸，以及无声流传的疾病。

自阿里斯塔库斯②起，人们致力于解释希望所包含的象征含义。希望是对幸福还是不幸的等待，抑或只是某种没有明确目标的等待？不幸之瓶是灭绝希望，还是保存希望？宙斯对于人类的

---

① 这与普罗米修斯的词源含义相对应：他的智慧（mètis）总在所有人之前（《劳作与时日》行 54，《神谱》行 559）。

② ［译按］Aristarque（前 215—前 143），亚历山大里亚学者。阿里斯塔库斯编修过《神谱》和《劳作与时日》，并且很可能写过笺释，如今还能读到他对《劳作与时日》行 97 和行 210 – 211 的两处短注。

意愿是善是恶，或者两者皆有？类似问题错综复杂，莫衷一是。我们可以运用数学加减法做出评估："等待幸福"加上"无时不在"减去"在恶劣的世界里"等于"某种负面意义的希望"。由此可以得出一打以上类似结论：清醒的绝望，盲目的希望，等等。通过对五十多个语文学研究的归纳总结，我们发现这些研究毫无例外从属于上述理论框架。常见的论断有如下几种。

第一，美好的希望。往往在恶劣的世界里（希望可能是一种慰藉、欺骗或幻想）。

第二，无法企及的希望。当人们期待某种幸福时，希望是积极的（类似第一点）；当人们期待不幸消失时，希望则是消极的。

第三，在善恶混合的世界里的双重希望。

我只补充一点：希望在通常意义上是对幸福的等待；而留在不幸之瓶的神化了的希望，由于诗人拿它与散播人间的不幸作对比，可被看成一种善。在赫西俄德笔下，宙斯是正义的守护神，特意把希望留给人类（行 99）。他不可能毫无理由地存心消灭、欺骗人类或者使之绝望、受苦。宙斯的所有举措自有道理，旨在建立一种政治道德法则秩序。

是否可以就此推论，不幸之瓶里的希望与行498－501 的虚妄的希望正好相反？希望的双重性是不是一种辩证化观点，诸如意大利文的 sdoppiamento dei concetti 或德文的 Begriffspaltung，往往集中体现为不和（eris）和羞耻（aidôs）之间的辩证关系？① 我

① 自 1946 年起，意大利学者对赫西俄德某些概念的双重性作出详尽分析：F. Martinazzoli，*Ethos ed Eros*，Florence，1946，II，9；E. Livrea，*Applicazioni della 'Begriffspaltung' negli Erga*（*Helikon* 6），1966，81－100（相关问题的最出色的研究成果之一）；G. Broccia，*Tradizionne ed esegesi*…，1969，41－64（历时十五年，遗憾的是偏向心理学研究）；G. Arrighetti，*Ancora sullo sdoppoamento dei concetti etici in Esiodo*（*Studi classici ed orientali* 19－20），1970/1971，297－301（与 Livrea 的研究同样得到好评）。有关 aidôs 的两篇

认为不完全是这样。大写的希望所具有的象征含义与懒汉的虚妄的小写的希望并非在同一层面。它不是某种心理的主观的无规则的情绪。借助行 43 – 46 给出的启示和诗篇的教诲喻义，希望可谓人类处于绝境时的某种生存可能，是一种恩赐。不过，这种潜在的生存必须以人类接受新的政治道德法则为前提，也就是说人类必须劳动、平均分配财富、自治自律、放弃无谓的斗争。因此，希望的实现与行 225 – 247 详细描述的正义城邦呼应。

谈及古希腊思想中某种宗教性的神秘希望，也就是从赫拉克利特到金嘴狄翁都有所体现的希望，似乎也离题甚远。① 赫西俄德的希望向正直的劳作者所承诺的幸福仅限于健康、安逸的老年、丰收和和平。不过，在希望颂诗中，忒奥格尼斯就《劳作与时日》中的希望、羞耻和义愤两女神离开人间等段落做出最早的评注（1135 – 1146），揭示赫西俄德的希望不久就转变为在神的正义里的一种信任和信仰情感。索福克勒斯在《特拉基斯少女》中反复强调不应放弃希望（行 125、136、724）："难道我们曾经见宙斯放弃他的孩子们?"（行 139 – 149）尽管赫西俄德远非理想主义者，但这几段诗文的用意甚为明显，希望属于理想的社会现实的遮蔽过程。

不妨说，希望的象征意义超越并涵盖了对幸和不幸的等待：

著作：A. Hoekstra, *Hésiode*, *Les travaux et les jours*, 405 – 407, 317 – 319, 21 – 24. *L'élément proverbial et son adaptation* (*Mnemosyne* 3), 1950, 89 – 114; K. J. McKay, *Ambivalent αἰδώς in Hesiod* (*American Journal of Philology* 84), 1963, 17 – 27。另参 D. B. Claus, *Defining Moral Terms in Works and Days* (*Transactions and Proceedings of the American Philological Association* 107), 1977, 73 – 84（由于忽略意大利学界的研究，没有太大建树）; J. Péron, *L'analyse des notions abstraites dans les Travaux et les Jours* (*Revue des Etudes Grecques* 89), 1976, 265 – 291, 尤见 271, 281 – 283。

① 马提纳佐里在 *Hésiode* 一书的第二部分重述其发表于 *Studi italiani di filologia classical* 21（1946, 11 – 22）的一篇文章的内容。

希望在本质上是好的，前提是神会补偿劳作者的等待；但如果不劳动的人冀望神的恩赐，希望就变成一种空想（显然，赫西俄德从未想过不劳动的人是否有能力劳动这个问题）。《劳作与时日》的道德概念的辩证化系统错综复杂。它所包含的某些概念的双重性本身就很复杂，因为，这些概念一方面具有荷马诗中的原义和转义（就战争暴力而言是不好的，就创造性劳动而言是好的），另一方面在转义里又具有正反两种意义（就竞争、嫉妒和盗窃而言是不好的，就尊重他人的劳动而言是好的）。这些概念往往伴随着社会状态的转变而具有不同含义（行 317 – 319，行 500 起）。因此，既有不劳动的人的虚妄的希望（行 500），也有劳动的人的积极的希望。此外，概念的辩证化促使某些概念产生重要的隐喻，比如不幸之瓶的希望，或行 200 的羞耻。类似的隐喻体现了概念的本质，却往往不甚明显，属于上文所说的理想的现实遮蔽范畴。①

某些研究者指出，在同一瓶子里放着福与祸，似乎有些不合逻辑。赫西俄德也许是未加思索，把《伊利亚特》（卷 24 行 525 – 534）中装福的瓶和装祸的瓶合二为一。按勒斯基（A. Lesky）②的话说，这是某种“命题的感染错合”（Motivkontamination）。但是，这样解释忽略了赫西俄德对于人类生活的思考远远比《伊利亚特》中阿喀琉斯的思考更具教诲含义。在赫西俄德看来，生活不再是幸与不幸的偶然变迁，亦非受某种宿命影响，而是现实中的善恶混合。至于善恶的比例，如行 225 – 247 所示，以人类自身

---

① 不和（eris）有两个譬喻。两种不和是两大现代神话的远祖。坏的不和与生产过程有关，可谓马克思的阶级斗争的鼻祖（对马克思而言，斗争决定了阶级社会的产生，并与个人在生产过程中所处的位置有关）；好的不和则与自由竞争神话相关。

② A. Lesky, *Motivkontamination*（*Hes. Erga* 60 – 105, *Apollod. III*, 164 – 167, *Petron.* 63）, in *Wiener Studien* 55, 1937, 21 – 31；亦见于 *Gesammelte Schriften*, Berne/Munich, 1966, 327 – 330。

行为为根据。因此，希望的寓意代表了某种道德期待，从而赋予瓶中内容一个非凡的象征意义。这样微妙的双重象征意义非常符合赫西俄德的教诲意图，以至于我们不得不怀疑，正是赫西俄德本人虚构出瓶中的希望，以替代《神谱》对女人的平常贬斥。由此，赫西俄德作为观念学者，通过神话对经济的人（homo economicus）和政治的人（homo politicus）做出最早的定义。

人类种族神话：正义的历史

一 韦尔南方案的"历史"再解读

韦尔南在1960年解读人类种族神话，并在1966年和1985年做了相应修改。这篇文章可谓解读人类种族神话的基础性著作。[①]任何研究该神话的学者都不能忽略它的重要意义。

韦尔南本人借鉴戈尔德斯密特（Goldschmidt）对人类种族神话的结构分析。根据戈尔德斯密特，赫西俄德的四个种族解释了某种介于神和人之间的等级制度：精灵、英雄和死者。历史解释了结构。[②] 这样的解释方法令人赞叹，但解释本身还有待争议：戈尔德斯

---

① J. P. Vernant, *Le mythe hésiodique des races. Essai d'analyse structurale*, in *Revue de l'histoire des religions* 157, 1960, 21 –54; *Le mythe hésiodiquedes races. Sur un essai de mis au point*, in *Mythe et pensée chez les Grecs*, 1971, 1, 42 – 79; *Méthode structurale et mythe des races*, in *Histoire et structure. A la mémoire de V. Goldschmidt*, J. Brunschwig et al. ed. , Paris, 1985, 43 –60. 有关普罗米修斯神话，韦尔南的研究也很重要：*Le mythe prométhéen chez Hésiode*, in *Mythe et société en Crèce ancienne*, Paris, 1974, 177 –194; *Raisons du mythe*; *A la tables des hommes*。

② V. Goldschmidt, *Theologia*, in *Revue des études grecques* 63, 1950, 33 –59, 重刊于 *Questions platoniciennes*, Paris, 1970, 141 –159; *Addendum*, 159 –172; *Remarques sur la méthode structurale en histoire de la philosophie*, *Métaphisique*, *Histoire de la Philosophie.* , *Recueil d'études offert à Fernand Brunner*, Neuchâtel, 1981, 213 –240。

密特的三个等级在古希腊思想中并没有得到显著体现，也不能解释神化种族（黄金和白银）的二元性、英雄种族的差异或者黑铁种族的特殊叙述方式并且最终导向末世学说，即不同种族的死后命运。

韦尔南更改戈尔德斯密特的三等级理论，代之以杜梅齐尔的印欧社会的三职能体系：三对种族（即黄金+白银、青铜+英雄、黑铁种族分为两个阶段）分别代表王者职能、战士职能和劳动者职能。太多后期研究者以教条机械的方式运用杜梅齐尔的理论，虽然他们也怀疑该理论的适用性程度。

但是，一方面，三职能体系对于神话研究的解释功能在印欧语系里不断得到证实。至于在希腊语文学中，即使三方观念学派并不盛行而克里特—地中海的基质根深蒂固，三职能体系还是留下令人注目的影响，尤其是在波奥提亚和斯巴达地区。维安（F. Vian）、谢尔让（B. Sergent）、布里盖尔（D. Briquel）和吉田敦彦（A. Yoshida）等研究者均证明这一点。因此，赫西俄德完全有可能有意无意地使用了三方观念学派所提倡的结构理念，就像他也使用了克里特—地中海式的英雄概念。这样的创作过程非常典型地体现了希腊宗教思想中的诸说混乱特点。

另一方面，杜梅齐尔的理论旨在分析一个文明把所有社会关系当作整体的思考系统。韦尔南采用杜梅齐尔的理论来解释戈尔德斯密特刚刚证明过协调性的人类种族神话，在事实上是用关系的动力学说替代静止的分类学说。在韦尔南的解释下，每一职能包含一个好的种族和一个坏的种族，因此具有积极（正义）和消极（无度）的双重形象。人类种族神话不仅为每一职能树立一个正义的典范，而且还在正义（dikè）和无度（hubris）在每对种族内部具有相同的辩证关系的前提下，树立一个总的正义典范。晚近某些研究者致力于揭示人类种族神话的细致分类，往往是因为他们忽略了神话结构整体所具有的张力。

最后，韦尔南尝试揭示赫西俄德时期的社会所具有的具体象征意义，尤其是王者与农夫的关系，以及在神话中被模式化的正义等等。

基于上述种种原因，我们也许完全有可能对人类种族神话做出其他解释，但如果不从韦尔南利用三职能体系揭示的各种对比关系出发，所有尝试将是徒然的。如果我们从另一假设出发，即赫西俄德早在公元前七百年就建立了城邦—国家的观念学说，那么三职能体系将不再是神话的基本真实，而仅仅是诗人用来建构正义历史的因素之一。因此，我们的解释任务是把神话看成人类正义的典型历史，从而揭示诗人用近前的荷马式过去和古远虚幻的过去来比较当前现实。

这个象征性历史针对现在，一如狄卡亚科斯①的灵魂三阶段或孔德的理智认知三阶段，并且有助于我们评判“历史学家”赫西俄德的选择。然而，这也是一个真实的历史：正因为黄金+白银的王者式人类和青铜+白银的战士均以各自的方式经历了正义和劳作，所以赫西俄德利用他们作为教诲同代人的正义理念和劳作理念的教材或反面教材。在某种程度上，每代种族往往具有双职能或三职能特征。英雄种族尤其明显，他们在生前是王者和战士，死后在幸福岛上是王者、巫师和创造者。

二　英雄种族：人类种族神话的“历史”解读基础

人类种族神话的历史基准点是英雄种族。在《劳作与时日》中，英雄种族正是那些远赴特洛亚和忒拜浴血奋战的史诗英雄。

---

① 有关 Dicéarque，参 Porphyre，*De abstinentia*，*IV*，1，2（或 F. Wehrli，*Die Schule des Aristoteles*，I；英译本见 A. O. Lovejoy，G. Bos，*Primitivism and Related Ideas in Antiquity*，Baltimore/Londres，1935，New York，1965/1973，94。［译按］Dicéarque，希腊哲人，生活在前 347 年至前 285 年，亚里士多德的学生。

赫西俄德很有可能是想到了《伊利亚特》和《忒拜伊德》（*Thébaïde*）这两部史诗。他说英雄种族是“无边大地上我们之前的族群”（行160），与人类当前所处的黑铁时代相连，因此具有现实的历史意义。在此之前的种族则更具有象征意义。最明显的莫过于黄金种族和白银种族。① 青铜种族有可能具有历史意义（荷马诗的读者知道，青铜种族是当前种族的前一代，而且英雄们事实上也生活在青铜时代），但更主要的是象征人类的残暴，正如黑铁种族。因此，前几个金属署名的种族所具有的历史性，只能是相对于英雄和当前人类而言。

英雄种族也是人类种族神话作为正义的对比故事的基点之一。因为神话的基本对比关系在象征层面上存在于黄金时代的自发无知的幸福和黑铁时代的痛苦的正义之间；在历史层面上则表现为荷马时代的战争社会（已经消失或过时）和黑铁时代的政治社会之间的对比。②

通过对《劳作与时日》某些道德概念的研究，我们不时发现，只有意识到赫西俄德式典型与荷马式典型之间的差别，我们才能在历史里认识赫西俄德的作品。赫西俄德似乎有意识地建立与荷马诗相反的，尤其与《伊利亚特》相反的思想体系和写作体系（我认为赫西俄德熟知《伊利亚特》和《奥德赛》的若干甚

---

① J. G. Griffiths 采纳 R. J. Forbes 和 A. Lucas 的观点，认为黄金和白银作为天然金属，早在青铜之前就得到人类的使用。参 *Archaeology and Hesiod's Five Ages*, in *Journal of the History of Ideas* 17, 1956, 109－119; *Who Invented the Golden Age?*, in *Classical Quarterly* 46, n. s. 2, 1952, 83－92; *Did Hesiod Invent the Golden Age?*, in *Journal of the History of Ideas* 19, 1958, 91－93。

② 许多研究者认为，英雄和黑铁时代的人类之间存在着某种亲缘关系。这两个种族确实都具有某种非自发的道德理念，黑铁时代的司法、言语所体现的暴力也与英雄们的战争暴力互相呼应。但是英雄时代在诗中确实是结束了，详见 Ruth Scodel 版本对于这个问题的解释，注释65。

她们述说现在、将来和过去，
歌声多么和谐；那不倦的蜜般言语
从她们唇间流出。轰隆作响的父神宙斯的
殿堂在微笑，每当女神百合般的歌声
飘扬，回荡在积雪的奥林波斯山顶
和永生者的殿堂。

——《神谱》行 38—43

而是全部诗篇)。《劳作与时日》开篇，两种不和的神话反映战争纠纷与劳动竞争的对比关系，诗人借以表达自己的信仰和理念。因此，在作为正义历史的人类种族神话里，英雄代表史诗人物典型，理当受到谴责。但是赫西俄德对于英雄的叙述态度是含糊的(有一部分英雄最终成为幸福岛的居民)，这使某些研究者认为，青铜时代作为原英雄诗系时代所具有的残暴代表荷马英雄身上的不良特征，赫西俄德通过谴责青铜时代谴责英雄们的战争暴力倾向。①

赫西俄德对英雄的含糊叙述态度意味着什么？英雄种族是人类种族的例外，是所有神话解读的障碍。但反过来，例外往往有利于揭示本质，因此英雄也将是我们研究人类种族神话的首要概念。在这一点上，研究者往往不可避免地遇到神话的原创性问题。事实上，这个问题渊源久远，却始终得不到解决。② 我们至多可以想象公元前两千年前的某个神话里不存在黑铁时代，或者还可以假设，英雄作为充满宗教意味的克里特—迈锡尼概念，最初并不存在于由四个金属种族所构成的道德寓言。无论如何，在赫西俄德叙述的种族神话里，英雄显得格外特殊：没有用金属署名，似乎打断人类衰败的叙述秩序。诗人只为这个种族安排两种

---

① 把青铜种族和英雄合二为一的做法很早就有。比如 Steitz (1869), Meyer (1910/1924), Toynbee (1954)。尼采认为，英雄种族是贵族对英雄主义的一种理解，而青铜种族代表一种相应的敌视态度。参看《道德的谱系》, 1, 11。

② 研究者对此提出诸多解决方案。Lehrs (1857) 主张删除黄金种族，因其不够道德；Schoemann (1855) 主张删除白银种族，因其过于不道德；Betke (1872) 主张只有前两个种族才属于古代神话；Friedländer (1912) 和 Hartmann (1915) 主张英雄和青铜人类不属于最初的神话。1870—1910 年间的研究者开始认为是赫西俄德本人添加英雄种族：Steitz (1869), Rohde (1893/1894), Peppmüller (1896), Meyer (1910/1924)。Wilamowitz (1928) 认为赫西俄德添加英雄和黑铁两个种族。Paley (1833) 认为英雄是赫西俄德以后的人所插，Kühn (1947) 认定出自俄耳甫斯教派之手……

死后的命运，① 并且进行详尽描述。赫西俄德本人具有很强的逻辑能力，他之所以要保留这个种族，想必有充分理由。

其中一个理由是明显的：赫西俄德通过援引《伊利亚特》和《忒拜伊德》的史诗英雄，赋予他的正义故事某种历史的尺度。但是，这个理由不能解释某些英雄最后的神化。这类神化让人想到古代英雄崇拜。②

为了解释英雄死后命运的双重性，我们根据《劳作与时日》所具有的基本象征意义，以及荷马诗中的参照价值，提出以下假设：

第一，荷马史诗的英雄经历征战的一生之后，进入幽暗的哈得斯。如荷马所吟唱的那样，他们的灵魂“抛弃了他们的力量和青春”。这些使赫西俄德能够对荷马的英雄典范作出评判。赫西俄德的评判本质上是一种谴责：这些战士几无生还（*θανάτου τέλος*，行166），都如青铜人类一般消失了。但是诗人对英雄的评判并不像对青铜人类那样绝对，因为后者体现一种纯暴力的状态。③ 英雄之所以比青铜人类更加高贵公正，是因为荷马式的骑士价值法

---

① 有一部分英雄战死，另一部分被宙斯安置在幸福岛。研究者常把这两种情况看作两个连续性的时刻。但是文本的意思很明显，这是英雄的两种不同命运。详见 G. Broccia，*Chi va ad abitare le Isole dei Beati? Per l'esegesi di Esiodo*，*Erga* 156－173，*Euphrosyne* 10，1980，81－91；以及笔者在 *Mélanges Etienne Bernand* 的文章，97－99。

② 梅耶（1910/1924）指出赫西俄德的英雄具有双重性，起源在于传统英雄概念的双重性，即史诗方面的英雄与仪式崇拜、神话方面的英雄（*Hesiod*，E. Heitsch，1966，508，注 10）。

③ 此处使用印欧社会的传统战士观念。英雄和青铜人类很可能代表战争职能的两个方面，即根据杜梅齐尔（继 Wikander 之后）对印度、斯堪的纳维亚和希腊史诗的解释，阿瑞斯所引导的暴力野蛮的英雄和雅典娜所带领的有教养的英雄。前一类英雄包括 Arjuna，Helgi，Haraldr 和阿喀琉斯；后一类英雄则有 Starkadhr 和 Bhîma。参见 Dumézil，*Aspects de la fonction guerrière*，Paris，1956；*Heur et malheur du guerrier*，1969；F. Vian，*La fonction guerrière dans la mythoogie grecque*，in *Problèmes de la guerre*，Paris/La Haye，1968。

则（例如勇气、友爱、献身精神、尊重弱者）表现了高度的道德意识和社会法规的存在。这些英雄典型对于赫西俄德时期的贵族仍然有效。荷马史诗被到处传诵。光荣的英雄们也不像青铜人类那般，死而没有留下姓名（行154）。尽管阿喀琉斯和赫克托尔的选择最终导致他们自己和周围的人的死亡，尽管这种战争社会终将结束，而它的代表者也将走向消亡，赫西俄德还是想对史诗社会的正义表示敬意。他选择把对于战士的谴责性判决放到青铜时代，并且使用《伊利亚特》式的词汇对这个原英雄诗系时代加以描述。①

英雄们离开人间以后，有一部分去了幸福岛，他们或者是避开死亡，或者是死后另有生命。我们倾向于后一种假设。荷马英雄没有类似的命运。唯一的例外是墨涅拉奥斯，作为宙斯的女婿，被送到埃琉西昂原野。随着史诗的浪漫主义精神甚而神秘主义精神得到发展，英雄的类似命运似乎成为英雄诗系的传统。②为什么赫西俄德既援引荷马式的哈得斯，又借用一个更新的传统？为什么只有一部分史诗英雄被"超英雄化"？在《奥德赛》和英雄诗系中，英雄得到不朽的命运，往往是因为他们和神具有

---

① 有关力量和恐怖的词汇，《伊利亚特》中出现了几十次"宽阔""健壮"的肩膀；十一次"令人生畏的"手臂；"可怕的"这一形容词的使用，参卷9行238（赫克托尔），卷1行146，卷18行170（阿喀琉斯）。

② 参看普罗克罗斯注疏的 *Ethiopide*，内中提到阿喀琉斯在白岛（*Sommaires* de Proclos，106，6－15 Allen）。《奥德赛》以后神化的英雄，见E. Rohde，*Psychè*，1928，70－75；A. Schulten，*RE* XIV 1（1928），s. v. *Makarôn nêsoi*，col. 629；A. Brelich，*Gli Eroi grecci*，88－89；G. Nagy，*The best of the Achaeans*，164－166；A. O. Lovejoy，G. Boas，*Primitivism.*，290－303。有关幸福岛，见 E. Vermeule，*Aspects of Death*…，1979，72－74，230。英雄们与墨涅拉奥斯不同之处，在于他们死后变成不朽，例如《埃堤奥匹亚》中的阿喀琉斯，《列女传》中的赫拉克勒斯（67 *Fragm. Hesiodea*，25，24－29 M.－W）。

某种特殊关系。几个世纪以后，在品达的诗中，① 幸福岛成为所有正直的人死后的住所。赫西俄德的解释应该介于两者之间。单凭神的喜好而得到永生，与《劳作与时日》所体现的道德体系格格不入。同样，诗篇也不会像纯洁的心灵等待永恒的幸福那般，带有纯粹的道德理想主义或神秘信仰。对于赫西俄德而言，幸福是物质的。他生活在俗世，是被政治化的，期待成为正义城邦（行 225－237）的一员。因此，合理的假设应该是，超英雄化的英雄的物质幸福和正义城邦的物质幸福在象征层面上具有相通之处：这些幸福的英雄似乎便是正义城邦的幸福的起源和依据。②

考古学家发现，公元前八世纪到七世纪的希腊处于英雄崇拜鼎盛时期。在所有城邦里风行英雄情结和古墓狂热。③ 人们执迷于发掘迈锡尼时期的坟墓，偶尔还有亚迈锡尼时期或原始几何陶文化时期（proto－géométrique）的坟墓，④ 试图找到史诗提及的英雄们的踪迹。在同一时期的迈锡尼出现了献给阿伽门农的祭典；墨涅拉奥斯和海伦也在迈锡尼人的重要住所、拉科尼的特拉普涅受到祭拜。⑤

---

① 品达，《奥林波斯竞技凯歌》，2，67－88。

② 另有一种反对意见主张，获得永生的英雄在幸福岛过着封闭隔绝的生活，对凡人世界没有影响。

③ 语出 F. de Polignac, *La naissance de la cité grecque*, Paris, 1984, 129。

④ 例如原始几何陶文化时期被葬的柯林斯英雄，公元前七世纪重新被发现，成为该城的崇拜对象，直到公元前 146 年柯林斯城灭亡（C. K. Williams－J. E. Fisher, *Hesperia* 42, 1973, 1－44）。

⑤ 这一时期的古墓发掘和英雄崇拜，参 J. M. Cook, *The cult of Agamemnon at Mycenae*, 1953, 112－118; J. N. Coldstream, *Herocults in the Age of Homer*, in *Journal of Hellenic Studies* 96, 1976, 8－17; A. Snodgrass, *Les origines du culte des héros dans la Grèce antique*, in *La mort, les morts dans la société ancienne*, Cambridge/ Paris, 1982, 107－119; F. de Poignac, 127－151; T. Hadzisteliou Price, *Historia* 22, 1973, 129－172; *Arktouros*, 1979, 219－228; C. Brillante, *L'eroe greco tra etàminenea ed età arcaica*, in *Les Grandes Figures Religieuses*, Ann. Litt. de l'U. de Besançon, Paris, 1986, 165－192。

赫西俄德的超英雄化的英雄是否就是这些受到崇拜的英雄呢？答案应该是否定的。因为，赫西俄德的英雄首先是文学作品中的英雄，或者，至少这些英雄只有作为史诗英雄（大部分地方性英雄除外，相关传说都是区域性的）才有可能成为书面或行吟诗歌的主人公。因此，我们必须先找到作为正义城邦的根源的史诗英雄模式——《奥德赛》中恰恰就有。那些从前在特洛亚征战的英雄们步入生命的晚年，化身为和平的王者，治理丰饶幸福的城邦。例如涅斯托尔在皮洛斯，墨涅拉奥斯在斯巴达。当然还有奥德修斯，特瑞西阿斯的魂灵曾向他预言：

> ……死亡将会从海上
> 平静地降临，让我在安宁之中
> 享受高龄，了却残年，我的人民
> 也会享福祉……①

《劳作与时日》中某些公正勇敢的战士化身为幸福岛上永生快乐的英雄，这种过程类似于《伊利亚特》中某些英勇战士化身为《奥德赛》的神奇王者。在《奥德赛》中，墨涅拉奥斯在人世的幸福生活于埃琉西昂原野得到延伸（正如行549的大地上的有福者②），可谓英雄变形的典范。赫西俄德只需在象征层面上对这类变形加以推广，特别是道德化或政治化的处理。而英雄崇拜恰恰为这类变形提供社会背景，同时还表明，英雄们仅仅具有道德美德还不足以得到福祉，他们还必须具有奇妙的政治美德：

---

① 《奥德赛》卷11行136，亦见卷23行281－284。

② 参 A. Ballabriga, *L'équinoxe d'hiver. Hésiode, les Travaux et les Jours, 493－563*, in *Annnali della Scuola Normale Superiore di Pisa* 11, 1981, 569－603。

一位无瑕的王者，敬畏神明，
统治无法胜计的豪强勇敢的人们，
执法公允，黝黑的土地为他奉献
小麦和大麦，树木垂挂累累硕果，
健壮的羊群不断繁衍，大海育鱼群，
人民在他的治理下兴旺昌盛享安宁。①

在某种程度上，超英雄化的英雄是继黄金人类之后王者职能的第二个典范，他们比黄金时代那些无名抽象的精灵更有意义，也更有效，因为他们是历史的、个人化的，并且各有名姓。

不过，超英雄化的英雄作为王者职能的典范，并非适用于赫西俄德时期所有自由的人，而主要针对城邦的政治首领（在某些情况下也许还针对立法者和哲人）。② 赫西俄德给这些王者首领的启示应该是这样的：让你的城邦富足起来，让正义法则保障财富的平均分配，让你和你的城邦敬畏神并得神眷顾；这样，在你生命到达终点时，你将成为英雄，受到崇拜。

这样的承诺并非泛泛而谈。公元前八至七世纪的希腊城邦不仅祭祀迈锡尼时期的英雄古墓，也把他们亡故的首领当作英雄来崇拜。最著名的例子是位于埃瑞特里城西门的英雄崇拜仪式。瑞士考古学家发现，公元前 720 年左右，埃瑞特里城经过迁徙重建，市民厚葬一位英雄战士，陪葬品丰富，其中包括我们今天发现的一支迈锡尼长矛。这个坟墓（后来可能为同一家族的其他坟

---

① 《奥德赛》卷 19 行 109 - 114。

② 赫西俄德本人似乎也很早被英雄化（见普罗克洛斯注疏《劳作与时日》行 633 - 640；A. Brelich，*Gli Eroi*，322）。还有诗人 Archiloque 在帕洛斯神殿（M. Treu，*Archiloque*，Munich，1959），寓言家伊索在德尔斐神殿（Aristote，fr. 487 Rose）。

墓包围）从公元前675年开始受到后人的崇拜祭祀。① 我们也马上会想到赫西俄德亲口所述的经历。诗人曾经去卡尔基斯参加献给安菲达玛斯的葬礼竞技会，后者正是卡尔基斯的重要战争首领。② 根据传说，赫西俄德在比赛中胜了荷马，因为他教人和平勤劳，而荷马则教人战争残杀。

另外，泡赛尼阿斯在斯巴达看见献给忒奥庞普（Théopompe）的英雄崇仪式，他是公元前八世纪出自俄瑞庞提德家族（Eurypontide）的王者，第一次麦西尼亚战争中的英雄。③ 这些例子证明，神话中作为典范的英雄和历史中受到崇拜的首领之间的关系是连续的，并不存在中断。这一点本身也没有什么可奇怪，因为直到普鲁塔克时期，希腊贵族还自诩是神话或历史英雄的后代，并专门请人精心列出家谱，标明他们与自己的英雄祖先所隔的年代。这么做的目的很明确，就是在象征层面上持续贵族的权力和影响。④ 另外，包括《奥德赛》中奥德修斯的例子都显示王者的轮替始终以贵族的意见为依据，在赫西俄德时期并不存在所谓的政治权力的民主化概念。传统王权由于过分僵硬无效，确实濒临

---

① Bérard, *L'Hérôon à la porte de l'Ouest*, *Eretria III*, Berne, 1970；*Le scepte du prince*, in *Musem Helveticum* 29, 1972, 219－227; *Eretria VI*, 89－94; *Récupérer la mort du prince*: *héroïsation et formation de la Cité*, in *La mort*, *les morts* …, 89－105; *L'héroïsation et la formation de la cité*: *un conflit idéologique*, in *Architecture et société* …, CNRS et Ecole française de Rome, 1983, 43－59; F. de Polignac, 1981, 141－146.

② 普鲁塔克，《七贤会饮》，153F；普罗克洛斯注疏《劳作与时日》行650－662。

③ 斯巴达人的王者崇拜，见色诺芬，《斯巴达政制》，15，9。泡赛尼阿斯在斯巴达见到各类英雄崇拜如 hérôa，téménè，hiera，taphoi，mnèmata（III，11，2－18，5）。

④ 罗马共和国时期的贵族葬仪上，往往会陈列祖先的画像（Polybe，VI，52，11－54，2），好让后代记住贵族家族的辉煌历史、祖先的丰功伟业和美好品德。

消亡。但是另一方面，那些统领战争、治理城邦的贵族凭借才能得到立法权力，正如他们凭借出身得到贵族权力一样，他们的政治权力在这个时期也前所未有地强大。依据《奥德赛》（卷 19 行 109 – 114）和赫西俄德本人的判断，我们或许可以说，恰如贵族复兴，王者的神奇职能重新焕发曾被遗忘的光彩。

在这样的前提下，英雄参照的意义对于贵族和农民而言是不一样的。作为英雄的直系后代，贵族的权力得到稳定和巩固。① 英雄崇拜仪式也促使人们注意城邦之间、城邦和蛮族世界之间的关系。相反，对于自由农民而言，英雄崇拜是社会的重大组织因素。不过英雄也象征健康和丰饶，如同欧洲中世纪圣人一样是农民的守护神。② 斯诺德格拉（Snodgras）③ 的观点因此颇为合理。公元前八至七世纪希腊英雄崇拜风潮在盛行自由民制度的地区（除了被征服地区如色塞利和克里特）事实上行使了政治社会职能。赫西俄德的正义理想不可避免地掩盖了某些社会关系的真实情况；同样，《劳作与时日》没有解释英雄参照的意义，这与 dikè 的内容，亦即劳作和正义的教诲所体现的含糊性有关。

综上所述，人类种族神话的幸福英雄比起史诗英雄，在根本上具有更广泛的含义。在后伊利亚特史诗中的永生英雄的基础

---

① P. Lévêque, *Bêtes, dieux et hommes. L'imaginaire des premières religions*, Paris, 1985, 211; *La genèse de la Cité – Etat*, in *La Pensée* 217 – 218, 1981, 24 – 32; *Les communautés dans la Grèce ancienne*, in *Peuples Méditerranéens* 14, 1981, 80 – 186.

② 参 A. Brelich, *Eroi*, 80 – 186。D. Sabbatucci, *Essai sur le mysticisme grec*, Paris, 1982, 45（书中解释《劳作与时日》里从史诗英雄到永生英雄的转变如何隐喻从神话英雄到崇拜英雄的转变）。

③ A. M. Snodgrass, *Les origines du culte des héros*, in *La mort, les morts*…, 117 – 119. 受制的美塞尼亚地区和阿提卡地区一样存在明显的英雄崇拜，这给立论带来难度。但是斯诺德格拉主张，前八世纪至前 371 年的美塞尼亚人始终没有忘记他们的自由。

上，赫西俄德借鉴了另外一个英雄概念，亦即克里特—迈锡尼时期受到崇拜的英雄化的死者。与诗人同时期的城邦—国家体系使这个概念得以复兴，并且完成政治化进程。由此，赫西俄德的思想体系成功论述了英雄这一概念的所有复杂层面。当然，以上观点纯属推测。《劳作与时日》的人类种族神话以象征性的描述替代冗长的对话，显出前所未有的神秘莫测。只是，我们除了尝试理解文本的象征作用以外，又有什么方法得以一窥其中奥秘呢？

三 人类种族神话的解读方案

我们用简单的提纲来表现人类种族神话作为人类正义历史的解读结果。我们保留韦尔南的三段论结构，同时做出一些历史的剪接。我们将定义每对种族通过正反两面所表现的正义概念，以及每对种族的参照意义。

(一) 黄金——白银：原初幸福和“自然正义”——神话反判。

乌托邦式参照：和平与神恩是富饶和生命的前提条件，黄金人类变成守护神，象征神的保护。

(二) 青铜 + 英雄甲——英雄乙：战争的“正义”（原始的野蛮状态或伊利亚特式的英雄主义）——奥德赛式的和平的英雄主义。

荷马式参照：好战的不和和劳作的必然消亡——与劳动创造幸福相关的和平的英雄主义，亦即王者职能的第二个参照（富饶与正义相关）。

(三) 黑铁甲——黑铁乙：当前城邦具有善恶混合特征的幸福（和正义）——家庭、社会法则的崩溃导致人类最终的毁灭。

政治性参照：城邦时代的痛苦艰难的幸福（与人类当前

的生存条件相似）——社会暴力的必然消亡。

在同一些矛盾上进行新的剪接，很可能会揭示这个“正义历史”其他方面的问题。当前的黑铁时代与前四个神话时代形成对比；英雄具有回归黄金时代的趋向，使这四个种族构成一个循环整体，对正义概念起着参照作用。又或者，前三个“神话时代”以其道德的自发性和终极命运的群体性，可与后两个“历史时代”形成对比，因为在后两个时代里，人类具有真正的道德意识，并且因不同的道德选择得到不同的个人命运。不过这无非是使观点多样化而已。

四　人类种族神话中的历史和神话

赫西俄德并未构筑有关正义的现实客观的历史，而仅仅是象征性历史。既然如此，我们为什么要把人类种族神话当作历史神话？这个神话和普罗米修斯神话又有什么差别？某些研究者认为这两个神话不存在深度差别。既然赫西俄德叙述有关人类起源的两个不同版本，那是因为他根本不相信这两个叙事的字面真相。相反，其他研究者如罗森梅耶（G. Rosenmeyer）① 则认为，从普罗米修斯神话到人类种族叙事的过渡意味着从神话到历史的过渡。罗森梅耶对诗人为了重建过去的事实所做出的有意识的评判性努力表示赞叹。梅耶（E. Meyer）的观点则比较谨慎：“人类种族神话取材于传统神话传说，讲述人类发展的历史，诗人一如既往做了全盘修改，使其为自己的教诲意图服务。”②

---

① G. Rosenmeyer, *Hesiod and Historiograghy*, *Erga* 106 – 201, in *Hermes* 85, 1957, 257 – 285.

② E. Meyer, *Hesiod Erga und das Gedicht von den fünf Menschengeschlechtern*, 1910/1924 = E. Heitsch, *Hesiod*, 471 – 522, 尤见 503。

根据上述观点，我们已经能够明白，人类种族神话比普罗米修斯神话更具历史性。它的历史性在于它偏离神话的缘由。它并不真正具有人类种族神话的个体行为方案：除宙斯以外不存在任何署名个体，不存在某个唯一的人类种族对于唯一正义的追寻，不存在明确的最终状态，不存在对抗性双方。我们感觉它更接近人类道德沦落的传奇历史，而非缘由神话。

诗人在文本中援引了一些真实的历史因素，从而赋予人类种族的连接某种真正的年代意义。我这里说的历史因素，并不是诸如使用青铜此类文明现象或技术现象。在这一点上，普罗米修斯神话中的盗火也许反映希腊人对史前现象的记忆。显然，赫西俄德和同时期人都知道，青铜时代发生在黑铁时代之前，青铜人类留下的痕迹在他们的生活中无处不在。这些不妨碍诗人对青铜人类与英雄加以区别，尽管这两种人类同时生存在青铜时代。笔者以为，所有建立在类似迹象基础上的历史真实性解读都是错误的。比如，马松说赫西俄德的青铜人类以打猎捕鱼为生，或者辛克莱说青铜人类的青铜房屋是他们对迈锡尼的回忆，[①] 他们都使用现代的知识体系来解释两三千年前的社会现象。

事实上，我们应该从赫西俄德时期的人们对于人类历史，尤其是对于英雄史诗历史的认识和观点出发。就道德意义而言，赫西俄德明显使用了伊利亚特式的年代概念。《伊利亚特》卷 12 开篇，诗人荷马以前所未有的方式表达对时间流逝的感触，正如阿开亚人的坚实壁垒不敌沙土和暴雨的摧毁一样，这些半神的英雄种族也不可避免走向灭亡。[②] “半神”（*ἡμίθεοι*）一词在《伊利亚

---

① P. Mazon 译本（1914），62 - 63；T. A. Sinclair 译本（1932），20，注 150。

② R. Scodel 把特洛亚战争看作关于毁灭的神话（*The Achaean Wall and the Mythe of Destruction*, in *Havard Studies in Classical Philology* 86, 1982, 34 - 53）。

特》（卷12行123）中仅出现一次。这绝非偶然。赫西俄德使用καλέονται称呼英雄种族（行159），正如行141称白银种族为“快乐凡族”，这是一种罕见的称呼，是互相矛盾的词语组合。不过，《伊利亚特》的英雄也描述他们的上一代，那些更早期的英雄：

> ……好似永生的天神。
> 他们是大地上养育的人中最强大的人，
> 他们真是最强大，同强大的人争战，
> 甚至消灭了那些住在山洞里的马人。（卷1行260－268）

有关前一代人，《伊利亚特》中多次出现过，① 并且至少有一处指出他们的强大与无度（hubris）不无关系。② 在伊利亚特式的年代概念中，英雄介于当前和未开化的史前之间，从而赋予赫西俄德的原始的幸福人类，或至少是青铜人类某种相对的历史性。因此，在人类种族神话里存在着从神话到历史的某种过渡，而普罗米修斯神话则是采取缘由神话的惯常形式，即以想象中的过去解释现在。这样看来，在两个神话之间建立诸说混乱理论（比如白银人类的反抗与普罗米修斯的反抗相互呼应）似乎是无意义的。

然而，人类种族神话的这一循序渐进的历史化过程具有某种根本的含糊性。叙事似乎在两种观点之间徘徊不决：一方面是人类衰败的宗教观念，某种原始过错导致人类历史一分为二的叙事

---

① 《伊利亚特》卷1行272，卷5行304，行636－639，卷6行130，卷7行383，449，卷10行287；参《奥德赛》卷8行223－225。W. Hartmann, *De quinque aetatibus hesiodeis*, Fribourg, 1915, 49－51, 54－56.

② 指吕库尔戈斯（《伊利亚特》卷6行130－131）。但依据《伊利亚特》以后的作品，也有可能是Caineus（Acousilaos, fr. 22 Jacoby）或赫拉克勒斯（《奥德赛》卷8行223－225、卷21行27－30）。

足以说明这一观点；另一方面是人类发展的阶段性历史。打个比方，假设白银种族犯下触犯神灵的过错，从而导致人类彻底走向毁灭，那么人类种族叙事将完全是神话的。但事实上赫西俄德的种族连接并不连贯。这不仅仅在于英雄的插入打乱原先的叙述顺序，更重要的是，种族之间的中断性有利于表现社会和正义的不同形式，这些形式所具有的历史性只是相对于叙述者的当前或者稍早一些的英雄时代而言（否则我们将会有参观不同遥远星球的感觉）。这样的含糊性是赫西俄德本人的意图吗？或者只是因为赫西俄德重新解释一个在此之前具有别的道德或职能含义的神话？无论如何，这种含糊性有根本性意义。叙事因此给我们这样的印象，就好像人类渐次衰败的观点掩盖了人类历史性的未来观点，就好像赫西俄德在作为悲观的道德家的同时又是积极的观念学家，致力于建立适应新型社会的正义理想。[1]

五 不同种族与城邦的正义

（一）谁是黄金时代的精灵与白银时代的极乐凡族？

本文不再讨论黄金人类和白银人类的生活状态。解读黄金种族的难点在行108，即诗人说人和神有同一个起源。[2] 不过，就赫西俄德的城邦而言，前两个种族的生活形态不至于如此神秘。黄金人类是与神和谐的典范。这种和谐使他们得到自发的幸福（行111）。白银人类的生活则是一种神话反例，代表轻率的反抗，并最终走向毁灭。

研究者更关注黄金人类和白银人类在死后的存在状态。这两个种族具有相互对称的命运。黄金人类变成精灵，执行王者的职能，

---

① D. J. Stewart, *Hesiod and History*, in *Bucknell Review* 18, 1970, 37 - 52.

② 参见笔者在 *Mélanges Etienne Bernand* 的文章，1991。

守护人间，分配财富。白银人类在死后被称为极乐凡族，不执行明确职能。矛盾的是，研究者关注这两个种族的存在本质，胜于他们行使的职能。洛什（R. Roth）、洛德（E. Rohde）、梅耶、卫斯特、纳吉（G. Nagy）① 等尝试定义这些存在本质并加以分类，由此得出长串名目，诸如光明与黑暗的精灵（十九世纪）、大地和植物的灵魂（二十世纪初）、原始祖先崇拜、史前崇拜、英雄崇拜等等。只是所有这些名目都是建立在古希腊宗教故事或现实历史基础上的纯假设，名目的多样性恰恰表明这种研究方法已然走进死胡同。

因此，我们不如从职能角度出发。黄金精灵的职能非常明确，他们属于宙斯的正义系统，类似于大地上的三万个守护神（行 249 – 255）。白银种族死后“位居次等，却依然有尊荣相伴”（行 142），似乎不具备什么职能。事实上，这样愚昧无知、亵渎神灵的种族能够在地下得到快乐的永生，多少让人感到惊讶。我们也许应该这么解释，这些神秘生灵在人们的脚下生存，可以补充人类的完整性。或者更简单地说，这个种族的祖先类似于提坦，与神仍旧接近，所以值得尊重……

我们应该避免过分强调这两个种族死后的存在本质。黄金人类由于在死后担任守护神而进入正义的系统，因此，他们的职能比他们的精灵身份更重要。这些无名无影的精灵象征宙斯无所不在的目光，也许等同于三万个人类的守护神。他们执行与宙斯的女儿正义女神相同的职能（行 256 – 262）。赫西俄德也许借用了泛灵论观点，使这些看不见的生灵游荡在人类中间。他们无所不

① 精灵的概念，Roth（1860），457；Meyer（1910—1924），199 – 501；Vernant（1960）。葬礼和英雄的概念，Rohde（1893—1894），82；Nagy，151 – 173：黄金人类和白银人类代表有教养的英雄，青铜人类和英雄种族代表史诗英雄。白银人类死后变为英雄身份：Farnell（1921），Verdenius（1962），Bianchi（1963），West（1978）。

在，空气中、大地上、深夜里。①但是，就人类的正义概念而言，重点是所有这些生灵的抽象职能，他们化身为宙斯的执行者、治安者，乃至宙斯的象征。②

（二）黑铁启示的意义

在黑铁种族开场，赫西俄德借两行诗抒发自己的悲观愿望，同时揭示，黑铁时代正是当前时代，诗人本人生活在黑铁时代。紧接着四行诗反复强调当前人类生活是善与恶的混合，这也构成人类沦落以后的生存状态，令人想起普罗米修斯神话的相关叙述（行 90–93、100–104）。随后，诗人长篇描述黑铁时代的未来状况，类似于正义的某种反面形象。在丧失所有法则的“反面社会”里，生活物质的平均分配不再存在，只剩暴力和谎言对财富的掠取。最后，羞耻和义愤两女神离开人类，贪欲神（Zelos）取而代之独统人间。这里的贪欲让人想到开篇的坏的不和神，赫西俄德要求弟弟佩耳塞斯提防的正是这一点。③

长期以来，研究者把未来的黑铁时代看作第六个种族。早在韦尔南以前，十九世纪的某位德国语文学者就提出类似观点，哈尔特曼（W. Hartmann）做过相关援引。此外，帕莱（F. A. Paley）也持同样观点。④ 黑铁时代分成两个阶段，这方便我们解释黑铁种族

① 比较行 141 与行 730 的相同用法。

② D. J. Stewart 讲到某种“客观的社会意识”（页 46）。

③ 依据普罗克洛斯和其他同代注疏者的说法，贪欲神与他们时代所说的 Phthonos 有关。

④ 行 180 的注释（赫西俄德要么叙述他所生活的时代，要么预见另一代种族）：Vollbehr（1844），Hermann（1855），Schoemann（1893），Paley，s. l. 177。参 U. Bianchi，*Studi e Mareriali di Storia delle Religioni* 39，1963，193；F. Krafft，*Vergleichende Untersuchungen*，116；P. Pucci，*Arethusa* 4，1971，107–109；L. Bona Quaglia，*Gli Erga di Esiodo*，Turin，1973，91。奇怪的是，1960 年以来反对第六种族之说的研究者往往只针对韦尔南的研究：J. Defradas（1965），Fontentose（1974），Mathiessen（1979），Smith（1980），Verdenius（1985）。

内部的异常演变。两个黑铁阶段形成对比，正好符合前四个种族的结构（这一结构同样很早就被提出）。两个黑铁时代的提法在方法论上显得格外有效，却与赫西俄德的文本毫无关联。在本文中，一切逻辑范畴的物化努力全然无用，第六个种族的假设也并非必然。更重要的是从赫西俄德的叙事文本出发，特别是分析诗人在预言未来的黑铁时代所采用的特殊表述方式具有什么意义。

首先，诗人不是在同一层面上叙述黑铁时代的两个阶段。有关当前的叙述非常简短，主要体现为善与恶的形而上的混合。有关未来的叙述较为详细，体现为完全的恶，即道德和社会层面的不幸，这是未来的黑铁人类将要面对的生活。显然，第二阶段比第一阶段重要。因为，认识当前的生存状态不是人类种族神话的主题，而是普罗米修斯神话的主题。此处之所以有必要提到当前的生存条件，是因为它影响并制约人们对正义的选择。

同时还应注意到，黑铁时代（更确切的是未来的黑铁时代）的叙述方式并不符合前三个种族的正常叙述模式（生活状况，接以死后状态），反而类似于英雄的叙述（集中在死后的状态和命运）。赫西俄德首先预见黑铁人类的最终消亡（行 180），同时提到一个超现实征象：婴儿出世时两鬓皆斑白（行 181）。① 这一征象似乎揭示道德的绝对异化，② 因此没有时间方面的含义，而是

---

① 黑铁时代的叙述开头显得例外，往往给解释带来困难。一些语文学家删除了行 175 – 181（Lehrs，Goettling，Evelyn – White，*Classical Quarterly* 9，1915，72，Rzach，Waltz，Hays）；另一些则改动行 180 的位置（F. Solmsen，*Harvard Studies in Classical Philology* 86，1982，21），或者删除行 181 以后的诗句（Hermann，按 Paley，1883，s. l. 177）。

② 印度种族神话的个别版本和圣经有同样的象征性用法。参卫斯特（176，198，s. l. 181）和韦尔得纽斯（页 108，注释 454）对《劳作与时日》的笺注；A. Caquot，*Les enfants aux cheveux blancs*，in *Mélanges Ch. Puech*，Paris，1974，161 – 172。

表明黑铁种族最终消亡的条件（或原因），对于接下来预言的真正含义具有揭示作用。

赫西俄德为什么使用一种预言式和启示性的叙述方式？在类似的神话故事里，常见的结尾本该是，诗人揭示选择正义如何有利于增加善恶混合中善的比例。不过，为了回答这个问题，是否可以这么想，赫西俄德对黑铁时代的启示性叙述，也就是对绝对不义的描述，恰恰从反面体现完美的正义？

预言未来的意义何在？① 赫西俄德的未来是一个悖论。一方面，未来显得客观、必然又致命。启示的意义在于向人类揭示他们无从知晓的未来。但是，另一方面，正如好些研究者所示，② 未来的真正价值是样态的而不是时态的。赫西俄德的未来预言具有某种警示意义，某种潜在的威胁意味：当不义达到顶点，人类就将消亡。假设当前人类带着足够的敬畏和意愿意识到这个未来，那就不能排除某种道德选择可能性：正确的选择有可能使灾难无限期延迟。世界末日的威胁总是与救世主降临的承诺同时存在，行 225 – 237 恰恰描绘正义城邦的美好景象。③

赫西俄德的预言至少从两个方面加强诗歌的教诲意味。首先，他以威胁语气警示当前的人类群体，促使他们作出反应，只有群体才有能力延迟世界末日的到来。其次，他赋予预言某种超

---

① 这里指的不是行 180 – 201 的未来。行 177 – 179 的未来用来描述现在，可以说是普遍现在时的未来，或者是包含连续性现在时的未来（或者是相对于行 179 的绝对未来而言的一种连续性现在时的状态）。参看笔者在 *Mélanges F. Kerlouegan* 的文章（1994，95 – 104）。

② 普罗克洛斯对行 179 的注疏。另见 D. J. Van Lennep，*Hesiodi Opera et dies*，Amsterdam，1847，44；W. Hartmann，*De Quinque Aetatibus Hesiodeis*，Fribourg，1915，59；B. A. Van Groningen，*In the Grip of the Past*，Leyde，1953，118；L. Bona Quaglia，112；W. J. Vernedius，105。

③ “回归黄金时代”成为罗马帝国时代的宣传口号，足以证明赫西俄德参照体系的有效性。

人类的权力，使其具有神的启示意味。在《神谱》中，赫西俄德说缪斯教他“歌唱将来和过去”（行 32、38）。预言黑铁种族与行 174 的祈愿相关，暗指诗人熟知人类的历史。赫西俄德既是处于某个特定时间的叙述者，又是某种无时间性的知识的掌握者。他既是这篇对话的作者，又是“非人”，介于倾听诗唱的人类和代表永恒真实的神之间。作为预言家，赫西俄德并不关注事件的偶然性，也不加以描述，而只是赋予其内在的含义。赫西俄德的对话不是文学意义的真实，而是绝对意义和象征意义的真实。诗人在人类种族神话中揭示历史的含义。

最后一点，诗人选择神话叙事类型，通过预言未来描述当前。诗歌以完善永恒的方式叙述“历史性”的神话。前几个神话种族之所以如此，是因为它们代表已经完成的过去。这些种族的终结使诗人有可能定义其象征性存在。但由于黄金人类（也许还有英雄）在当前仍然执行某种职能，过去虽已完成，却没有消失。前几个种族的事件的历史作为结构模式存在下来，过去事件为当前事实状态提供参照。至于神话中的人物，如果他们继续存在下来，他们所拥有的不再是历史而是职能。反过来，如何把未完成的历史中的人物放进神话？如何永恒本质地描述某个有待建设的现在，以及某个有待选择的未来？最简单的解决办法就是赫西俄德的叙事。旧约中的先知书和《摩诃婆罗多》中的起源神话也使用同样的办法，即启示性的预言，利用历史的“准终结性”揭示历史的含义，从而赋予教诲某种带威胁性的绝对的真实意味。①

---

① 《摩诃婆罗多》记载了包含四个世代的印度种族神话，在最完整的叙事结尾部分同样使用预言方式（英译本 P. E. Dumont，*Primitivism and Related Ideas in Antiquity*，A. O. Lovejoy – G. Boas ed.，1965，440 – 442）。波斯古经中记载两个种族神话版本（E. W. West，*Pahlavi texts* I，Oxford，1880，

代结论：赫西俄德诗中的典型的含糊性

研究赫西俄德的神话叙事，就是在这个过程中不断意外发现神话思想，就是在研究一个永远处于维修状态的叙事结构和观点形式的发展过程。观点在演变，没有停歇。在缓慢的不易察觉的转变中，某些概念的内在含义及其赖以成形的思想体系也在发生变化。这大概就是赫西俄德诗歌的含糊性之所以无所不在的原因吧。布拉沃（Bravo）① 强烈否认《劳作与时日》具有“隐微写作”的特点，亦即这里所说的含糊性。我认为，与其如布拉沃所言根本不存在含糊性，不如说这种含糊性是有结构性的。它具有双重意义。一方面，赫西俄德必须把某些概念（例如不和、羞耻、英雄等）的原有的荷马式传统含义修改为新含义。另一方面，他必须使新含义仍然具有含糊性，使这些概念能够承载不同甚而矛盾的社会含义。

劳作概念就是最明显的例子。赫西俄德必须实现观念大转

---

191 – 194，198 – 215 = *The sacred Books od the East*，F. Max Müller，卷五）。此外，旧约《但以理书》讲到一个王朝神话故事（2：26 – 46）。所有这些促使我们怀疑在赫西俄德神话与其他古代神话之间是否存在古老的共同起源。然而，上述这些东方神话的成书年代比赫西俄德晚。笔者倾向于认为，由于赫西俄德神话在古希腊文明中的地位以及古希腊文明对于东方的深远影响，赫西俄德的神话可能促使人类种族神话在不同的古老文明中的诞生或复兴。以色列和波斯用金属象征历史王朝，这是很有意义的现象。在印度，种姓制度用颜色来区别，并通过神话得到证实，这一点接近赫西俄德的三职能理论。有关赫西俄德神话与爱尔兰神话的关系，参 R. A. S. Macalister, *Lebor Gabála Erenn*, *Irish Texts Society*，39，41，1940/1941；G. Dumézil, *Latomus* 14，1955，173 – 185。

① B. Bravo, *Les Travaux et les Jours et la Cité*, in *Annali della scuola Normale Superiore di Pisa* 15，1985，707 – 765.

移：劳作既是某种形而上的诅咒，又是人类得到幸福的唯一可能性。赫西俄德把劳作的典型转化为劳动创造的典型，从而使劳作一方面成为某些人的生存手段，另一方面成为另一些人利用他人劳动的致富手段。城邦—国家的产生不仅加快社会和观念的转变，而且促使产生新张力和新矛盾，也就是赫西俄德思想的内在张力。由于诗人关注的社会道德现实是变动且冲突的，当他致力于把这种现实概念化时，这一张力带有明显的社会历史特征。

然而今天如何解释赫西俄德教诲的具体内容，却是值得探讨的一件事。赫西俄德的教诲总的说来普遍明确，与诗人选择的象征性表述有关。相形之下，这一教诲的具体社会意义较不明确。不明确是针对我们现代人。尽管比赫西俄德时期的人更能够理解国家诞生的巨大意义，我们却大大缺失伴随城邦—国家诞生的诸种政治社会变化事实。

我们可以用几句话总结赫西俄德的教诲。诗人号召同时代人遵循劳作法则（这也是人类沦落之后的生存条件基本准则）。作为辛勤劳动的交换，诗人向他们允诺生存的权利和偶尔的财富。诗人谴责社会冲突（坏的不和神或贪欲神）和巧取豪夺，提倡劳动中的合理竞争（好的不和神）。他强调最贫穷的人不得妒忌或挑衅最富有的人，最富有的人也不得独吞所有好处，不得擅用职权剥削穷人。最后，宙斯守护城邦，奖赏正义者，惩罚背叛者。这是人类世界的政治秩序，与诗中提到的时日节气、海洋规律等自然秩序正相契合。

但是，在不清楚赫西俄德时期的社会政治结构的情况下，我们如何理解这个教诲的具体意义？就连诗人的社会地位和诗歌意图迄今仍无定论。依据研究者的不同说法，赫西俄德可能是富有的地主、贵族理论家、中层农夫、“小资产阶级”、下层贫困农民、社会反叛者……赫西俄德真是农夫吗？或者他只是在文学里塑造了一个乡下人的形象？

我们所能确定的是，赫西俄德的作品不是革命家的作品。在不平等的社会里，最能从社会习俗和诸种含糊性中受益的人，恰恰是那些从中获得利益、增加声望的社会阶层。一部反对社会斗争和社会冲突的作品，往往先是对既有统治阶层有利。劝诫大人物学会公平分配财富，只能算是在排除社会斗争前提下的一种恭顺心愿。当然，诗人的“中庸”态度，既劝谏王者执行正义，又训诫变穷的佩耳塞斯努力劳动，这一点并非毫无意义。在不平等中达成均衡，赫西俄德的思想在这方面接近梭伦。到了古典时期，民主城邦恰恰响应赫西俄德的理想模式，同时也不可避免地继承其中的诸种含糊性。

人类种族神话中正义的诗歌哲学*

［德］内斯契柯（Ada Neschke）撰

方法论

本文探讨公元前七世纪波奥提亚诗人赫西俄德作品中正义的诗歌哲学问题。诗歌哲学这个提法本身似乎存在着某些矛盾——如通常所说的*术语矛盾*（contradictioinadjecto）。自苏格拉底和柏拉图起，哲学提出正义的概念问题，而诗歌是一种借助形象、隐喻、比较进行叙事和思考的方式，倾向于具象思维，在赫西俄德的作品里通过传奇（ainoi）和神话——事实上应称为“叙事”（logoi）而非“神话”（muthoi）——进行衔接。哲学与诗歌两者之间似乎没有什么共同之处。

自公元前五世纪起，有关诗歌与哲学的区别就存在着某种内在矛盾。思想和智慧在漫长的演变中逐渐成为哲学的对象。不过在从前，诗人们并没有被排除于智者的行列之外。恰恰相反，他们是“无所不知”的缪斯的仆人。在赫西俄德的《神谱》里，缪

---

* 本文中的部分观点曾发表于系列讲座文集《柏拉图主义、政治和自然权利理论》第一卷（*Platonisme, politique et théorie du droit naturel*, Louvain-la-Neuve/Paris, Paris, 1995）。［译按］原文标题：Dikè. La philosophie poétique du droit dans le “mythe des races” d’Hésiode。由德拉孔波从德语翻译成法语。

斯使诗人通晓过去、现在和未来（神，行 22）。① 在《劳作与时日》里，诗人自称是知道真相的人（劳，行 10，行 107 等）。②

如果我们要正确定义赫西俄德作为中介者的位置，就必须正视这个矛盾而不能忽略它。事实上，根据当时的语言应用，诗人对正义（dikè）的使用并没有上升到思想概念层面。赫西俄德从未自问何谓正义，而是和柏拉图笔下的苏格拉底的对话者一样，通过列举具体例子回答普遍问题。正如希庇阿斯在说美是一个美丽女子的时候自以为解决了美的根本性问题，如果我们问何谓正义，赫西俄德将会列举一系列端正的举止，以此作为答案，比如照顾长辈（劳，行 331），宴请邻居（劳，行 342），礼遇宾客（劳，行 327）等等，都是正义的行为。不过，即使赫西俄德的叙述方式是具体而形象化的，即使在他的作品里完全缺少概念思维的方法，我们还是可以在诗人的思想里看见某种哲学。

事实上，《劳作与时日》对于诸如正义概念的哲学问题给出思考成熟的答案，例如“何谓正义之源”和“对于人类而言何谓对错”。赫西俄德对这些问题的回答，尤其是对第二个问题的回答，绝非幼稚平庸，甚至还颇具有现代意识。我们确实很难知道诗人的见解，因为他发表这些见解并没有对概念化思想作出清楚阐述，而是采取总显得不同寻常的诗歌形式，并且通过我们不无陌生的泛神论思想途径。

如何才能接近这样令人困惑的语言和思想？我们目前有两种哲学和诗歌的文本解读方法。两种方法都已经运用在赫西俄德的阅读上。第一种方法从独立文本出发，通过比较前后作品定义文本自身的独特性。第二种方法是把文本看成对涉及同一时期的所有作品的某种思维或理论的表达方式，它注重的不再是文本自身

---

① 《神谱》开篇参见本书中阿瑞格提和吕达尔的文章。

② 《劳作与时日》开篇参见本书中卡拉姆的文章。

的独特性，而是建立与诗人身临的世界相协调的理念和价值的整体思维结构的独特性。

第一种方法可称为经典解释学。现代历史诠释学的创始人施莱尔马赫实际上已经对此作出定义：

> 一方面，人都服从于他所说的语言；他和他的思想是语言的产物。因为他绝对不能在语言限度以外进行思考……另一方面，人通过自由思想开展自主的行为，也掌控自己的语言。否则的话，语言怎么可能得到发展和成熟，怎么可能从最初的粗糙状态逐渐变成在科学和艺术领域的完善构成？从这一层意义上讲，个人的活力为语言的可塑材料带来新的形式……①

这几句话明确体现了历史诠释学的基本问题，也就是个人的独特力量的问题。这个问题正是德国学界传统的典型因素之一，文本解释的全部意义集中于此。

相反，法国研究者延续了他们国家所特有的社会学传统，采用了第二种方法，一般称之为结构主义方法。在赫西俄德研究方面，韦尔南的解读，尤其是对人类种族神话的解读，具有划时代的意义。事实上，韦尔南的解读在法语研究者当中得到广泛认可。② 即使有些研究者对其中细节存疑，但几乎都采纳了他的解

---

① Fr. Schleiermacher, *Über die verschiedenen Methoden des Übersetzens*, in *Rede vor der Akademie*, 1813 (F. S., *Sämmtliche Werke*, III, 2), Berlin, 1938, 207 – 245.

② 下面的参考文献体现了结构主义分析所经历的论战与发展阶段：V. Goldschmidt, *Theologia*, dans *Revue des études grecques* 63, 1950, 33 – 59; J. P. Vernant, *Le mythe hésiodique des races. Essai d'analyse structurale*; J. Defradas, *Le mythe hésiodique des races. Essai de mis au point*, in *Information Littéraire* 17, 1965, 152 – 156; Vernant, *Le mythe hésiodique des races. Sur un essai de mis au point*; V. Goldschmidt, *Addendum*; Vernant, *Méthode structurale*

读方法的基本方向。

何谓这种基本方向呢？正如我们前面所说，在独立文本里找到普遍的思想结构，这些结构既可以建立基础，也可以在必要时解构文本再进行重建。这种方法建立在一个前提下，即如施莱尔马赫所言，“人都服从于他所说的语言”。与施莱尔马赫建立普遍结构与个体行为之间的辩证关系不同，结构主义者们极力支持普遍结构为优先前提。相应的结果是，一个文本首先会作为结构的表达方式得到解释，至于作者方面的各种可能的革新，都不予优先考虑。

结构主义方法在法国古典学得到发展，和人类学、人种学的关系是它的另一特点。因此与其他文化的差距也成为研究的必不可少的一个因素。古希腊文明既然是一种异国文明，我们就必须以这种异常性为基础认识这个文明。

在这样的前提下，韦尔南对赫西俄德的人类种族神话作了完全明确化细节化的解读。在他看来，我们只有同意这个神话基本代表古代印欧思想模式，才能分解神话的形式和意义，而古代社会分为三种社会阶层，即王者、战士和农民。准确地说，这不是赫西俄德在叙事，而是赫西俄德的思想模式在叙事。

相反，如果我们同时采用施莱尔马赫的文本解释法，从思想的普遍模式和个人的独特思想之间的辩证关系出发，我们将在分析文本的时候重新考虑个人革新能力，从而得到截然不同的文本解读。

我在这里想要提倡的便是这种解读方法。仅仅把赫西俄德叙

---

et mythe des race；J. – C. Carrière，*Le mythe prométhéen*，*le mythe des races et la naissance de la Cité – Etat*，in *Métier du mythe*（参看本书）；L. Couloubaritsis，*Genèse et structure dans le mythe hésiodique des races*，in *Métier du mythe*，479 – 518。论战小结：三种社会职能（王者，战士，农夫）的基本模式（杜梅齐尔、韦尔南）得到接受，但具体的人类世代划分存在不同观点：韦尔南的三元分法（3 +3）得到卡里埃尔的赞同，库鲁巴里希斯提出二元分法（2 +2 +2）。

事看作对于普遍思想模式的简单还原是不够的，即使这种还原如卡里埃尔所言是多么有智慧。赫西俄德叙事的独特，在于它打破了旧的思想模式，并通过一种新的叙述方法建立新的思想模式。我还想指出，赫西俄德的作品与人类的三种社会阶层无关，而与某种人类学类型的观点有关。根据这种观点，人与世界的其他生物的区别在于人具有权利。按照行使权利的情况，人可以胜似人，比如神；也可以不如人，比如畜生。由此，赫西俄德和柏拉图、亚里士多德站在一起，预见了哲学的政治人类学。在这个基础上，我们有理由谈论赫西俄德作品里的正义的诗歌哲学。

本文分为三部分：

首先，赫西俄德人类种族神话解读所遇到的困难；

其次，韦尔南、卡里埃尔和库鲁巴里希斯（Couloubaritsis）的文本解读方法；

最后，用另外一种解读方法对比上述方法。笔者认为，这种方法能使我们更好地了解赫西俄德的叙事特点。①

赫西俄德叙事中的问题

赫西俄德的人类种族神话在《劳作与时日》行 106－201。开场是这样的：

> 如果你愿意，我再扼要讲个故事，
> 恰当而巧妙，你要记在心上：
> 神们和有死的人类有同一个起源。

法语编译者马松（Mazon）删除了行 108，殊不知这样一来，

① 本文许多观点和本书中克吕贝里耶的文章不谋而合。

他把阅读全篇叙事的关键点也删去了。更不用说诗歌的平衡因此被破坏：在原文中，每回出现一行半的诗句都与叙述者及其对话者有关。

对于这个神话的解读困难重重，原因很多，不仅因为赫西俄德从来没有在叙事里总结明确的道德寓意（行 108 似乎是唯一接近这一点的，但是我们在知道故事之前无法了解这行诗的含义）。正如比较神话所示，赫西俄德以奇特的方式修改一个古老故事，而他做出的变动本身已经成为文本解读的困惑所在。在英国研究者卫斯特看来，一切明显不过：继普罗米修斯神话之后，人类种族神话又一次讲述人类如何被驱逐出天堂。[①] 也许这种阅读观点和赫西俄德掌握的故事原型相称，但是他所做出的变动在我看来另具目的。人类种族神话原型，如果我们用希腊文以外的叙述进行重建，实际上讲述人的存在的持续贬黜。[②] 人类所面临的种族每况愈下，代表每个种族的金属也愈来愈失去最初的名贵：黄金、白银、青铜、黑铁。正是这些金属的象征意义使韦尔南在此处发现印欧社会三等级理论。

与神话原型相比，赫西俄德的叙述表现出许多没有规律的地方，这也使他在从前得了一个糟糕诗人的名声。[③] 事实上，赫西俄德只在叙述前三个种族的时候保留神话原型：黄金种族“像神一样生活”（行 109 起），接着是白银种族（行 127 起）和青铜种族（行 145 起）。白银种族远远不如黄金种族，青铜种族更是“可怕强悍”（行 145）。第四代种族既没有以金属冠名，也没有延续人类的沦落。相反，比较形容语“更公正更好”（行 158）

---

① M. L. West, *Hesiod. Works and days*, Oxford, 1978.

② B. Gatz, Weltalter, *goldene Zeit und sinnverwandte Vorstellungen* (*Spudasmata* 1), XVI, Hildesheim, 1967.

③ F. Bamnerger, *Über des Hesiodus Mythus von den ältesten Menschengeschlechtern*, *Rheinisches Museum*, n. s., 1, 1982, 524 – 534, 重刊于 *Hesiod* (*Wege der Forschung*, 44), E. Heitsch 编, Darmstadt, 1966, 439 – 449。

明显表现某种人类的复兴。由于赫西俄德在某种程度上把这个种族和荷马所歌颂的英雄等同起来，他在原有神话原型上插入希腊传统，并因此在实际上破坏人类沉沦的连贯性。接下来的黑铁种族（行 174 起）重新延续沉沦概念。赫西俄德称黑铁时代为自己生活的时代，并且描述这个时代的种种不幸。但是——这使沦落模式的连贯性再一次中断——他也指出某些善的存在（行 179）。直到在这个种族演变的第二阶段（行 181 起），人类无法挽回的衰败状况（行 201）才被确立。

这样看来，赫西俄德的叙述似乎荒诞不经，令人难以理解。不仅人类沦落的逻辑连贯性常常被中断，而且对于每个种族的描述模式纷乱无章。如果说前四个种族还前后一致，第五个种族所经历的却近似于种族更替的演变。赫西俄德似乎不懂得给予他的故事任何形式或内容上的严密性。这样看来，他似乎不仅仅是个糟糕的诗人，还是个糟糕的思想者。①

类似批评只停留在问题的表面。但一直以来，赫西俄德的研究者尝试着重建一个逻辑，以协调叙事的不同因素，并且揭示这些因素的意义。于是神话的结构主义分析开始协调有关叙事的科学方法，并且得到显著的成果。

在这些前提下，韦尔南提出对人类的不同种族进行重组的两个依据标准。卡里埃尔在本文集的文章里也提倡这种做法。

第一个标准：不同种族的人面对正义时的行为方式。

第二个标准：社会职能三段式（黄金和白银象征王权；战争与

---

① 以下提纲反映赫西俄德叙事的无规律性以及传统解读中占优势的理解脉络（比如 J. Defradas 的解读）。

一切皆善：黄金种族（行 109－126）→ 英雄（行 156－173）→ 白银种族（行 127－142）→ 青铜种族（行 143－155）→黑铁种族甲（行 174－179）→黑铁种族乙（行 108－201）：一切皆恶。

青铜相关，并直接在英雄时代得到提名；黑铁对应农夫的劳作）。

我们因此有了三组对称的种族：黄金和白银、青铜和英雄、黑铁甲和黑铁乙。① 故事讲述一个可以不断重复的循环，每组内部的对比关系呈现出或衰退或进步的趋势。神话的意义因此在于，根据人类与正义的关系服从于这种循环的程度来定义人类的生存条件。

库鲁巴里希斯作出与此类似的分析。他也认为，赫西俄德想要表现某种永远重复的循环，但他在以下观点上不同于韦尔南。

第一，循环不是表现在衰退与进步之间的交替上，而是表现在另外的节奏上。前三个种族（黄金、白银、青铜）与后三个种族（英雄、黑铁甲、黑铁乙）各自呈现出一次衰退。因此，按照这种分法，每组的三个种族分别与三个社会职能相关联（诸神代替王者）。

第二，人类沦落的原因不在于他们面对正义时的言行举止，而在于不和神的存在。不过和韦尔南一样，他同意黑铁时代的人类彻底远离了诸神。

以上文本分析之间的分歧已经表明，采用社会职能三段式作

---

① 韦尔南（和卡里埃尔）的假设提纲：

第一种职能 （王者）	第二种职能 （战士）	第三种职能 （农夫）
黄金种族 dikè 受崇拜的精灵	青铜种族 hubris 冥间游魂	黑铁种族甲 dikè
白银种族 hubris 被崇拜的凡人	英雄种族 dikè 有福者不受崇拜	黑铁种族乙 hubris 与神远离
衰退	复兴	衰退

为依据既不能重建叙事的独一无二的衔接，也不能准确无误地定义文本的特殊观点。结构主义分析所面临的矛盾，在我看来，是由于它只注意文本的内容，而忘记我们是在分析一部诗歌，人类种族神话只是这部诗歌的一部分，而这部诗歌属于某种具体的诗歌类型。接下来，我将展开另外一种假设，在解读神话时我们将既注意内容因素也注意形式特点，同时还不忘上下文的关联问题。①

---

① 评判一种科学假设主要根据它对现象的解释能力。笔者在此简要介绍一些结构主义分析方法由于没有考虑“口传诗歌”这一特点而忽略的细节。

第一，行 108 所给的夸张的主题性指示。

第二，前三个种族的相似关系（构成第一组）：金属署名（行 109、128、144）；与前一种族比较（行 112、129、144）；生活状态的描述（行 112 – 120、130 – 137、145 – 151）；死后的命运（行 121 – 126、137 – 142、152 – 155）。

第三，青铜种族的独特性：由宙斯所创；不只代表 hubris，还代表暴力（biè 作为 dikè 的反面，被宙斯的 nomos 禁止给予人类）。暴力导致自我毁灭（低于人类的畜生行为）。战神阿瑞斯与英雄们的 polemos 无关（要知道此处战争的目的是扭转不公正的局面，行 163、165）。如果把这两个种族归于“战争”的社会职能，等于抹去两种不同战争的差别。

第四，英雄种族与黄金种族之间的对应效果（半神与神）；死后在克洛诺斯统治下的生活。

第五，英雄种族被称作 προτέρη γενεή ［在我们之前的种族］。因此，第二组的核心在于“现在”这个概念。

第六，行 179 指出黑铁甲与英雄两个种族的关系。

韦尔南的正确观点包括：时间的循环特性（只不过有两个循环，而不是只有一个）；黑铁种族分作两个阶段；与神的逐渐远离。库鲁巴里希斯的正确观点包括：三段式的划分；白银种族与青铜种族的关系；有关英雄种族的评判似乎过分积极，缺少与黑铁种族的关系（善恶的混合）。

结论：神话的两个三元循环的结构不允许把社会职能三段式作为组织原则。在库鲁巴里希斯的模式里，种族系列对于社会职能三段式从属关系则无从考证。

神话叙事分析

赫西俄德描述每个种族的方式带有对听众的强制性指示作用。很明显，他把前三个种族划作一个整体。这三个种族与现在的人类不同，描述它们就像在描述传奇故事一样。比如，黄金时代大地自动出产果实（行 118）；白银时代人类的童年持续一百年（行 130）；青铜时代的一切用青铜作成，包括房屋（行 150）。

从一个种族到另一种族的衰退过程，也正是人类渐渐远离诸神的过程。黄金时种族“像神一样生活”（行 112），此行诗事实上为我们揭开行 108 之谜。神与人类有同一个起源，意味着诸神与人类最初的生活是相似的。[①] 在赫西俄德的叙述中，人类与诸神的亲近或远离与人类对正义的行为态度分不开。因此如果说黄金种族“美物一应俱全”（行 116），“一应俱全”既指他们的生存需要得到充分满足，也指他们的正义的行为和态度。他们的意愿坚定（ἐθελημοί），所以常保和平（行 118）。在赫西俄德诗中，和平是正义行为的结果，与 dikè 相符（行 228）。[②] 黄金时代因此并不如库鲁巴里希斯所说的代表好的不和神的存在，而是人类的自发性的公正。

在白银时代，正义和敬畏渐渐受到嘲弄，人们凭无度（hubris，与 dikè 相对）行事，无法避免犯罪。他们还忘记崇拜诸神，不尊重 themis，也就是神授给凡人的法则，因而被神所抛弃（行 137）。

---

① 这个结论来源于解读文本只依据“近的上下文”而与“远的上下文”无关的方法。由于上下文在此提供必要解释，我们可以同时参考普罗米修斯神话和墨科涅神话，克吕贝里耶采取这个做法。

② 这种自发性的相符一般不易觉察，与宙斯的命令无关。宙斯一旦造出人类，正义的行为就自动转变为是否符合宙斯所制订的法则。

青铜种族走得更远。他们不仅仅犯下违背法则的过错，更做出单纯暴力的行为。暴力行为在此处另有特殊含义：它使青铜时代的人们自相残杀。这个种族由宙斯所创造（行 143），[①] 但是在诗中另一处（行 276）提到，宙斯传授给人类礼法（nomos），使他们不会像动物那样自相残杀，而是秉持正义和谐地生活在一起。赫西俄德以此指出青铜种族不再是人类。另外可以证明的一点是他们不食五谷（行 146），而人类的基本特征却是食五谷，古代诗中常见用语ἀνηϱάλφηστής（《劳作与时日》行 82，《神谱》行 512，《奥德赛》卷 1 行 349，卷 6 行 8，卷 13 行 261，《阿波罗颂诗》行 458）或βϱοτῶν,οἳἀϱούϱηςκαϱπὸνἔδουσιν（《伊利亚特》卷 6 行 142）。

简言之，前三个种族在内容上形成一个整体，并且在尊重正义和法则方面带有衰退倾向。这种衰退伴随着人类与神的相似性逐渐减弱。我们可以表述这个故事的隐含寓意：正直生活的人和诸神相像，而否认、背弃正义的人将沦入畜生行列。行 108 因此得到全部含义：人类和诸神有同一个起源，有助于定义人类在所有生物里的状况。如果人放弃暴力和罪行，就可以像神一样。

前三个种族在整体格式上也是统一的。[②] 每一种族的叙述按同样的顺序体现为如下四点：

第一，每个种族都用金属命名；

第二，采用比较方法定义每个种族的特点，黄金种族与神相比，其他种族则和上一个种族相比；

第三，每个种族与正义相关的生活和行为的基本特点；

---

① 这一点基本不为人所注意。

② 韦尔南、卡里埃尔和桑提朗（Saintillan）所提出的种族分法因此与我们的办法不同。形式结构和内容结构的相似性在此具有重要意味，正如在音乐中，节奏的变化或转调都是听众能够立刻意识到的信号。

她们为我从开花的月桂摘下美好的杖枝，
并把神妙之音吹进我心，
使我能够传送将来和过去。
她们要我歌颂永生的极乐神族，
总在开始和结束时咏唱她们！

——《神谱》行 30—34

第四，这些种族死后的命运。由神依照这些种族的正直程度决定他们的命运。黄金种族成为大地上的精灵（行 123），守护后世的人们；白银种族继续存在着，但仅仅限于地下（行 141），和精灵一样受到崇拜（行 141）；青铜种族消失以后，没有留下名字（行 154）。①

如果说赫西俄德在叙述英雄种族时放弃原来的模式，我们应该把它看作形式上的顿挫，以及某种根本性变化的象征。赫西俄德叙述英雄，实际上也是开始叙述不再远离他，而是非常接近他的人。他称英雄们为“我们之前的族群”（προτέρηγενεή，行 160），从而也使后三个种族围绕某一核心形成三段式。如果说前一个三段式（前三个种族）的参照核心是神，那么后一个三段式则以 hic 和 nunc（行 177 的 νῦν）为核心。② 围绕“现在”出现“之前”和“之后”。赫西俄德认为在黑铁时代（他的时代）里存在某种演变，并将这个时代分成现在阶段和未来阶段（行 180 起）。第二个三段式因此包含英雄时代，黑铁时代甲和黑铁时代乙。

赫西俄德显然想在两个三段式之间建立形式和内容的对应关系。因为第二个三段式也表现某种衰退的倾向，唯一不同的是，第四个种族不像第一个种族那样和神相似，而只是具有半神（ἡμίθεοι）的状态。他们也不是都生活在和平里。不幸的战争和可怕的厮杀使他们中的一部分人丧生（行 161）。战争对于赫西俄德恰与正义相悖（行 225）。不过，认识和平的另一部分人享有双

① 参 C. Mellier, *Νώνυμνοι dans le mythe hésiodique des races* (*Traavaux, v.* 106 – 201), in *L'Univers épique*, Besançon, M. Woronoff 编, 1991, 105 – 128。

② “现在”作为核心，这一点往往为人忽视，只有克吕贝里耶例外。不过他忽略赫西俄德把自己所处的时代与黑铁时代等同起来的事实。

重的生命，永远居住在幸福岛上（行170）。英雄们的事迹被史诗作者歌颂传唱，但是在赫西俄德处并没有得到美化。最重要的是，公正的行为可使人在死后得到近乎神圣的生活。①

在叙述第五个种族黑铁种族时（行174起），诗人的语气发生变化。他不再使用第三人称，而是用“我”表达内心的沮丧。种族描述也采取新顺序。赫西俄德首先称自己的时代为黑铁时代（行176），接着描述这个时代的诸种不幸（行176），然后通过与前一个时代进行比较说明黑铁时代的总体特征（行179）。与前一个时代比较说明，黑铁时代存在不幸，但尽管如此，善与恶还是搅和在一起，如同在英雄时代一样（行179）。然而，与英雄时代不同，没有人在黑铁时代得到善终，正义也无法得到补偿。宙斯将要毁灭这个种族（ὀλέσει，行180），而且不愿意把他们“藏”在地下（κάλυψεν，行121、138、140和156）。赫西俄德因此预言这个种族将如何重复青铜种族的错误：正义将被蛮横（行191）和暴力（χειροδίκαι，行189；δίκηδ’ἐνχερσί，行192）所代替，人类也将被神灵抛弃（行197）。

我们再重述一下重点。赫西俄德在叙述人类种族神话时作了很多革新。表现在重复的两个三段式的人类沦落主题具有两种形式，即人类的沦落，以及伴随而来的人类与神的疏离。第一个三段式表现人类沦落的纯粹典型，从如神的生活到近乎畜牲的生活，它反映古老原始的时代，并赋予这个时代传奇色彩。第二个三段式相反反映现在的经历和诗人同时代的传统。人类不是简单地从绝对的善（黄金时代，行116）过渡到绝对的恶，因为善与恶已经永远混合在一起，直到恶战胜善。第二个三段式因此不是第一个的简单重复，而是更多地反映现实的具体经验。

① 因此，英雄显然是正义的典范，而非如克吕贝里耶所说代表一种绝境。

分析解释

上述分析能够对解读人类种族神话带来什么意义？为了回答这个问题，我们要重新看看赫西俄德对于传统叙事的革新。

我们完全有必要在此重申一个原则：在六个阶段所表现的生活形式里存在唯一一个事实，尊重正义使人得到类似于神的生活，无论是在生前还是在死后；反过来，违背正义使人处于畜牲的行列（青铜种族），或者被所有神抛弃（黑铁种族的未来阶段）。在此，后来的哲学人类学原则第一次以神话形式得到体现：人的根本状态就是处在神与动物的中间地带，如果他是公正的，就与神接近（柏拉图，《理想国》500b－c、《泰阿泰德》176a）；如果他是不公正的或者他没有生活在以正义执法的群体里，就和畜牲无异（参考《理想国》卷9的僭主、亚里士多德《政治学》1253a30）。赫西俄德的叙事因而把哲学人类学中人性的潜在共存能力分成几个时间阶段。

值得注意的第二点是善和恶的混合。它是第二个三段式，也就是赫西俄德生活时代的主要特点。善和恶的潜在力量是相似的。恶战胜善并非必然结果。就像其他时代一样，人类的道德行为或者应该说非道德行为是不幸的根源。赫西俄德以一种哀伤的方式预言这种不幸，仿佛这在未来不可避免。结构主义解释从字面上理解这个预言，认为它暗指一种实际运行的循环。然而，不仅此处，在整部诗歌里，我们都不能忘记神话的特殊背景：赫西俄德鼓励兄弟佩耳塞斯以及作为正义守护者的王者尊重正义，避免犯罪和暴力（行202、213、274）。这是全诗除了鼓励劳作之外的另一个重要主题。听众只有掌握献身正义的方法，这个目的才具有意义。如果说有关黑铁人类的不幸这个预言必然会发生，而不是用来使人警惕自身行为，那么赫西俄德的诗歌将毫无意义可言。当赫西俄德强调在当下的所有不幸里善和恶共存，他已经在神话里面指明一种可能性，即人们可以通过正义的行为使善更加巩固。整部诗歌必须以这个可能性为前提。

人类种族神话因此包含道德寓意，这与《劳作与时日》作为训谕诗的教诲特点正好相符。行 108 在揭示人与神的接近关系时已经表明这个道德寓意：

> 听一听人类种族故事吧。它告诉我们，人的命运总是自有道理。尊重正义使人的生活接近神的生活，蔑视正义则给人带来痛苦和不幸。所以，你也要尊重正义，这样你才能从神那里得到补偿。

通过这样的叙事，赫西俄德提出了直至后来的哲学人类学才加以发展的观点。首先，人的本质介于神与动物之间。其次，人不是通过某种超人类能力接近神，而是通过正义的行为。两三百年后，柏拉图重新提出这个观点，并且论证人与神的相似在于人是公正的。

结论：赫西俄德采用一种旧模式。在这种模式里，人的法律道德行为方式的价值与某种金属的价值相符。但是他又用一个新的反命题使这种模式双重化，并利用神与动物的矛盾解释价值的不同。由此赫西俄德以新方法叙述一个旧神话，鼓励人们去实现与神的潜在相似。这一思想将在未来得到非常重要的哲学成果，在公元前四世纪的哲学人类学的重新发现和发展下步入西方哲学传统的殿堂。

《神谱》研究

《神谱》序歌：诗人的使命和诗神的语言*

［法］吕达尔（Jean Rudhardt）撰

在叙述世界生成和诸神诞生之前，《神谱》另有序歌，长度和风格均不同一般。序诗的特殊性并不使人怀疑其真实性。由于在其他作品中没有类似例子，其他诗人显然也从未有过相同想法。只有《神谱》的作者有这样的胆识。诗人违背史诗的通常格式，一定是受到某种不可推却的动机的推动。诗人说，他与诗神缪斯相遇。她们教他诗艺，并授以《神谱》。她们同时还指示他：诗歌要以歌唱她们作为开场。

对于尝试用不同方式解释赫西俄德文本的现代精神而言，与诗神相遇确实让人难以置信。① 怀疑者当中甚至有人认为，这是一种虚构，一种纯文学手法，是对其他有关诗人或先知获得灵感的作品的模仿。我乐于相信，类似题材在赫西俄德之前的希腊传统中已经存在。赫西俄德也许受到了影响，但是我们是否可以就此断言这只是一种简单模仿？如果借助类似假设去解释我们认为不真实的某一章节的产生，我们首先应该解释其原型的产生，因为原型本身也必然表现同样的不真实。

真正的问题在于，这些题材在许多不同文明里都出现

---

* ［译按］原文标题：Le préambule de la *Théogonie*. La vocation du poète. La langue des Muses。

① 卫斯特归纳了主要的赫西俄德文本解释，158 – 161。

过。① 它们长久存在于不同作品中，并且得到传播，这就不能用任何模仿来解释。我们必须承认，人类在想象和精神里所共同具备的，在不同地方和相似条件下能产生同样效果。当达到一定深度时，可以通过个人行为或简单语言得到表达。这些题材正是如此。

许多研究者不约而同作出了同样假设。比如他们观察到，孤单和独处有利于冥想，有利于梦和幻觉。牧人长期孤单，在偏远地方牧羊。这样的观点也许平淡却不无道理。人类的普遍现象通过不同文明可以表现为不同方式，因为不同文化传统影响着这些现象在各种情况下的形式以及人们所作出的反应。② 山、牧人和羊群是在全世界广为流传的形象。在古希腊更有特殊内涵和象征意义。

神的住所一般在山顶，靠近奥林波斯神的殿堂。山顶是神最常显圣的地方。山是神与人相遇之处，是神的世界与人的世界的交界，也是文明世界与野蛮世界的交界。羊群放牧在城邦边缘，在人们追捕野兽的森林之前。羊是最常见的祭祀物，是神与人之间的交流工具。牧人居中，他的孤独、梦想和思索，很容易创造与神相遇的氛围。这些不同命题在安喀塞斯神话和帕里斯神

---

① 神降临在人面前，告诉他该做什么该说什么，使他成为先知或得到神启的诗人。这是不同文明的常见主题。比如旧约中的先知书，又如古代琐罗亚斯德教中琐罗亚德斯与大神 Ahura Mazda 交谈，再如印度大神 Krsna 助 Jayadeva 创作诗篇《牧歌》（*Gîta - govinda*）（参 J. Gonda，*Les Religions de l'Inde*，II，Paris，1965，186）。赫西俄德叙事中的其他主题在古代同样普遍。山是神显灵、先知得启示的地方。除旧约众所周知的例子以外，印度智者一样隐居山中，获见神显圣（M. Piantelli，*Sankara e la rinascità del brahmanesimo*，Fossano，1974，36）。神与人相遇往往在牧人出没之处。

② 在希伯来-基督宗教传统里，牧人和羊群的形象象征神对人的关切。希腊传统没有类似象征意义。

话①里都出现过。

在希腊传统里，出现在神与人的交界世界里的通常是水泽女仙或潘（畜牧神）。她们没有那些大神威严，却和人类最亲近。她们主动现身在人类面前，与之接触。比较其他神，她们更令人着魔。② 缪斯与这些女仙相似。她们优雅可亲且能歌善舞。另外，在赫西俄德了解甚深并在诗中时有反映的波奥提亚传统里，赫利孔山正是谟涅摩绪涅的女儿们喜爱停留的地方。

如果说，赫西俄德讲述的经历反映人类精神在许多文明里所表现出来的倾向，那么这些倾向在希腊文明里具有独特方式。某些发展成熟的题材也许影响了赫西俄德的创作，但这种影响是否必然削弱诗人自言经历的真实性？不一定，正如文化传统的差异影响爱情的方式和表达，却无法改变爱情的本质。即便赫西俄德的许多创作特点确实得益于古希腊传统，这些特点也经过赫西俄德个人的组织和加工。任何既有形式都不具备赫西俄德创作的复杂性，及其在复杂中的深刻的协调性。让我们不要太轻率地怀疑诗人的真诚吧。在此，我将尝试总结赫西俄德留下的教诲。这些教诲非常重要，完全值得我们严肃对待。

诗人的使命（行22－34）

赫西俄德刚刚呼唤诗神，赫利孔的缪斯，紧接着：

从前，她们教给赫西俄德一支美妙的歌，

---

① J. Rudhardt, *L'Hymne homérique à Aphrodite. Essai d'interprétation*, in *Museum Helveticum* 48, 1991, 8－20.

② PH. Borgeaud, *Recherches sur le dieu Pan*, Genève, 1979, 159－162. 水泽女仙可如缪斯般启发歌唱灵感。

当时他正在神圣的赫利孔山中牧羊。（行 22 – 23）

我想赋予行 22 的 *ἀοιδή* 一词在荷马诗中多次出现的广义。① 这时候，缪斯没有教给赫西俄德一首具体的诗，而是诗的技艺。她们使他具有吟咏的才能。② 诗人接下去也只提到他要作的诗即《神谱》。

还有一点值得注意。当他呼唤奥林波斯的缪斯或赫利孔的缪斯时，诗人提及她们的至美，她们经过泉水沐浴后清新的皮肤、美妙的声音。他根据传统的描绘想象她们，也许还加以理想化和美化。③ 然而，当他讲述缪斯出现在他面前时，赫西俄德变得简洁明了。描述消失了。他经历一个难以言传的过程。之后他心中仅存一个信念：他的诗艺归于缪斯。他直接简单地表达这个信念，他的方式褪去一切诗意风格：*αἵ νύ ποθ' Ἡσίοδον καλὴν ἐδίδαξαν ἀοιδήν*（行 22）。

另一个问题。“当时他正在神圣的赫利孔山中牧羊”，这个从句的含义是什么？

为了明确缪斯教诲的特点和内容，赫西俄德分析自己的经历。他历数这一经历的不同方面，分别在不同篇章里加以叙述。

女神们首先对我说了这些话，
奥林波斯的缪斯，执神盾宙斯的女儿们。（行 24 – 25）

行 22 – 23 的第三人称突然变成行 24 的第一人称。如何理解这种跳跃？我认为不应该把 *τόνδε δέ με* ... 看成主语变换的信号，从而将赫西俄德区别于第一人称的诗人。④ 否则我们将得到《神

---

① 《伊利亚特》卷 2 行 594 – 600；《奥德赛》卷 8 行 45，253。

② 《神谱》行 31。

③ 《神谱》行 3 – 10、63 – 71。

④ *τόνδε* 指代 *μῦθον* 的可能性很小。《伊利亚特》许多诗句以 *τόν* 开始，以 *πρὸς μῦθον ἔειπε* 结束（卷 5 行 632，卷 6 行 381）。但 *τόν* 并不定义 *μῦθον*，而

谱》作者不是赫西俄德的结论。假设行 24 在希腊古人眼里也具有类似含义，他们不会把《神谱》的荣誉归于阿斯克拉的诗人。①

诗人开始陈述缪斯的出现。他说出自己的名字，采用第三人称，带有叙述风格所需的客观态度。他提及自己时，并没有说是著名诗人，他暂且还不是，只是一个普通但真实、经历奇遇的人。他继续第一人称，受到某种激情感染，他感觉这个经历是他的经历，是主观经历。

缪斯不一定清楚出现在赫西俄德面前。他突然觉察到她们的示意，她们在召唤他。

> 荒野的牧人呵，可鄙的家伙，只知吃喝的东西！（行 26）

这一呵斥与后世的田园诗风格大相径庭，在早期诗歌中也无前例，其中的严厉性预示《劳作与时日》对黑铁时代的农夫的批评。② 它一反文学惯例。③ 如果赫西俄德的思想里还存有诸如安

指说话对象。荷马诗中多次出现相似用法，如见《伊利亚特》卷 19 行 140，《奥德赛》卷 16 行 204－206，卷 21 行 207，卷 24 行 321。某人刚被提及，听者尚有印象，说话者于是接着说："这个人，是我，我在这里……" *τόνδε* 在此应指人称*με*。按照荷马诗中的用法，不妨这么理解这里的句子："对这个赫西俄德，对我，缪斯们如此说。"

① 泡赛尼阿斯受同时代的波奥提亚人影响，认为《神谱》不是赫西俄德所作（VIII，18，1；IX，27，2），依据他的记载，在赫利孔山的泉边，只有《劳作与时日》被刻在铅碑上。但这个理由并不充分。相反，比之更早的古代作者均认为《神谱》出自赫西俄德之手。色诺梵那（Xénophane，21 B 11，12 DK）和希罗多德（II，53）提到的赫西俄德作品不是《劳作与时日》而是《神谱》。柏拉图和亚里士多德援引赫西俄德时更是清楚注明出处（《会饮》178 b，《形而上学》984 b 27）。

② 《劳作与时日》行 327－332。

③ 神确乎经常严厉地对人说话（卫斯特举过一些例子），但与这里缪斯呵斥赫西俄德不甚相同。德墨特尔在凡人犯错时愤怒地说话（托名荷马，

喀塞斯或帕里斯等神话的回忆，那么在他眼里，他笔下的牧人和羊群具有某种真实，并只与他个人有关。他自我同化为女神严厉斥责的人。我们是否可以因此断言他只是一个普通的牧人？不无可能。至少，他与牧人们足够接近，这使他感到针对牧人们的言语与他有关。《劳作与时日》同样表明诗人与乡村生活有着密切关系。

缪斯接着定义她们的法力和权限。她们证实了自己的身份，赫利孔山上的诗人早已有所猜测。

> 我们能把种种谎言说得如真的一般。
> 但只要乐意，我们也能述说真实。（行 27 – 28）

研究者早就发现，此处形容缪斯谎言的用语也出现在《奥德赛》中：*ἴσκε ψεύδεα πολλὰ λέγων ἐτύμοισιν ὁμοῖα*。① 荷马用来表现奥德修斯的谎言。奥德修斯伪装自己的真实身份，告诉佩涅洛佩，他在克里特岛见到她的丈夫。而事实上，英雄本人正站在妻子面

《德墨特尔颂诗》，256）；帕默尼德笔下的女神长篇大论，要哲人远离人群（28 B 6 DK，3 – 7）；在恩培多克勒的残篇里，有人（究竟是神还是哲人自己，不得而知）定义人类的认识限度，批评那些对此毫无意识的人（31 B 2 DK）；在归于毕达哥拉斯名下的《黄金之歌》中，说话的不是某个神（*Carmina Aurea* 54）。还有一个例子也许更有趣。在阿里斯托芬笔下，鸟扮演神的角色，在传授给人类一套理论之前，用轻蔑的语气责备他们。阿里斯托芬很可能是在模仿时人所熟知的风俗。鸟召唤整体意义的人类而不是特定的一群人。《神谱》也是如此。卫斯特举出的例子几乎全指向人类整体，唯一例外的是俄庇墨尼德斯（Epiménide）的一行诗：“克里特人，永远的说谎者，只知吃喝的懒惰鬼！”这很可能是在模仿赫西俄德，要么只顾吃喝的“肚子”之说在古代十分常见。除此以外，我们既不知道此处诗行的援引背景，也不知道这是不是某个神说过的话。早期诗歌中找不到赫西俄德这里所描绘的受责骂的牧人。

① 《奥德赛》卷 19 行 203。

前。奥德修斯讲的都是谎言，但并不异乎寻常，反而像真实事件一般，尽管从未发生过。

行 27 的谎言与行 28 的真实相对。两行诗对称，前一行里的 ἐτύμοισιν ὁμοῖα 点明后一行的含义。谎言如真实，真实却不一定要确实似有。事实上，赫西俄德在《神谱》里讲述的事件不可能得到人证。库克洛佩斯、天神乌兰诺斯被去势，乃至整个提坦争战，都以不真实为特点，而不能称作 ἐτύμοισιν ὁμοῖα。但展示这些貌似不真实事件的诗歌却陈述一个事实。因此，缪斯并不只简单区分真实与谎言，她们还区分两种不同类型的语言。赫西俄德所使用的动词可以证明：缪斯们说的是像真的一般（λέγειν），使听见的却是真实（γηρύσασθαι）。后面一个动词很难翻译。它属于诗的语言，是声音的形象、赞颂的观点以及某种知识的交流观点。

即使定义缪斯谎言的用语同样出现在《奥德赛》，我们也不能说，赫西俄德的评论针对荷马诗。在《奥德赛》中，用语被使用在一个特殊对话里，由与诗人保持距离的人物说出。这样就使特殊对话区别于诗歌的其他部分。另外，《奥德赛》全篇也不以真实性为特征。赫西俄德究竟想到哪部作品呢？我们大约是无从了解，因为我们几乎没有掌握赫西俄德可能阅读过的任何作品：除了两部荷马诗外，所有英雄诗系都佚失了。

我也不认为《神谱》的作者判定诗歌为谎言。诗歌是缪斯们灵感的馈赠，如同真理一般。赫西俄德丝毫没有加以指责。他只是区分两种类型的诗歌，并判出高下：第二种高于第一种。缪斯事实上还有其他职能。通过虚假叙事的魅力，或者通过某种事实交流，她们诱惑人心。这点下文还会提到。

由于缪斯在召唤牧人们并指出他们的弱点后立刻对诗歌进行分类，我们可以大胆假设，牧人们忽略这种分类，而满足于想象的愉悦。然而，赫西俄德在牧人们之中，缪斯的教导使他认识真实诗歌的存在。尽管他不了解其中意义，但这一认识使他的生命存在发生转变。

> 伟大宙斯的言辞确切的女儿们这样说。
> 她们为我从开花的月桂摘下美好的杖枝。(行 29－30)

我们无法知道赫西俄德如何经历他所描述的这个过程，但可以明白其中含义。σκῆπτρον一词不只是杖枝之意，也指祭司或先知经常佩带的权杖。月桂归属阿波罗，使诗人与占卜歌唱之神发生关联。无论赫西俄德真的收到诗歌的权杖，或只是运用象征手法表达自己的新使命，都不重要。当他与缪斯相遇，当他发现诗歌能够陈述一种真理，赫西俄德感觉到被召唤。从此，他身负神圣使命。

权杖和阿波罗的月桂使诗人的使命与神的使命接近。接下来的诗句可以证实。

> 并把神妙之音吹进我心，
> 使我能够传颂将来和过去。(行 31－32)

θέσπις一词派生后面的动词θεσπίζω，意指大声讲述一个神谕，名词θέσπισμα指神谕或预言。缪斯们给予诗人一种真正的先知式声音，使他“传颂将来和过去”。我还会在下文重提这行诗。这里只说一点。这里的用语明确定义神谕的特质：指出将要发生的事和已经发生的事。这些事件往往被人们所忽略忘记，但影响着目前状况。

> 她们要我歌颂永生的极乐神族，
> 总在开始和结束时咏唱她们！(行 33－34)

诗人没有对缪斯的要求作出任何评价。他完全清楚自己的使命，现在他知道自己应该做什么。

缪斯的歌唱

赫西俄德接受缪斯的指示。这使我们明白序歌篇幅冗长的原因，并且更好理解序歌的创作意图。

应缪斯所求，诗人在开篇歌颂她们。他依照波奥提亚传统表现她们在赫利孔山间出没、载歌载舞的样子（行 1 – 21）。之后，诗人叙述上文分析过的神圣使命。这两段构成《神谱》序歌的第一部分（行 1 – 34）。

在第一部分和接下来的内容之间，行 25 如谜一般，毫无疑问起到了过渡的作用。

> 但是，为什么还要说起这些橡树和石头？

卫斯特总结过现存有关橡树和石头的文章，列举各种含义的解释可能，尤其以古代研究者的分析为主，并作出如下结论："最好是承认，此句的真正含义在古代已渐渐消失。"承认无知是一种明智之举。但诗句的开始却是可理解的。"但是，为什么……说起这些……"使第一部分的重要性相对削弱，而强调第二部分的重要性。事实上，与缪斯相遇并不构成诗歌真正的主体。歌颂诸神种族，吟唱神谱，才是诗人的根本任务（行 31 – 34）。

在唱出真正的神谱之前，诗人重新歌颂缪斯。他在一开始使用*τύνη Μουσάων ἀρχώμεθα*。① 这一次，诗人不再采用赫利孔女神的方式，而换成最尊贵的方式，即奥林波斯女神的方式。但不论缪斯的住所在哪里，她们的身份始终如一。行 22 – 25 已经证明这一点。

---

① 行 36，对观行 1（Μουσάων ὰρχώμθνα）。

奥林波斯缪斯的歌唱包括三部分。诗人首先讲她们在奥林波斯为愉悦宙斯而表演最高妙的技艺；接着讲她们的身世，由宙斯和谟涅摩绪涅所生，出世不久就离开皮埃里亚，到达神的住所，为神歌唱；最后讲她们施恩于王者和诗人，并通过王者和诗人施恩于所有人类。①

在整个序歌中，诗人三次提到缪斯的歌唱，即她们在赫利孔、在奥林波斯宙斯的身边，以及诗人描绘她们的出生和来到诸神中。

缪斯的三次歌唱具有一个共同特点：美妙。她们的歌唱使所有听者感到喜悦。这是因为缪斯一出生无忧无虑，使人忘却苦楚（行 55、60）。还有一个共同点，三次歌唱都赞美诸神，但方式不一。

在赫利孔，缪斯们歌颂诸神种族（行 11－20），但只提及有限几个神的名称。我们不了解被提到的神们采取什么选择根据和排列顺序，但以下几点值得注意。

第一，诸神不按年代排列。除雅典娜被称作宙斯的女儿外，诗中没有涉及神的任何亲缘关系。缪斯在赫利孔的歌唱也与神谱无关。

第二，忽略许多重要的神，而提到几个次要的神。②

第三，狄俄涅与勒托并列。由于勒托和宙斯结合，这种并列关系使我们推论狄俄涅也和宙斯结合。赫西俄德似乎在提示我们，在荷马诗里，阿佛洛狄忒是宙斯和狄俄涅的女儿。因此，阿

---

① 第一部分：行 36－52。第二部分：行 53－79。第三部分：行 80－103。

② 遗漏的重要的神包括，在克洛诺斯的子女中漏德墨特尔，在宙斯的子女中漏赫耳墨斯、珀尔塞福涅和狄俄尼索斯。这里提到的次要的神包括勒托、狄俄涅、黎明神厄俄斯、月亮神塞勒斯。

佛洛狄忒与狄俄涅的名称分别出现在连续两行诗句的结尾，并非偶然。

第四，在几个现世活动的神之后，出现了存在于古老时代的神。比如勒托和狄俄涅，更比如提坦中最重要的伊阿佩托斯和克洛诺斯。

第五，许多研究者认为，在此列举的神属于世界的神。这些名称出现的位置是否有其存在的特别理由？克洛诺斯是奥林波斯诸神的祖先，伊阿佩托斯是人类种族的祖先。追根究底，此处都是最初的神。另外，大地该亚、大洋神俄刻阿诺斯和夜神纽克斯分别是古希腊几个世界起源体系中的最初的神：该亚之于赫西俄德神话体系；俄刻阿诺斯之于荷马神话体系；① 纽克斯之于俄耳甫斯传统。② 赫西俄德如此总结缪斯的歌唱：她们歌颂永生的神们种族。如此结论在列举诸神的始祖之后，再恰当不过。

在赫利孔，缪斯们并没有做出和谐单一的歌唱。她们似乎用不同的颂诗歌唱不同的神。这些颂诗也没有反映同一种希腊神话传统。赫西俄德了解这些传统，在他的创作体系里却没有完全采用。由于他把最初的灵感归于缪斯，他毫不怀疑其中的有效性。

缪斯在奥林波斯的歌唱则完全不同：更和谐，也更具深刻内涵。这次歌唱直接面对宙斯，回响在神圣的殿堂，连宙斯也屈服于其中的魅力（行 36－52）。

赫西俄德述及歌唱的内容。缪斯们首先歌唱诸神种族，从他们的起源开始，大地和天空的孩子们，赐福的诸神；接着是伟大的宙斯；最后是人类种族和巨人族。缪斯们由此吟唱真正的神

---

① 《伊利亚特》卷 14 行 200、244－246。J. Rudhardt，*Le thème de l'eau primordiale dans la mythologie grecque*，Berne，1971，35－106.

② *Orphicorum fragmenta* 28，28a，65，86，104，105 （Kern）. Pap. Dervéni，Col VII，1. 另参 Acousilaos，9B 1，3 DK。

谱，或者至少是把诸神放置在一个个年代序列中。她们从万物起源，一直讲到人类种族。她们以讲述历史的方式追溯远古事迹。

赫西俄德用一种不同的、更加概括的方式定义缪斯在奥林波斯的歌唱。她们使父神宙斯心生喜悦，因为她们用歌唱“述说现在、将来和过去”（行38）。

缪斯的歌唱涵盖现在、将来和过去。她们没有抽象地表现时间的三段式。赫西俄德使用动词εἶναι，是含义更加具体的中性复数形式，而不是表达观点胜于事实的中性单数形式。

缪斯讲述看似古老的事件，但基本上不探讨过去。她们针对最具体的事实，无论是在所有的时间尺度里，还是在时间的永恒存在中。正因如此，尽管貌似不真实，缪斯的歌唱体现最深刻的真实。

缪斯出世后，第一次走上奥林波斯山巅，出现在宙斯面前，那时她们的歌唱和以后的歌唱没有什么差别。但那时她们更直接。她们没有提及万物之源，也没有阐述最近的种族。她们一下子就讲到宙斯，歌颂父神。他促使神谱建立，并赋之意义。

> 当她们向父神走去。他统治天庭，
> 手中持有雷鸣和火光灿耀的霹雳，
> 先前他用强力战胜父亲克洛诺斯，
> 又为永生者们公平派定法则和荣誉。（行68－79）

通过给众神分配τιμαί［荣誉和财富］，宙斯在所有生灵之中，以及他所完善创造的世界里建立秩序。

在缪斯诞生段落的结尾，叙述发生很大的变化。

> ……当她们口吐可爱的歌声，
> 且歌且舞，赞美永生者们的法则和
> 高贵习性，那歌声多么讨人喜爱呵！（行65－67）

这几行诗造成许多编者的困惑。继沃尔夫（Wolf）之后，扎克（Rzach）删除行63－67。在马松看来，神的法则和高贵习性对缪斯的甜美歌唱而言显得过于沉重，他删除行65－67。后来的编者比较谨慎，但ἐρατὴν（ἐπήρατου）ὄσσαν ἱεῖσαι［可爱的声音］的重复使用还是使索尔姆森（Solmsen）感到为难，他对第二次出现提出质疑。我们真的要删去这些存在于大多数抄件里的诗文，只是因为其中的趣味让人吃惊吗？我倾向于相信，诗人刻意制造了一个矛盾，并以此为乐。缪斯们诠释一个沉重的主题，用的却是轻松的方式，以吸引听者。诗人重复两次形容歌唱的魅力，目的恰恰在于强调形式与内容的反差。

如此我们可以更好地理解缪斯在奥林波斯的歌唱。古代神谱叙事带来一个有关存在的教诲，不仅是现在和未来，还有过去。因了这些时间概念，宙斯治下的秩序得以建立，永恒的法则得以制订。

赫西俄德的歌唱

歌颂缪斯完毕，赫西俄德开始祷告。他服从缪斯的命令，创作生平第一部诗歌。诗人祈求缪斯给予帮助，因为这是一份艰难的工作。祷告之后引出神谱正文，结束我们所分析的冗长序歌。让我们先看文本：

> 宙斯的女儿们呵，请赐我一支动人的歌，
> 赞颂永生者们的神圣种族，
> 他们是大地和繁星无数的天空的孩子，
> 是黑夜纽克斯的子女和咸海蓬托斯生养的后代！
> 首先请说说他们如何产生：神们和大地、
> 诸河流、怒涛不尽的大海、

闪烁的群星、高高的广天，
以及他们的后代、赐福的神们。
他们如何分配世界财富，派定荣誉，
当初如何占领千峰万谷的奥林波斯。
住在奥林波斯的缪斯呵，请从头说起，
告诉我这一切，告诉我最初诞生的神！（行 104 – 115）

行 111 提出一个难题。代词τῶν具体指什么？根据句法，它应代指前文刚刚提过的名词，从“神们”到“广天”。然而，在各种希腊神谱传统中，这些名称所指实体的后代位于诸神谱系的不同位置，行使的职能差异极大，不可能被划分在同一个范畴，并笼统地概括。

由于上述困难和古代语法原因，扎克删去行 111。卫斯特采取同样的解决方法。他认为此行乃后人篡插，是对行 45 的拙劣重复。然而，同一句式的重复使用常见于古诗，尤其对完整诗行的重复，并不足以作为后人篡插的理由。索尔姆森等研究者采用别的解决方案：删除行 108 – 110。我倾向于后一种办法。神们、大地、河流、大海、群星和广天形成一个不同质的总体，在我们熟知的神谱体系里各自占据不同位置。删去这三行诗，句法将变得和谐，意思也完全清楚了。

最初的神之后，第一代：

大地和繁星无数的天空，
黑夜纽克斯和咸海蓬托斯……（行 106 – 107）

第二代：

他们的后代、赐福的神们。（行 111）

困难确实存在，但并非不可逾越。如果乌兰诺斯和该亚的后代是“赐福的神们”，夜神纽克斯和蓬托斯的后代与此形容词不甚吻合。不过，我们可以理解这种表述的简化。纽克斯的子女大多没有后代。蓬托斯的子女中，由涅柔斯生乐善好施的女儿们；其他孩子生了会死的怪物，他们中最令人生畏的都将消失。因此，乌兰诺斯的后代①可当作最初神的第二代代表。

如果真的要删除行 108 – 110，我们还须了解后人篡插的原因。在赫西俄德的精神里，大地、天空、星辰、河流皆为神圣，以至于神谱与世界起源几乎重合。事实如此无须说明。至少在篡插者眼里，事实如此，他认为有必要详加说明，用一个注释把诸神与不同秩序的世界实体相提并论。相反，如果保留手抄件的原貌，就是把赫西俄德本人视为注释者，他在行 107 和行 111 之间插入一个括号，没有破坏前后连贯，这样诗的整体也变得清晰可读。无论如何，我们大可忽略这个插入句或注释，以更好地理解最后祈祷的结构。

“宙斯的女儿们!”（行 104）是固定用语，预示序歌结束，同时也是呼唤诗神，符合祷文的开场。诗人祈求缪斯给他灵感：歌唱天地夜海等最初神的后代；讲述最后一代神如何分配荣誉和财富，如何占领奥林波斯；从万物起源讲起。祈祷结尾处，赫西俄德更加明确地请求缪斯赐他以最初诗行的灵感：“请从头说起。”祈祷的最后一句预示了神谱正文的第一句。

尽管《神谱》没有一个详尽的提纲，但这里的祷告大致定义了赫西俄德的计划。万物的起源、三大神族世家的繁衍、宙斯的权力征战、诸神的荣誉和财富分配。序歌明确陈述了这个计划，

① 事实上 θεοὶ δωτῆρες ἑάων 一般用来修饰克洛诺斯的子女或与之联盟的神。

引导我们理解赫西俄德的整部诗篇。①

这里的祈祷在许多方面补充了我们从其他部分得到的教诲。

第一，缪斯赋予诗人灵感，并派给他任务。她们赋予他歌唱的技艺，甚至指点他要作的诗。诗人的角色似乎因而显得次要，他只是记录缪斯的歌唱。然而，诗人也明确向缪斯指出他所要阐释的主题。她们指示他要歌颂诸神，但却由他自己选择诗中所要展开的主题。缪斯命令他吟咏，他反过来要求她们。诗人与诗神各有各的主动性。诗歌是双方努力的结合。如同在任何其他范畴，一事成功，总是人的行为和神的行为的协作结果。②

第二，诗人受缪斯启示，模仿她们。诗人的歌唱与缪斯在神面前的歌唱相似，但许多地方存在着区别。不仅仅是如上文所说，诗人在缪斯提出的主题中进行选择并尝试主导它们。另外一个区别在我看来更有意义：诗人歌唱的意义不同于缪斯的神圣歌唱。

在奥林波斯山巅，缪斯们叙说“现在、将来和过去”（行38）。当她们确定诗人的使命时，她们不再提及现在，而只要他歌唱“将来和过去”（行32）。如此一来，仿佛人类精神可以掌握他们所希望和恐惧的，或他们已经历过的，但绝不是他们正在

---

① 《神谱》提到新神在奥林波斯重新分配荣誉，但篇幅甚短（行881－885）。事实上，与提坦作战的过程就是宙斯世家的争权过程。有关荣誉（τιμαί）的分配则相对复杂。爱若斯和阿佛洛狄忒从诞生起就拥有至少一部分荣誉（行120－122、190－206）。赫卡忒也很早得到荣誉（行412）。许多神在宙斯推翻父亲统治之前就拥有了荣誉。与提坦作战初期，宙斯许诺过，随他作战的神将保持从前的荣誉，原先没有的神也会得到公正的分配（行390－396）。宙斯获得奥林波斯王权之后，他的家族子女也纷纷得到荣誉。《神谱》没有交代内中细节，而只陈述了基本事实。宙斯获得王权，建立统治世界的基本原则。从此由他来决定分配给诸神剩余的那些荣誉。

② 以农耕为例。人类播种、劳作；德墨特尔使麦子生长、收获。参看《劳作与时日》行393；托名荷马，《德墨特尔颂诗》行332。

生活和永恒如是的；仿佛只有永生才能把握正在消逝的瞬间，只有神才能把完全的充实赋予现在。①

第三，诗人的歌唱包含存在本身。这使我们明白一件矛盾的事。记忆的女儿们生来为了忘却苦难。但忘却如何能从记忆里产生？当一个沉浸在痛苦中的人听到诗人歌唱神的事迹，他就会忘记苦楚和悲伤（行 96 – 103）。我们明白诗歌语言的魅力，但对古代事件的回忆如何成为缓解当前不幸的一种方式？这难道不就是一种神话叙事，揭示超越未来和过去的永恒存在，同时也揭示现实不幸事件的分量，使之相对化，使人不再倾注所有的情感？

第四，在所有区别之上，有一基本特点使诗人的语言和缪斯的语言相关联。如同缪斯，诗人歌颂诸神，讲述远古事迹，他的歌唱包含未来与过去。缪斯和诗人都多少使用了真实的神的形象和事迹，以展现存在的永恒状态。缪斯的言语和诗人的言语的真实所指都与表面所指不尽相同。神话语言②因此得以定义，即我们后来称作 theologoi［神学］③ 所使用的语言。

---

① 行 33 结尾处的 *μακάρων γένος αἰενέόντων* 与行 32 的 *τά τ' ἐσσόμενα πρό τ' ἐόντα* 相呼应。两个用语同时出现，并非偶然。

② J. Rudhardt, *Du mythe, de la religion grecque et de la compréhension d'autrui*, in *Revue européenne des sciences sociales* 19, Cahiers Vilfredo, Pareto, 1981, 105 – 205.

③ 亚里士多德，《形而上学》，1000 a 9，1071 b 27。

最后的计谋：《神谱》中的潘多拉*

［法］居代·德拉孔波（Pierre Judet de La Combe）撰

解读综述

研究者经常强调《神谱》中有关最初的女人（即《劳作与时日》中的潘多拉）这一章节的内在结构性：人神分离的叙事（行535－612）前后各有一段胜者对败者安排命运的叙事（行521－534、613－616）。但是，如果只依据文本的字面意义或叙事的明确内容，我们很难掌握这一章节的整体含义。

卫斯特①指出此处有三个神话：祭祀起源神话（行535－561）、火的起源神话（行562－569）和女人起源神话（行570－612）。但他放弃在这些神话之间建立任何语义联系：为什么宙斯把女人作为礼物送给人类就是他对于普罗米修斯盗火的反击？②但是，文本中紧凑相连的几个场面体现为同一模式（即一系列计谋），加强形式和命题的重复性，并且多次揭示同一故事范畴（神人的分离，伴随以人类生存状态的不幸），所有这一切促使我们寻找隐藏在纷繁内容之下的深层逻辑。

---

* ［译按］原文标题：La dernière ruse：Pandore dans la *Théogonie*。

① West，*Theogony*，Oxford，1966.

② 这样，赫西俄德有可能虚构出厄庇米修斯，作为普罗米修斯神话和潘多拉神话的过渡。这个假设也许如卫斯特所言是“确凿无疑”的，却会导致我们忽略，在这两个完全独立的神话之间建立类似衔接是出于什么理由。

研究者往往一开始就被赫西俄德所讲述的事件的具体性所迷惑。然而，只有最初的迷惑消失，我们才有可能关注叙事整体的协调性，并真正理解所谓的事件具体性。本文的讨论将围绕如何对这一协调性做出合理的定义而展开。

这一章节的叙事展开基本上采用二元对立的形式：神—人、善—恶、火—土（潘多拉）、男人—女人、蜜蜂—胡蜂、给予—拒绝、创造—吞噬等等。某些严谨的结构主义分析已经解决历史分析所遗留的疑难问题，并且拟订有关文本的不协调内容（包括仪式、食物、性等领域）在衔接方面的解读假设，使这些不协调内容成为同一问题的不同要素。

在《赫西俄德的普罗米修斯神话》① 一文中，韦尔南分析了这个章节的叙事整体，把含糊性设定为文本的核心范畴：神的行为逻辑围绕着“给”（把牛肉中好的部分、火或潘多拉给人类）和“不给”（拒绝把火种给人类）这对反命题。观察由此产生的效应，我们将发现这一逻辑每次都呈现出某种含糊性。神的每一举措，无论给予还是拒绝，在事实上都是一种欺骗，因为神在“给予”的同时也“隐藏”（潘多拉外表下的不幸、火种的善意外表下的劳苦），②在“不给予”的时候强迫人类在痛苦中寻找他们所“掩藏”的。这种叙述方式也和诸种礼物本身的含糊性互相呼应：火既滋养生命又使生命衰竭；女人既像大地一般孕育繁衍，又耗费男人从田地里的勤苦所得（韦尔南在此处的解释非常简单，后来的著作③才有深

---

① J. P. Vernant, *Le mythe prométhéen chez Hésiode*, in *Mythe et société en Grèce ancienne*, Paris, 1974, 177 – 194.

② 韦尔南把普罗米修斯和潘多拉的两个版本合二为一进行解读。《神谱》版本得到《劳作与时日》版本的补充和揭示。在后一个版本里，人类谋生方式的丧失是神话的明显主题。

③ J. P. Vernant, *A la table des hommes*, in *La cuisine du sacrifice en pays grec*, Paris, 1979, 37 – 132.

入探讨）。普罗米修斯神话的总体含义因此就是：

> 明确如下观点，即在林林总总的形式下，透过神对人的隐藏，人类的生存建立在善恶混合，也就是含糊性和欺骗性的标志上。（页 190）①

神话结构一旦被拆解，就必须以这样那样的方式得到重新解释，也就是说，必须回归到某种能够证明其存在或者其合理性的起源。真正的分歧也恰恰只能产生在这样的缘由或条件之上，而不是在林林总总的文本解释上。在韦尔南的论文中，含糊概念用来重构神话，并在参照某个更广义的语意结构——“社会文化背景”或“思维空间的结构布局”——这个过程中呈现出同样的含糊性（页 189）。这是在神话及其背景之间假设某种必要的协调关系，并且把神话当作一个完整、完成的统一体。不过，如果神话的原始内容本就含糊，就有可能引发如下疑问：神话本身在事实上失却含义。于是，研究者把神话当作某种象征形式，运用结构分析的结论，以期了解是什么因素改变文本内部多义性的持续运行。由此应运而生我们称为“后结构主义的批评分析”。这种分析方法试图揭示对话完整之所以不可能的隐秘原因。

有关潘多拉的形象分析，研究者经常采用上述研究方法。叙事在表面上把潘多拉表现成一个无法解开的谜语，一个纯粹制作、没有内容的事实。潘多拉“像一个含羞少女”（行 572），也就是说，她是对某种原型的复制。然而，这个原型实际上又是潘

---

① Graziano Arrighetti, *Il misoginismo di Esiodo*, in *Misoginismo e maschilismo in Grecia e in Roma*, Gênes, 1981, 27－48, or in *Esiodo. Opere e giorni*, Milan, 1985, xxxvii－lv. Graziano Arrighetti 的研究完全是另一种类型。他强调潘多拉神话和潘多拉人物形象的含糊特征（既是灾祸又是英雄的起源；既是不幸之瓶一节中的主动者又是面对宙斯的被动者，等等）。

多拉本人，因为她是所有女人的起源。至此，潘多拉成为一个不可捉摸的形象，一个根本的异质体。

洛劳 (Nicole Loraux)① 对《神谱》相关章节做了详尽解读。有关最初的女人的叙事体现上述原则，即潘多拉代表一种欠缺。这段叙事可以看成早期希腊就女人话题的基本视野。潘多拉是如此奇特的存在：完全外在性的存在，只有外表，却又是虚无的外表。女人作为一个类型首先是消极的，因为她没有生命:② "在女人身上，毁灭力量远远超过繁衍原则。"（页 90）赫西俄德无法把存在赋予潘多拉，尽管他想让她扮演决定性的角色。

两个问题应运而生。《神谱》中的潘多拉神话在首要意义上确实代表希腊早期就女人话题的一种论说吗？如果是的话，那么我们分析的是赫西俄德本人的文本和观点，还是某些讨论婚姻和繁衍问题并明确援引《神谱》的作品或章节对于赫西俄德的文本和观点的"吸收"？潘多拉的出现并不是自在的，而是作为某个复杂的神的故事的要素之一，并且为这个故事拉下结束的帷幕。

另外一个问题：如果赫西俄德以近乎明白的方式把女人描述成"不在"，那么是什么原因阻止他就女人这个思考对象做出协调一致的论说?③ 是为了避免总是存在的异质现象吗？或者我们不如把此处的原因与《神谱》中某个"智术"时刻联系起来（某

---

① Nicole Loraux, *Sur la race des femmes et quelques - unes de ses tribus*, in *Arethusa* 11 (1 - 2), 1978, 43 - 87; 重刊于 *Les enfants d'Athéna. Idées athéniennes sur la citoyenneté et de la division des sexes*, Paris, 1981, 75 - 117。

② 女人的*γένος*的不同用法，如行 590 的*φῦλα*，使得女人无论如何行使了积极的繁衍职能：génos 指向绝对的不幸；phyla 使希望成为可能（Loraux, 95）。

③ 潘多拉类似于某种虚无，这一点本身也具有含糊性：一方面，这种比较意味着赫西俄德的对话局限，因他不知如何解释自己所要解释的；另一方面，从积极的角度看，则是诗人言辞能力的体现，女人是"他者"。诗人并非受限于相异性，恰恰相反，这种相异性正是他所要呈现的。

个纯粹制作而成、与自然无关的人类族群的起源，亦即女人的起源①），也就是把此处原因和《神谱》这样围绕着“诞生”命题的诗篇的整体性问题联系起来？潘多拉的诞生意味着生理孕育过程的第一次中断。这与其说是显示女人的特殊存在，不如说是体现人类相对于神的特殊状态，因为女人的特殊存在只有在神和人的历史里才能被充分理解。事实上，直到宙斯派遣潘多拉来到人间，人类的存在才呈现为我们今天所知道的样子，亦即人之必死性。

某些研究者从另一个角度解读文本，把焦点集中在作品的特殊内容和创作的语言条件之间的关系。普西认为，潘多拉只是纯粹的形象，形象中的形象，其含糊性意味着，类似于赫西俄德所具有的这样高度发展的语言已经不可能做到如诗人自己声称的“真实地表现真实”。②

女人不影射任何原型，却又在模仿。实际上，女人可以被看作某种消极的本体状态，犹如纯粹的差异，或差距。在某种差异哲学的角度上，女人的这一消极特点使她具有原始功能：潘多拉是没有原型的形象（在文本中，潘多拉对其他女神的参照不明显），她把透过差距创造身份的模仿过程个性化。正如布朗肖③的中性概念，潘多拉比任何分门别类、任何对比形式都要古老，她

---

① 在这层意思上，有关行 572 的“含羞少女的模样”的讨论（即少女指不存在的人类原型，还是指神的外表）似乎无关紧要。在任何情况下，潘多拉都是一件作品。

② Pietro Pucci, *Hesiod and the Language of Poetry*, 82 – 126；详见 99。

③ ［译按］Maurice Blanchot（1907—2003），法国作家。在《未来之书》（*Le livre à venir*, 1959）、《无尽的对话》（*L'entretien infini*, 1969）等书中，布朗肖分析赫拉克利特和尼采等作者的“残篇”式写作方式，他本人随后也采用过相似的写作方式，并提出某种中性（le neutre）的文学空间概念。

是所有差异的起源。

由此我们可以对文本做出两种水平的解读。一方面，文本明显以范式的对比关系为核心，诸如身份—复制、大地自然生成[①]—添加、多余—欠缺、自发—人为、真实—虚假、自然的睡眠（如黄金人类的死亡）—生老病死。这些对比的简单陈列表明，前一类比后一类更有价值。前一类体现自然的赋予，后一类体现差异。神话所要传递的教益信息倾向于前一类带有积极意义的命题，[②]神话旨在建立某种接近黄金时代的农耕理想世界。由此产生的异议是，在这样的前提下，我们难以意识到人类生存现实的根本特点，亦即劳作的必要性，它是普罗米修斯和宙斯（以及潘多拉）的双重行为的结果。

对生活在当前的人类而言，潘多拉是我们进入“类黄金时代”或正义城邦（劳，行 225 - 237）的前提要求。神话所建立的第一水平似乎被女人这一消极形象的双重特征所损害：潘多拉是不怀好意的计谋，必须加以提防，或者最好是加以控制；但是她作为差异、差距，又是对比关系的前提条件。潘多拉既是神话的对象，又是神话的背景和前提。实际上，潘多拉是没有起源的模仿，也就不可控制。她的结构和她的语言一样，都体现了某种不确定的分类。[③] 作为神话形象，潘多拉意味着神话进入论说[④]所特有的运动。从此，根据这一关于语言内在差异的不确定性的

---

① 《劳作与时日》行 108（人和神有同一个起源）；《神谱》行 106（神由大地所生）。不过在这两部诗中，赫西俄德从未提到人类由大地所生。

② 与韦尔南的分析相比，如此建构的神话“两极”是单一的，也就是说是简单化的。韦尔南把含糊性当成神话建构在整体上的结论。

③ 如同语言，女人也是某种德里达式的“补遗”。

④ muthos 与命名相关（从一开始就由专有名称构成），logos 则强调关系。参见 Pucci，114。［译按］把 logos 译成 discours，参看本书中克吕贝里耶的文章。

运动，也就是文学所特有的运动，神话的解读将首先是关于论说本身的思考。①

赫西俄德的潘多拉神话与语义的根本而普遍的结构相关，并且对这种结构做出绝妙的阐释。这样关注文本语义的复杂性和微转性的解读方法，难免要面临赫西俄德本人所说的问题，即论说的真实性问题（行26－28）：赫西俄德的真实没有任何参照可言，但又确实明白易懂。

至于解读内容方面，如果说人类相对于神的独立过程也就是人类借着潘多拉的出现而丧失所有的自然定义的过程，那么论说的系统化倾向，即赫西俄德的述说真实的计划，将令人产生疑问。正如上文所说，潘多拉是万物起源叙事的构筑过程中所有的力量和纷争的结论。在对潘多拉进行一场悖论的批判（与她的模仿本质相合，但也许有把问题绝对化的危险）之前，我们应该更好地从双重角度上定义潘多拉的出场逻辑：既是可追溯到起源和过去的一系列必然行为的结果（与神的世界有关），又是对于某个尚未确定的未来的开启（与人的世界有关）。宙斯的作品（指潘多拉）所具有的含糊性并非一定要被看作一个无法超越的真实，否则赫西俄德认知事物的意图将面临直接困难。潘多拉既象征人类相对于神的独立，又意味着人类生存条件的不稳定性。② 在这种情况下，潘多拉神话的建构可谓与作品的明确观点正相符合。

在此，我们不分析这一章节的整体叙事，③ 也不讨论存在于

---

① *Il mito di Pandora in Esiodo*, in *Il Mito greco*, Rome, 1977, 207－229.

② Jean Rudhardt, *Pandore: Hesiode et les femmes*, in *Museum helveticum* 43, 1986, 231－246.

③ J. U. Schimidt, *Die Einheit des Prometheus－Mythos in der "Theogonie" des Hesiods*, in *Hermes* 116, 1988, 129－156; F. Wehrli, *Hesiods Prometheus* [*Theogonie v.* 507－616], in *Nacivula Chiloniensis* [*Fests chrift für Felix Jacoby*],

《神谱》和《劳作与时日》的两个神话版本之间的关系,① 我们将尝试着揭示墨科涅叙事与诗篇的整体叙事之间的联系。这些联系或许恰恰体现了神话的基本观点。

描述要素

《神谱》行 507 –616 叙述伊阿佩托斯的四个孩子，其中穿插宙斯和普罗米修斯的纷争，引出某个状态确定的人类类型（即女人）的产生。行 535 –612 讲到神和人在墨科涅不可逆转的分离。这个段落穿插在宙斯对待伊阿佩托斯的四个孩子的叙述内部（行 507 –534，随后在行 613 –616 第二次提到普罗米修斯遭受酷刑）。人神危机因此与诸神内部的危机相互呼应，后者指的是奥林波斯神和宙斯刚刚击败并驱逐到塔耳塔罗斯的提坦神的后代之间的危机（根据事件发生的先后顺序，提坦之战的叙事位置应该是被后置了）。

显然，两种危机不可分离，但从文本的表现方式来看又互相区别。人神在墨科涅的分裂强调了宙斯的愤怒的不同阶段，并将

Leyde，1956，30 –30；H. Neitzel，*Homer – Rezeption bei Hesiod*，Bonn，1975，20. 问题在于宙斯给了普罗米修斯两个惩罚：一个具有戏谑意味，即潘多拉；另一个具有悲剧意味，即普罗米修斯被缚。分配祭祀用的牛肉这一章节和潘多拉的诞生之间具有某种连续性，两者都是诱惑的过程。宙斯的行为与诗歌的发展总体是协调的。内泽尔将这个章节与《伊利亚特》卷 15 赫拉欺骗宙斯的章节联系起来。宙斯任由对方使计谋，但他也用计谋作出反击，重新确立自己的权力。最后，如果说赫西俄德把传统的普罗米修斯形象转变为宙斯的危险对手（就像克洛诺斯），那么为什么此处的争端被表现为一系列计谋，并且涉及祭祀领域，而涉及神的争端则体现为一些具象领域，诸如食物、火和性别等？韦尔南的分析尝试对这些问题作出回答。

① 有关版本的说法并不确切，尽管两个叙事之间有一定联系。如果说一个文本的完整性和含义不取决于它的内在组织，而是一种观点的呈现，那么此处涉及的两个章节明显反映不同问题，因此彼此独立，存在于两者之间的是历史性方向性的关系。

最终导致普罗米修斯被缚：

> 宙斯的意志难以蒙骗，也无法逃避，
> 连伊阿佩托斯之子好助人的普罗米修斯
> 也逃脱不了他的愤怒，反倒是被治服，
> 困在沉重的锁链里，足智多谋也无用。（行 614－616）

惩罚的时间没有明确。① 两个故事，即诸神的纷争和人类生存状态的呈现，互相独立，互为重叠。在叙事中，潘多拉是普罗米修斯盗火的代价；但在叙事的谱系导言和理论总结里，普罗米修斯却以自己身上的锁链为代价。这种双重性区分了不同水平的含义，即人类不幸的起源神话和这一神话赋予神的秩序的含义。

一 神义论和叙事

这场起源于墨科涅的纷争是诸神历史上最后的纠纷，它的发展引致敌对双方的最终和解：宙斯将普罗米修斯用锁链缚住，普罗米修斯对宙斯的违抗致使人类遭受有死的命运和种种不幸（行 521－534、613－616）。宙斯所生的英雄赫拉克勒斯在父亲的准许下解救普罗米修斯，宙斯虽然心怀愤怒，考虑到这将给他的孩子带来荣誉，便捐弃前嫌。由此可见，尽管宙斯在拒绝给予火种的时候决定人类最终灭亡的命运，在创造潘多拉的时候又给人类带来无穷灾难，但他毕竟还是关注这群生灵的命运和胜利。宙斯放弃愤怒，让一个凡人来解决神之间的纠纷。

可以说，普罗米修斯的解放绝不是辅助性章节。因为赫拉克勒斯的介入调解，神的故事得以在和平胜利的气氛中拉下帷幕。事实上，透过赫拉克勒斯，人类促使众神达到和谐的境界。即使

---

① 行 586，潘多拉出现时，众神都在。

最早生出的是浑沌，接着便是
宽胸的大地那所有永生者永远牢靠的根基。

——《神谱》行 116—117

宙斯战胜提坦神、把提丰赶回出处塔耳塔罗斯，也无法做到这一点。事实表明，提坦神虽然挫败，但其下一代普罗米修斯又对宙斯的统治权力发出挑战。这场新的纷争——敌对双方的复杂关系很早就引起研究者的注意——不仅导向某个尚未确立的未来（伴随潘多拉的诞生，人类的历史就此开启），还促成一个承诺，即如此孕育成的生灵将永远结束过去的纷争。

因此，神话揭示某种神义论观点，从而使人类的不幸得到理论上的完全证明（换言之，这是万物历史的必然要素之一）：潘多拉将凭宙斯的旨意把不幸根植在人类之间，使之成为人类生存条件的根本特征。事实上，我们不能把不幸仅仅理解为相对于完美的神性状态的差异或差距。不幸给普罗米修斯所引发的奥林波斯神与提坦神之间的纷争提供出路，而类似的纷争反映从神谱之初就存在的两种力量的对峙（一方代表创造原则和无序繁衍原则；另一方代表秩序原则），也就是说，该亚的繁衍能力受到她的儿子乌兰诺斯的压迫和挑战。我们将看到，甚至墨科涅一幕也是借用前文的描述要素，尤其普罗米修斯和宙斯之间一系列计谋和反计谋，恰恰再现该亚和她的对手之间的较量。

潘多拉故事因此不仅仅是一个缘由叙事，不仅仅是在解释女人的起源和人类的消极生存状态。更为全面的观点是，潘多拉神话给予人类的现状一个双重参照：关于过去的参照，因为宙斯和普罗米修斯的纷争是对更古老的神的行为的重复；关于未来的参照，因为属于人类的历史的开启，① 伴随赫拉克勒斯的英雄事迹，

---

① G. Arrighetti, *Nota sul misoginismo di Esiodo*, 14 - 17.《神谱》和《劳作与时日》的潘多拉是不幸的象征，在《列女传》中，类似于母系氏族状态下的女人却有积极的职能。G. Arrighetti 似乎解释了这个表面的矛盾。潘多拉作为不幸，促使男人以自己的方式实现起源于该亚的创造辩证性，并且随着宙斯的胜利，也促成神的秩序的巩固和加强。

促使原有的敌对力量和解。在这一点上，潘多拉神话呼应《神谱》的原始意图，也就是诗篇序歌所定义的：在一个真实的论说里衔接完整知识的三个传统元素，借用《伊利亚特》中先知卡尔卡斯的说法（卷1行70），也就是衔接“现在、未来和过去”（行38）。①

以上解读意味着某个古老议题的争论已经结束，即是否真的存在赫拉克勒斯解放普罗米修斯这一事件。卫斯特认为英雄赫拉克勒斯只是杀死他父亲派遣的大鹰，解开反叛者的锁链在实际上不过为了使英雄建立功勋。尤其行616所使用的现在时：

> 困在沉重的锁链里，足智多谋也无用（*καὶ πολύιδϱινέ όντα μέγας κατὰ δεσμὸς ἐϱύκει*）。

这句话似乎表明，即使不再受到大鹰折磨，普罗米修斯还是永远被缚在悬崖上（否则就要把最后一个字*ἐϱύκει*［束缚，困］写成*ἔϱυκει*，参施瓦希尔［Schwabl］②）。另一方面，如果单纯考虑本段叙述，此处持续的现在时与上行诗中的*υπεζήλυζν*相互呼应：“他逃脱不了宙斯的愤怒。”愤怒和束缚密切相关，合而为一。然而，在行533，愤怒却消除了：“尽管心里恼火，还是捐弃了先嫌。”这意味着反叛者的完全解放。为了解决文本本身所带来的矛盾，我们必须认同这两段叙事的差异：行526－534，普罗米修

---

① 我们尝试接受如下矛盾，即传统英雄诗系作为神的后代或凡人英雄的事迹的叙事总和，相比神的历史，就《神谱》而言，属于未来的范畴（行32的说法“歌唱未来……”在荷马诗中不可能存在）。人类受到神的起源的影响，因为在诗中常有“宙斯的孩子”之类的称谓，而神也往往决定人类的命运；但是人类的行为活动并不完全取决于这个起源，因为它处在一个开放的时间性里（亦即未来）。

② Schwabl, *Hesiods Theogonie. Eine unitarische Analyse*, Vienne, 1966, 84，注释10。

斯的苦难和赫拉克勒斯的解救是史诗类型的关于过去的叙事（伴随宙斯的旨意和英雄的功勋）；行 614 – 616，章节末尾重提普罗米修斯的惩处，并非只是某种具体落实，更重要的是体现《神谱》全篇基本论题的象征性涵义。普罗米修斯被缚不只是简单的章节，普罗米修斯被解放也不只是简单的英雄业绩。事实上，这段叙事实现神的历史的必然阶段，也就是奥林波斯神和提坦神所代表的两种不同原则的最终和解。这种和解只有通过人类才能实现，也就是说在一个始终开放的时间过程里。从这个角度来看，这种和解由历史事件转变成人类未来的导向。

二　神人分离

墨科涅叙事包括：人和神将要分享宴席；宙斯拒绝再给人类火种（这使宴席变得不可能，因人和神分享的牛肉不能煮熟，参看卫斯特笺注本，行 562）；普罗米修斯反击，人类终究还是得到火种；宙斯反击，潘多拉诞生。整个故事讲述神人的分离和危机。开头两行诗对此做了介绍：

> 当初神们和有死的人类最终分离在
> 墨科涅……（行 535 起）

神和人“分离”（ἐκρίνοντο）在墨科涅。马松采用通行的理解方法，释为“神和人解决纠纷”。尽管ἐκρίνοντο确实带有“解决”的本意（卫斯特），但我更倾向于赞同韦尔得纽斯提出的异议：果真是“解决”，那么赫西俄德本该交代如何解决（行 882 提及奥林波斯神和提坦神的纠纷就是一例）。韦尔得纽斯因此释为“分离”。这个章节将具体叙述行 534 已经提到的普罗米修斯对宙斯的反抗，也就是神和人分离的完整过程，中间还将穿插牛肉的不平均分配。

两个种族，不如说两个集团：以宙斯为中心的奥林波斯神，和普罗米修斯所带领的人类。后者似乎是主人，迎接宙斯诸神。他们聚在墨科涅是为了分享一场宴席，而不是为了参加一次祭祀。

上述观点至关重要。如果说分配牛肉是祭祀的起源——“从那以后，生活在大地上的人类在馨香的圣坛上为永生者焚烧白骨”（行556-557）——如果说墨科涅叙事是祭祀起源叙事（正如韦尔南所言，这一点只在更广泛的人类有死性的起源神话里才有意义），① 那么，神与人在墨科涅的聚会没有祭祀方面的意义。此时的世界还是古老世界，神和人经常共同用餐（参韦尔南，页43）。从普罗米修斯的欺骗行为起，神和人开始走向最终分离的进程，而这次聚会是分离的前提。

祭祀的特点从根本上是祭祀品的不公平分配，但墨科涅聚会体现另一种准则，即宴席上的平均分配原则。这使人联想到荷马式的*δαὶς ἔ ίση*（《伊利亚特》卷1行468）：在奥德修斯献给阿波罗的祭祀中，平均分配只限于人类之间，人类在献给阿波罗神大部分祭祀品（体现了不平等分配）之后才享用食物。在潘多拉出现之前，神和人处于某种宴席式的氛围，不是通过礼物或反礼物的关系进行交流，而是呈现为某种“恩惠”，作为自然表露和交流幸福的原则。这种关系随着潘多拉作为礼物的出现而消失。

当雅典娜和赫淮斯托斯造出的女人出现时，神和人还住在一起（行583）。② 在这行诗里，神和人虽然存在差异，但人类的必死性还不作为两者的区分准则。直到潘多拉出现，也就是人类接受宙斯的这个礼物，当神和人惊叹最初的女人的美丽时，神和人的区别才清楚地得到揭示：“不死的神和有死的人。”（行588）

---

① 参 J. P. Vernant, *A la table des hommes*, 39。

② 依据了卫斯特和韦尔得纽斯的分析，潘多拉在墨科涅聚会上出现在神和人面前。Vernedius, *Hesiod*, *Theogonie* 507 - 616. *Some comments on a commentary*, in *Mnemosyne* 4, 1971, 1 -10.

墨科涅叙事始于普罗米修斯的计谋或牛肉的不平均分配，结束于潘多拉的出现。事实上，宙斯所设的陷阱只针对人类，一旦接受就无可挽回。人类出于错误而接受这个灾祸。此处的错误揭示厄庇米修斯的心智局限，“缺心眼”（ἀμήχανον，行 511）。普罗米修斯的兄弟因而是人类的祖先。潘多拉充满诱惑的出场标志着人神共同体存在的最后瞬间。

在《神谱》中，潘多拉叙事具有结构目的性：神和人因有死性而分离，由此形成两极局面。《劳作与时日》则是另一种角度，两极局面从叙事开场就存在，人类生存现状的缘由也得到揭示（行 42：诸神藏起人类的生计）。《劳作与时日》所要解释的不是人与神的差异，而是人类生存方式的矛盾本质，也就是说，人类的谋生方法为神所掩藏，但事实上人类又完全可以利用这种方法。人类赖以生存的是“不可见的事物”。女人与瓶子相似，象征某个神秘复杂的所在，诸种生存威胁从这里逃开（特别是行 105 的无声疾病），而仅仅留下一件有益生存的希望。《神谱》的潘多拉不呈现这种表面的辩证性，而首先代表人类生存条件的消极因素。

问　题

如果我们同意，人类生存消极状态并不仅仅是相对于诸神生存完满状态的一个简单的反命题，而恰恰相反对诗篇整体建构起到根本性作用，也就是为古老的原生神和奥林波斯神的和解提供一种可能性，那么，下面就是本文所要解决的问题。

第一，有关章节形式问题：为什么墨科涅叙事在《神谱》中的位置是这样的，也就是说处于更早发生的事件（比如神的秩序的建立、提坦之战等等）之前？

第二，有关叙事内容问题：如果说整部诗的内在协调性（即行28所说的真实）必须借助于同类叙事（通过结合或未经结合而诞生的生命、计谋、公开纷争等等）的循环重复才能实现，透过这样的重复，诗歌所展现的恰恰是同一个整体性问题，比如神性的辩证（与繁衍需求既矛盾又关联）、新生命的诞生，以及类似繁衍现象的种种必然限制等等。在这样的前提下，如何把最后一项计谋，即潘多拉的诞生，放在诸神的种种欺骗的连续性中？潘多拉是一个计谋，因此可以列入该亚为了在大地上保证无限的繁衍能力（第一个女人促使人类能够繁衍再生）而施行的种种举措（最早便是她对乌兰诺斯设下陷阱）之中，但是如何解释此处的潘多拉不是自然生成的生命，而只是出自奥林波斯众神之手的一件作品？潘多拉由众神用土塑造而成，已经标志着某种和解：在此宙斯的旨意再现该亚的意愿；但是为什么潘多拉的诞生不是自然的、物质的，而是在一个神人共享的宴席场面（作为仪式的起源）之后，从属于象征范畴？

神话的位置：叙述和观点

正如韦尔南所示，在《神谱》中，墨科涅事件和潘多拉的诞生代表着

> 某种插入语，并且是位置得到双重变动的插入语：首先在谱系顺序的层面上，其次在神的事件的连续性上。①

赫西俄德逐一叙述提坦神的后代。首先是大洋神俄刻阿诺斯的子女（行337起），接着是许佩里翁（行371起）、克利俄斯

---

① 参J. P. Vernant，*A la table des hommes*，52。

（行 375 起）和科俄斯（行 404 起）的子女，这个顺序和行 133 提坦神的出生顺序基本一致，只除了克利俄斯和科俄斯互换位置。正常情况下，诗中本该接着讲第五个提坦伊阿佩托斯的子女。但是，自行 453 起出现的却是最后一个提坦克洛诺斯的子女。伊阿佩托斯的孩子们出现在稍后的行 507 起。

如此的位置变动造成两个后果：克洛诺斯和宙斯父子之间的王权冲突打断了谱系叙事顺序（排在墨科涅事件之前，恰恰和实际发生时间顺序相符）；反过来，有关伊阿佩托斯的后代的叙述重新体现谱系叙事顺序，却打断王权冲突的故事顺序。墨科涅之后继以提坦之战，父亲的故事为儿子的故事所承接。

为了理解这种顺序上的颠倒，韦尔南建议把这两个故事（战胜提坦，建立神的世界；神和人的食物分配）当作两个平行故事，而不是连续故事来解读："普罗米修斯的不和（Eris）既不是在前发生也不是在后出现，而是与宙斯的分配职能同时存在。"事实上，此处的不和神讲述人类的起源，既不属于王权冲突的故事，也不属于神的秩序范畴。因为神的秩序在其定义上恰恰把不和排除在外："不和神无论在宙斯的胜利之前还是之后，都没能找到自己的位置。"（页 53）她是处于边缘的。

我们还有另一种解读建议。尽管这两个章节在形式和内容上存在着明显差异，但却有相似之处：两场纷争（行 534、637）均以宙斯的胜利告终，宙斯惩处他的对手都是"无情的锁链"（*δεσμοῖς ἀργαλέοισι*，行 522 对普罗米修斯，行 718 对提坦神①）。我们仿佛看到建立在不同形式上的两个相似故事。至于其中的细

① 不过，我们不能说，在动词*κρίνειν*的使用方面，神和人的危机（行 535），与提坦神和奥林波斯神的危机（行 882）相似。在前一个危机里，该词只是揭示神和人两种不同范畴的存在之间的分裂；在第二个危机里，争端有具体目的（荣誉分配）。危机从提坦之战开始，结束于人神之间的分裂。

微差别，应该被视为相同范式内部的差异，有助于我们以最明显的方式区分神的世界和人的世界。神的纷争结束于宙斯获得统治权力并且对世界的荣誉进行平均分配（行885），而人的世界始于墨科涅的不平均分配：人类属于不平等的那一边。与神截然相反的是，人类不受平均分配观念的支配。

不过，这两个章节的连接不仅仅是历时性的（正如普罗米修斯是提坦的儿子而不是提坦本人①），还是逻辑性的（也就是说涵盖神、人的同一问题）。宙斯在击败提坦的同时所摧毁的，恰恰在墨科涅的不平等分配（人类的起源）中得到再现。面对普罗米修斯的挑衅，宙斯必须对两个不平等分配的部分进行选择，也就是说宙斯被迫重新面临他为了建立新的世界秩序所推翻的传统做法。伴随着分配不均的牛肉，纷争再次产生。而且恰恰是提坦的后代迫使宙斯重新进入纷争。普罗米修斯分配牛肉的做法，与宙斯平分世界荣誉的做法相悖，② 是为了在按照平均原则得到重整的稳定世界里占有一席之位。普罗米修斯以欺骗方式模仿了宙斯的做法。在一个稳固的世界里，类似违抗不是为了像提坦神那样争夺权力，而是为了挑战这个世界的固有法则。如果想要更好地理解宙斯的反应（往往被认为矛盾而不可理解），我们必须假设，公平的分配法则在墨科涅一幕之前就已存在。普罗米修斯让宙斯在不等的两个部分之间选择，确实是使父神陷入两难的境地。无论他选择哪一部分，都是在违背自己所拟订的法则。宙斯没有上当（行551），却很愤怒（行554），因为他的对手让他面临自相矛盾的困境。父神的愤怒并不与他的清醒相悖；恰恰相反，宙斯的愤怒定义了普罗米修斯所行的意义：一种侮辱。

---

① 这与埃斯库罗斯版本相反。

② 行543表现了宙斯对不平等分配的讽刺。普罗米修斯通过任意分配牛肉，想要表现他是“有别于任何王者的王”。

由此，在文本中，神和人并非被简单表现为同一语意轴线（即分配的意义）两端的矛盾双方。正如上文所说，人类给神的世界带来了完结篇，也就是说他们促使某个被忽略的根本内容重现在奥林波斯秩序中心，即提坦式的混乱因素，从而以某种方式对神的世界作出协调。在《神谱》中，从提坦之战到墨科涅事件的颠倒的叙述顺序，恰恰象征世界历史的基本观点。正如神的历史一般，随着弱小群体（即从定义上就与平分原则相悖的人类）的出现，世界历史得到含义和结局。

问题由此产生：为什么存在类似目的性？为什么神的秩序必须有类似补充？换言之，为什么宙斯最终还是作出选择，并且拿了表面上比较不好的那一部分，同时又拒绝再给人类火种，从而导致普罗米修斯的犯错？为什么他最终还是通过创造潘多拉使一个原本残缺的种族得以持续繁衍，生生不息？

女人的诞生可谓《神谱》的结构性叙事的最后环节。宙斯的新秩序所具有的固有缺陷，促使人类的生存（依靠普罗米修斯的火）和繁衍（依靠潘多拉）成为必然。宙斯法则是针对提坦神的自然力量的一种强制。这一法则虽然促使新的世界秩序建立，财产和荣誉得到平均分配，但是它本身受到某种竭绝的威胁，或者说某种无能为力的威胁，因为法则和限制一经建立就不可能被改变。从此再也没有新的生成可能。宙斯的秩序面临自相矛盾的困境。大地孕育天空，并且和天空平分世界：

> 大地最先孕育了与她一样大的
> 繁星无数的天，他整个儿罩住大地。（行 126－127）

从这最初的时刻起，平均原则就在一个开放的时间中得到发展。宙斯法则是这个过程的结束，使时间凝固。为了保持法则的完整和稳定，宙斯必须引进某种开放性，给新生事物留下自由的发展空间，当然，前提是新生事物不会对奥林波斯的统治权力构成威胁。于是，宙斯把平分的空间逻辑转换为一种退却式、计谋式的时间策略。前一种逻辑建立在平分原则的基础上，促使宙斯结束诸如与提坦神之类的纷争，并且协调了统一（指建立的法则）和分散（指尚未重新分配的各项财产荣誉）的不同要求。后一种策略建立在不平等概念的基础上。人类和诸神的分离始于墨科涅宴席上的一场不平等分配，将在宙斯法则内部扮演实现上述开放性的角色。

宙斯重复大地该亚的举措。该亚在面临同样问题的时候也使用计谋。她用计对付阻碍自己繁衍的天神乌兰诺斯。当克洛诺斯也像父亲那样构成威胁时，该亚建议瑞亚以石头冒充年幼的宙斯欺骗对方。该亚一次次张开自己的身体庇护她的后代子孙，在克里特的山洞里把宙斯抚养长大。她代表无限的繁衍原则。处在该亚对立面的是某种不可捉摸的隐退力量。在赫西俄德的辩证逻辑里，这种消极力量往往来源于该亚本身，比如由她所生的乌兰诺斯和克洛诺斯。

该亚的自省解决了她自己的创造所导致的疑难。这也成了大部分叙事章节的基本模式，并且建构起《神谱》的深层叙事结构。潘多拉似乎便是该亚的行为脉络的继承者。正如韦尔南和希撒（G. Sissa）① 所示，潘多拉首先被定义作一个“肚子”，一个缺口，用来吞噬和生育。② 潘多拉无限期地实现大地该亚为神的秩序所威胁的权力。不过此处章节与从前的计谋不甚相同。如果说从前的计谋都是自然原生力量指向某种粗暴强大的力量，那么

---

① Giulia Sissa，*Le corps virginal. La virginité féminine en Grèce ancienne*，Paris，176 – 179.

② 参见韦尔南有关肚子（*γαστήρ*）的譬喻的种种解释，尤其牛的“肚子”藏着留给凡人食用的牛肉（行 539）、懒惰的雄蜂的贪婪“肚子”（行 599）等与女人的关系。参 J. P. Vernant，*A la table des hommes*，92。

此处繁衍的原生需求由奥林波斯神来体现。

《劳作与时日》中瓶子和女人之间隐含的相似性，在《神谱》所叙述的系列“缺口”计谋中得到解释。如果说空洞譬喻在《劳作与时日》中比在《神谱》中更为深远，形象化地酝酿了瓶子的遭遇和不幸的传播，那是因为，这个譬喻一旦实施在人类身上将不再意味着谱系历史的某个阶段，而是一种存在方式，一种与被掩藏的谋生手段（劳，行42）相关的生存可能。由此，我们进入实践的针对未来的层面，也就是《劳作与时日》的主要内容，而《神谱》在真实的建构逻辑基础上对其必然性首先做出阐释。

在描述伊阿佩托斯的子女时，诗中穿插了有关墨科涅和潘多拉的长篇叙事，为了理解这样的“离题”现象，我们还可以参照谱系叙事中的另一处迂回现象，也就是在讲到提坦后代科俄斯时，接以一篇献给赫卡忒的颂诗（行411－452）。赫卡忒是偶然和不定的女神，她为宙斯重整的世界带来混乱的原则，从而影响人类的存在；此时混乱的自然力量（指提坦神）已经被宙斯驱逐于世界之外。赫卡忒和普罗米修斯的叙事反映了相同的问题，但并不是在相同的层面上。宙斯决定让赫卡忒重新得到她原本就有的荣誉，表明存在着不同年代的神进行和解的需求；宙斯对普罗米修斯的计谋作出反击，又最终放弃的愤怒，则是真正地完成这一和解。①

某种人性的共同点：伊阿佩托斯的孩子们

潘多拉的故事开启人类的空间，亦即某种倾向未来的可能性

---

① J. Bollack, *Mythische Deutung und Deutung des Mythos*, in *Poetik und* Hermeneutik IV, Terror und Spiel. Probleme des Mythenrezeption, *M. Fuhrmann ed.*, *Munich*, 1971, 67－119；《赫卡忒颂诗》的相关分析，见111－118。

实践的场所。这一人类空间既在神的权力历史中找到起源，又造成某种分裂。有关伊阿佩托斯和大洋女儿克吕墨涅的四个孩子的谱系介绍（行 507 – 537）发展了这一双重逻辑。

一方面，通过宙斯所赋予的行为和命运，伊阿佩托斯的孩子们勾画了人类世界的结构和特征。其中，阿特拉斯和墨诺提俄斯代表力量；普罗米修斯和厄庇米修斯代表精神。这种分法体现了荷马式英雄的完美形态：既善于作战又善于思考。宙斯给他们一一分派任务，使他们进入诸神的活动系统。但与此同时，伊阿佩托斯的孩子按照肉体—精神的标准被分成两组，可谓在《神谱》的叙事中另辟蹊径。在此之前，力量和计谋总是成双成对出现在权力征战的篇章里，比如大地与天神的较量。

另一方面，伊阿佩托斯的孩子们面对宙斯的权力，要么是粗暴地提出异议（墨诺提俄斯，似乎还有阿特拉斯），要么是反讽而狡猾地进行模仿（普罗米修斯）。宙斯对此分别作出还击，或者凭靠权力，或者借助计谋。① 随着这两种行为秩序的分门别类，以及文本对普罗米修斯发起争端的强调，产生出一种真正的新秩序，也就是说，神之间的纷争从此将在精神领域得到和解，并且采用诸如下述的象征方式：分配仪式、语言、潘多拉这样经过多方修饰的形象的创造，等等。从这一刻起，神的历史涉及人类，叙事偏离原有的自然繁衍谱系模式。

伊阿佩托斯的前两个孩子，阿特拉斯和墨诺提俄斯，透过他们的命运勾画了人类生存的外在界限。

阿特拉斯一开始被称作“刚硬不屈”（κρατερόφρονα...παῖδα，

---

① 有必要说明，宙斯反击普罗米修斯的计谋包括两个惩罚，象征着神和人两个范畴的区分。普罗米修斯被缚和阿特拉斯所受的惩罚类似，体现宙斯至高无上的权力；潘多拉的诞生则延伸普罗米修斯的计谋，促使人类种族（女人）的产生。

行509)，似与提丰的后代（*κρατερόφρονα...τέλνα*，行308）没有太大区别。但宙斯为他安排的命运使他在人类世界里行使一项职能。首先，阿特拉斯与生俱来的力气反过来对抗着他本人：

> 阿特拉斯迫不得已支撑着无边的天……站着，不倦的头颅和双臂托着天。(行517、519)

阿特拉斯的处境可谓人类生存的典型状态。① 他必须永远支撑与大地分开的天空。他因此在四兄弟中占有特殊的地位。与墨诺提俄斯、普罗米修斯（厄庇米修斯的情况比较复杂）不同，宙斯不是在真正意义上惩治阿特拉斯，② 更多的是赋予他一项永久的命数（moira)：“大智的宙斯分派给他这样的命运。”（行520）动词*ἐδάσσατο*［分配］表明宙斯重整世界的根本职能（行885)，普罗米修斯的计谋也将体现在对宙斯这一职能的模仿。

我们可以假设，阿特拉斯所行使的职能不仅仅属于世界的秩序。他被流放在大地的边缘（*πείρασινέν γαίης*，行518)。在这里，他可以看见英雄们建立丰功伟绩。③ 阿特拉斯体现神的世界和人的世界之间的距离，同时维持一个开放的空间，为神和人的互动行为提供场所。神和人的分离与乌兰诺斯被去势所造成的天地分离不一样，后者体现世界起源的状况，为自然力量的纷争提供必要场所。

墨诺提俄斯一开始就具备人类的特征（参看吕达尔④)。他

---

① 参《奥德赛》卷2行110、卷19行156、卷24行146。

② 这与埃斯库罗斯的《普罗米修斯》(425－430，阿特拉斯受宙斯惩罚）不同。

③ 此处预示赫拉克勒斯最终解放普罗米修斯，象征奥林波斯神与提坦神的关系调和。

④ Jean Rudhardt，237. Jean Rudhardt 认为墨诺提俄斯是人名（帕特洛克罗斯的父亲)。

和阿特拉斯不同，受到了宙斯的惩处。墨诺提俄斯被称作“显傲的”（ὑπερκύδας），① 这使他与荷马式英雄们相提并论。在《伊利亚特》中，该词出现在违背誓言的上下文，赫拉用来形容阿开亚人（卷4行66），借以说服宙斯②干预人类的纷争，使特洛亚人首先违背卷3中普里阿摩斯和阿伽门农共立的誓言。和潘多拉的叙事一样，此处也呈现了神的计谋。众神为了实现他们对于人类的意图，违背自设的规则。墨诺提俄斯的故事似乎是提丰的某种再现：他和提丰一样是忤逆者（ὑβριστής，行307），③ 和提丰一样被宙斯用雷电袭击。不同的是，墨诺提俄斯最终只是简单地消失了，他的毁灭没有在世界上留下什么痕迹，他被抛入厄瑞玻斯（行515）。

墨诺提俄斯的最终去处使他具有某种职能上的意义，使他不成为自然力量（如提丰），而是作了人类的一种范例：墨诺提俄斯的命运体现忤逆者的代价。由于提丰最终被宙斯抛入塔耳塔罗斯，这里的厄瑞玻斯事实上也别具意义。这两个处所都在“道路宽阔的大地下面”（行717和行620），但不互相混淆。④

作为天空的对称元素，塔耳塔罗斯是世界的重要组成力量之一，有能力孕育生灵，参与世界历史的角逐。提丰战败后回归塔耳塔罗斯也正是完成世界最终的稳定。⑤ 塔耳塔罗斯因此可与世

---

① 只在赫西俄德诗中出现一次，在《伊利亚特》出现两次。和荣耀联系在一起，与战争有关。

② 宙斯在回答里接受了赫拉的建议，见卷4行71。

③ 墨诺提俄斯的暴力（行516）使人同时联想到提坦（行209）和百手神（行619）。他和百手神一样，都曾被关押在厄瑞玻斯（行669和行515）。墨诺提俄斯和提丰一样集中体现了暴力的原则。他和提丰不一样的是，他并没有通过自己的挫败促进世界秩序的建立和稳定。墨诺提俄斯的任务是为凡人提供一个象征层面上的参照点。

④ 卫斯特持另一种观点。他删除了行515和行669。

⑤ F. Blaise, *L'épisode de Typhée dans la Théogonie d'Hésiode* [*v*. 820 – 885]: *la stabilisation du monde*, in *Revue des études greques* 105, 1992, 349 – 370.

界的积极起源即大地该亚相提并论。至于幽冥厄瑞玻斯，则和黑色的夜神纽克斯相连（行 125）。夜神的住所并不在塔耳塔罗斯（行 744）。[①] 有关这个地方的描述体现伊阿佩托斯的前两个儿子所占据的空间。行 746 - 757 重新叙述阿特拉斯头顶天空的情状，并通过白天和黑夜（行 748）、夜神和死神（行 758 - 767）的轮番交替体现出人类的生存节奏。行 669 以厄瑞玻斯指代三位百手神在为宙斯所救以前待的地方，并不足以动摇上述观点。实际上，塔耳塔罗斯只有在提坦之战中才被描述成封闭的监狱，带有青铜大门和忠实看守者（行 732 - 735）。在此之前，被逐者并不在世界上占据任何住所，而是被关押在某个不确定、看不见的地方。

伊阿佩托斯代表力量的两个儿子之间存在着某种悖论。阿特拉斯和墨诺提俄斯都被流放在大地的边缘（行 518 和行 622 的厄瑞玻斯）。不过，阿特拉斯的力量一旦被定义为某种职能，便具有积极的作用，用来维持神和人之间的差距。墨诺提俄斯的力量却旨在取消任何形式的差距（类似某种“忤逆”或无度，ὕβρις），最终消失的反而是他自己。在某个无法捉摸的空间，伴随着时间的节奏，神完全消失了。这一切意味着人类生存的不确定性。由此，两个兄弟分别代表人类生存状态相互对立的两种极端：人类行为的开放空间，和人类的彻底消失。

作为受罚的神，墨诺提俄斯和普罗米修斯一样是宙斯的反抗者和敌对者。不过宙斯和普罗米修斯的争端体现为计谋的较量而不是暴力的较量。普罗米修斯将和墨诺提俄斯一样遭受惩处，处罚与人类的弱点正相呼应（指再生的肝脏，行 523 - 525）。但普

---

① 厄瑞玻斯处于某种混沌（*χάσμα*，行 740）之中，也就是大地、塔耳塔罗斯、海洋和天空这四个空间的“起源和界线”之处。

罗米修斯没有永远消失，他的行为开启人类的未来，而他本人似乎也将走进人类世界，同他的另一个兄弟厄庇米修斯一样。普罗米修斯一经解除束缚，似乎就脱离神的行列，因为他并没有像阿特拉斯那样被分派以某种职能。

让我们总结一下：前两个兄弟永久地确定人类生存界限（阿特拉斯与空间，墨诺提俄斯与时间），他们勾勒未来的线条，但始终存在于未来之外。后两个兄弟将赋予这个未来具体的内涵。阿特拉斯和墨诺提俄斯的形象，伴随着他们的力量、他们的手、他们的过度，往往使人联想到那些古老年代的神（提坦、百手神、提丰），他们在事实上也模仿这些古老神的行为举止。他们在叙事中承担的任务是，借助他们和古老自然力量的相似性，或者差异性，定义人类历史的物质范畴。相反，普罗米修斯和厄庇米修斯属于新神，擅长思考但不参与战争。他们表明在新生的世界里，纷争只发生在象征层面，而不在物质层面。①

在四兄弟中，厄庇米修斯的经历最为独特。与墨诺提俄斯、普罗米修斯不同，厄庇米修斯没有因其缺点而受到宙斯的任何惩处。我们只知道，他接受宙斯送来的潘多拉，最初的女人，这使他在某种意义上成了最初的男人。人类历史似乎便在宙斯的计谋得逞那一瞬间开始了。厄庇米修斯由此进入一个开放的未来。在这个世界里，他负有某种起源（作为潘多拉的丈夫或最初的男人）的意义。相对于彻底消失的墨诺提俄斯，厄庇米修斯在这层

---

① 这里所指的正是提坦神的下一代。如果用伊利亚特式的用语“伊阿佩托斯的完美的孩子”称呼普罗米修斯（行 565），将使人联想到某种战争语境，也就是与宙斯的争端。在非战争语境里使用同一用语，意味着争端本身的意义相应发生变化。根本区别在于：在新的争端中，对手的名称一一列出；在提坦之战中，提坦神的名字并没有明确列出。这也许是因为在提坦的旧世界里，孩子并不具有什么重要地位。伴随伊阿佩托斯的孩子们出现一个新的事实（即人类）。从此，正如就神的孕生而言，个体力量得以突显。

意义上更接近阿特拉斯。不过，尽管他成了这个新世界的要素，成了人类的祖先，厄庇米修斯却不施行任何积极、决定性的影响。相反，他是某种欠缺，亦即人类不幸的起源："他从一开始就是吃五谷人类的不幸，最先接受宙斯造出的女人。"（行511）神的世界所排除在外的负面影响在此替代宙斯的惩罚。

厄庇米修斯尽管有过失却不受惩处；尽管开启新的生存模式的可能性却不承担任何职能。这种反常现象恰恰象征人类的含糊性。人类起源于神的世界，和神一样是万物之母该亚的后代，但是人类在神的世界里"无名无份"。赫西俄德没有对人类的起源给予任何积极意义上的描述（比如神起源于原始自然力量，人类没有类似的起源之说），恰恰相反，把人类的本质定义为某种欠缺，某种建立在事物内部的功能的欠缺。在普罗米修斯遭受酷刑的过程中，人类只不过是宙斯发怒的结果，也就是说，人类的唯一命运只能是不幸。当宙斯平息怒气，决定给他的儿子赫拉克勒斯、一个凡人更多荣誉，普罗米修斯才得以重获自由，但他不再享有任何神的特权。他只剩一个任务，就是补偿人类因为厄庇米修斯的愚蠢而蒙受的不幸。从此，人类永远地处于理性与非理性的矛盾挣扎之中。

诗中缺少人类自然起源的描述，而宙斯的计谋所造成的后果无法逆转（参看行550）。以上两点表明《神谱》所发展出的两种不同逻辑：有关世界和自然力量的孕生逻辑解释了厄庇米修斯和他的兄弟们的诞生；另一逻辑体现了在人类生存和需求的观点上的世界发展过程，这样的观点不可能自然生成。前一逻辑体现某种起源发展观点；后一逻辑则是有关这种发展的目的建设（伴随人类种族的"分流"）：宙斯秩序通往人类历史。人类没有直接在万物的世界占有一席之位，但必须出现在这个世界。两种不同观点的过渡促使产生与宙斯和解相关的第三个命题：宙斯必须结束自然力量之间的纷争，建立一个均衡世界，并且使这个世界严格遵循平均原则；只有这样做之后，宙斯才可能把差异开放的原则引入世界，同时建立人类的缺乏荣誉的生存条件。

人类的必然性出现在这样的世界建成之后。神在重建世界的过程中对于相应的困难进行了思考，人类便是此种思考观点（包括宙斯的思想和计谋，以及普罗米修斯的辅助性思考和计谋）的结果。

由此，我们在叙事中重新发现缪斯在《神谱》序歌所提示的有关真实的三个方面（现在、过去和未来）。行 43 – 52 列举缪斯在奥林波斯献给宙斯的歌唱，包括神的种族，即由该亚和乌兰诺斯所生的神（行 44 – 46）、诸神和人类的父亲宙斯（行 47 – 49）、人类和巨人（行 50）。换言之，神的起源伴随着该亚和乌兰诺斯的纷争，被宙斯所代表的权力所限制，但是这种原始秩序没有就此凝固，而是为人类和巨人的历史提供一个开放的时间起源。

墨科涅场景：计谋与反计谋

作为神的对立面，人类的起源重复神的历史，不过是以一种偏离的方式，因为人类的历史不再体现谱系关系，而是表现决定和象征含义。在人类起源叙述脉络中，该亚使计谋的模式得到重现，并且带有某种纯粹堆砌意味。在墨科涅叙事中，有关空洞或掩藏的母题重复出现四次。

一、普罗米修斯在分配牛肉时，藏（*καλύψας*，行 539）起好的那部分，而把白骨用脂肪藏（*καλύψας*，行 541）起来。

我们不能苟同卫斯特的观点，即普罗米修斯首先把牛肉和肥美的内脏指定给宙斯，而把骨头分派给人类。这个分配最终得到相反的结果，是因为宙斯作为第一接受者的干预，以及普罗米修斯作为答复给了他选择的自由。

值得注意的是，宙斯强调了这种分配的不平等：

> 伊阿佩托斯之子啊，最高贵的神明，老朋友，你分配得多么偏心啊！（行 543－544）

正如上文所述，宙斯因此陷入两难境地：他被迫与自己所定义的平均准则相悖。普罗米修斯的计谋表现为两个层面：首先他“出于诡诈的计谋”（行 540），把牛肉分为不等的两份，他并没有掩饰这种做法，而是掩饰（和变换）两份牛肉的表面价值。接着他“心里想着诡诈的计谋”（行 547），使宙斯的自由而权威的决定表现成一种个人喜好，而不代表一个准则，换言之，他使宙斯本身表现出某种不平等。宙斯的愤怒在于他不能充当原本的平均原则的守护者。正是在这个时刻，父神决定把不幸施加给普罗米修斯和厄庇米修斯所带领的人类：

> 他心里考虑着有死的人类的不幸，很快就会付诸实现。（行 551）

“不幸”（κακά）和“有死的”（θνητοῖς）两个用语意味着宙斯将使人类面临死亡，① 与行 548 形容诸神为“永生的”（αἰειγενετάων）形成对比。

普罗米修斯的分配不仅是对宙斯平均原则的挑衅。韦尔南指出，两份不均的牛肉呼应不死—有死这对矛盾（页 63）。普罗米修斯的分配奠定两类食物之间和两类生灵之间的不可逆转的差异。这场所谓的危机，在惩处人类的同时也使他们占有在世的位置，尤其在神的世界担任和解的积极职能，这一切也许正是普罗米修斯制造出

---

① 宙斯在《伊利亚特》中也是如此宣告阿开亚人的“不幸”。

墨科涅事件的真正用意。我们在宙斯的言语中已经看见蛛丝马迹：

> 伊阿佩托斯之子啊，你谋略超群，老朋友，你至今还是没忘那诡计！（行 559 – 560）

宙斯对普罗米修斯的称呼，和普罗米修斯在行 548 对宙斯的称呼有异曲同工之妙。作为原生的神，普罗米修斯心存一个想法和计划，也就是实现该亚的意愿：保障生命的无限繁衍能力，而宙斯牵连进这个计划，并且具有实现自己意愿的能力（行 551，指对人类的惩罚），在某种程度上等于默认他的对手普罗米修斯的意图。

二、为了反击普罗米修斯的计谋，宙斯没有忘记计谋，也就是说没有忘记运用计谋。行 562 的“时时记在心里”并非如惯常解释的“时时把（普罗米修斯的）计谋记在心里”（参马松），而应该是——

> 他时时把愤怒记在心里，
> 不再把不熄的火种丢向梣木，
> 给生活在大地上的有死凡人使用。（行 562 – 564）

在一系列计谋中，只有这次没有使用动词“藏”或同义词。在接下来的计谋里，火种被“藏”在阿魏杆内（行 567）；潘多拉用面纱“罩”住全身（行 574）。值得注意的是，《劳作与时日》相关章节中用了这个动词：“他藏起火种。”（κρύψε δὲ πῦρ，行 50）

韦尔南指出，“不给”等同于“藏起”（《普罗米修斯神话》，页 185）。这种解释是合理的，因为，《神谱》借助宙斯的计谋正是为了揭示隐藏的概念。① 不过，此处为什么没有明确使用

① 行 562，韦尔南所持观点与通常观点一致：“时时把（普罗米修斯的）计谋记在心里。”

“藏”这个动词，值得推敲。诗人使用“不给”（*αὐκέδιδου*）一词，反过来暗示宙斯的神圣职能，即“赐福”（参行 46 和行 111）。根据《神谱》中有关火种的定义——并没有出现在《劳作与时日》里，我们可以说火种是宙斯拒绝给出的一种福分。火种是“不熄的”（两次出现，行 563、566），这个特点对于天上的火和藏在阿魏杆里的火同等有效。宙斯的举措使人类所丧失的，虽然也就是普罗米修斯的行为使人类又重新得回的，但形式稍有不同，否则两个对手的计谋将简单地相互抵消。火永远存在，使生命得以持续，但凡人的命运注定要消耗殆尽。《劳作与时日》行 176－178（另参神，行 599）：

> 原来现在是黑铁种族：白天
> 劳累和悲哀不会消停，夜里
> 也要受殃，神们来添大烦恼。

随着火种的丧失，人类一同失去永生的可能。火的另外一个特点是“火光远远可见”（*τηλέσκοπον αὐγήν*，行 566、569），似乎证明人类的生存是不容置疑的现实，就像神“赐福”一样明显。① 宙斯没有正面反击，就像把潘多拉当作给人类的礼物那样，“又一次传播不幸”（行 602）。宙斯没有给什么，而是退让。此处有两层意思。首先，人类生存中的善必不可免来源于神；其次，人类的存在脱离在神的所有连续性之外，是自主的（吕达尔）。对于有死者而言，生存将永远不会再是白给，而必须从大地或母亲的幽暗深处提取，这样的过程类似该亚从世界最初便开始的繁衍行为。火光将被重新看见，但只能是在某个“隐秘处”

---

① 宙斯拒绝给人类的火种，象征人类无须劳作便可以生存的所有资源。此处只是一种象征用法（Rudhardt）。

被发现。

伴随这一简单描述，产生如下问题：普罗米修斯盗火如何改变火的本质？有关女人的空洞“肚子”的非自然性制造，又如何成为针对盗火的合理反击？

三、普罗米修斯用藏在阿魏杆内的火（行567）替代天上的火（从此人类无法企及的一种火）。人类拥有的新火，在大地上将如同原来的火一样闪耀。宙斯也将看到人间的火光（行569），却不能挽回局面。人间的火四处传播，从天上隐约可见。作为人类生存的必然要素，人间的火意味着人和神之间的距离。从此，人间的火与天上的火互相区别。宙斯又称“雷神”。在宙斯拒绝把闪电“赐福”给人类之后，雷电不再是礼物，而是神对人的统治（审判）工具。

四、第四个计谋即宙斯造潘多拉，与盗火形成互补关系。火的具体含义也体现在这种补充关系中。宙斯没有阻止而是延续普罗米修斯的行为。简言之，宙斯促使他的对手给予人类的礼物得到使用：人间的火确保“吃五谷”（不是生食）的人类具有生存的物质条件，以及人类相对于诸神的位置。后者主要通过祭祀得到体现，墨科涅一幕就是例子（行556起）。[①] 人类得以活命，但不是永生。宙斯赋予潘多拉繁衍能力，使人类得到群体性的永生。

火和女人这两个形象的结合别具含义，尤其是阿魏杆使人联想到男性生殖器官，而神所造的女人又具有内在的空洞本质（在《劳作与时日》中这个比喻更为明显，瓶子和希望象征躺在子宫里的婴孩）。这样的解读并非缩小文本的原始含义，因为男女交合的命题在赫西俄德的诗歌中体现诸多层面的问题（性、经济、象征），并且意味着男女共同勾勒、稳定人类生存状态。男人一

---

① 行556，人类在圣坛上献祭，作为祭祀的起源，此处正是强调人和神的分裂。

方面必须劳作，因为普罗米修斯的火赋予他生存的可能性；另一方面不停丢失劳动成果，因为潘多拉的关系。与此同时，拥有孩子的希望促使他努力增加财富，因为财产将有人继承，而他在晚年的时候也将有人照顾。火和潘多拉，两者不可或缺，紧密相连。

研究者在分析普罗米修斯的火和宙斯制造的灾祸之间的互补关系时，往往提及行 570 的介词*ἀντί*的具体用法：“他立刻造给人类一个不幸以替代火种”——而不是“作为火种的代价”，或“作为盗火的代价”。卫斯特认为，介词*ἀντί*只有两种解释可能：要么宙斯制造不幸作为盗火的代价，要么是为了抵消普罗米修斯的火种带给人间的好处。韦尔得纽斯否决第二种解释。在他看来，无论“作为补偿”还是“作为抵消”都与该词不甚相符。韦尔南则采用第二种解释：“以替代宙斯拒绝给予却被普罗米修斯盗走的火种。”① 就整个句子的意思而言，第二种解释比第一种解释更有利于揭示两个命题的关系，也就是说，两者之间不仅是形式上的判断关系（前者作为后者的补偿），而且还在内容上是对等关系。来自神的这两件礼物显示，女人不仅是“不幸”，或惩罚，还是善和恶的混合，正如普罗米修斯送来的火种。因此，女人和火种形成均衡的关系。

不过，文本中的用语并不能直接体现这样的结构，即潘多拉是火的对立面，尽管这一结构对于整个章节而言是合理的。行 585 和行 602 体现宙斯作为赐福者的职能，不过有消极意味。宙斯所给的礼物在美丽的外表下是不幸，这与普罗米修斯的礼物相辅相成，定义人类生存条件的含糊和均衡。在宙斯和普罗米修斯各自的行为逻辑中，*ἀντί πυρός*将得到更好理解：宙斯拒绝把火种赐给人类，当普罗米修斯的行为抵消这一拒绝之后，宙斯又用不

---

① J. P. Vernant, *Le mythe prométhéen chez Hésiode*, 181. 另参 J. Rudhardt 的说法：“恶替代多余的善。”

幸的礼物替代火种的礼物[1]（文本对于这种替代的强调，在于宙斯用土创造生命，以替代火，而火和土在世界存在观点中正是两个相对元素）。同样，行 585 和行 602 都是一件神的赐福被否决，[2] 宙斯再给出一件美妙（καλόν）的礼物，貌似善，实为恶。在行 602 中，“又一次不幸”替代独身或拥有后代所可能带来的幸福。对于相对幸福的丈夫而言，不幸并非抵消幸福（参马松）。善和恶其实在不断地互相对抗。

在这样的前提下，我们很难认同洛劳的观点，否认或削弱潘多拉的繁衍作用：

> 如果说文本暗示，随着女人诞生，也就有了婚姻和生养子女，那么，繁衍的职能在这里却是隐秘的……只能透过字里行间隐约领会这一点。（洛劳，页 88，页 70）

恰恰相反，诗人在行 603－607 详细陈述人死而没有后代的不幸。这种不幸甚至是人类生存善恶混合的根本特征中的命题之一。[3] 洛劳的观点依据在于潘多拉的行为，以及她作为一个独身

---

① Pucci（页 95）持同一观点，潘多拉作为非自然的作品替代自然生成的火种。

② 此处必须分清叙述逻辑（火首先是被划为神赐的福之一）和文学句法之间的差别。

③ 参看 K. Reinhardt 的观点，女人不可或缺：“为什么？因为男人的父亲也是厄若斯？因为男人从一开始就是会爱、有欲望、渴求美的生灵？因为男人是生于浪花的阿佛洛狄忒的忠实信徒？都不是！这甚至与英雄史诗的典型没有关系。真正的原因很简单。如果没有女人，男人到了一定年龄就无人照顾，他的财产也将落入他人之手。由此即生宙斯的统治。”（*Prométhée*, in *Eranos－Jahrbuch* 25, 1956, 241－283，重刊于 *Tradition und Geist*, C. Becker ed., Göttingen, 1960, 191－226, 198）潘多拉神话没有解释人类的自然起源，因此它并不描述自然职能（例如繁衍）范畴下的人类，而是描述处于宙斯的统治之下（指其生存条件）的人类。

形象的非自然性:

> 文本中并没有叙述女人如何急忙地模仿大地，一如古希腊有关繁衍后代的正统教义所希望的那样。(页88)

但是，如果我们根据潘多拉诞生的叙述逻辑而不是潘多拉本身的形象来考虑这个问题，也就是说潘多拉的出现重复该亚对乌兰诺斯所使的计谋，从而成为《神谱》叙事的深层结构中的一个要素，那么我们将了解赫西俄德本人对于繁衍问题的阐释。事实上，这个问题与赫西俄德揭示万物起源的方案密切相关，在《神谱》全诗都得到体现。潘多拉作为“虚假的处女”（参行513）的非自然性，在另一个层面上得到解释。神话叙述女人，以及女人所带来的困难。但更为重要的是，神话叙述和解，以及人类消极的生存状态（繁衍和苦难）开始于女人的象征性诞生。

也许，正是在这样的层面上，我们才能理解行590－591所体现出来的双重性:

> 从她产生了女性的女人种族，
> 从她产生了害人的妇人族群。

第一句（毫无疑问是原本就有的）解释，尽管潘多拉同样也诱惑不死的神灵（行588），但为什么她只是造成人类的“没有出路”（*ἀμήχανον*，行589）。宙斯的计谋在人类世界内部建立一个自然的极性。① 形容词*θηλυτεράων*强调性别的互补性，② 从

---

① G. Arrighetti, *La stirpe funesta delle donne* (*Esiodo*, *Teog. Vv.* 590－591), in *Studi in memoria di Dino Pieraccioni*, 35－37. 文中对这两行诗做了不同解释。

② J. Bollock, *Empédocle. Les origines*, *t.* 3, *Commentaire*, Paris, 1969, 545. 文中有关于哲人恩培多克勒的分析。

而使女人（而不是女神）与男人搭配。换言之，人类中的女性组成部分存在于女性这一种族之中。这是人类和诸神之间的真正差距所在。随着潘多拉的诞生，人类从此找到他们的本原。宙斯的计谋只为他们而设。Ἐκ της指起源，但并不是直接的谱系意义的起源（就好像潘多拉只孕育女性一样）。更准确的解释应该是：潘多拉是第一个女人。

第二句并不是对第一句作出解释，而与第一句形成平行关系，主要解释为什么宙斯的计谋是一个恶意的计谋：如果说美妙（καλόν，行585）促使男女交合（行589），此处指代的仍是不幸（行591 再现行585 的κακόν）。这两句诗的并列关系也意味着性和不幸将成为人类生存状况的两大要素。由此，潘多拉完成行535所说的危机。① 我们不能把行590 和行591 分开理解，比如施瓦布尔为了同时保留这两行诗，把第一行当作潘多拉诞生叙事的结尾，而把第二行当作由此带来的灾难叙事的开始。② 事实上，这两个命题是一致的，包含在行592－612 潘多拉所引发的繁衍现象的叙事中。

必然的悖论（行602－612）

女性的祸害是复杂的，在本质上与普罗米修斯的火这一件福利相连。女人通过强迫男人无止境地劳作，削弱火的好处；但女人同时又促使火被善加利用，因为女人保障男人的家族得到繁衍。在这种情况下，祸必须重新得到定义，因为祸包含福，使福成为可能。行602－612 再现荷马诗中两个土瓶的说法，并且把这

---

① γένος和φῦλον的差别，参见 N. Loraux，94。

② 施瓦布尔在分析中没有解释女人的哪一方面与θηλυτεράων有关（页73）。

种说法运用到婚姻之于男人上面:

> 宙斯的地板上放着两只土瓶，瓶里是
> 他赠送的礼物，一只装祸，一只装福，
> 若是那掷雷的宙斯给人混合的命运，
> 那人的就有时候好，有时候坏;
> 如果他只给人悲惨的命运，那人便遭辱骂，
> 凶恶的穷困迫使他在神圣的大地上流浪，
> 既不被天神重视，也不受凡人尊敬。
> (《伊利亚特》卷24 行527 -532)

赫西俄德提出三种可能性。第一，男人或者拒绝婚姻，这样他生前可以拥有自己全部的财产，但死后由于缺少继承人，这些财产将落入他人之手（生命由此丧失)。第二，男人或者娶一个称心如意的妻子，但由于女人始终是祸害，祸和福总是在不断作斗争（福祸将同时存在，而不像第一种情况是相继产生)。第三，男人或者娶一个恶妻，那么福将被祸彻底清除。

我们很明白地看到，正如在《伊利亚特》中阿喀琉斯所说的，宙斯给人的命运，要么福祸混合（第一、二种情况)，要么是完全的灾祸（第三种情况)。在任何情况下，宙斯不可能在瓶中只放福善。也许因为纯粹的福善是不可能的，所以行602才说:“他又一次①传播不幸以替代好处。”男人无论怎么做都逃脱不了厄运。这样的厄运可能是局部也可能是全部。普罗米修斯每日忍受大鹰来啄食不死的肝脏，这样的酷刑似乎正是人类命运的写真。这种存在的逻辑结构缓和男人所能作出选择的两个命题之

① 此处说法令行602-612的“复杂的祸害”与雄蜂之于蜜蜂的“简单的祸害”相互对立。

间的对立关系，也就是结婚或独身。潘多拉作为这一逻辑结构的起源，定义人类相对于神的生存处境。

潘多拉的非自然性

潘多拉的真实是双重的。对于男人而言，潘多拉既是外来的，来自神的行为结果，又是内在的，是人类存在的构成部分。这样的双重性归根于潘多拉的本性。由于人类生存从此被消极定义（与神相比，与神所给予的相比）为某种不幸的存在，人类不再可能是自然孕育生成。因为，原生力量所生成的，要么是积极的生灵，比如大地该亚的孩子们；要么是代表限制的力量，比如夜神纽克斯的孩子们（死神、命运之神、睡神等等）；但绝对不会是那些注定毁灭的生命。人类必须是存在的，又是最终走向消亡的。① 这便要求，人类的诞生必须脱离自然谱系模式，而借助于某种计谋，使纯粹的决定替代自然孕育。人类不是自然生成的存在，而是某种效果或作品，通过技术制造而成。潘多拉便是这样的人类模型。

在对伊阿佩托斯的孩子们作完介绍之后，潘多拉第一次出现在文本中。最初的女人是某种虚假的存在。最初的男人厄庇米修斯把她当作女人接到家中，正是潘多拉伪装的贞洁诱惑所致。

> 他从一开始就是吃五谷人类的不幸，
> 最先接受宙斯造出的女人：
> 一个处女……（行 512 –514）

---

① 这一点只与厄庇米修斯部分相关。通过伊阿佩托斯和乌兰诺斯，厄庇米修斯可以直接追溯到该亚。因此，与其说厄庇米修斯是人类的起源，不如说他是人性典范。何况人类早已存在，甚至参加了墨科涅的宴席。

通过“接受”（υπέδεκτο）和“女人”（γυναῖκα，参见《伊利亚特》卷6行160的γυνή）等用法，厄庇米修斯和潘多拉的结合成了有死者的不幸起源。

研究者对“女人”（γυναῖκα）和“处女”（παρέθνον）之间的关系作出诸多分析。这两个通常是互相对立的命题，在文本中被紧密结合在一起。研究者提出一种解决方法，把παρέθνον解释为“年轻女子”（韦尔得纽斯），从而削弱两个命题之间的对立含义。但是洛劳指出，παρέθνον并非κόρη（页87，注释62）：当我们强调潘多拉本性的含糊时，事实上我们在有意寻找一个含带矛盾意群的直接用语，“女人—处女”（γυναῖκα παρέθνον）。不过这样一来，不仅重新分析文本中的具体字词对于结构主义文本解读没有必要，而且我们还因此丧失这两个命题原有的特殊关系和含义。Γυναῖκα在动词之后，是表语用法。① 厄庇米修斯娶宙斯造的少女为妻。② 事实上，直到与厄庇米修斯结合之后，也就是作了厄庇米修斯的妻子之后，潘多拉才成为名副其实的“最初的女人”（行590）。潘多拉的创造过程，是创造一个处女而不是创造一个女人的过程（行571）。潘多拉进入厄庇米修斯的家中，恰恰带着她在创造过程中所具有的处女标志（参见行571－584③）。

作为新的实体，或世界的“增补”（引自普西），潘多拉是某

---

① 这种解释来自卫斯特。

② Διός的用法有两种解释可能：或者与υπέδεκτο连用，或者与παρέθνον连用。在类似情况下，无须找出前后演变关系。潘多拉由宙斯的意愿所决定，属于宙斯，来源于宙斯。

③ 宙斯的女儿雅典娜亲手打扮潘多拉：用美丽的花环套在她的头上（行576），另外还有赫淮斯托斯制作的金带（行578）。妆扮好了的潘多拉如同待嫁的处女。至于金冠（χρυσέην）作为诱惑的工具则体现阿佛洛狄忒的掌管范围，正如《劳作与时日》更为详细的描述中所明确显示的那样。在《劳作与时日》中，美惠女神和劝说女神送给潘多拉金项链（行73）。

种复制，某种参照事实的创造。

> 显赫的跛足神用土塑出一个
>
> 含羞少女的模样：克洛诺斯之子的意愿如此。（行 571 - 572）

这两行诗与《劳作与时日》行 70 - 71 几乎一致。但两处的上下文语境不同。在《劳作与时日》行 60 - 67 中，宙斯对赫淮斯托斯等神们作种种吩咐（《神谱》并没有相关内容），这些吩咐使潘多拉的处女形象具有神圣的意味：“使她看似不死的女神，如惹人怜的美丽少女。”（劳，行 62 - 63）《神谱》中丝毫没有提及这位被模仿的“含羞少女”的原型。① 此处的用语 παρέθνον αἰδοίῃ更多地指代人类而非女神（参见《伊利亚特》卷 2 行 514），或许可以这样理解，ἴκελον［模样，像］是一种自为性质的参照，最初的处女是对她自设的原型的复制，她是某种自我复制（洛劳，页 86），或者复制的复制（普西，页 99）。

潘多拉作为一种复制，其原型是缺失的。在这样的矛盾前提下，我们可以对赫西俄德的语言与真实之间的关系作出分析。最初的女人形象是一种自我参照，这一观点也许并不是强制性的。事实上，把“含羞少女”的原型看作凡人而不是女神（第二种可能性在《劳作与时日》中反而得到强调②），并非必要。正如桑提朗所指出的，原型与模仿之间的柏拉图式矛盾概念并不适用于

---

① 由此产生《劳作与时日》对《神谱》行 572 的重复问题：赫淮斯托斯的工作相对于宙斯的吩咐，似乎有点分歧。

② 《劳作与时日》行 72 不只是对行 62 的简单呼应。在宙斯的吩咐（行 62）中，潘多拉的神样外表与她的人类特性（即语言和力气）明显相对；在行 72 潘多拉制作过程中，主要体现新生生命的基本特点。不过，这两个章节还是有许多共同之处，比如潘多拉的处女贞洁，以及相似性问题等等。

赫西俄德文本，或者更为根本地说，并不适用于早期思想。在早期诗歌中，形容词“像”（ἴκελος）并不明显指代模仿者对被模仿者的附属关系，而主要体现为一物相对于另一物的参照效果。比如在《伊利亚特》卷 2 行 476－479：

> 阿伽门农主上和他们在一起，他的头颅
> 和两只眼睛有似掷雷的天神宙斯，
> 腰身有似阿瑞斯，胸膛有似波塞冬。

再如卷 5 行 448 的说法与潘多拉的制造过程相似：

> 银弓神阿波罗制造一个埃涅阿斯模样的假人，
> 穿同样的铠甲，戴同样的头盔，形象逼真。

也就是说，形容语强调两者的相似依据，① 因此往往在比较中使用εἴκελος的形式。② 在赫西俄德诗中，赫淮斯托斯复制某个基本原型。这一原型首先由女神所代表，在潘多拉之后则由女人所代表。③ 韦尔南确切地称之为“最初的相似性”，它不属于模仿的范畴，而是“与某种标准一致”。④

---

① 参见《伊利亚特》卷 11 行 467 的用法。对于某种可能性的猜测：“我听见勇敢的奥德修斯的呼喊声，好像他孤身一人陷在敌人中间……”

② 参见《伊利亚特》卷 13 行 330：伊多墨纽斯“猛如烈火”。《奥德赛》卷 10 行 304：赫耳墨斯给奥德修斯的药草摩吕，花色“白如奶液”。两处都用到了εἴκελος。

③ 在墨科涅事件之前，女人也许已经存在。A. Casanova，*La Famiglia di Pandora*，Florence，1979，63. 不过，我们不能苟同 Casanova 对于行 513 的解释：厄庇米修斯所迎接的是“una donna plasmata”，而不是普遍意义上的女人。

④ J. P. Vernant，*Figuration et image*，in *Métis* 5（1－2），1990，225－238，详见 236。

关键在于，潘多拉这一作品的非自然性与全诗所使用的谱系模式①形成鲜明对比。对于男人而言，“含羞少女”的外表是正题的、非自然的。正如行571“克洛诺斯之子的意愿”（κρονίδεω διὰ βουλάς）所强调的，宙斯的权力取代以该亚为起源的自然力量，生命的诞生超越原来的自然原生状态，归属于宙斯统治的象征秩序。事实上，同一用语还出现在诗中另一处：甚至在宙斯尚未取得权力之前，“伟大宙斯意愿”（Διὸς μεγάλου διὰ βουλάς，②行465），克洛诺斯的统治将为他的一个儿子所推翻。此处宙斯确定了历史变迁的决定性方向，促使自己最终得到至高无上的地位。

在与普罗米修斯的争端中，宙斯的至高无上通过潘多拉的创造得到保证。为将人和神分开，解决危机，宙斯的计谋在这个时刻生效。③ 如果说潘多拉的非自然性确实地指代凡人生存条件的一种欠缺，那么这种非自然性没有在神话内部起到任何关键作用，正如它只是反映神话言说无法表现其对象的状况（根据普西的研究，这是由于自言真实的语言内部恰恰具有非协调的矛盾结构；根据洛劳的研究，这是由于理论类型的某种制约）。潘多拉的非自然性意味着，人类的生存来自外在的计谋，从某种意义上不具有本质。人类的存在只能被定义为一种任务。为了生存，人类必须在日常生活中实现神的争端所凝聚的语义模式：宙斯和普

---

① 此处借用库鲁巴里希斯的说法：*Aux origines de la philosophie européenne. De la pensée archaïque au néoplatonisme*, Bruxelles, 1992, 739。

② 另见行730，βουλή的复数用法与属格Διὸς搭配，同样表明神的历史中某个根本阶段的终结。

③ 宙斯的意愿在这里没有受到《劳作与时日》版本中的相关描述（行71）的限制。两部诗并非互相补充。我倾向于认为，《劳作与时日》是对《神谱》的重写。

他还用牢固的绳索缚住狡黠的普罗米修斯，
用无情的锁链，缚在一根柱子上，
又派一只长翅的鹰停在他身上，啄食
他那不朽的肝脏：夜里它又长回来，
和那长翅的鸟白天啄去的部分一样。

——《神谱》行 521—525

罗米修斯之间的争端提前定义人类未来的意义，[①] 而这一争端在作为计谋的结构里重复大地该亚的举措。

潘多拉是外来的技术性补遗。潘多拉是神的历史的延续。她是制造而成的产品，不是本来就有，也非潜在欲出。大地该亚的空洞式的消极工作将促使她产生新的欺骗行为（就像对孕生的神所做的那样）。从此，潘多拉永远标志着这一工作本身。

---

① 基于这个原因，普罗米修斯所受的酷刑可以有两种解释：要么这是已经结束的过去的事件（行 521－534），要么这是人类当前生存状态的形象比喻（行 615），普罗米修斯的解放作为某种可能性而存在。

女人的起源与最初的女人：赫西俄德的潘多拉*

［美］泽特兰（Froma I. Zeitlin）撰

《神谱》和《劳作与时日》中的两个普罗米修斯和潘多拉神话的不同版本引起晚近研究者的极大关注。这一方面是因为细致解读技巧在神话文本中的运用有所发展，另一方面则是因为人们始终对普遍范畴的文明建设保持兴趣。新的解读方法旨在从神话叙事的结构、语言和内容里寻找某种隐藏的逻辑性和协调性，同时还原神话的文学背景和社会文化背景，探讨神话在文化形成过程中的更广泛的观念共鸣。有关潘多拉的两个版本在关键细节上互不相同，这是为两部诗篇的不同意图服务的。《神谱》旨在歌颂宙斯的权力和新生的奥林波斯秩序，《劳作与时日》则揭示人类世界的两个必然：正义和劳作。尽管如此，这两个版本还是可以放在一起，构成一个完整叙事。两个版本分别作为彼此的注解，揭示同一个双重性问题，亦即女人的起源和作为起源的女人。

上述研究者中最出色的代表即韦尔南。本文从中受益良多，此外也参考了洛劳和亚瑟（Marylin Arthur）① 在此基础上做出的

---

*［译按］原文标题：L'origine de la femme et la femme origine：la Pandore d'Hésiode。由布列兹从英语翻译成法语。

① N. Loraux，*Sur la race des femmes et quelques – unes de ses tribus*，in *Les enfants d'Athéna*，Paris，1981，75 – 115. M. Arthur，*Cultural Strategies in Hesiod's Theogonie*：*Law*，*Family*，*Society*，in *Arethusa* 15，1982，63 – 82；*The Dream of a Word Without Women*：*Poetics and the Circles of Order in the Theogony Prooemium*，

修订。这里只对韦尔南的论述做一点简单回顾。韦尔南对两个版本中的不同要素做出总结和研究：普罗米修斯在墨科涅分配牛肉（神）；火种先被藏，被盗，又被重新藏起（神，劳）；人类失去谋生手段（劳）；不幸之瓶（劳）；最初的女人，外表美妙，但被定义作“肚子”（神）。所有这些要素合并在一起，定义新的永久的人类生存特点，即含糊性和本质上的欺骗性，或者说，隐藏在美妙外表下的不幸和隐藏在丑陋外表下的美好。

普罗米修斯分配给神和人的食物，与潘多拉的本质相互呼应。正如献给宙斯的是用鲜亮的脂肪伪装的白骨，潘多拉外善内恶；正如归给人类的牛肉被罩以牛肚，潘多拉指向饥饿的难以满足的肚子，不过这个肚子也孕育后代。普罗米修斯盗的火也与潘多拉相互呼应：被盗的火和具有欺骗本性的火，因她的食欲和性欲耗尽男人的精力（劳，行 704 - 706）。另外，火不再来自神的世界，而是在人间通过阿魏杆得到保存，这类似于农夫把种子播到土里，或男人在女人的肚子里留下“种子”以孕育后代。

潘多拉的例子表明人类生存状态的含糊性，而潘多拉的诞生条件也解释古希腊社会文明活动的三大组成部分：祭祀（人与神的关系）、耕作（人与自然的关系）和婚姻（男人和女人的关系）。在韦尔南的分析里，后两个范畴的关联和相似尤其明显。因为，在希腊古人的思想中，女人往往和大地相关，两者赋予男人的使命也类似：繁衍后代和播种收获。

在多数人类文明的最初神话里，女人的诞生往往被划分到次要范畴，发生在男人的诞生之后，伴随以我们习惯称作“人类生存状态”的起源，亦即死亡和不幸开始出现在人间，女人往往是

---

in *Arethusa* 16, 1983, 97 - 116. P. Pucci, *Hesiod and the language of poetry*, Baltimore/Londres, 1977.

人类不幸命运的罪魁祸首。潘多拉神话可谓这类神话在希腊文明中的典型版本。不过它在对女人的消极定义上走得更远，潘多拉的存在区别于男人，外来而陌生，她是新一类人类中的最初例子。

在潘多拉的神话叙事中，最令人吃惊的一点是不同人类类型（指男人和女人）的根本差异。首先，由于缺少普遍意义的人类神话，读者无从知道男人如何来到世上。其次，从上述原因推理出，不存在某个与神话中的女人形象对应的男人。男人的存在是群体性的存在，而女人的诞生不仅有特定的时间，而且被指定为独一无二。因此，在神话中存在着一些男人和一个女人。当女人走进厄庇米修斯的家，也就是进入人世，人类的生活和命运被永远地改变。① 其他揭示女人特点的征象还包括，女人的创造过程与《神谱》中其他任何孕生过程均不相同。“最初的女人除了不是自然的生灵外便是一切。”② 女人是礼物，是技术创造、筹划结果、手工作品，甚而是艺术作品。简言之，女人在任何意义上都是一件非自然品。最后一点，与男人随着时间而演变（五代人类种族为证）不同的是，女人是不变的，始终保持她被创造出来时的样子。她是所有从一开始就得到确定的属性的总和。正如《劳作与时日》所示，女人混合所有神给予的品质，她的来源毫无同一性可言，而恰恰是此种非同一的混合，形成女人的同一本质，也就是所有女人的同一起源。

---

① 许多研究者均提到这一点。洛劳的著作附带非常有用的参考目录。希腊神话中的人类起源题材，参 M. Guarducci，*Leggende dell'antica Grecia relative all'origine dell'umanità e analoghe tradizioni di altri paesi*，in *Atti della reale Accademia Nazionale dei Lincei*，1927，379 – 459。另参洛劳的文章，虽然简短，但很重要：*Origines des hommes*：*Les mythes grecs*：*naître enfin mortel*，in *Dictionnaire des mythologies*，Y. Bonnefoy，Paris，1981。

② N. Loraux，83.

女人的这种消极演变可通过两方面加以说明。首先，女人的创造不是因为男人在世上太孤单，如圣经中亚当和夏娃的叙事（创世记，2：21），[①] 而更多是作为对男人的惩罚（这个惩罚的来源不是所谓的人犯过错，而是宙斯和普罗米修斯所代表的神的争执）。其次，尽管赫西俄德在《神谱》行608提出“称心如意的妻子”的可能性，女人作为神对男人的惩罚这一点始终没有得到根本解决，男女在劳动中的作用极不对称，男女分工的基本生存状态在此还未得到体现。因此，韦尔南所提出的阅读建议尽管在大致上有效，却不能解释赫西俄德诗中的经济特点。韦尔南坚持认为，只有男人在外干活，而女人留在家里享乐，就像待在蜂巢里坐享别的蜜蜂的劳动成果的雄蜂（神，行599）。女人引来男人的愤恨，以至于赫西俄德在下文中说，即使有了一个好妻子，“终其一生，他的幸与不幸混杂不休”（神，行608–609）。

另一方面，女人有可能给家庭带来好处，比如她们善织布，“雅典娜教她各种花样的编织针线活儿”（劳，行63–64）。男人和女人各司其事，如色诺芬在《家政》中所指出的那样，男人在外创造财富，女人在内治理家务。另外，女人作为妻子和母亲也并非只收取而不付出，她们孕育孩子，把孩子喂养长大。赫西俄德承认女人在生育孩子方面不可或缺，但只是一笔带过，把这也看作额外的不幸：

> 若有谁逃避婚姻和女人带来的麻烦，
> 一辈子不成家，直到要命的晚年，

---

① 我承认圣经中确实存在两个关于人的诞生的不同版本。第一个版本指出男人和女人同时造出：“神就照着自己的形象造人，乃是照着他的形象造男造女。”（创世记，1：27）尽管如此，两个版本都强调一个男人和一个女人的对等性。

孤独无依。他若活着不愁吃穿，

死后必要遭远亲瓜分财产。（神，行603－606）

在这段话里，女人在性别和生育方面的作用均不直接明确，一切大打折扣。诗人只提到结婚（γαμος）、女人引来的麻烦（μερμερα εργα γυναικον，此处的εργα是什么？）、同样空泛的要命（γεροκομος，具体又是什么？）、晚年、死亡。就我看来，这一段话非常典型地意味着，女人和男人一起宴庆、共享食物，从而打断推想中神和人共享食物的原有秩序；同时女人也促使男人面临人的有死性。只有女人能够解决这个问题：女人为男人生育后代，使男人在晚年得到照顾。这样他的生命在死后得到延续，他的财产也将有人承继。不过，在得出这个结论的同时，我们等于是强调文本的隐微内容而忽略那些表面的明确意见。我们也就不会再去衡量使文本变得复杂的诸多省略、迂回、含糊等用法，不会再注意到在《劳作与时日》的农耕劳作背景下，女人的性别作用和创造作用始终都是非常隐秘的。让我们具体再来看一看。

首先是性本身的问题。这是自然的瞬间，受到神秘欲望的冲击，伴随着两个不同身体的结合所带来的愉悦，同时也充满矛盾的情绪。在《神谱》中，女人的美貌带有明显的性的特征，引起了所有看见她的人的惊叹（行575、581、582、588），而在《劳作与时日》中，阿佛洛狄忒更赋予她“愁煞人的思欲和伤筋骨的烦恼”（行66）。两个版本里都不曾出现类似圣经中的说法：“人要离开父母和妻子连合，二人成为一体。”（创世记，2：24－25）也没有希腊早期文本（包括《神谱》的其他章节）中常见的委婉说法：“相爱结合。”（φιλοτης）男人和女人始终是两个独立个体。《劳作与时日》中的潘多拉恰似一个待嫁的新娘，在婚姻起源版本中被送到丈夫厄庇米修斯家中（神，行511－514）。奇怪的是，诗中完全没有提到他们之间有任何性关系，或者如圣经所示在沉沦之后具有性别意识的羞耻心（创世记，2：25；3：7）。

在希腊古人的思维里循环存在着一系列与性有关的概念：性的危机（侵袭男人的身体、破坏他的心境性情）、与爱恋对象的分离、女人所造成的性的放纵。后世的医学著作和哲学著作揭示性的愉悦对于人的健康有种种危险，比如福柯①的分析。不过，在赫西俄德诗中，基本框架已经形成，而且是以最消极的形式。最明显的例子是女人作为反面性的火的诞生，这种火替代被盗的火。性是一种不平等的和解方式。女人利用性偷去男人的实体存在，包括饮食和性方面，而且她的欲望往往促使其夫过早衰老（劳，行 705）。诗人强烈建议男人不要在夏天做爱，因为在这个季节

> 女人最放荡，男人最虚弱，
> 天狼星炽烤着脑袋和膝盖，
> 皮肤燥热……（劳，行 586－588）

这样看来，我们不难理解，性并没有被看作一件对男女双方都有益的好事，因为男人和女人的欲望节奏或节气不一致。无论如何，女人的欲望使男人衰竭，并且偷去原本为男人所有的东西。

不过，由此推论而出的第二个观点似乎更为根本。女人的生产能力及其局限所构成的双重性，事实上与赫西俄德诗中的经济体系的不平衡状态具有惊人的相似之处。正如洛劳所言，《神谱》中的女人形象并不符合

> 具有创造能力的好妻子形象。如果说文本暗示，随着女人诞生，也就有了婚姻和生养子女，那么，繁衍的职能

---

① M. Foucault, *L'usage des plaisirs*, Paris, 1984.

> 在这里却是隐秘的。文本中并没有叙述女人如何急忙地模仿大地，一如古希腊有关繁衍后代的正统教义所希望的那样。①

赫西俄德应该是区分女人和大地这两者的意义。他推翻“潘多拉”这个名称的原有词源意义。潘多拉不再是“所有礼物的馈赠者”，这正是大地该亚的原意，而是“诸神赐予所有礼物的人”（劳，行 80－82）。②

此外，否认女人的繁衍能力意味着忽略女人的分娩经历，以及女人生产的艰辛和劳累（ponoi）。在其他早期希腊文本里，对于战士或英雄而言，考验往往等同于劳累（ponoi）。比如美狄娅声称情愿身临三次可怕的战争也不愿孕育一个孩子。③ 但在这里，似乎只有男人感受到 ponoi，亦即日常生活的辛劳，并且这一切全因女人而起（劳，行 90－92）。

如果我们把创世记的相关故事拿来比较，上述的省略意味将显得更为强烈。亚当和夏娃被逐出伊甸园，从此女人“生产儿女必多受苦楚”（3：16），而男人“必汗流满面才得糊口”（3：19）。亚当和夏娃作为最初的夫妇，彼此关系对称，而且神的旨意令他们“生养众多，遍满地面，治理大地”（1：28）。

简言之，在圣经叙事中，女人一旦被创造出来，就和男人共享存在、平分责任。同时圣经所呈现的经济状态是一派繁荣、丰饶扩张的现象。赫西俄德的叙事则是建立在一种衰竭贫困的经济

---

① N. Loraux，88.

② 我赞同洛劳的坚持，赫西俄德的词源有重要意义，他往往“反常用语义而行之”（页 89，注 73）。

③ N. Loraux，*Le lit*，*la guerre*；*Ponos*，*sur quelques difficultés de la peine comme nom du travail*，in *Les Expériences de Tirésias*，Paris，1981，29－53，54－76.

基础上，人类必须忍耐地为了生存而劳作。① 女人在圣经中被命名为“夏娃”，是“众生之母”的意思（创世记，3：20）；相比之下，潘多拉在《神谱》中被称为“女人种族的起源”，似乎是为了否认或至少是使人忘记男人由女人所生这个可怕的想法。

如此尖刻的人生领悟意味着什么？何种观点促使赫西俄德把女人写得如此贪婪，如同饥饿的肚子，“同甘不共苦”，坐享其成，不劳而获？对此在社会经济层面上有不同的解释：首先，农业生产方式的改进，特别是犁的使用，使男人成为主要劳动力，女人的地位因此受到影响；其次，新的社会组织城邦的兴起，使私人家业与公共场所区分开来；再次，早期殖民时期常见缺乏土地和资源的现象；最后，贵族意识和所谓的农民意识之间存在等级差别。②

这些观点或多或少反映赫西俄德的创作时代和创作地点，但是不能证明赫西俄德的作品代表希腊古人的标准思想。我们既不能断言，赫西俄德的诗歌是古希腊创世题材的最权威版本（由于他援引众神之父宙斯作为世界秩序的统治者，这使他的诗歌比起别的创世版本更具优势）；我们也不能证明，有关正义与不义之间的矛盾关系，恰恰就是希腊古人的价值观念的基础。赫西俄德对女人极端反感，尽管在别的文本中表现得不是如此强烈，却始终是

① 神的世界或黄金时代的丰饶对比当前时代的惩罚，见桑提朗的研究。经济衰竭和生活贫困在《劳作与时日》行 354 - 369 得到完善的总结。圣经的世界观，参 H. Eilberg - Schwartz, *The Savage in Judaism: An Anthropology of Isrealite Religion and Ancien Judaism*, Bloomington, Ind., 1991, Ch. 6; J. Cohen, *Be Fertile and Increase, Fill the Earth and Master It*, in *The Ancient and Medieval Career of a Biblical Text*, Ithaca (new York), 1989, Ch. 1。

② L. Sussman, *Workers and Drones: Labor, Idleness and Gender Definition in Hesiod's Beehive*, in *Women in the Ancient World. The Arethusa Papers*, Albany, 1984, 79 - 94.

男人对于女人的根本态度的一块点金石。这样一个难缠而矛盾的“他者”，一旦进入男人的生活，也就危险地介入男人的生存认同和家族认同的单纯欲望，不论是指两性关系还是指生儿育女。①

如果我们采用实践而不是观念的评论方式，把潘多拉神话看作一个独立章节，而不是另一个更长更复杂的叙事的组成部分，那么相应的问题也将产生。确切地说，潘多拉并不是一个独立整体，她的故事在赫西俄德的作品中也不能解释为一种偶然的离题。因此，在这两层意义上，潘多拉在特定的时刻出现，是为了导致别样的结果。在赫西俄德的所有叙事里，女人的出现被呈现为一场斗争的结局：《神谱》中女人因宙斯和普罗米修斯的争端而产生；《劳作与时日》中，由于佩耳塞斯争着分家产，赫西俄德利用潘多拉神话向弟弟说明人类当前处在黑铁时代以及世事的诸多艰难。② 在两个版本中，潘多拉的诞生都标志人与神的决定性分裂。这意味着潘多拉不仅仅定义人类领域中的男女范畴，而且还是人神关系的交叉点。鉴于古希腊神的拟人化现象，有关性和繁衍的神话叙事往往是戏剧化的，任何文本都不如赫西俄德的两部诗歌那样“明确地隐含着”神人世界的对比。解读潘多拉神话就是为了揭示神人之间、男女之间这两大关系问题。因此，我们必须把潘多拉放置在赫西俄德的文本背景里，而把赫西俄德放置在希腊古人对女人的态度这个更广阔的时代背景里。

在讨论神与人的不同存在状态之前，我们先来看看人类世界中孩子的地位以及家庭的生育问题。根据我的假设，这些问题建立在某个二元价值体系的基础上，也就是说，女人在神的范畴中具有首要作用，而在人类世界里显得次要且没有价值。潘多拉的创造（女人的起源）过程，以及她的职能的种种限制（作为起源

---

① 参见 Pucci 的研究。

② 两种争端的相似性，见 J. P. Vernant，*A la table des hommes*，54－57。

的女人）都可以证明这一假设。

家庭经济

第一，在希腊古人的思想里，存在着对于孩子的本质和价值的某种复杂情感。孩子延续家族衣钵，但又是失望痛苦的潜在来源。正如女人一样，孩子可能很好地治理家庭，但是也可能给家庭带来不幸。赫西俄德在《神谱》中总结婚姻的种种缺点，这段语义含糊的话正可以揭示上述的观点：

> 若有谁进入婚姻生活，
> 又碰巧遇见称心如意的贤妻，
> 那么终其一生，他的幸与不幸
> 混杂不休；若碰上胡搅的家眷，
> 那么苦难要一世伴随他胸中的
> 气血五脏，这般不幸无从弥补。（行 607 – 612）

解读这段话的难点和关键在于γενέθλης一词。究竟指女人族群还是子女后代？如果指女人，那么这段话区别好妻子和坏妻子，前者体现善恶混合的状态，后者代表不可救药的痛苦和不幸。反过来，如果要解释为什么在男人得到好妻子的情况下恶依然会和善作斗争，那么就应该把γενέθλης理解为后代，因为即使在后一种情况下孩子还是有可能成为父母的祸害（劳，行 185 – 188、行 331 起）。每一种解读都自圆其说。由于在赫西俄德诗中的其他地方没有出现同一用语，我们很难作出定论。① 不过，这种不确定性，以其揭示

---

① West 和 Snell 等研究者倾向于解释为“妻子”，但是他们排除另一种可能性的论证并不充分。

女人和生育的双重矛盾性，也许恰恰就是问题的根本所在。[①] 欧里庇得斯的《美狄娅》中的著名篇章正是对生育的必要性问题做了最大范围的阐述（行 1090 – 1110）。

更确切地说，γενέθλης在这一段话中起到的作用，恰是潘多拉瓶中的希望在《劳作与时日》中的作用。两个段落的结束语相似：

> 宙斯的意志难以蒙骗，也无法逃避。（神，行 613）
>
> 宙斯的意志没有可能逃避。（劳，行 105）

在赫西俄德的基本文本背景里，希望在当前的善恶混合的世界里仿佛执行一个双重职能，赋予人类不确定的未来：如果希望促使人辛勤劳动得以谋生，那就是好的；如果希望使人懒惰偷闲幻想未来，那就是坏的。[②] 在韦尔南的解读下，潘多拉的瓶子象征家庭，女人留守家中，犹如希望的含糊形象。瓶子是承纳家务的空间或容器，女人作为妻子留在家中或好或坏地操持家务，从而与希望相连。《神谱》行 598 和《劳作与时日》行 96 也提到内在空间，譬喻女人在家的形象，只不过，若说女人等同于希望，却完全是另一回事。在《神谱》中，即使是好妻子，恶还是不断与善作斗争，而在《劳作与时日》里，女人明确被称作祸害和不幸。不过，有一个根本原因将女人和希望联系起来：女人孕育着

---

① 另参《劳作与时日》行 185 – 188 子女虐待父母。整段话带有的含糊性与此相似。

② 有关希望的解释众说纷纭。关键问题在于希望是善是恶，或两者皆有。W. J. Verdenius，*A Commentary on Hesiod. Works and Days*，*vv.* 1 – 382，Leyde，1985，66 – 71（总结了各种观点）。S. Noica，*La boîte de Pandore et l'ambiguïté de l'Elpis*，in *Platon* 36，1984，100 – 124（附详尽参考书目）。我大致同意韦尔南的观点，即希望同时包含善恶两层意思（如 *Eris*，*Zèlos*，*Aidôs*，*Nemesis* 等概念）。参 J. P. Vernant，*A la table des hommes*，121 – 132。

未来的希望，也就是说，正如希望留在不幸之瓶一样，孩子（或孩子的希望）藏在母亲的子宫里。女人身上的“瓶子”（子宫）让人马上联想到《神谱》中普罗米修斯用来掩藏牛肉的牛肚。两者一样是外在具体的形象，并且藏有重要的内容。

这样看来，孩子指代希望的理由更充分。我们在一些医学论文或哲学论文中看到，子宫往往被描述为某种容器或瓶子。在希波克拉底文集以及稍后的解剖学理论中，女人的子宫则被形容成一个倒置的瓶子，带有两翼或两柄。拉丁文 fundus 原指瓶底或瓶座，这里被置于上方，瓶口在下，瓶颈向下伸展。对子宫的描述使用诸如口、颈等人体部位，也体现女人的食欲和性欲之间的关联。这一点不仅通过赫西俄德把女人比作贪婪的肚子得到强调，而且也证明通俗的医学想象中口和子宫的相似性和对称性。正如赫西俄德在诗中所示，瓶子有口（*χεῖλη*，劳，行 97），子宫亦如是（参亚里士多德，《动物志》VII，3，583a16），延伸到印章或塞子，有禁止随意出入之意，可暗指女人守住童贞，或者留住精子得以怀孕。①

那么，潘多拉带着瓶子来到人间，揭开瓶盖，不幸飞散出来，从此蔓延人间，而只有希望留在瓶中，这一切意味着什么？此处定义人类当前的生存条件，也就是“不幸、辛苦劳作和可怕疾病把人带往死亡”（劳，行 91－92），只有希望用以安慰人类或者

---

① 医学论文，见 A. Hanson，*The Medical Writer's Woman*，in *Before Sexuality：The construction of Erotic Experience in the Ancient Greek World*，Pinceton，1990，309－337（320－330）；*Conception*，*Gestation*，*and the Origin of Fermale Nature*，in *Helios* 19，1992，31－71；G. Sissa，*Le corps virginal*，Paris，76－93（口和子宫的关系），181－185（封闭处）。子宫与印章、塞子的关系，见 A. Hanson，324－330。他与希撒持不同见解。孩子和希望的关系，见 G. Hoffmann，*Pandora*，*la jarre et l'espoir*，in *Quaderni di Storia* 24，1986，55－89（72－76）。

欺骗人类。希望是普遍概念，甚至是抽象概念。不过，如果着眼于潘多拉的行为，可以更好地理解希望的意思。假设潘多拉和瓶子之间的相似性是合理的，我们不难得出如下结论：打开瓶子等同于失去童贞，至于希望被留下，则意味着女人怀孕初期。我们进一步推理，从瓶子分散而去的，同样也从女人的子宫流失，①希望或孩子以不确定的方式处于善恶之间，即使差强人意，却也可谓唯一可能的好结果。

当然，把女人的子宫描述为瓶子是建立在更为实际的联系基础上。从字面用法看，πίθος［瓶子］往往用来储藏谷物、油和酒，必须细心地封口保存，在适当时候开启，并带有一系列颇为讲究的使用规则（劳，行 368、815、819，和行 475、600、613）。通常情况下，这一类活由女人来做：贮存粮食，防止盗窃，避免不必要的损失。女人的这项工作与细心照顾体内πίθος［子宫］中的未出世的婴儿非常相似。家庭经济制度证实贮存粮食的瓶罐和女人的肚子之间的相似关系，两者都是 bios 的起源：生命和粮食。妻子为了守护丈夫的财产，必须既保管粮食又照顾孩子，因此同时具有两个职能。

但是，在赫西俄德的作品里，这两个职能却完全分裂。一方面，男人拥有自己的πίθος，亲自贮存粮食；另一方面，潘多拉带有瓶子，内藏所有不幸。用来贮存粮食的瓶子和整个家一同属于男人。男人在他的瓶罐里储存粮食，以供己用（劳，行 365 –

① 我们暂时无法论证这个假设。利姆诺斯岛（Lemnos）上的女人们的神话似乎算类似的例子。这些女人身上令人厌恶的气味，使她们的丈夫纷纷逃开。这个故事令人信服，因它符合事实：利姆诺斯岛火山爆发，带来大量的硫黄气味（我们再补充一点，这与火神赫淮斯托斯有关）。不过关键在于，从潘多拉之瓶散发出去的不幸既无声息又看不见，并不带什么气息。从医学角度看，瓶子—子宫的打开也许意味着月经，但这样一来，原有的相似关系就被破坏了。

369，参行 597－603），并且由他来划清内外异己的界限：

存在家里的东西不会烦劳人。
东西最好放家里，外头不保险。（劳，行 364－365）

同样的道理也体现在节省粮食上：

一坛新启或将尽时尽量取用，
中途要节约，用完再省就糟了。（劳，行 368－369）

至于女人被送到男人家里，是为了消费男人的所有。她不能共患难，只想同甘乐。不论是在取他的财富上，还是在散她的不幸上，女人挥霍而贪婪，既显得多余又代表欠缺。① 在这样的情况下，女人的πίθος和男人的πίθος相对，女人所具有的保存和增长家庭财产的潜在职能似乎也与男人的相似职能相反（劳，行 376－377）。

第二，我们可以通过下文诗行对男女在上述职能上的相对关系作出解释：

只生一个儿子，使祖传产业
有人照管，财富才会积聚家门。（劳，行 376－377，参行 271）

只有一个儿子的家庭最理想。如果不幸有第二个儿子，那么男人最好活得长久些，或者如诗中经常提到，独子最好也只生一

---

① 普西也强调潘多拉的多余和欠缺的双重性，但解释与我们不甚相同："她是多余的，在于她导致了劳动成为生存的必要手段，而在此前大地可以自发地提供果实给人类；她又是欠缺的，因为劳动不再能够恢复原来生活的甜美。"（1977，86）普西认为，潘多拉是德里达式的一种补遗：既是添补，又是替代。

个独孙（劳，行378）。[①] 类似理论我们在别的地方也经常见到，[②] 但是，在赫西俄德的经济结构里，女人和后代只与财产的获得和保存有关，最理想的是男人可以把一切占为己有。因此，孩子的潜在繁衍性构成男人的重大威胁。

女人因此被定义为一种经济负担。如果不考虑她的持续的生殖能力，女人可谓无用的累赘，既无益于家庭财富的增长，又因其贪婪的食欲和性欲，耗尽家里的积蓄和丈夫的精力。她既不像田地，促使男人在外耕作，也不像黄金时代自发丰盛的大地（在赫西俄德的版本里，这个时代也只居住着男人）。婚姻和农业可谓男人劳作播“种”的两个相似范畴，但是从相对角度而言，这两个范畴又彼此不同。如果说，在女人诞生之前，男人可以自由自在地取用大地上的果实，那么现在则是女人在取用男人勤苦劳动的果实。在新的人类生存条件下，男人被迫成为生活来源的唯一创造者。

第三，如果我们通过《劳作与时日》分析赫西俄德的个人情况，不难了解诗人所说的独子最好的重要意义。赫西俄德不是独生子。相反，整部诗篇呈现诗人对他那一无是处的兄弟佩耳塞斯的劝诫。在此我们不能重复诗人表示不满的所有细节，但有两点是明确的。首先，赫西俄德和佩耳塞斯因分配家产而发生争执。

---

① 参看卫斯特的版本，另见普西，111。我们倾向于卫斯特的解释：一个、两个或几个儿子；但最好只有一个；如果有第二个儿子，最好不要早死（大约是为了挣得足够的财产以供他们平分）；如果有好几个儿子，那么最好是寻求宙斯正义的帮助。正如卫斯特所指出的，这是“典型的赫西俄德式的表现神的法则也有例外的方式”。

② 这种观点并非只属于赫西俄德，而有可能是当时的经济条件造成的普遍观点。依据普鲁塔克的记载，同见 Xénocrate 残篇 97；亚里士多德，《政治学》，1274b 19 起；柏拉图，《礼法》，740 b – d，923c – d。参 M. P. Golding，N. H. Golding，*Population Policy in Plato and Aristotle*：*Some Value Issues*，in *Arethusa* 8，1975，345 – 358。

佩耳塞斯利用贿赂或其他方式得到遗产中较大的一份，此后挥霍殆尽，又来向赫西俄德求救，企图再次挑起诉讼。因此，在需要分配财产的情况下，每个继承人必须拿到平均的一份，才能符合正义（dikè）的要求。如果只有一个继承人，就不会存在诸如欺诈引起的不和（eris），事情变得自然而然。

另一方面，赫西俄德与佩耳塞斯分配家产与《神谱》中宙斯和普罗米修斯分配祭祀食物类似。不过，诗人对佩耳塞斯的描述方式引出第二个相似关系，因为佩耳塞斯是个游手好闲的人，需要人来教导他劳动的道理，使他不致成为别人的负担，甚至沦落为乞丐。赫西俄德如此说：

一个人不该操心纠纷和集会，
除非家中储足当季的粮食，
地里生长的德墨特尔的谷物。
等你有盈余，再去滋生纠纷和争端，
抢别人的财产。但你再也不能
这么干了：咱们这就了断纠纷，
就凭来自宙斯的至善的公平断决。（劳，行30－36）

赫西俄德在对他的兄弟说完这些话之后，就讲了普罗米修斯的故事和潘多拉的故事。这两个神话解释了人为什么要劳动以及人以农业劳作谋生的原因。接下去的人类种族神话则强调物质繁荣和正义的直接关系。

我们已经说过，《神谱》中的潘多拉被比作毫无用处的雄蜂。这是富贵的伴侣而不是贫困的伴侣，坐享其成。在《劳作与时日》中，诸神给潘多拉无耻之心和狡诡习性（劳，行67）。佩耳塞斯恰恰兼具上述这两种特点。如同潘多拉，他既狡猾又无耻；如同潘多拉，他想霸占别人拥有的财产。佩耳塞斯就像无所事事的女人，并且总是面临饥寒交迫的困境，少有丰衣足食的时候。在诗人西蒙尼德斯①看来，工蜂是绝无仅有的有德行的妻子典范。潘多拉可谓勤劳的工蜂的反面。佩耳塞斯与潘多拉一样都是不带刺的雄蜂。

此处又有两个矛盾。首先是在动物世界和人的世界之间，蜜蜂的分工推翻了男作女息的惯常现象。② 虽然“女雄蜂”似乎代表男人应有的位置，但是此处的相似只在家庭内部范围才有效，就像由雄蜂和工蜂构筑的蜂巢一样。灵巧的主妇好比工蜂，能够很好地打理家务，否则她就是懒惰的雄蜂，坐享其成，不劳而获。至于男人，由于他的职能是在外劳作，守在蜂巢里的雄蜂形象与之并无关联，除非他拒绝劳动，放弃男性尊严，并且如同女人一样寄生于他人的劳动。因此，诗人对佩耳塞斯的控诉在潘多拉神话中得到完全体现。简言之，如果佩耳塞斯真是一只雄蜂，恰恰因为女人反工蜂式的好妻子形象为诗人的兄弟提供一个合理的类比机会。

因此，潘多拉在赫西俄德式的家庭系统里占有双重地位。首先，她是多余的后代的制造者，由她生出不止一个孩子，从而导致类似赫西俄德和佩耳塞斯之间的兄弟争端的内在危机。其次，潘多拉还是佩耳塞斯本人的原型。两者都是雄蜂式的人物，都是不受欢迎的多余者，都不劳动也不从事劳动交换，而只是寄生于他人。

不过，佩耳塞斯可能经过说服而承担男性应有的社会责任，并且由此丰衣足食，遵循建立在交换互利基础上的社会经济法则：

---

① ［译按］西蒙尼德斯在诗中把不同类型的女人比作各种动物。

② 工蜂和雄蜂的问题，以及其中的颠倒现象，见 N. Loraux，*Sur la race des femmes et quelques – unes de ses tribus*，82；J. P. Vernant，*A la table des hommes*，107 – 114；F. Roscalla，*La descrizione del se e dell'altro：api ed alveare da Esiodo a Semonide*，in *Quaderni Urbinati di Cultura Classica* 29，1988，23 – 47。

要给给你的人，不给不给你的人。
舍得好，强求坏，还要人命。（劳，行354、356）①

相反，潘多拉始终是带有含糊性的个体，不可能参与到家庭经济中。她被定义为局外人，由男人不甚乐意地领入家中，而她肚中的希望也带有相同的含糊性。也就是说，希望在此必须是单数而非复数，女人才有可能带给男人好的未来。

希腊古人对于女人的起源和女人的职能的观点引致诸多重要结论。我们先来看看，亚当和夏娃的神话证实女人相对于男人的社会依附关系和权力从属关系。首先因为夏娃是从亚当的一块肋骨变来的，她的诞生远在亚当之后；其次上帝惩罚女人在生产时遭受苦楚，由于丈夫促使妻子怀孕，我们可以说这样的惩罚是男人强加给女人的。相反，在赫西俄德诗中，虽然女人的卑微地位得到明显强调，但奇怪的是，诗人并没有把丈夫对妻子的种种特权清楚地规定为自然的社会法则。女人似乎反倒对于男人具有某种固有权力。女人的欲望可能使男人衰弱或贫穷。女人或者引诱男人，或者掠取男人：

莫让衣服紧裹屁股的妇人蒙骗你，
她花言巧语，盯上了你的谷仓。
信任女人，就如信任骗子（劳，行373－375）

相比之下，男人似乎毫无能力加以回敬或者行使自己的特权。也许他唯一能做的，就是最大限制地缩小女人所带来的危

---

① 某些研究者认为，在正义与好的不和的层面上，《劳作与时日》后半部分“纠正”了前半部分。最先提出这种观点的是 G. Nagy, *Hesiod*, in *Ancient Writers*: *Greece and Rome*, T. J. Luce ed., New York, 1982, 43－72, 还有 R. Hamilton, *The Architecture of Hesiodoc Poetry*, Baltimore/Londres, 1989, 53－66。

险，比如娶一个年轻的妻子，以便从容地教导她（劳，行700）。但是从根本上来说，他不可能通过逃避婚姻来避开女人以及女人所带来的痛苦，因为这意味着他将失去家族的继承人。另外，神话有效地削弱女人原本的基本职能，使她不可能成为万物之母，而只在男权家庭中扮演一个依附性角色。这一点在女人的创造过程中尤其得到体现和强调。如上文所述，女人是一件作品，并且她的诞生还伴随着另一件作品（即不幸之瓶）的出现。女人从一开始就脱离万物起源的世代延续规则。

只是，男人也没能宣扬父权或在性方面的男权。

> 如果说瓶子的打开意味着潘多拉失去童贞，那么潘多拉本人却要对这个行为负起全部责任。赫西俄德拒绝叙述男人和女人之间最初的性交。因为如果这样做，赫西俄德将不得不揭示他原本想要隐藏的事实，亦即在性方面，男人和女人同等参与；从此加诸女人身上的罪恶，男人都是有份的，都要和女人一起承担。①

简言之，在女人的起源或者作为起源的女人这两个版本中，最大的特点在于，赫西俄德忽略不提男女之间的性关系；并且通过拒绝说出“孩子”一词，忽略不提男女双方作为父母的职能。有关这样奇特的忽略，我们还有另外一种解释，不过不是建立在男人和女人之间的关系上，而是建立在神和人的关系上。

人神之间

本文研究的第二个方面在于分析潘多拉的故事在宙斯意图争

---

① D. Boyarin, *Carnal Israel*: *Reading Sex in Talmudic Culture*, Nerkeley, 1933.

霸并最终建立王权的过程中所具有的意义。宙斯的争权意图首先取决于他能战胜其他神夺得王权，其次取决于神和人的最终分裂。潘多拉正是在这两个背景下诞生的。潘多拉神话既反映两代神（奥林波斯神和提坦神）之间的征战结局，也体现神人之间的纠纷。

由于这个论题涉及甚广，这里仅限于阐述两方面的问题，也就是在繁衍、孕育、诞生的层面上，或者说在创造的层面上，儿子废黜父亲（克洛诺斯废乌兰诺斯，宙斯废克洛诺斯），以及男人对女人的最终胜利。首先，克洛诺斯在大地该亚的鼓动下反抗他的父亲。乌兰诺斯被去势。这一反抗是为了使该亚和乌兰诺斯的孩子们得以离开隐秘处，重见天日。乌兰诺斯在即将毁灭的瞬间向女性的生殖能力提出最初的挑战。他的生殖器在海上漂流，促使阿佛洛狄忒诞生；而他的血滴溅入大地，生出复仇女神厄里倪厄斯。接着，克洛诺斯似乎模仿女人怀孕的过程，在他的每一个孩子出世时将他们吞食。当宙斯战胜他后，他被迫吐出自己的孩子，仿佛给他们一次再生。最后，宙斯吞下墨提斯，后者的智慧胜过众神和凡人，宙斯怕她生出注定要做人和神的王的孩子。但是墨提斯在宙斯的肚里怀孕。宙斯从自己的脑袋生出雅典娜。只有通过这样的方式，宙斯才能确定自己的永恒权力。也就是说，宙斯必须结束诸神世界父子传承的繁衍规则，并且把女人兼具身体和心智两方面的繁衍能力占为己有，才能巩固他的父权，更确切地说，才能确立他在众神中的统治地位。①

---

① F. Zeitlin, *The Dynamics of Misogyny*: *Myth and Mythmaking in the Oresteia*, in *Arethusa* 11, 1978, 149 - 184；重刊于 *Women in the Ancient World*, J. Peradotto 和 J. P. Sullivan ed., 154 - 194；M. Arthur, A. Bergren, *Language and the Female in Early Greek Thought*, in *Arethusa* 16, 1983, 69 - 95；M. Detienne, J. P. Vernant, *Les ruses de l'intelligence. La mètis des Grecs*, Paris, 1974, Ch. 3, 4。

早在宙斯生雅典娜的叙述（神，行886－900、924－996）之前，潘多拉作为最初的女人已经诞生。潘多拉的诞生可谓宙斯的第一次创造。宙斯通过这一举措建立了神人之间永远的分裂。两个问题应运而生：为什么潘多拉神话处于这样的叙事位置？宙斯创造潘多拉，旨在解决什么样的两难问题？从逻辑上来说，宙斯本应先建立自己在众神中的权力再关注凡人的生存状况。但是文本却呈现奇怪的叙事顺序。宙斯和普罗米修斯的争端，以及神人之间的分裂，前接宙斯的出生，后继奥林波斯神与提坦神的斗争，以及宙斯与该亚的最后一个孩子提丰的斗争。接着

> 话说极乐的神们辛苦操劳完毕，
> 用武力解决了与提坦的荣誉纷争，
> 他们推选出统治永生者们的王，
> 奥林波斯远见的宙斯：在该亚的忠告下。
> 他为神们重新公正地分配了荣誉礼物。（神，行881－885）

宙斯的出生，以及他避免被其父克洛诺斯所吞食，这两个章节之前还有一个插曲，涉及引人注目的女神赫卡忒。这是另一种类型的倒装法（hysteron proteron）：宙斯最尊重赫卡忒，尽管这时他还未出世；而且她在尚未建成的人类世界里管辖着人类的活动。①

为什么宙斯的诞生这一《神谱》全诗的关键章节前接赫卡忒颂诗，后继潘多拉故事？② 赫西俄德把对宙斯的描述放在两个女

---

① 当然，诗人在开篇就已宣布宙斯的胜利。在宙斯出世的章节中这一胜利并没有明确指出，只在克洛诺斯吞下石头时有所暗示。参行488－491。

② 亚瑟强调这种三段论结构。D. Boedeker，*Hecate：A Transfunctional Goddess in the Theogony*?，in *Transaction of the American Philological Association* 113，1983，79－93；J. Clay，The Hecate of the *Theogonie*，in *Greek*，*Roman*，*and Byzantine Studies* 25，1984，27－38.

性形象中间，而这两个女性形象恰恰互相对立，分别代表同一命题的正反两面，这一切意味着什么？在从该亚到雅典娜（其中还包括阿佛洛狄忒和斯梯克斯）的一系列女性形象中，赫卡忒和潘多拉因彼此的差异而具有特殊意义，尤其是她们既和凡人也和众神（特别是宙斯）保持着密切的关系。[①] 事实上，宙斯的定位建立在神、人两个世界的基础上，因为宙斯既是众神之父，也是凡人之父，而且他还是第一个拥有童年的神。因此，赫卡忒和潘多拉不仅代表人类生存状态的含糊性的两个组成部分，而且对于建立宙斯本身的定义具有不可或缺的作用。

接下来，我们将先分析女神赫卡忒的形象。诗人描述赫卡忒的内容不合常规，并且处在叙事顺序的特殊位置，往往给研究者带来诸多困惑。[②] 我们最后再来分析潘多拉的形象。

赫卡忒

赫卡忒的经历横跨提坦神和奥林波斯神两代神的演变。宙斯对她的敬重胜于其他神。赫卡忒也受到众神和人类的敬重。她拥有从一开始就拥有的荣誉礼物，在大地、海洋和天空都有自己的一份。她的荣誉礼物通过两次分配得到强调，一次是最初时候，即提坦统治时期，另一次是宙斯时代，宙斯不但没有减少她的荣誉礼物，反而有所增加（神，行 411 –412、421 –427）。赫卡忒

---

① 参见 M. Arthur, 69, 80（有关斯梯克斯）。

② 赫卡忒在《神谱》中的作用，参 P. Marquardt, *A Portrait of Hecate*, in *American Journal of Philology* 102, 1981, 243 – 260; M. Arthur, D. Boedeker, J. Clay, M. Griffith, *Personality in Hesiod*, in *Classical Antiquity* 2, 1983, 37 – 65。赫卡忒的专题研究，参 T. Kraus, *Hekate*, Heidelberg, 1960。

所拥有的特权远远比宙斯分给其他神的权力优越。① 作为人和神的中介者，赫卡忒乐意接受谁的祈求，这人就能轻易多次得到荣誉。② 所有人类都来祈求她的帮助，他们的要求涉及最广泛的领域——战争、体育、马术、航海、法庭等公共场合，还有家畜与牛羊的看管。不过赫卡忒最重要的职能却是抚养年轻人（κουροτρόφια）。这个职能她从一开始就有，甚至还对宙斯执行过（神，行 450 – 452）。赫卡忒保护儿童，教育青年，但她本人没有后代，因为她是处女。

更有甚者，赫卡忒还是独女。她没有兄弟姐妹。她的父亲的名字叫佩耳塞斯，与《劳作与时日》中诗人的兄弟同名。③ 与这个兄弟不同的是，赫卡忒是女儿而不是儿子，而且她并没有别的兄弟来分家产。更重要的是，赫卡忒得到的不仅是一份而是双份的财产。④ 从社会学的层面上看，赫卡忒是她母亲的独女，因而始终停留在母性范畴里；同样，作为没有兄弟的女儿，她是父亲

---

① 正如 J. Clay 所指，赫卡忒确实与其他神（如波塞东或赫耳墨斯）合作，但文本强调的是赫卡忒在各个领域的权力，而不是局限。

② 必须指出，赫卡忒这时对所有人类行使职责，稍后她将只掌管女人和女性事务。继 J. Bollock（*Mythische Deutung und Deutung des Mythos*, in *Terror und Spiel*: *Probleme der Mythenrezeption*, M. Fuhrmann ed, Munich, 1971, 111 – 118）之后，J. Clay 强调女神介入模式的模糊性（页 34，注 32）。德拉孔波也发表过类似观点。

③ 这个观点由 P. Walcot 首先提出。P. Walcot, *Hesiod's Hymns to the Muses*, *Aphrodite*, *Styx and Hecate*, in *Symbolae Osloenses* 34, 1956, 13; G. Nagy, 65.

④ P. Marquardt（页 245）认为赫卡忒属于另一个宗教传统，由于她没有兄弟姐妹，可能是源自奥林波斯家族以外的某个古老谱系。G. Nagy（页 65）认为，如果赫卡忒不是独生女，那么或者她可能被双重化，就像《劳作与时日》中的不和神（行 11 – 26）。他同时指出，赫卡忒的权力包含一切，可以说是赫西俄德诗中泛希腊主义思想的典型代表。在祭祀中祈求赫卡忒等同于祈求所有神。

的合法继承人，从而也得到宙斯的父权保护。①

为了理解赫卡忒的特殊身份，研究者采用了不同方法加以解释。② 赫卡忒的独一无二，首先在于，在一个以荣誉礼物的分配为前提的世界里，赫卡忒的权力完满无缺；其次在于，宙斯确认她的这种权力，从某种意义上也就使她得到重生。潘多拉作为宙斯的作品，代表一种崭新的创造方式：个体生命可以无需自然诞生而被制造生成，并且也不需要父母先人。赫卡忒是宙斯另一革新行动的结果，宙斯没有赋予她双重的诞生，却给了她双重的存在。由此，宙斯将新的和旧的合而为一，将最初的和最终的合而为一。③

赫卡忒在人类事务内部以及神人之间充当调节人，受到所有神人的敬重。同为调节人的普罗米修斯因计谋惹怒宙斯，从而导致潘多拉的诞生以及人类不幸的开始。也许赫卡忒的存在还缓和

---

① M. Arthur，69.

② 有关“独生女儿”（μουνογενής）的另两种不同解释：

第一，赫卡忒的母亲阿斯忒里亚是勒托的姐妹，福柏和科俄斯的女儿。勒托的两大特点：性情温和，并且是阿波罗和阿尔忒密斯的母亲。勒托和赫卡忒一样具有原始权力，受到所有神人的敬重（行406－408）。由于勒托的两个孩子在后文（行919）才提到，此处只强调阿斯忒里亚的后代，似乎是为了与勒托的后代暗相呼应。

第二，独一无二的概念与计数有关：单数和多数、单一和一切、多和少。正因为赫卡忒是μουνογενής，所以宙斯给她更多而不是更少（行426、427），而这里的“更多”在最后转为“一切”（行448）。赫卡忒本身也具备增加或减少的能力（行447）。除赫卡忒与勒托的两个孩子的关系之外，这个独生女儿在文本中收到两次财产，一次在最初，另一次从宙斯处。这一点我们在正文也已提到。

③ 宙斯与最初的古老生灵的关系，例如库克洛佩斯、百手神或斯梯克斯，对于他最终的胜利具有决定性意义。不过，斯梯克斯在和宙斯达成契约（行398－404）之前，并没有执行什么重要任务，而且宙斯赋予她的职能仅仅局限在诸神内部。有关斯梯克斯的地位，以及她把孩子交给宙斯，见M. Arthur（页80，注16）和D. Boedeker（页90）。

甚至消减人类所要遭受的种种消极影响。她甚至预先平衡潘多拉的消极存在：女人介入人的世界，成为男人的永恒负担。这两个女性形象构成对比，如果说赫卡忒代表富足的经济，潘多拉则代表欠缺的经济。两种经济都遵循交换互利的根本规则。潘多拉是可怕的礼物，只收取而不付出。这件礼物一旦给出，接受的人原有的东西也将被拿走。赫卡忒恰恰相反，没有人可以从她身上取走什么，而她也不再收取什么。她从宙斯处得来荣誉礼物，而把恩惠施于人间，把荣誉礼物赋予她所喜爱的人类。

研究者接着以令人信服的方法证明，单从权限范围来看，赫卡忒可谓宙斯的缩小版本，她以女性的形式预示父神宙斯所执行的权力。① 这个观点非常重要。赫西俄德在强调赫卡忒的抚养职能时转移女性的职能重心。原本的繁衍职能转变为独立于孕生的抚养职能，并且是在父神宙斯的强大保护之下。② 事实上，*κουροτρόφια*一词也出现在《神谱》，特梯斯和大洋神生下的女儿们被称为“少女神族”（*κουράων ἱερὸν γένος*），两处用词有明显的词源关系：

> 她还生下一个少女神族，在大地上
> 和阿波罗王、诸河神一起抚养年轻人，
> 宙斯分派给她们这样的任务。（行 346 – 348）

无论如何，赫卡忒的这项职能不仅针对众神也针对凡人，诗人以此结束献给女神的颂诗，最后三行诗（行 450 – 452）更是两次重复强调。赫卡忒的这项新职能，由于在宙斯的出世和潘多拉

---

① D. Boedeker（页 90）分析这种相似关系。他认为答案也许在于赫卡忒执行印欧传统的变职女神的职责。

② 参 M. Arthur，70。赫卡忒的重新定义包含女人生育能力的新演变，从此，赋予生命变成维系生命。

的诞生之前就已完成，因而对人的世界和神的世界有着非常重要的影响。首先是涉及神与人的关系，从此抚养职能不再属于孩子的母亲，而是属于某个善良的女神（由宙斯选定），这种改变发生在女人的诞生之前，因此女人并没有被赋予这类职能。其次抚养职能和母亲之间的分离也有可能在神的世界里得到实行，尤其是宙斯本身。接下来我们将看看宙斯出世前后发生的不平常状况。

如果说，永恒的世界秩序的建立时刻，恰恰也是进步和演变相应结束的时刻，那么最初一步应该是中断原有的父子相传的繁衍顺序（正如宙斯吞下墨提斯而从脑袋生出雅典娜）。同样，宙斯的出生过程也导致两个新元素的产生：父亲吞食自己的孩子这种危机，以及宙斯复仇的延期，因他要等待自己长大。

由此产生两个结果。首先，宙斯是第一个拥有童年的神，因此他在成年以前需要抚养。这种新情况促使产生时间上的成长概念和成人概念。宙斯危险地接近凡人生存条件的现实，以及凡人成长的需求。① 其次，作为最小的儿子，宙斯承负着终结旧的谱系、建立新的秩序的责任。反过来，那些最初的神，也就是从一开始就存在的神，却也具有不可否认的权威。宙斯争夺王权的意图体现于他在奥林波斯神中是最后的也是最完善的。不过为了建立世界的新秩序，他又必须拥有最初的威信，才能巩固自己的地位。② 在世界的发展历程中，最初的荣誉属于大地该亚，因为她最早出现。宙斯算是她的第三代子孙。

赫卡忒以其身份和职能，对于解决这些两难问题必不可少。我们说过，赫卡忒得到两次荣誉礼物，最初的一次，以及宙斯最后重新给她的一次。也就是说，赫卡忒提供了一个兼具最初和最

---

① 宙斯的成长期非常短，只有一年（行492）。

② M. Eliade, *Aspects du mythe*, Paris, 1963.

后这对矛盾特征的可能性。同时，她还通过抚养职能为宙斯提供另一项服务。宙斯一出生就离开母亲，他需要有另外一位女性代替瑞亚照顾他，而恰恰是大地该亚担当这个任务，使孩子远离可怕的父亲，并且把他抚养长大。

在此，赫西俄德的叙事顺序独具意义。在献给赫卡忒的颂诗结尾处，诗人称女神抚养年轻人（行452）。紧接着便是与瑞亚有关的章节。她被迫嫁给克洛诺斯，为他生下出色的子女（行453），其中最小的孩子就是宙斯。因此，抚养职能一经提出并针对所有人神，[①] 就立刻运用在神的世界里，运用在该亚对宙斯的抚养上。[②] 该亚本身便是大地，在某种程度上，她的母性角色致使宙斯成为她自己的孩子，她通过对最后的神的照料，也建立最初和最后的密切关系。接下来的章节描述该亚的两个形象：她既是拟人化的神，又是作为大地的物质存在。

> 宽广的大地接收这孩子，
> 在辽阔的克里特抚育他长大。
> 她怀着他，穿过飞速消逝的黑夜，
> 来到吕克托斯。她亲手把他藏在
> 神圣大地深处的一个隐秘巨穴里……（行479－483）

由此，宙斯似乎是原地生成的。他和赫西俄德笔下的凡人一样，违反或超越自然的生理事实，体现希腊古人所倾向的一种孕

---

① 在此之前，有关神的谱系和神的诞生，从未出现过*κουροτρόφια*一词。一般叙事只在神的分娩处结束，而没有提及抚养。参行313、328。

② 在拉吉那的某个希腊化后期的神殿里，赫卡忒被描绘成正在递给克洛诺斯一块石头，这在《神谱》中恰恰是该亚所为。赫西俄德的赫卡忒在现实祭祀仪式中还保留着“抚养年轻人”的形象。参P. Marquardt（页244，注释2）和D. Boedeker（页83，注释21－22）。有关母亲与孩子（瑞亚和宙斯）的分离，以及该亚所行使的抚养年轻人的职能，参M. Arthur（页71）。

生思维方式，即从大地这一女性概念，而不是从母亲的子宫里诞生（或再生）。①

在此，母性生育问题通过宙斯及其母亲瑞亚的分离得到解决，宙斯不可避免地处在女人的圈子里，因为她们抵挡了其父克洛诺斯的敌意，保护了他的存在权力。但是，父权原则又体现于何处呢？难道我们因而就对神话中的父权提出质疑吗？克洛诺斯的情况比较特殊。正如我们上文所述，他模仿女人的怀孕和生育过程，但是他又始终是男性，而且是父亲。他试图避免儿子篡夺父权的命运，保证自己的统治能够持久永恒。当宙斯迫使克洛诺斯重新吐出他所吞食的后代，事实上，宙斯是在强迫克洛诺斯放弃荣誉，因为“权力等同于生育的控制力”（亚瑟，页 72）。

还有另一层意思。克洛诺斯的孩子们第一次分娩源于他们的母亲，他们重新回到父亲的肚子是为了经历第二次分娩，来自父亲的分娩。因此，如果说宙斯对克洛诺斯的胜利表现儿子对父亲的胜利，那么它也反映在再生的形式上父亲对母亲的胜利。由女性方面（该亚）提供的原地生成，以及由男性方面（克洛诺斯）提供的第二次分娩，这两者似乎一起隐藏男人由女人所生这个明显而自然的事实。②

借助克洛诺斯的经历，我们还能够从另一个角度了解最初和

---

① 该亚和乌兰诺斯在整个事件上行使根本职责。他们告诉克洛诺斯，他的孩子将会打败他（行 463－465），而接下来他们又提供给瑞亚一个计谋（行 467－473）。不过欺骗克洛诺斯、藏起孩子的只有该亚（行 494）。亚瑟（页 70）认为瑞亚的权限被缩减，意味着女性权限随着男性权限的上升而相对减弱。

② 亚瑟（页 77）指出，宙斯吞下墨提斯，从自己的脑袋生出雅典娜，这个过程具有特殊意义。宙斯和乌兰诺斯一样，把自己的孩子抑制在母亲的子宫里。他和克洛诺斯一样，通过吞下墨提斯而吞下自己的孩子。参行 468、888。

最后的决定性关系。当克洛诺斯被迫重新吐出他所吞食的孩子时，他最先要吐出的不可避免是那块用来充当宙斯的石头（行497）。① 石头的存在推翻原来的诞生顺序。② 最初与最后再次合而为一。石头是宙斯由父亲所生的标志。③

> 宙斯将它立在道路通阔的大地上，
> 帕尔那索斯山谷，神圣的皮托，
> 成为永恒的信物，世间的奇观。（行498－500）

潘多拉

石头在神的世界完成职能之后，便要在人的世界里充当信物和奇迹。它把神和人的世界联系在一起。在神的世界里，石头被裹在襁褓里，充当宙斯的替代物；而宙斯被留在石头的原来位置上（行489）。宙斯得权后创造潘多拉，充当被盗的火种的替代物。潘多拉和石头一样，都是θαῦμα（行500），标志交换互利背景下的最高发展水平。两者都是带有计谋意味的礼物，都为了反击某种不当的最初的拥有；在符号层面上，两者均体现最后的秩序，并且石头为潘多拉的寓意做准备。

> 宙斯树立石头，使之成为掌握语义的符号。对于一切通过神子的神谕了解父神意旨的人而言，宙斯的法则建立在必要的认知（从此由人和神之父宙斯所代表）上，用以扭曲、

① 卫斯特也提到这一点，同时指出，宙斯应该是最先长大的孩子，因为其他兄弟姐妹还在父亲的肚子里。

② 参 A. Bergren，74。

③ 参《奥德赛》卷23行110、188、205。

模仿或者替换这一符号。①

宙斯的举措正是体现了这种观点：首先是他与普罗米修斯的争执，其次是潘多拉的创造。

潘多拉是宙斯和普罗米修斯两个男性神之间的争端的附带结局，只能算是第二结果，甚至是第三结果，因为潘多拉的诞生作为对普罗米修斯盗火的惩罚，属于这一争端的第三阶段。宙斯从库克洛佩斯处得到神火（即闪电和霹雳），这一武器决定他稍后对提坦神的胜利，以及对提丰的胜利。② 但无论如何，最初的女人出现在宙斯的出生以及他对父亲克洛诺斯的胜利这两个章节之后，起到承接过去与现在的作用。潘多拉神话提出两个重要问题：男性在生育方面的主导性（这个问题通过宙斯和墨提斯的结合得到最终解决），以及宙斯在神谱中的地位。

潘多拉是父神宙斯的作品，在这一点上，我们可将她和阿佛洛狄忒、雅典娜相提并论。③ 但潘多拉又是独一无二的作品，这不仅体现于她和男人的关系以及她本身的状态，而且也与《神谱》的生理繁殖原则有关：单性生殖或双性繁衍。潘多拉并不属于《神谱》的自然繁衍的谱系系统，比如世上最先有混沌卡俄

---

① 参 A. Bergren，75。

② 宙斯刚刚用火（霹雳）击败了普罗米修斯的兄弟墨诺提俄斯（神，行515）。研究者经常探讨潘多拉和火的关系（性、技术、饮食等），但据我所知，还没有人研究过宙斯为什么通过拒绝给人圣火进行反击。分配牛肉解释了为什么人类在祭祀的时候焚烧白骨（祭祀的火）。并接以三个神话情节：宙斯的惩罚，拒绝给火种；普罗米修斯盗火；潘多拉的诞生。面对普罗米修斯直接针对宙斯权力的挑战，宙斯的反击必须先是取消他的武器圣火的潜在威胁。

③ H. Schwabl，*Hesiods Theogonie. Eine unitarische Ananlyse*，Vienne，1966，80. 文中提及阿佛洛狄忒的相似关系。另见 M. Arthur，75。但我不能苟同后者的观点，即潘多拉是该亚的再现。

斯，接着又有大地该亚等等。谱系学是神话解读的一种非常有效的方法，通过连续的传承规则对家族的关系网作出归纳，有助于拟订各种关系之间的协调模式、修改或区分不同的范畴和概念、建立时间的先后顺序和价值的等级秩序。① 宙斯是潘多拉的创作者，但不是她的父亲；潘多拉也没有母亲。相比之下，雅典娜的诞生作为宙斯和墨提斯异性结合的结果，在某种意义上遵循正常的生殖规则，但体现秩序上的颠倒：头代替腹部；父亲代替母亲。潘多拉是所有诸神的礼物，因而只能是对真实事物的模仿，与任何自然的繁衍模式无关，也没有任何祖先家族。

因此，《神谱》中女性作为女人种族的产生与《创世记》中的相关神话毫无相似之处。在混沌的中性状态中，该亚一出现就永远确立女性的根源，并且还成为男性根源的起源。由此在生理繁衍方面有男女之分，所有个体在诞生的时刻都自动带着性别。潘多拉的存在却从一开始就脱离原始的女性根源。这一点对于神和人的最终分裂具有两个重要的隐含意义。

首先，自然的生理繁衍原则的连续性被中断。尽管这些原则在神的领域里略有变动，但在本质上还是保持一致。② 相反，伴随着潘多拉的诞生，凡人和诸神从此被彻底地区分为自然和文明，或自然本性和非自然本性。

其次，女人和女神之间的分裂也由此产生。原是属于女性的不可否认的能力都归属于女神，也就是说女性的属性被神化，相反女人的有效能力却被否认。③ 宙斯的出生介于一个女神（赫卡忒）和一个女人（潘多拉）之间。女性的权力均体现在女神赫卡

---

① P. Philippson, *Genealogie als mythische Form*, Oslo, 1936.

② 参看本书中德拉孔波的文章。

③ J. Rudhardt, *Pandore: Hésiode et les femmes*, in *Museum helveticum* 43, 1986, 231－246.

SERO
NIMIRVM

厄庇米修斯

偏忘了，普罗米修斯吩咐过他莫要
接受奥林波斯宙斯的任何礼物，送来了
也要退回去，以免使有死种族蒙受不幸。
他收下礼物，等遭遇了不幸才明白。

——《劳作与时日》行 85—89

忒身上。她协助所有的人类事务，尤其如上文所说，她不是母亲却担任抚养孩子的职能。因此，在神人统治的复杂关系中，关键问题在于如何既区分这两个范畴又保留两者的亲缘关系，而赫卡忒的形象恰如一个有效的谋略，做到两者兼顾。当然，母亲的形象继续出现在《神谱》中，不仅仅体现为神的世界里孩子的繁衍，还有母亲（比如该亚、瑞亚）为了保证孩子的生存权利所做出的努力。但是赫卡忒却是在最与她本身无关的情况下执行女性的职能。赫卡忒不是妻子而是处女，不是母亲而是女神，她与宙斯也没有什么特别的亲缘关系，却在神与人的世界里帮助宙斯执行抚养的职能，并且早在宙斯出生之前就确立生殖方面的父权。① 接着，宙斯通过创造潘多拉（并使潘多拉打开不幸之瓶），在新的尺度里执行这一父权。

宙斯引致新的附属范畴的产生，亦即女性的范畴。正如上文所示，女人远远不像大多数研究者所认为的那样，代表繁衍后代或者再生概念。换言之，文本尽可能地对女人的这些职能绝口不提。赫西俄德避免直接提到两性关系，只是勉强说及孩子的必要性。在这层意思上，女人不具备只有女神和自然才拥有的女性能力。但女人必不可少地介入人类的存在，因而具有其他方面的能力。女人的诞生暗示着男人不可能独立于女人，因为他需要孩子来缓解衰老和死亡所带来的危机。这也意味着，男人由于受到以上种种限制，永远也不可能反抗宙斯的权力，亦即来自“所有神和人的父亲”的权力。

---

① 赫卡忒和提丰或许是互相对立的两个形象。如果说赫卡忒是宙斯的积极副本，那么根据 F. Blaise 的假设，提丰将是宙斯的消极副本。赫卡忒代表转换后的母性原则，她并非该亚所生；提丰恰恰是大地该亚的孩子中的反面形象，他最后抗争针对的是奥林波斯秩序。F. Blaise，*L'episode de Typhée dans la Théogonie：la stabilisation du monde*，in *Revue des Etudes Grecques* 105，1992，349 -370.

还剩下一个严峻的矛盾问题，也就是存在于女性无限的繁殖原则和男性法则的种种限制之间的抽象矛盾。无论在神的领域或人的领域，无论天然或非天然，无论是神是人，这一问题始终是《神谱》的根本命题。男性面对某种天然的女性至上所产生的不安和恐惧，在一系列繁衍生殖策略中得到体现：从原始的双性结合到单性生殖、原地自生、抚养、第二次分娩等等。

如果说，神的世界旨在以创造式（和模仿式）的策略，协调性和生殖之间的本质能力和亲缘关联，从而建立父权原则，那么潘多拉神话必然以另一种方式揭示这个问题。正如上文所说，如果我们把人类生存的有死状况归咎于潘多拉，并且只有潘多拉本身，那么男人作为父亲的真实性大概也就不被直接承认。因为承认男人的父亲职能，意味着承认男人在性和生育方面具有与女人同样的责任，而这些责任在潘多拉的诞生之前也许并非必要。强调女人是手工的创作品，是令男人厌烦的依附，也许只是为了制造男人和女人之间的更大差距。诗人不称女人为母亲，也就不会让男人承担父亲的责任。男人和女人的关系更多地呈现为一种经济的关系，类似于生产者和消费者之间的关系、所有者和所有物之间的关系、丰饶和欠缺的关系、自我和他者（擅入者）的关系。父权也相应地在经济范畴里得到解释，体现为男人的自我要求。男人需要有人在他年老的时候照顾他，在他死后照管他的财产。父亲的意义在于，继承人延续男人身后的财产，从而也延续男人的生命。① 父权的胜利影射在神的世界里，也就是神可以实现凡人渴望和梦想的在时间中的永生。

由此，在《神谱》的结构和策略中深层隐藏的便是女人的起源和作为起源的女人这一双重问题。对此无论诸神还是凡人都无

---

① 下文还将提到“利滚利”的说法，与孩子一样。

可避免，尽管女人的存在恰恰标志着他们之间的差异。诗人如此关注对于繁衍现象的掌控，如此渴望或模仿或否定女人的行为，原因何在？我们所提供的答案是：

> 时间的掌控问题与繁衍问题直接相关，为人所渴求。时间的意义本身在于结局的意义。繁衍可以超越人的有死性所引发的悲剧感和偶然性。繁衍制造历史，换言之，繁衍制造了持续性。(如果真是这样的话，那我们可以得出结论:) 结局的恐惧在开始的拥有中得到补偿。而神话本身便是对于这种拥有的阐释。①

这一点在赫西俄德的《神谱》中尤为明显。

① M. Bal, *Sexuality*, *Semiosis and Binarism*: *A Narratological Comment on Bergren and Arthur*, in *Arethusa* 16, 1983, 118.

《神谱》的权力和作者*

［美］纳吉（Gregory Nagy）撰

《神谱》行 28 的ἀληϑέα γηϱύσασϑαι意为“述说真实”；行 27 的ψεύδεα πολλὰ λέγειν ἐτύμοισιν ὁμοῖα则指“把谎言说得如真的一般”。研究者往往认为，这两个短语的对比使用，明确显示了赫西俄德的诗歌有别于英雄史诗，尤其有别于荷马诗。① 缪斯自称“述说真实”属于她们的权限范围。笔者曾在此前的一篇文章里提出另一个假设，“述说真实”（ἀληϑέα γηϱύσασϑαι）并不与荷马诗相矛盾，而更主要与其他神谱诗相矛盾。② 在神谱诗这种文学类型里，只有赫西俄德的《神谱》体现了泛希腊主义，从而有别于大量互相对立、体现不同地方特色的其他神谱诗。③ 在此我不

---

*［译按］原文标题：Autorité et auteur dans la *Théogonie* hésiodique。由卢梭（Phillipe Rousseau）从英语翻译成法语。原书中的希腊文一律采取拉丁文拼法，中译本酌情做了还原。

① G. Lanata, *Poetica Pre - Platonica*: *Testimonianze e Frammenti*, Florence, 1963, 24. 卫斯特否决了这种解释，认为应该是赫西俄德诗歌与其他训诲诗的对比（见卫斯特，1966，162）。

② 参见笔者的 *Greek Mythology and Poetics*（简称 *Greek Myth*），Ithaca, 1900, 44 – 47。该书是在如下文章基础上的增补：*Hesiod*, in *Ancien Writers*, T. J. Luce ed., New York, 1982。

③ *Greek Myth*, 46. 参见 Svenbro, *La parole et le marbre*: *aux origines de la poétique grecque*, Lund, 1976, 50 – 59。笔者比较了《神谱》行 27 和《奥德赛》卷 19 行 203。在《奥德赛》中，矛盾表现在堪称独一无二的史诗“奥德修斯记”与由奥德修斯或其他奇遇者随兴讲述的多样且自相矛盾的奥德修斯奇遇之间。

再强调泛希腊主义和地方主义的矛盾，而主要探讨诗歌如何通过“述说真实”而拥有实在权力及其赋予诗人的权力。

《神谱》中缪斯为自己声明的权力是一种特殊的诗歌权力，赫西俄德由此也被授予诗人的权力。以下用五点说明。

首先，缪斯的声明发生在序歌里。序歌的传统用途是确定诗人在诗歌中的位置。① 同样，《阿波罗颂诗》②中强调“德洛斯少女”的诗唱权力（行 157 – 178），我释为“德洛斯本地缪斯”。③同样是序歌的上下文语境。④ 如果我们真的把“德洛斯少女”理解为荷马在《阿波罗颂诗》中所遇见的德洛斯本地缪斯，那么，荷马的形象与赫西俄德的形象之间便具有相似关系，并与两大诗人各自的缪斯的本质相符。在《神谱》里，当缪斯遇见赫西俄德

---

① *Greek Myth*, 53 – 61. 参见 W. G. Thalmann, *Conventions of Form and Thought in Early Greek Epic Poetry*, Baltimore /Londores, 1984, 135, 227, 注 5; W. W. Minton, *The Proem – Hymn of Hesiod's Theogony*, *TAPhA* 101, 1970, 357 – 377。

② 参 J. S. Clay, *The Politics of Olympus. Form and Meaning in the Major Homeric Hymns*, Princeton, 1989, 49, 注 101。书中讨论有关《阿波罗颂诗》作者问题的不同看法。笔者赞同 Clay 所坚持的一个基本事实，即“古人相信西奥的盲人便是荷马本人”。［译按］本文中提及的“荷马颂诗”，一般又认为是托名荷马的古代作者所作。纳吉主张相反的观点。

③ 参见笔者的 *Pindar's Homer*: *The lyric Possesion of an Epic Past*, *Baltimore*, 1990, 43, 375 – 377。此书进一步分析如下著作提出的问题：*The Best of the Achaeans. Concepts of the Hero in Achaic Greek Poetry*（Baltimore, 1979, 54）。另见 Clay, 53 注释 111, 页 55 注释 116。“德洛斯少女”（Dēliádes）是德洛斯人对当地歌队的称呼。修昔底德有记载：“在歌唱了德洛斯少女歌队之后，他［荷马］……”（III, 104, 5）假设歌队确是传统意义的“歌舞结合”，并旨在模拟效仿某些神的行为，这并不与笔者观点相悖：Dēliádes 同时也是德洛斯本地缪斯的称呼。参见泡赛尼阿斯（III, 16, 1）记载的勒西庇德斯和斯巴达的争执；*Pindar's Homer* 中的其他例子（页 53 – 55）。

④ *Greek Myth*, 54. Clay, 53 – 55.

时，她们还是赫利孔本地缪斯，而不是奥林波斯的泛希腊女神。① 我在下文会提到荷马与赫西俄德之间的相似关系。这里只需指出，荷马和赫西俄德的一般特点似乎就是诗歌本身的某种传统职能。② 诗歌以某种方式代表诗人。这并不是说，诗歌传统在实际上创造诗人，而是说，传统有能力把历史形象转化成一般角色，使后者既表现传统也为传统所表现。③

其次，缪斯把诗人权力给了赫西俄德，这是通过对诗人的双重赐赠：权杖（*σκῆπτρον*，神，行30），以及她们吹进诗人心中的诗的声音（*αὐδὴν*，神，行31）。权杖所蕴涵的权力意义与诗的灵

---

① *Greek Myth*，53－61. 笔者在此称为“泛希腊主义的”等同于早期希腊诗歌称作“奥林波斯的”（页10、37、46）。参 Clay，9。Thalmann（页134）总结了有关赫利孔地方缪斯和笔者称作泛希腊的奥林波斯缪斯之间区别的研究文献。对此，笔者强调赫利孔缪斯和奥林波斯缪斯之间的有意识的部分重叠。奥林波斯缪斯作为特殊化范畴，一种泛希腊主义结构，必须被潜在地归入赫利孔缪斯的范畴。“赫西俄德与赫利孔缪斯之间的关系象征着更广阔也更古老的诗歌世界，这个世界综合了赫利孔缪斯和奥林波斯缪斯，从而适用于某个泛希腊主义神谱的更新更窄的诗歌范围。”（页60）笔者认为，适用原则必须是地方说法包含泛希腊部分而泛希腊说法不包含地方部分。在此前提下，Thalmann 所提的异议，即从《神谱》行25起，也就是缪斯在来到奥林波斯之前已是奥林波斯缪斯（页134），并没有和笔者的观点矛盾。赫利孔的缪斯已潜在地是“奥林波斯的”；而一旦她们成为奥林波斯缪斯，她们就是独一无二的“奥林波斯的”。

② *Greek Myth*，48. 诗人一般被称作“缪斯的仆人”（《神谱》行100）：“这一传统称呼在字面上把赫西俄德与神等同起来，从而不仅意味着诗人在仪式上的死亡，也使诗人成为英雄崇拜的对象。”进一步说，有关赫西俄德英雄崇拜的不同研究题目，都与赫西俄德诗歌密切关联。Griffith 的批评（*Personality in Hesiod*，*Studies in Classical Lyric*：*Ahpmmage to Elroy Bundy*［*Class. Ant.* 2，1983］，T. D'Evelyn &P. Psoinos &T. R. Walsh ed.，49，注51）并没有考虑到笔者的整体论据，特别是以下几点：借鉴 Brelich（*Gli Eroi Greci*，Rome，1958，322）的直觉概念、“英雄”的特殊用法，以及生命传统发展倾向的主张。

③ *Pindar's Homer*，79（答 Griffith，见页58，注释82）。

感直接关联。①

第三，赫西俄德（Ἡσίοδος，神，行22）的名称与缪斯的诗歌职能相呼应。前半部分Ἡσί从ἱεῖμι［发出（声音）］派生，正如诗中先后形容缪斯“发出美妙的/不朽的/迷人的声音”（ὄσσαν ἱεῖσαι，神，行10、43、65、67）。后半部分-οδος则出自αὐδή［声音］，体现行31缪斯的赐赠。② 荷马的名称构成也有类似的情况。Ὅμηρος的前半部分源于ὁμο［一起，共同］，后半部分与αραρίσκο［拼接、调和］相关。借用木匠拼接木料的意象，这个名称的意思是“把（歌唱）拼接在一起”。和赫西俄德一样，荷马的名称也符合对缪斯的形容所具有的语意要求。上述两个词合在一起即ὁμηρεῦσαι，意思是“用声音配合歌唱”，或“和谐的歌声”，正好符合《神谱》行39对缪斯的描述。③ 因此，无论荷马还是赫西俄德，诗人的名称“涵盖了授予诗人权力的缪斯的诗歌职能”。④ 荷马和赫西俄德各自与缪斯相遇，这种平行关系也体现在两大诗人各自的

---

① 就此观点更广泛的议论，见*Pindar's Homer*，258，373注185。

② *Greek Myth*，47. 参Chantraine，*Dictionnaire étymologique de la langue grecque*，137，417。把某个词的词源和它在诗歌传统中的正常用法联系起来，有利于“建立在此传统内部的语义连续性”。有关赫西俄德名称的词源问题，见F. Bader，*La Langue des dieux ou l'hermétisme des poètes indo-européens*，in *Testi Linguistici*，14，Pise，1989，269。Bader同意 -odos从audê派生而来，但认为Hēsí从seH-而不是yeH而来。

③ *The Best of the Achaeans*，296. F. Bader（页269注释114）尝试将Hēsíodos中Hēsí的词根seH-与Hómēroos中的Hóm连在一起，同时承认这样的词源存在着音位学上的困难。尽管Hómēros意为“人质”符合词根seH-的隐喻范围，但笔者认为homo-与ararískō连用，在词源学上比“人质”更合理，尤其从ararískō的派生词的社会喻意来看（见Chantraine，101，尤见arthmós和相关词条）。《神谱》行39形容缪斯的用语Phōnêi homēreûsai与行29形容缪斯的artiépeiai有令人吃惊的语意对照（见*The Best of the Achaeans*，297）。

④ *Greek Myth*，48.

身份上。在《神谱》中，行 39 的 φωνῇ ὁμηρεῦσαι［缪斯做出和谐的歌唱］和行 10、43、65、67 的 ὄσσαν ἱεῖσαι［缪斯发出美妙的/不朽的/迷人的声音］分别定义了诗人的身份。缪斯通过自身的权力定义并委派诗人作为作者的职责。①

第四，就本质而言，一部神谱诗就是一部以王权为依据的权力诗歌：它授予权力。

> 一项有关世界上不同文明的神谱仪式传统的测试反映，所有神谱诗具有一个基本职能：使支配一切既有社会群体的权力稳固化。②

反过来说，一部神谱诗由社会群体中的王权所支配。《赫耳墨斯颂诗》行 531 – 532 的“权力之杖”（rhábdos）在字面上释为“授予权力的”，也就是由赫耳墨斯唱出的“原生神谱”（proto – théogonie）。③ 同样，在赫西俄德的《神谱》里，缪斯交给诗人权杖，暗含着缪斯把权力赋予整首诗的意味。④ 赫西俄德的《神谱》超越其他所有神谱诗，在于《神谱》代表的不是个别王者的权力，而是奥林波斯宙斯的王权。与此相辅相成的是，赫西俄德被授予诗人的权力，也不是透过某个普通王者的权杖，而是缪斯在赐给他诗歌灵感时的另一赐赠。缪斯歌颂她们的权力，即

---

① 此问题在 *Pindar's Homer* 中通过一系列例子得到讨论（章 12 页 339 – 381）。

② *Greek Myth*，59，附有卫斯特收集的例证，援引页 1 – 16。另见德篆安，*Les maîtres de vérité dans la Grèce archaïque*，Paris，1973，17。

③ 【译按】阿波罗送给赫耳墨斯金杖，并声称，但凡阿波罗神谕（即“辨析宙斯的声音”）确认必要发生的幸福，这支金杖都能实现，“通过行动，也通过言说”（《赫耳墨斯颂诗》行 529 – 532）。

④ *Greek Myth*，59. 德篆安，16，53 – 60，关于 kraínō［授权］一词在符号学领域的讨论。

“述说真实”（神，行28），并通过双重赐赠把同样的权力授予赫西俄德。缪斯歌颂她们的权力而非赫西俄德的权力，这一事实并不与赫西俄德被授予同样的权力相矛盾。①

同样，缪斯在行 26－28 以召唤牧人的方式召唤赫西俄德，这一事实也不与赫西俄德的诗人身份相矛盾。我们可以找到很多诗人蒙获神圣使命的传统叙事，其中不乏讲到被神选中的人如何从牧人转变为诗人。墨涅西耶佩斯碑文（Mnèsiépès，Archiloque T4 Tarditi）上记载阿尔基洛库斯如何从牧人变作诗人，就是很好的例子。②

第五，行28 的“述说真实”并不仅仅意味着说出某一具体言语的动作，而是指明了某种语言的行为，某种带有特殊权力的陈述。

把形容词 alēthés 在词源学上解释为“可证实的”是不够的。这种解释忽略了该词词根 lēth- 所暗含的意思：“被意识疏漏的。”同一词根的用语还有 lēthē［忘记］，或 lanthánō［被……意识疏漏的］。③ 形容词 alēthés 确实含有“真实”看见某物的意思，但又不止于此：我们还要考虑到，lēth- 的否定用法以何种形式等同于 mnē- 的肯定概念。关键在于，mnē- 不仅指“记忆”，如韦尔

① 笔者同意卫斯特对缪斯的言语倾向的总结：“在此之前，赫西俄德只关心虚构的事。”在埃庇米尼得斯的用法里，缪斯使用的表达方式使这种倾向明确化（*Epiménide*，I）。另见 Griffith，48。

② *Greek Myth*，48. 牧人的动机可被用作王者获得王位、建立权力的象征。（参 *The Best of the Achaeans*，164，22 注释5）。

③ Cole，*Archic Thruth*，in *Quderni Urbinati*，13，1983，7－28. Cole 就 alēthés 的语义以及相关解释作了精彩的阐述。他否定海德格尔的理论，即真理的“客观”意义是词语所固有的——被发觉的未加隐藏的真理。Cole 的解释建立在更古老的方法上，即真理的“主观”意义——被发觉的未加忘却的真理（页12）。

南所示，还可以明确解释为“恢复存在的本质”。① 在古希腊神话思想里，类似的本质超越了可感知的现实，也超越时间。② 如德蒂安所言，在古希腊传统中，正是作为真理大师的诗人掌握这一存在的本质。

还有一个问题：《神谱》行 28 的ἀληθέα并不与 lēthē 相对，而与前一行诗的ψεύδεα［谎言］相对。这种对比表现了某种更晚期更理性的思维方式。在这种思维方式里，alētheia 意为“真理”。③这样一来，ἀληθέα与ψεύδεα之间所具有的理性精神的新矛盾似乎重叠在一个更古老的神话矛盾上，即 alētheia［意识的非缺失］与 lēthē［意识的欠缺］之间的矛盾。两种矛盾互相重叠，共同存在。有研究者乃至得出如下结论：ἀληθέα 与 ψεύδεα 之间，以及 alētheia 与 lēthē 之间，均存在互相重叠的现象，因为没有什么记忆能避免某种程度的遗忘，也没有什么真理的表达不带一丝虚假。④我赞成在某种思考模式里，mnē- 作为“记忆”包含着 lēth- ［遗忘］这个方面。⑤ 但我不认为名词 alētheia 和形容词 alēthés 同样适合这样的解释，相反，这两个词明确排除某种精神层面的忽略。⑥

名词 alētheia 和形容词 alēthés 的语义并不含糊，反而甚至具有绝对意义。换言之，这两个词陈述某种语言行为和事实行为，

---

① Vernant, *Mythe et pensée chez les grecs*, Paris, 1985, 108 - 136（初版：80 - 107）。

② Thalmann（页 147）解释韦尔南的观点。笔者赞同他把韦尔南的用语“存在深处”（*Mythe et pensée chez les grecs*, 86）译成“存在的根本”，并解释为“延伸至感知世界以外的事实”。

③ Thalmann, 148, 230 注 31；德蒂安，75 - 77。

④ Thalmann，同上。德蒂安和普西在此之前也发表了相似见解。

⑤ *Pindar's Homer*, 58. 德蒂安，页 22 - 27。

⑥ *Pindar's Homer*, 59 - 61.

从而体现了与非言说能力相关的权力和授予权力。为了更好地理解这两个词，我们应从另一个同类词μῦθος讲起。玛尔丹（R. P. Martin）在研究史诗英雄语言的著作①中分析过这个词。

在分析μῦθος一词之于荷马史诗的特殊语义以前，让我们借用布拉格语言学派的术语学，看看一个对子中的强调术语（termes marqués）和非强调术语（termes non marqués）之间的差别。玛尔丹如此定义这些术语：

> 一个对子中强调的一方负有更大的语义责任，但只能在较局限的条件整体里得到运用；非强调的一方，即对子中较为不重要的一项，则可以用来指称更广阔的领域，包括为被强调的一方所遮蔽的领域：这是最一般的术语。

在布拉格语言学派的术语中，某种言语行为被称为“被强调语言”，而普通语言或日常生活语言则是非强调语言。通过对照荷马诗中的用语，玛尔丹指出，μῦθος是指明言语的一种强调形式，而ἔπος至少在参照与μῦθος的对比关系时是一种非强调形式（页10－26）。他定义荷马诗中μῦθος的含义：“某种叙述权力的言语行为，习惯性地当众得到整体性实现，并强调对每个细节的注意。”反义词ἔπος则指“一种叙述，理想化的简短，伴随以身体行为，焦点聚集在受话人所察觉的信息上，甚于说话人所实现的效果上”（页12）。

作为对子中的非强调术语，ἔπος及其复数形式ἔπεα甚至可以运用在适合μῦθος的语言背景里（页26－30）。但反过来的情况却不可能发生。在荷马诗中，我们不能“简单地用语义受限的μῦθος——指承载

---

① Martin, *The Langage of Heroes. Speech and Performance in the Iliad*, Ithaca, 8, 31.

着权力和‘永恒’的言语行为——代替普通术语ἔπος”。但反过来的情况却是有的。在荷马诗中，“一种明确为ἔπος的语言，并且没有同时被呈现作复数ἔπεα，从来都不会被称作μῦθος”。这种不对称性甚至可以推得更远：“ἔπεα可与其他词连用指代μῦθος，但后者的复数形式永远不可能与单数的ἔπος连用以形容言语。”（页30）

关于ἔπος所指的普通语言或日常语言，我想强调一点，也就是普通语言或日常语言的非强调范畴是“或缺范畴”；换言之，这里说的“普通”只是与“特殊”相比较而言：

> 认识简单语言或日常语言是抽象的概念，随特殊语言的具体实现而改变，而特殊语言不管怎样都只局限于特殊背景。①

让我们重新看一次玛尔丹对ἔπος的定义：“一种叙述，理想化的简短，伴随以身体行为，焦点聚集在受话人所察觉的信息上，甚于说话人所实现的效果上。”非强调语言只有在作为或缺范畴，即与强调语言的特殊范畴相对的时候才是普通语言。根据这一点，我们可以说，荷马诗中的ἔπος是理想化的简短，恰恰因为荷马诗中的μῦθος是理想化的冗长。换言之，我们解释ἔπος的“焦点聚集在受话人所察觉的信息上”，恰恰因为μῦθος的焦点不仅“聚集在信息上”，也“聚集在说话人所实现的效果上”。再换言之，假设只是单纯的对比关系使强调术语μῦθος与非强调术语ἔπος联系在一起，那么ἔπος一词理想化的简短，并且其焦点只聚集在信息上，都将是没有必要的。

除μῦθος以外，荷马诗中显然也存在其他强调特殊语言的术语。非强调术语ἔπεα与形容词连用，在荷马诗中可组成强调术语。

---

① *Pindar's Homer*, 30, 31.

玛尔丹指出ἔπεα πτερόεντα在语义功能上就是μῦθος的近义词，指代某些类型的强调语言。

除了荷马史诗，我们在古希腊诗歌历史里还找到其他指代特殊语言的用法，例如名词 alētheia 和形容词 alēthés。与之相比，就连μῦθος的用法也显得平常。在五世纪诗人例如品达的用语里，使用该词是为了在真实语言和非真实语言的差别中与μῦθος做出明确的对比（ἀλαυη λόγον，《奥林波斯竞技凯歌》1，行 29 – 30；ἀλάθειαν，《涅墨竞技凯歌》，7，行 23 – 25）。①

无论名词 alētheia，还是形容词 alēthés，这两个词本身均没有超越荷马诗的用法，就连词体构成所定义的内在概念也是如此：前缀ἀ- 可解释为对 lēth- ［忘记］的否定，相应的也就是对 mnē- ［记忆］的隐约肯定。② 玛尔丹令人信服地指出，荷马的μῦθος正与“叙述记忆”相关（页 44），他将此定义为回忆的修辞行为。③ 这种语言行为作为某种回忆，某种为了转变成μῦθος而满足各项条件的行为（以《伊利亚特》卷 1 行 273 为例），是一种 mnē- ［记忆］的行为。福尼克斯向阿喀琉斯和其他听众讲述英雄墨勒阿格罗斯的故事时，一开始用μεμνημα ［我记得］，就是一个理想的例子。④ 类似语言行为的障碍由 lēth- ［忘记］所强调（如见《伊利亚特》卷 9 行 527）。⑤ 名词 alētheia 和形容词 alēthés 本身的概念也要求避开μῦθος作为回忆的语言行为里的类似障碍。在荷马诗里，这两个词实际上和μῦθος的派生动词μυθήσασθαι连用，例如

---

① 见 *Pindar's Homer*，65 – 68，134，203，注 17，423。

② 详见 *Pindar's Homer*，58 – 61。

③ 玛尔丹，80：“在一般规律下，《伊利亚特》的人物不为单纯的回忆乐趣而回想什么。对于过去的追溯自有外在的目的。”

④ 有关福尼克斯这里讲的故事，见 *Pindar's Homer*，196、205、310、注 164。［译按］《伊利亚特》卷 9 行 543。

⑤ 玛尔丹对此做了详尽的分析，见 77 – 88，详见 77。

《伊利亚特》卷6行382的ἀληθέα μυθήσασθαι［说真事］，前一行诗（行381）引导此句恰恰是采用引导μῦθος的方式。荷马诗中的动词μυθήσασθαι的含义具有μῦθος本身的全部效力。正如玛尔丹所言：

> 当该词作为“说”来使用时，与之伴随的句子也变得正式化，经常还与宗教或法律有关。诗中所呈现给听众的，或对话者所等待的，将是详尽的叙述。偶尔还会有某个人物对叙述的特点进行评论。因为这种叙述由动词μυθήσασθαι来定义。（页40）

如果说名词alētheia和形容词alēthés没有超越荷马诗的用法，并且不与荷马诗中的μῦθος相矛盾，那么如品达的例子所示，在荷马以后的传统里，μῦθος与这两个词却是明显相反的，因为这两个词此时已区别于μῦθος。在我们已经分析过的品达的例子中，μῦθος一词仅局限为广义的复数，单数形式的alētheia以显著的差别脱离了μῦθος所代表的多样版本背景。换言之，μῦθος作为语言行为的意义已变得次要。①

让我们回到《神谱》行28的ἀληθέα γηρύσασθαι［述说真实］。这是《伊利亚特》卷6行382的ἀληθέα μυθήσασθαι［说真事］的另一种说法（也出现在《德墨特尔颂诗》行121）②。两句的动词相比，前者是强调术语，后者是非强调术语。同样，ἀληθέα μυθήσασθαι［说真事］又是《德墨特尔颂诗》行44的ἐτήτυμα μυθήσασθαι［说实事］的另一种说法。两句名词相比，前

① *Pindar's Homer*，65，66–68.

② 事实上，《伊利亚特》卷6行382被证明是《神谱》行28的另外一种说法。参见*Pindar's Homer*，68，注释84。

者是强调术语，后者是非强调术语。第二个对比在《神谱》行27缪斯的话里得到清楚的阐释，独一无二的真实被称作ἀληθέα，与之相对，貌似ἐτήτυμα实际却是ψεύδεα［谎言］①。

上述用语的多样化，根本原因在于作为强调方的泛希腊主义的唯一版本和作为非强调方的地方性的多种版本之间的差别。②当ἀληθέα在与μῦθος形成的对子中作为强调术语时，作为非强调术语的μῦθος被局限为类似“神话”的意思，这也正是如今该词在和“真理”对照使用时所具有的基本含义。例如在品达的诗歌语言里，μῦθος可解释为现代含义的“神话”。复数形式的μῦθοι一词则指

> 各种地方性神话未加区分地放在一处，尽管这些不同版本的神话来自不同地区，有可能相互矛盾；而ἀληθέα［真实］是各种泛希腊的单一神话经过区分的核心，这些单一神话旨在避免不同地区的版本之间的矛盾冲突。③

笔者认为，《神谱》行28的“述说真实”所指的正是这种内在的核心。行27的“虚假的事”如同外壳一般被层层剥除。不过，这些虚假的事似乎也有“真实的一面”，我们也看到ἐτήτυμος曾在某个时期表达一种语言行为的有效性，比如前面提到的《德墨特尔颂诗》行44的例子。今天的虚假的事，似乎就是昨天的语言行为。换言之，今天的虚构的事，似乎可以被讲述得像昨天的语言行为一样。④我们所需要的是《神谱》行28的ἀληθέα γηρύσασθαι［述说真实］的稳定性和绝对性——相对于

---

① 参 *Pindar's Homer*，68，注释84。

② *Pindar's Homer*，52－81.

③ *Pindar's Homer*，66.

④ 必须在此背景下比较《神谱》27行与泰奥格尼斯行713的相关说法。

ἐτήτυμα μυθήσασθαι［说实事］等用语所具有的不稳定性和相对性而言。“述说真实”所具有的稳固的权力使赫西俄德成为作者。*ψεύδεα πολλὰ λέγειν ἐτύμοισιν ὁμοῖα*［把谎言说得如真的一般］所体现的权力的消失则使赫西俄德的竞争者们成为“非作者”。只是，如果他们不是作者，那么谁能回答他们是谁？或者他们是否真的存在？也许他们可以被看作不止一个的“托名赫西俄德”，但绝对与荷马无关。

思考《神谱》中的争战*

［意大利］佩利泽尔（Ezio Pellizer）撰

本文从分析提丰之战出发，尝试重建类似传统叙事的不同水平的符号—叙述衔接，从中既找出*和声*，也就是某种同时和纵向层面的语义衔接，又不忘*旋律*，也就是历时和横向的系列变化里的叙述语言的连续性，这种系列变化依照某种规则运算——某种“叙事”——而展开，类似叙事似乎具有逻辑性运作结构，用以表现特定文化所特有的（一个或多个）创世故事。本文研究得到了巴黎学派的叙事分析方法的启发，此种方法的创始人是*格雷玛斯*（Algirdas Julien Creimas）。①

笔者认为，这种分析方法的优点在于，不论在同一文明的范围里，还是在多文明之间，我们可以对文本进行深度而清晰的解构和重建，从而揭示叙事的构成单位和现实中与之相应的构成单位之间的关系（比如语义学或结构学的共同而合理的特点）。

有关提丰之战研究的第一种展开，可能就是与同样出现在《神谱》里的提坦之战的放大性比较。须知我们今天接触到的文本经历了至少两世纪的从口传到书面的发展和演变。我们也可以在这些故事和某类同样涉及*王权争战*的早已佚失的诗唱之间重建明显的关系，这类诗唱的历史应追溯到公元前八至六世纪（乃至

---

*［译按］原文标题：Réflexions sur les combats de la *Théogonie*。由德拉孔波从意大利语翻译成法语。

① 谨以此文纪念这位刚刚去世的大师。

更早）的希腊和安那托利地区的行吟传统，比如巨人之战在当时就流传多个吟唱版本。① 有关这一点，我们可以从好些古画上得到印证，此外，公元前六世纪中叶的行吟诗人讲起巨人之战也表明那是众所周知的文本，甚至在会饮上也常有人吟诵或用齐特拉琴弹唱。

如果我们要在希腊文明中“最初的权力征战文本”和存在于胡力特文明、阿卡德文明中的相似内容的著名文本之间进行比较，特别是更好地定义这种比较的合理程度，上述的符号—叙述分析也同样有效。我们可以采取合理的方式比较这些文本所具有的符号学或结构学的特点，避免任何形式的过于天真的派生主义，特别是认识存在于不同希腊文本中的年代差距，及其与其他文明的不同文本的地理和年代差距。本文的工作是关于“最初的王权争战故事（神、英雄或人类）”在整体意义上的研究。

显然，这类分析要求我们放弃有关文本原创性的任何形式的讨论，这些文本是否真的出自赫西俄德之手，或者是比赫西俄德晚一两个世纪的某个“篡改者”的作品。帕利（Parry）和洛德（Lord）的相关研究，以及诺托普洛斯（Notopoulos）和赫克斯特拉（Hoeckstra）等人对六音步短诗的分析，早该使我们认识到，对于这样历经时代变迁的传统文本，我们无须过多的想象努力就可以重建文本解释，有关文本的“真假”“伪造”“篡改”等问题的探讨毫无意义，而通过证明提丰之战在诗歌整体结构内部的必要性，试图维护或重新确立类似的活文本的赫西俄德原创性，则更是没有必要。

即使我们接受上述假设，那么，是谁采用编目录的方式创作一个碎片化的文本（粗读下来就如混合体一样混杂无章，并随时

---

① 人马之战和女战士之战也是同样的情况。只不过这两种战争既没有在足够古老的年代里得到记录，也没有以任何一种方式流传至今。

接纳新材料的补充），同时又遵循统一的提纲和完整的结构，就像我们今天所看到的《神谱》文本那样？是赫西俄德本人，还是公元前七世纪或六世纪的赫西俄德派诗人，还是古典时代对早期诗歌的转译本（好比圣经的拉丁文武加大译本），还是亚历山大里亚的语文学家？那些依据传统做法存放在某个神殿里的铅版（Volumina Plumbea）和我们今天读到的版本（即便有《大小赫埃》的残篇作为接续补充）之间又有什么关系？显然，以传统语文学的角度提出诸如“原文”“赝文”或“篡改”之类问题，意味着我们根本不了解这种基本上是口传的古老传统，根本不了解从前那样就书面记录而言相对简单并且只拥有相对简陋方法的社会。从提丰之战、提坦之战的诸多研究（包括一些晚近研究）看来，不仅帕利和洛德的教诲皆成枉然，而且文化人类学的经验也没有起到作用。不过，我想上述研究成果不会继续被忽略。

本文研究还要求澄清某些问题在这个基本以口传为特征的文明里的提问方式。这里所指的既包括一系列传统叙述（朝代故事和谱系记录）的创作问题和接受问题，也有受到神恩（比如受到缪斯的灵感启发）的叙述者的形象定义问题，最后还有关于信仰模式的衔接问题。不过最有趣的还是，在希腊早期文明里，如何设立操纵和制裁真理的决策机关，以便实现影响听众的意图。

缪斯的召唤以及诸如赫西俄德的 Dichter beruf［诗人的使命］之类的叙事都表明，在语言学的以言行事（illocutoire）的模拟世界里，某些超人类力量的拟人化形象（诸如缪斯、阿波罗）被描述成隐秘且神秘的力量乃至预言能力的终极接受者，与此同时，叙述者即行吟诗人——当时还被称为“歌手”（aoid-os）——向往在文化领域拥有和王者在社会领域相同的领导地位。接下来几个世纪里，行吟诗人的威望渐渐消减，他们所代言的“真实”也渐渐失去可信度（我们不难想起文人哲人怀疑论，比如色诺梵那，而他本人恰恰就是行吟诗人；再比如赫拉克利特）。到了比赫西俄德晚三个世纪的色诺芬和柏拉图的时代，行吟诗人遭到明确批判。

在所谓的赫西俄德作品（corpus）的行吟传统得到发展的几个世纪里，一系列有待记忆的谱系信息以编目录的方式得到记载，并伴随《神谱》篇末章节的叠加式法则而不断得到延展，以至于篇幅越来越长，比如《赫埃》变成了《大赫埃》，两个版本同时得到传播。

另一方面，在《神谱》中出现的一种独立不定的叙述类型，我们称为“颂诗”，通过这样那样的方式得到记录抄写，流传至亚历山大里亚语文学家（正是这些语文学家最早怀疑某些作品不是出自赫西俄德之手）那里，并且最终保留到我们今天。这些颂诗的内容包括赫卡忒，诛灭诸种神怪的争战，诸神和精灵分配荣誉礼物（timai）的清单，世界起源神话中世界的各个想象的组成部分（斯梯克斯、塔耳塔罗斯、冥王哈得斯等）的描述及其性质。注意到这一点，也就不要再为了支持赫西俄德原创性的说法或者把神话的创作时间确定在十年以内的精确度，而提出诸如以下的问题：《神谱》的全部内容是由公元前550年的某个行吟诗人，还是公元前七世纪、八世纪乃至九世纪的某个叫赫西俄德的人所整理？摆在我们眼前的是赫西俄德本人的创作，还是绝大部分从迈锡尼时代留下的传统资料（例如那些发生在特洛亚战争前后的朝代谱系资料）？

我们不得不承认，有关赫西俄德的生平和时代，以及他和另一位给后世带来更多争议的行吟诗人荷马的年代顺序，始终是未解的谜团；我们也知道，从古至今一直有人认为，除《劳作与时日》以外，赫西俄德没有写过其他诗作。在这样的前提下，借助正确而系统的认识论，我们不难产生如下疑问：由于缺少确凿可靠的历史依据，上述的没完没了的讨论不过是在浪费时间。我们完全可以抛弃那些诸如历史真实性的错觉，使它不再误导某些与此相关的互相矛盾的论文。① 这样一来，我们的研究就可以遵循更为普遍的人类学和语言学的视野，而不会再试图去寻找作品中的严谨的逻辑、“原始”而“真实”的结构（或者确凿的依据）。因为，这些作品以其创作特殊性的定义和理论而言，绝对不可能具备只有书面文学经过构思、创作、传播等步骤才能具有的严谨性和组织性。

思考提丰之战：符号—叙述分析主张

在《神谱》中，有关提丰之战的内容只涉及六十一行诗（行 820 - 880），其中十来行用于交代提丰所生的诸种狂风。因此，正式提到提丰之战的只有不到五十行的六音步诗。笔者将在接下来的分析里尝试区分叙述（narratif）和描述（descriptif）这两种因素。

关于叙述部分，我将通过分割叙述性话语对表层叙述脉络进行细节化分析；至于描述部分，则把重点放在对衔接叙事的某些核心形象的描述（或清点）。最后，我们将尝试重建这个世界王权争战故事的深层结构，这种结构在众多同类故事里，乃至在某些欧洲或非欧洲文明范畴的宗教性论说里，往往有稳定而普遍的运用。我们同时还将分析这个故事和《神谱》里其他同类故事

① 提丰之战和提坦之战的代表性研究，参看 F. Blaise，Ph. Rousseau，*L'épisode de Typhée dans la Théogonie d'Hésiode* [*v.* 820 - 885]：*la stabilisation du monde*，in *Revue des études greques* 105，1992，349 - 370；A. Ballabriga，*Le dernier adversaire de Zeus. Le mythe de Typhon dans l'épopée grecque archaïque*，in *Revue de l'Histoire des Religions* 207，1990，3 - 30。

（提坦之战）的关系，以及它和《神谱》以外的，表现与我们这里所分析的时代、文明相类似的传统的其他权力争战故事的关系。

从时间状态（CT①）的限定（此处非常不明确）开始：在宙斯把提坦神赶入大地深处的塔耳塔罗斯以后；某种神话时间；世界生成的原初时代。从本质而言这是一种虚拟的时间状态。

空间状态（CS）：大地本身。这里存在着巨大的矛盾：叙事在某个主语（S3）与空间状态之间出现诸说混合的现象。大地该亚既孕育宙斯的对手提丰，同时又是提丰出生这个事件的发生地。

同样，另一个次要主语塔耳塔罗斯（S4）与该亚相爱，生下提丰；而宙斯打败提丰后，恰恰又将他扔进塔耳塔罗斯。

S3 该亚（+ S4 塔耳塔罗斯）→ 行为

Ant 提丰 ∩　P 出生，或

∩　OV 存在，生活

该亚作为复杂而诸说混合的施动者，又可以看作权能的发出者。因为，她在把危险带给第一主语（S1）宙斯的同时，又促使他觉察到危险并采取行动。在这种情况下，我们得出一个与叙事结尾相反的句法衔接模式："要不是发生甲，就会发生乙。"（行 836－838）

---

① 此处使用的缩写：S = 主语（Sujet），SC = 联合主语（Sujet collectif），O = 宾语（Objet），OV = 价值宾语（Objet de valeur），P = 谓语（Prédicat），D = 发出者（Destinateur），d = 接收者（destinataire），Ant = 对手（Antagoniste），Adj = 辅助因素或援手（Adjuvant），CS = 空间状态（Circonstant spatial），CT = 时间状态（Circonstant temporel），PERF = 结果（Performance），∩ = 连续（conjonction），∪ = 中断（disjonction）。

这种模式表明某种欠缺，即隐约出现的可怕危险，以及第一主语宙斯发动进攻并取得最终胜利的必然特性。①

S1 宙斯→（知道）S1 ∩ P 察觉危险

这一阶段可以看成预备性考验阶段，宙斯凭借自身特殊的觉察能力（行 836 - 838），在没有其他援助力量介入的情况下，②获得权能。

此外还存在两种不同的空间状态，两者之间出现了转移：

S1 宙斯→（行动）∪ CS2 奥林波斯 ∩ CS3 战争地点

这里隐约显示从原初地点到考验地点的一次转移（在《神谱》中并不明确）。

随后出现的是言语行为（PERF）：

S1 宙斯→（行动）Ant 提丰∪ O1 百头 ∪ OV 胜利

宙斯降伏提丰，斩去一百个脑袋。这里使用的一系列谓语包括攻打、轰击、斩首、驱逐等等。斗争以及怪物（恶人、令人厌烦的人，简言之，就是对手）的失败这个过程，就是主体性考验阶段，结果让人印象深刻：

S1 S2→（行动）S3 该亚∩ P 灼烧、颤栗、熔化

① 我们无法证明提丰从出生到战斗存在某种过渡阶段，因为，在类似叙事中，他有可能一出生就是成人，或者在非常短暂的时间里长大，比如赫耳墨斯在一天里长大，宙斯的“气力和体格（在一年间）迅速增长”（神，行 493）。

② 除非是该亚本人。事实上，她遵循“神秘的计划”，制造危险，又使宙斯有机会展现他的力量。该亚在整个叙事里扮演真正的发出者和掌控者的角色。

最后，对手提丰还遭历了空间的一次转移：

S1 宙斯→（行动）Ant 提丰 ∪ CS1 大地∩CS4 塔耳塔罗斯

提丰大败之后被抛入塔耳塔罗斯；后者作为一种拟人化形象，正是他的父亲。

整个叙述过程因此只限于几个有限的言语行为，其中最主要的三点如下：第一，该亚孕育对手；第二，宙斯迎战对手并打败他；第三，宙斯把对手扔进塔耳塔罗斯。此外还有：获得权能，场所的转移，斗争对周遭环境的影响。

叙事时间：灾难和危机时刻，即将建立新秩序，即现有的人和神的世界的等级结构，这也是这次可怕的斗争和宙斯的胜利的结局。

叙事空间：宇宙的常规形象，也就是自成形式和规则的虚拟世界，正如叙述者所描述的，并且有可能分化成——至少是部分地，多样性的个人习惯语事实上在这里是有可能的——其所从属的有可能很古老的大师和同僚的专业群。在这个问题上，只需举一个例子，有关宙斯降伏提丰的具体地点众说纷纭（这些观点可能是同时代的，也可能是后来才有的，比如托名阿波罗多洛斯），从埃特那到埃及莫衷一是，还有人说是神秘的“阿里摩人的国”。

清点虚拟元素

在提丰之战中，描述性语言占据约五十行诗，因此，这个简短的叙事所具有的虚拟特征相当丰富。

第一，大地（该亚）的女性形象被拟人化，因而至少被部分地神人同形化。“金色的阿佛洛狄忒使她和塔耳塔罗斯相爱”（行822），生下一个可怕的儿子。我们称为《神谱》的这部作品，或者说创作于大致相同时代、相同文明里的这部作品，在提丰之战以外的其他故事里也描写大地（该亚）。通过文本间的比较，我们可以对这个形象有所认识，特别是它的符号波动性和叙述含糊性。前文已提到，该亚既是拟人化形象（像母亲一般生育、与其他神相爱结合、给予建议、预言未来，等等），同时又是空间形象（事件发生的地点）。

第二，除大地以外，大地深处的塔耳塔罗斯也是模糊的拟人化形象。如上文所述，塔耳塔罗斯既是人神同形化的，又代表某个空间。我们从上下文可以知道，天空和大地被分开，大地和塔耳塔罗斯也以相应的距离被分开，诗中分别把它们的位置以拓扑学的方式表现为下面、中间和上面。① 和大地一样，塔耳塔罗斯也具有象征含糊性，既是空间，又是人神同形化的形象。

第三，该亚和塔耳塔罗斯生出怪物提丰（即对手）。他被描述成半人半物。这样怪异的外表完全超乎自然规律：他的身体庞大，和人类的身体形似，手脚具有超凡神力，肩上有一百个蛇头，口里吐着黝黑的舌头。仿佛这些还不足以惊心动魄，这些可怕的脑袋上的眼睛（行826说是“双眼”。依据配分原理共有两百只眼睛）闪烁着火焰（这也是超自然的虚拟特征，因为在现实世界里没有什么生灵的眼睛会放出火焰）。从一百个嘴里发出各种不可名状的声音。这些声音“时而像在对神说话”（行831），时而像动物的叫喊：除了蛇通常会发出的嗤嗤声外，还有怪异的犬吠、狮子的怒吼和公牛的咆哮。这一段声光描述（加上火眼散发的热效

---

① H. Flach（*Das System der hesiodischer Theogonie*, Leipzig, 1874, p. vii）曾研究过这个问题。在赫西俄德的时代，包括赫西俄德，没有人可能具有类似的几何学概念。

应）一共用了十五行诗，也就是整个叙事篇幅的三分之一。

第四，叙述者无需对宙斯进行长篇累牍的描述。作为人神同形的神，他灵敏地察觉到危险，毫不畏惧地向对手发出进攻，并用猛烈的雷电轰击他。火、光和热，与对手的火眼互相呼应。至于雷电的轰鸣声，正与提丰所发出的可怕的声音在听觉效果上此起彼伏。

第五，在文本形象的清点中，最有效的部分莫过于斗争对周遭环境的影响这段描述。大地和塔耳塔罗斯（此处重新变作自然空间）仿佛经历了地震一般燃烧着鸣响着："颤动久久难息。"（行849）大海开始沸腾，接着是地面：

> 整个大地一片沸腾，还有天空和海洋。（行847）
>
> 整个大地一片沸腾，还有大洋的流波和荒芜的深海。（行695，提坦之战）

大海像火山岩浆一般，融化在可怕的光亮和火样的热气里。通过与提坦之战的比较，我们不难看出，这里所用的都是一些传统手法，适用于描述类似的场面。

火山爆发，加上地震、水涨、岩石熔融、火焰喷发，这一切合在一起形成世界大战的场面。① 很有可能，这些描述在用于记载对于真正灾难的回忆之后，通过几代行吟诗人的传承，逐渐成为描述世界大战的传统手法。②

---

① 行862－866的描述类似于年轻人在坩埚里熔化锡和铁的情状。我们同时还会联想到提坦之战，作为主语的宙斯迎战作为联合辅助主语的提坦神（他们在某些方面与提丰相似）。两个战争场面的描述有异曲同工之妙，尤其是战争给周遭的自然环境带来诸如火山爆发的效果。

② 我们还可以在《伊利亚特》中找到相关的描述："发怒的雷神宙斯的脚下……，当他在阿里摩人的国境内鞭打土地时，据说提丰就睡在下面。"（卷2行780－783）参见U. von Wilamowitz－Möllendorff，*Der Glaube der Hellenen*，

第六，怪物在接二连三的雷电“鞭打”（行857）下挫败。宙斯用闪电和雷霆惊吓怪物，并灼烧他的一百个头。① 提丰被打成残疾（行858），摔在地上，最后被扔进塔耳塔罗斯。作为“永生者”（行849，如果我对此行诗理解正确的话），提丰不可能被杀，而只能被隔离拘禁，② 并且通常是在偏远的地方，往往还带有与世隔绝、神秘或传说的意味。③

我们就此得到了一个非常丰富多变（尤其在空间状态的衔接上）的虚拟世界。对“怪物”的定义在当时就存在着形态怪异、身材庞大等特征。此外还有符号的波动性（对我们而言十分费解，也许还令人不安），表现在该亚和塔耳塔罗斯这两个形象上。它们一会儿是拟人化的形象，一会儿又代表某个自然空间。

深层结构和语境关系：王权争战和相似模式

提丰之战以简单的叙述结构为基础，描述一系列给人深刻印象的形象。在这些形象里，我们很难辨认，哪一些是某个叙述者的个人创作，哪一些是对传统手法的继承。不同类型创世神话的历史可以追溯到好几个世纪以前，并有可能存在诸多不同版本，

Darmstadt，1976，Vol. 1，261。如果这样的描述不是源于借助记忆和几代游吟歌手的传承而得的传统，那么我们很难接受，描述提丰之战的作者就是我们所认为的赫西俄德，因为一个自诩一辈子不曾出过远门（除了一次海上的短途旅行以外）的波奥提亚诗人，不可能亲眼看见天地与大海遭受灾难而颤栗熔化的情形。除非他曾经步行至火山爆发的地区，或者他对此作过想象……

① 参赫拉克勒斯灼烧怪兽许德拉的有能力死而重生的头。

② 他可以被关、锁（比如提坦）、绑、压在一座大山或火山的底下。我们可以在后续的文本里找到相关的各种描述。

③ 高加索山、阿里摩人的国度、遥远的西方，等等。

我们这里分析的神话类型则可以往前追溯至迈锡尼文明时代。①这个叙事所选择的“胜利者”，或第一主语，是在同一文本其他故事里也担任同样角色的宙斯。因此，我们不可能孤立地分析提丰之战，忽略它与同一文本的其他部分之间的关系，以及它与同一文明背景里的其他类似叙事的关系。也就是说，我们不能忽略这个叙事的文本间衔接②的问题。

这种关系（为了避免使用诸如诵唱问题、词汇问题、风格问题这样的用语）的主要基本点如下：

第一，主语和最后的胜者（指宙斯）在本段叙事前后的恒定状态。专有名称、典型武器、相对稳定的特点、确定的命运。

第二，援助者和必然后果的接收者的恒定状态。她既促使对手的产生，又是战争影响的受害者；尽管如此，她还是主语的祖先，并且为主语的最终胜利做出准备和引导。这里指该亚。

第三，主语的必然胜利和对手的毁灭。

第四，冲突的世界性范围，包含所描述世界的所有空间维度，以及各种空气的、大地的、自然的现象（比如风，等等）。

第五，争战双方的亲缘关系，以及冲突所具有的改朝换代的维度。

作为战争故事因而也就是作为考验，提丰之战所具有的深层结构体现在对于权力征战的组织上，并且通过主语和对手之间的暴力纷争得到实现。很明显，《神谱》中的另一个故事提坦之战具有相似的叙述结构，但在某些方面有所补充：

---

① 这种结构适用于所有诸如好人与坏人、英雄与野兽、勇斗妖怪此类的故事。另一个题材则是主角为了争得权力打击危险的对手。这两种不同的题材代表所有与“纷争”有关的叙事之间固定的“论战式”衔接关系。这些纷争往往是暴力的，并且必须决定谁是掠夺者谁是被掠夺者，或者谁是战胜者谁是战败者。这种叙事表现的因而是“掠夺的灾难”。

② 没有必要再次重复，这也使我们抛弃作品原创性问题。

第一，对手以群体形式出现（从而产生群体中起决定性作用的头领）；①

第二，援手的介入（指三位百手神）。除此以外，时空状态的相似性非常显著：在战争的世界性范围和原始的时间状态上与提丰之战相似，但是在战争本身的描述方面带有更丰富的细节。

战争双方在谱系关系上也有相似情况。两个故事都描述同为该亚后代的叔侄之间为争夺神权而进行战争。从“同一家族内部的朝代变迁”这一模式出发，相关的神学和世界起源说得以成形，变得可以想象和可以表现。在提坦之战的叙事②中，撇开有限的叙述性话语系列（这部分构成叙事主体），以及宙斯与百手神的对话，剩下的就是为数可观的离题部分，仅仅凭借某些细微关联和联合特征而与主题核心扯上关系。

这场整整持续十年的战争故事从中间开始（in medias res）讲起，并可以归纳出如下有限的叙述性话语系列：

第一，战争状态，需要援助，欠缺；

第二，召唤援手，达成交换协议；

第三，势均力敌，联合主语（诸神）和主语（宙斯）筋疲力尽，③ 这体现命运的意愿，战争上升为世界性战争，但结果未定；

第四，援手的介入，所有同盟（包括宙斯、奥林波斯诸神和百手神）取得胜利，对手被捆绑束缚起来，不再具有破坏能力；

第五，解决纠纷，建立新秩序。

这段故事有近乎过半篇章用来描述提坦神被关押的地方，以

---

① 从词汇的角度，此处存在“决斗”“一对一格斗”与“战争”的区别。

② 如同提丰之战，这里的分析仅局限于我们今天所读到的《神谱》。有关这两个故事的众多版本之间的联系，还有待研究，此处不赘述。

③ SC1 即奥林波斯神（联合主语），S1 即宙斯（主语），Ant（SC2）即提坦，Adj（SC3）即百手神。宙斯毕竟是最强有力的。他是“人和神的父”（行 643）。他在战争中的表现远远超过其他神。

及住在那里的其他生灵。提坦战争一结束，提丰之战马上就开始，中间只用行820作为过渡。同样，作为不死的神，提坦们被铁链束缚，驱逐禁闭在某个混沌非人的地方。

文本间关联：巨人之战的结构

还有一个世界权力的原初争夺故事，也就是巨人之战，虽然没有出现在《神谱》里，但是在同时代或稍晚时代里流传着某些符号性文本，同时还有某个正式版本，尽管迄今仅存个别混乱的信息，但可以推断是对公元前六世纪以前的行吟诗人的文本的忠实抄录。① 我们在两个故事里可以看到许多明显的对称性和相似性：

第一，宙斯是固定的主语；

第二，交战的群体性：奥林波斯神对相似数量的巨人；

第三，对手都为怪物，具有混杂的形态特征（某些特征和提丰相似，还有一些不同），庞大、野蛮等等；

第四，相同的价值目的（统治权力）；

第五，对手的母亲同为该亚；

第六，援手的介入（起决定性作用，并且是不可避免的，即援手的必然意义）；

第七，空间状态的微弱（或不确定）限定。

不同之处表现如下：

---

① 除了赫西俄德，古人从天与地的传奇式结合开始，通过诸多神谱、巨人之战、提坦之战，描述世界生成的故事。参 Philon de Byblos, *Préparation évagilique*, I, 10, 40（Jacoby, FgrHist 790F 2）。行吟诗人色诺芬那也谈及提坦之战、巨人之战和人马之战（fr, 1, 21s. Gentili - Prato）。这些故事很可能追溯到公元前六世纪。此外还有一本相当知名的著作：Francis Vian, *La guerre des Géants. Le mythe avant l'époque héllénistique*, Paris, 1952。

第一，奥林波斯神的对手可能被致死，也就是说他们是会死的。这样的假设在此前的故事里不曾存在过。由此产生不死—有死这对矛盾，从此在虚拟世界的逻辑里，半神半人的英雄应战半人半物的生灵（比如人马）或者可怕非人的女性（比如女战士），这些对手都是会死的。英雄（一般为宙斯或其他男神女神与凡人所生）就此成为故事世界的主角之一。这也直接影响了第二点。

第二，援手的特征。援手因此也是会死的（一般为半人半神）。他的介入是置对手于死地并获得胜利的必要条件。这个作为奥林波斯神不可或缺的援手的人类英雄，恰恰是赫拉克勒斯，宙斯与凡人女子所生的第一个也是最重要的孩子，是不是偶然？

第三，另一个区别在某种程度上填补提坦之战留下的空缺。奥林波斯神（有时还包括命运女神、赫卡忒）面对提坦们时无所作为，① 现在都加入与巨人的战争中，各尽其职，并且往往是在赫拉克勒斯的帮助下。交战过程因此被分割成一对一的系列格斗场面，从而为行吟诗人的创作多样化留下广阔的空间。

这一类型的行吟传统（即流传于当时希腊的王权争夺的所有故事）似乎发展了人物类型的诸种可能性：有死、不死、半人、神、人、兽，加上两种状态的混合，比如怪物—对手的半兽状态，或者英雄的半神状态。其中最为特殊的，莫过于希腊最出色的英雄赫拉克勒斯。

结 论

比较希腊早期文明里同时代或稍晚时代的其他文本，我们可

---

① 尽管这是一场持续十年的战争，在描述性部分里的介入者只有宙斯和百手神，后者是取得胜利的不可或缺的援手，如同赫拉克利特之于“巨人之战”，或者菲洛克忒忒斯在《伊利亚特》中。

以把《神谱》所讲述的王权争夺和家族王朝纷争定义为某种有助于建立道德价值共同体系的虚拟模式。在这种体系里，集体性是基本特点，管理并发展诸种道德价值的具体内容，同时交给个体性的专业叙述者（即公元前八世纪——甚而更早——至公元前六世纪末的行吟诗人）一个任务，也就是整理和保存过去几个世纪的传统和朝代记忆，换言之，就是建造并管理一个传统叙事遗产，使之成为历史的唯一可能的存在方式。诗人们必须以集体记忆为基础，在某种广泛的约定俗成里，在得到传承和分享的诸种知识的大混合里建设和组织历史。

类似的作为习俗因而也就是作为某种历史神学的言论一经建立，就产生了信仰效应，在接收者的思维里，于自然世界的逻辑上又添加某种能够自成规则并自行运转的必然逻辑。借助传统叙事的整体（我们一般称作“神话”，但事实上，这些传统叙事建立了比我们今天的神话概念所能够表现的更复杂的真实），产生了一个绝对单义的虚拟世界，它是一种想象，不被经验世界所认同，却得到超人类要求的保障。

> 因为缪斯，因为强箭手阿波罗，
> 大地上才有歌手和弹竖琴的人，
> 因为宙斯，大地上才有王。（神，行 94－96）

上述诗句体现古希腊行吟时代有关文化的产生和交流的观念。六音步诗歌传统使这种观念得到灵活多变的表现。这也许能够使我们更好地了解，当这些“真理大师”或者不如说“信仰之主”在几世纪里借助记忆的方法，建立和传承无数人类朝代的历史（我们想起在《列女传》中的冗长记录），运用大量的提喻法（也即某个虚拟世界）的时候，他们的思想范畴是如何运作的。在这个虚拟世界里，所有元素被赋予人的形式，诸社会规范限制

一切有死的凡人，有没有被人传说，
是不是为人称道，全凭伟大宙斯的意思。

——《神谱》行 3—4

同样被人神同形化,[①] 并掌握和体现世界秩序，也就是世界经历重大冲突、世界大战、怪诞生灵，最终在不可逆转的灾难式的变更中得到复苏后的样子。人和神的父宙斯借助理想的统治模式，借助王权的叙事化形象，一劳永逸地建立新的王朝。

---

① 比如 Thémis［智慧］、Dikè［正义］、Aidôs［敬畏］、Némésis［羞耻］，等等。

某种含义的个体性或历史性的个体？*

［法］布列兹（Fabienne Blaise）撰

在短短几页纸里，我们不可能重述1989年10月赫西俄德研讨会至今有关《神谱》中的提丰之战章节的全部研究成果。① 本文旨在重申赫西俄德文本解读的观点，以避免一些不必要的误会。我们从佩利泽尔的发言②中已经看到，这样的误会是时时有可能存在的。

事实上，我很难认同佩利泽尔对于我的提丰之战的研究所做出的批评。在他看来，我的工作只是某种过了时的*历史化主义*，徒劳无益地呈现《神谱》中的人物在一场想象的战争中相互厮杀头破血流。我所提倡的文本解读观点在于，透过提丰之战这一章节的内容所体现的难点，找出文本方案的内在协调性，把文本恢复为名副其实的*作品*，而不只是一些残章断片的杂乱混合。《神谱》中的这些碎片往往体现某种历史性的沉积，或者对真实的全新思考，直到几个世纪以后，随着哲学的产生，这些范畴才得到全面完整的发展。因此，我并不是围绕着某个历史问题穷追不舍，而是本着*回归文本含义*的必要性，假设必要的合理程序，尝试着重建以文本为本所得出的类似含义的诸多可能性。

---

* ［译按］原书标题：Individualité d'un sens ou individu historique ?

① F. Blaise, *L'épisode de Typhée dans la Théogonie d'Hésiode* [*v.* 820 – 885]: *la stabilisation du monde*.

② 见本书中佩利泽尔的文章。

这样的观点并不与传统的口传诗歌概念相违背，还可以借助符号学的方法，揭示权力争夺类型的叙事。但是，由于在这些叙事中存在着现实而重要的多样化现象，单纯考虑相似性（而忽略多样性）已经不能满足我们的文本解读的要求。因此，我的目的是找到内在的推理逻辑——而不是文本间单纯叙事不加评论的逻辑，从而深入理解这些表面重复的叙事。当然，这种对于含义的兴趣，表明我们所做的是文本解读评论而不是历史性评论，并且决定了我们的研究远远不可能是对于某一位古代诗人的行为的研究。

提丰之战和提坦之战一样完全体现我们在试图解释文本的所有要素的时候可能遇到的难点。提坦之战的难点在于其表面的不协调性：这个篇章似乎用两种不同的方式描述同一事件。宙斯与提丰的斗争则反映一个重复的问题：提丰之战和提坦之战这两个篇章显得过于相似，在与大地所生的提坦神或提丰的争战中，宙斯都是胜利者。在此，我们必须了解这个章节与叙事的其他内容之间的衔接关系。

如果我们同意《神谱》的文本含义与循环结构无关，那么这两个从属于相同叙述模式的争战篇章之间的互相重复，将远远不是破坏诗篇整体结构的缺陷，而恰恰是帮助我们理解作品整体含义的根本要素之一。不过，由于《神谱》的叙事发展具有非常鲜明的活力，我们也不能忽视处于相似内部的细微差异。事实上，诗人——我们习惯上称作“赫西俄德”，并不是简单地重复相同的事件，否则我们将得出一个与《神谱》这样在各个层面叙述同一故事的作品相左的叙事模式。相反，赫西俄德的重复从来都不是完全一致的，而这些细微差异所揭示的恰恰是文本的含义。

在这样的前提下，提丰之战显然不是提坦之战的简单重复，因为它们在某一点上有着根本区别：前者是奥林波斯神会战大地该亚和天神乌兰诺斯的后代提坦神；后者是宙斯迎战该亚和地下的塔耳塔罗斯所生的怪物提丰。由此勾勒出一个两极的画面：宙斯解决天上的问题之后，便要来解决地下的问题。也就是说，为了使他在世界的统治权力得以完整，宙斯在征服乌兰诺斯这一支流的神以后，必不可少地要征服塔耳塔罗斯的一个后代。在成为提坦神们的监狱的那一刻起，塔耳塔罗斯的拟人化形象就被激活了（参行 736－745 的描述），该亚促使宙斯意识到世界的这一始终被忽略的部分。事实上，在此之前，只有地上的世界经由提坦之战得以组织化和稳定化。

如果该亚不生提丰从而给宙斯的权力带来威胁，那么塔耳塔罗斯将是处于神的历史以外的一个事实，而神的世界亦即世界也将不完整。通过宙斯对奥林波斯的敌人的惩罚，提坦之战的结尾定义塔耳塔罗斯所占据的空间。但是，塔耳塔罗斯作为与天神相对的形象，必须是完整存在的，也就是说，必须在创世过程中和其他世界力量一样占有一席之地。创世的过程也就是诸神之间连续征战的过程，因此，提丰的诞生具有重要的逻辑意义。通过孕育提丰，塔耳塔罗斯得以向宙斯所代表的奥林波斯秩序发出挑战，从而在神谱中留下名姓，并且促成世界的最终完整性。

随着宙斯的胜利，提丰回归出处，也就是塔耳塔罗斯："宙斯盛怒之中把他丢进广阔的塔耳塔罗斯。"（行 868）世界终于可以稳定。与此同时，提丰所生的狂风（行 869－880）代表世界的一种无伤大雅的局限。与提丰相反，这些狂风之神并不能影响诸神，也不能触及世界秩序，他们只能在人的世界里伤害以农耕或航海为生的人类（行 874－880）。神的故事波及人的世界。由此《神谱》给人类的命运提供一个展示的空间，奠定人类生存状态的基础。这一点将在《劳作与时日》里得到详尽体现。

因此，提丰之战并非如大部分的评论传统所示，只是作品内部没有意义的一次重复。做出这一论断的不但有马松（1929 年）和索尔姆森①，还可以算上佩利泽尔，因为他把提丰之战与提坦之战当成两个毫不相干的篇章，从而与他自行解释的此类讨论的无用论自相矛盾。提丰之战是《神谱》所构思的秩序本原的一个根本阶段。即使两次战争在许多方面具有相似性，但还是有一些迹象可以清楚地区别两者。这也是为什么我不敢苟同佩利泽尔所揭示的叙述模式。思考篇章的叙述句法是合理的，但我们却不能单纯依靠文本结构的观点。佩利泽尔的发言表明，研究者往往不能避免地忽略同一模式的重复表面之下所隐藏的差异，而这些差异对于文本含义的构筑却必不可少。

举一个例子。当佩利泽尔试图在提丰与宙斯的斗争过程中列举那些虚拟特征，并合乎逻辑地将提坦之战的文本拿来做比较时，他的目的是证明这只是相同叙述模式的简单的多样化而已。佩利泽尔似乎稍显仓促地对以下两行诗句做了比较：

> 整个大地一片沸腾，还有天空和海洋。（行 847）
>
> 整个大地一片沸腾，还有大洋的流波和荒芜的深海。（行 695）

佩利泽尔得出结论："大海开始沸腾，接着是地面。"尽管忽略差异有利于更好地归纳叙述句法的相似性，但是在诸如《神谱》这样的特殊诗篇中，忽略差异就等于忽略文本含义。佩利泽尔忽略第三个要素，即行 847 的天空也沸腾了。事实上，这个要素所体现的差异非常重要，甚至与两行诗的相似关系同等重要。

---

① Solmsen, *The Earliest Stages in the History of Hesiod's Text*, in *Harvard Studies in Classical Philology* 86, 1982, 1 - 31.

在奥林波斯神和提坦神的战争中，天空并没有被触及，因为只有宙斯拥有火的武器，而在惊人的热浪中世界走向混沌（行700）。相反，在第二个战争场面中，宙斯的对手提丰也拥有火的武器，这使天上世界受到威胁。提丰标志着从地下涌出、造成绝对混乱的危机。因此，行847所呈现的差异，恰恰在佩利泽尔的叙述范畴背景下，远非简单的偶然性可以解释。

总之，通过对文本细节的分析——天空只是提丰之战所造成的诸多创世效应中的一项，我尝试着揭示文本方案的内在协调性，以及同一命题的多样化现象，这种多样化往往别具意义，并且体现文本的表达活力。在这样的情况下，我们作出如下假设：《神谱》体现在某一特定的诗歌传统（希腊早期史诗）范围里，诗人思考他所置身的文明世界沉积的语文结构和叙述结构，以及由此产生的各种表达可能性，在继承传统创作材料的同时，依据某个含义方案重建诗歌的特殊意义。① 由此文本（texte）的概念过渡到作品（oeuvre）的概念。我们应该就主题（sujet）本身提问，此处主题不是传记式的人物，而是含义的特殊整体，在这个整体里所有的传统要素得到重整，创造一个新的协调意义。这样的方法论并不如佩利泽尔所说是历史性的，而完完全全是历史文本解读性质的。

但是，我们在此处寻找提丰之战（和提坦之战一样）的内在协调性的意图，在佩利泽尔的笔下成了在为文本的原创性意义辩护。谈论透过传统模式的差异化重复所建立的含义的个体性（individualité de sens），似乎就意味着我们对诗人赫西俄德的历史的个体性（individualité historique）感兴趣。佩利泽尔以历史化主义重新阐释我的研究方法，是为了将其引入更广为人知的语文学

① 我们的假设类似于在研究荷马诗时所做的假设，比如《伊利亚特》的英雄们之间的斗争模式。

家们的解析派与统一论派之间的论战，而这种论战，借用佩利泽尔本人的话，却是没完没了而毫无意义的。佩利泽尔忽略了某种根本性的差别，即文本解释（属于文本解读的层面）和历史上对于文本所发表的观点（体现了文学评论）之间的差别。

这样对研究方法的重新阐释虽自恃必不可少，在事实上却大大忽略有关文本的一个根本性尺度。佩利泽尔选择帕利（Parry）和洛德的理论传统作为依据，亦即他们最大限度地否认一部作品有可能具有含义的完整性。殊不知，帕利和洛德学派在这一方面的理论却受到奥斯坦在他的《奥德赛》研究著作①中的批评。另外，纳吉提出的史诗传统的解读建议也证明了，他很可能接受洛德的论证，但是不会对一部早期诗歌在意群学层面上的重要性置之不理。

佩利泽尔把我们的“严谨性”原则说成“真实性”原则，又拒绝把所谓的“文本的混合体”概念过渡成“作品”概念，这样的评论方法和评论态度，恰恰让我们想到被佩利泽尔本人指称为“贫乏和天真”的观点。佩利泽尔提出公元前八世纪的口传诗歌传统以及初级社会的简单性，借此否认《神谱》一诗存在着内在方案的完整性问题。从十八世纪起，研究者用理性这把界尺来评判文本，应当说，理性的发展持续稳固，只有现代批评才真正掌握这种评判方法。在此，佩利泽尔可谓对这样的历史相对主义的形式作出一大让步。也正是类似的历史化主义使佩利泽尔走上几乎自相矛盾的道路，尤其是当他提到所谓的“拓扑学位置”的时候，甚至说：“在赫西俄德的时代，包括赫西俄德，没有人能够具有类似的几何学概念。”②

---

① N. Austin, *Archery at the Dark of the Moon*: *Poetic Problems in Homer's Odyssey*, Berkeley / Los Angeles, 1975.

② 摘录佩利泽尔文章的注释。

事实上，佩利泽尔批判我对提丰之战的解读，有搬石头砸自己的脚之嫌。他非常尖锐地驳斥文本的统一性立场或混杂性立场，但所用的方法却表明他本人并没有完全撇清此类问题。某些用语足以揭示这种批判本身的自相矛盾。佩利泽尔提到赫西俄德的作品，从而把我们带到批评学派的最古老的时期：

> 一系列有待记忆的谱系信息……，另一方面，在《神谱》中出现的一种独立不定的叙述类型，我们称为“颂诗”，通过这样那样的方式得到记录抄写，流传至亚历山大里亚语文学家（正是这些语文学家最早怀疑某些作品不是出自赫西俄德之手）那里，并且最终保留到我们今天。①

佩利泽尔否认在赫西俄德时期存在着文学创作概念，但与此同时他又依附着他刚刚鄙弃的。他对于个体性观点的批判，表明他只从具有真实历史经历的个体这个角度来理解个体性问题。

由于作者没有真正摆脱历史化主义的桎梏，他所呈现的叙述学观点也完全只叙事实而不加评论。从历史文本解读的层面上来看，符号类型的分析有助于细化我们对于作品和传统材料之间的关系和差异的研究，这些传统材料的存在很好地揭示叙述范式和叙述模式的规则。但是，仅仅清点叙事的内在结构是不够的，既不足以解释佩利泽尔多次提及的问题②的内在矛盾，也不能够揭示作品所呈现的多样性含义。这种多样性在佩利泽尔分析提坦之

① 摘录自佩利泽尔文章。此处将赫西俄德与亚历山大里亚怀疑主义相比较，表明作者并没有做到“行如其言”，解析派的方法也并非真的一无是处。

② 此处指大地和塔耳塔罗斯既是拟人化形象又是地点的矛盾。我们对于《神谱》的解读恰恰能够回答佩利泽尔所不能回答的问题。为了使世界的潜在性得以激活，并且让组成世界的不同空间得到众神的分配，作者必须对不同空间所代表的力量进行拟人化处理。大地、塔耳塔罗斯和乌兰诺斯在代表一个空间之前，就是拟人化形象，并且在世界得到最终安定之前互相征战。

战和提丰之战的差异时甚至被忽略。

为什么《神谱》这部作品选择传递多样式命题的这种样式而不是别的任何一种样式，重复叙述两个如此相似却又如此相异的章节而不是只保留一个章节或增加更多章节，从而成为今天我们所看到的《神谱》这样一部诗篇？依靠佩利泽尔的解释观点，这个问题不能得到解答，因为当文本清楚地显示多样性表达的时候，描述阶段必不可少地要被解释阶段所代替。因此，与佩利泽尔所示恰恰相反，提坦之战和提丰之战这两个章节并非相悖，而是相互补充。提丰之战的合理性并不次于提坦之战，只要我们不以历史化的观点之名否认赋予文本生命力的含义。

《劳作与时日》研究

《劳作与时日》的创作者和接收者*

[意大利] 普西（Pietro Pucci）撰

缪斯们啊，来自皮埃里亚，以歌兴咏，
请来这儿叙说宙斯，赞美你们的父亲！
一切有死的凡人，有没有被人传说，
是不是为人称道，全凭伟大宙斯的意思。
因他轻易使人强大又轻易压抑强者，
轻易贬低显赫的人，抬举黯淡的人，
轻易纠正歪曲的人，挫折傲慢的人：
那在高处打雷、住在天顶的宙斯。
听哪，看哪，让审判总能公正！
来吧，我要对佩耳塞斯述说真相。（劳，行1－10）

没有疑问，我们面对的诗人具有明确的身份——他是赫西俄德，他曾在《神谱》中留下自己的名字，现在又以第一人称（ἐγώ）表现新诗篇。宙斯是赫西俄德创作《劳作与时日》的合作者，佩耳塞斯则是他明确定义的接收者。赫西俄德的这一做法，表明他的诗歌态度与史诗态度有巨大差异。这也是为什么我们往往把他列于史诗传统和抒情诗传统之间。① 让我们再加上缪斯。

---

*［译按］原文标题：Auteur et destinataire dans les *Travaux* d'Hésiode。

① Pietro Pucci，*Esiodo. Letture critiche*，G. Arrighetti ed.，Milan，1975.

诗人请求她们现身（δεῦτε，行 2）——这一特点在仪式颂诗（hymne cultuel）比在游吟颂诗（hymne rhapsodique）中更为显著①——赞美她们的父神宙斯。不过，对于赫西俄德教诲佩耳塞斯，缪斯并没有启发诗人任何灵感。

事实上，赫西俄德邀请缪斯来赞美宙斯的荣耀，正与诗人在行 3 - 8 对父神的赞美相互呼应。② 不过，缪斯赞美宙斯的功绩，即给予荣耀（*phèmè*），似乎也是女神们的特权。诗人邀请缪斯这一行为，似乎是为了在赞美宙斯荣耀的缪斯、传递缪斯歌唱的诗人和完成荣耀功绩的宙斯这三者之间建立某种紧密的联合。类似的固有联合将在诗篇的下文（行 661）得到明确体现。此处在序歌中还仅仅是一种假设。

缪斯赞美父神，完成她们的任务。接着轮到诗人向佩耳塞斯述说真相。表面上没有谁来帮助他完成这个任务。此处有一个细节值得注意：赫西俄德使用ἐτήτυμα［真相］这个用语，恰恰近似于《神谱》行 27 - 28 缪斯用来定义如真的（ἔτυμα）一般的谎言。虽然诗人使用动词μυθέομαι来烘托这个表达，但此处对于《神谱》相关章节的参照显而易见，并使人不无惊奇。事实上，这种参照在第二行的δεῦτε，“请来这儿”，已经有所体现。文本邀

① W. R. Race, *How Greek Poems Begin*, in *Yale Classical Studies* 29, 1992, 31. 请求宙斯的倾听（如《劳作与时日》行 9）是仪式颂诗的要素之一，而在行吟颂诗里恰恰相反，诗人对神说“再见”（χαῖρε），接着说“你接受我的致意，现在我要讲述与你有关的事”（托名荷马第九颂诗），或者“我要说说你，和其他的一些事”（托名荷马第十八、二十五、二十七、三十颂诗等）。另参 Jens - Uwe Schmidt, *Adressat und Paraineseform*, Göttingen, 1986（Hypomnemata, 86）。Schmidt 指出，赫西俄德在行 2 对缪斯的仪式性邀请，可以说是诗人和缪斯在《神谱》中相遇之后的关系延伸。

② Verdenius, *A Commentary on Hesiod Works and Days*, *vv.* 1 - 382, Leyde, 1985（*Mnemosyne*, *suppl.* 86）. 作者同时提到，在《奥德赛》中，缪斯们被邀请来歌唱一个凡人（ανδρα），而不是神。

请或强迫我们相信，在两部诗篇之间存在某种对照：《神谱》的真实，具有真的真实和假的真实两种含糊形式，属于缪斯的独有特权；在《劳作与时日》中，真实的范畴只归赫西俄德支配。令人惊奇之处在于，赫西俄德此处的用语在《神谱》行27恰恰用来形容缪斯所掌握的、被讲得和真实一样的虚假的事。难道赫西俄德不相信他所要对佩耳塞斯讲述的以及宙斯所要倾听的吗？绝非如此。此处的用语自有道理。此处的真实由凡人所掌握，因而丧失一切双重性和一切差异性。也就是说，此处的真实失去自我分辨的能力，失去只有神才具备的表现能力。①

我们看到，赫西俄德在展现缪斯、诗人和宙斯三者的联合之后，便将缪斯搁置一边。赫西俄德的新的被叙述者（narrataire）是佩耳塞斯。② 缪斯如果真的出现在诗人身边，她们将会说些什么做些什么，诸如赞美宙斯等等，这一切没有在诗篇的应有位置发生。

赫西俄德让自己赋有述说真相的能力，并使宙斯倾听这样的真实。诗人自负如斯，确实让人感觉惊奇。事实上，他从哪里得到这些要对佩耳塞斯讲述的真实？魏斯曼（Heinz Wismann）认为此处指传统智慧的真实。诗人紧接下来的大部分训诲很好地证实这种假设，但是，有关不和神的双重形象的描述，又似乎真正反映赫西俄德的本真面目。因为双重的不和，与双重的伦理、双重的真实、双

---

① 由此我想到雅典娜在《奥德赛》中的种种拟人化形象。她一会儿是活泼的年轻人，一会儿是美丽高大的女人。然而事实上她两者都不是。雅典娜通过一系列变形体现她是一个女神，有能力同时代表两个以上的存在。正如笔者在 *Odysseus Polutropos*（Ithaca/Londres，1987）中所示，此处的结构非常复杂，因为雅典娜透过各种不同身份所显现的身份恰恰在于：她是雅典娜。

② 卡拉姆指出，诗人面对缪斯的章节，是说话者的“我”面对听话者的一种形式，比如伊俾科斯笔下的 Polycrate，萨福诗中的 Atthis，或者泰奥格尼斯诗中的 Cyrnos。因此，《劳作与时日》序歌在沿用行吟诗和仪式诗两种风格之后以抒情诗的方式结尾（参注释2）。

重的敬畏一道，揭示赫西俄德往往在同一实体内部区分好的一面和不好的一面。赫西俄德在传承传统智慧的同时穿插个人观点，他把这两个方面加以整合，形成相对协调的整体。由此看来，在这一传统思想里存在着某种具有奇特性的东西。①

赫西俄德在做出这些独立的示意，以及对于自己所知的自负肯定之后转向宙斯。行 9，这位充满德性的诗人重新使用仪式颂诗的语调，② 请求父神倾听他的歌唱。马松如此翻译这行诗的开头："请听我的声音：看一看，听一听……"事实上，原文并没有"我的声音"这等字样，文本也没有明确宙斯必须倾听什么人或什么事。马松的翻译借鉴了荷马诗的多处例子："请听我说（*κλῦθί μευ*）。"另外，动词*κλῦθιυι*需要宾语作补充。

动词*κλῦθι*也有可能把本行末尾的"审判"（*θέμιστας*）当作宾语。这样一来，这行诗就变成："请倾听这些审判，看看它们，听听它们，让正义之理引导它们。"果真如此，赫西俄德邀请宙斯，就是为了让诗人的教诲得以实现，而不是为了让父神倾听这些教诲。然而，正如下文所示，诗中多次召唤宙斯，是为了让父神倾听正义之请。我们的结论还可以得到下述证实：此句的命令式在事实上已经自成答案。一切请求都以某种对话正在进行为前提。这一点在此处尤为明显，在诗人的赞美之辞中，宙斯能够惩强扬弱、施行正义、挫败傲者；恰恰为了回应这一潜在的承诺，赫西俄德邀请宙斯倾听他的歌唱。

语法上的省略并不影响我们理解这一正在进行（命令式为

---

① Ph. Rousseau, *Un héritage disputé*, in *La componente autobiografica*, G. Arrighetti – F. Montanari ed. , Pise, 41 – 72. 赫西俄德请求宙斯实现正义在人间的实施，与此同时，诗篇也成了正义之声。另参笔者著作 *Hesiod and the Language of Poetry*。

② 由此，《劳作与时日》序歌沿用了行吟、仪式和抒情三种传统诗歌风格。

证）的潜在对话的逻辑所暗指的宾语。赫西俄德邀请宙斯，显然是为了让父神倾听他的歌唱，仿佛宙斯需要类似的邀请，才能将其职能付诸实施。文本预先表现了某种场景，也就是在行 259 正义女神向宙斯述说哪里发生正义之事哪里出现不义之举，从而使宙斯对现状做出必要的纠正。

总之，在《劳作与时日》开篇，诗人表明了作者身份，他是诗篇的主人，对其负有责任（也就是说他是真实和教诲的主人，对其负有责任）。诗人同时求助于神的协作，让神参加他对兄弟佩耳塞斯的教诲。

诗人这种自主而奇特的风格，及其沿用多种序歌传统的表现手法，很值得我们关注和研究。这种风格，无论是智慧诗类型所特有的，还是历史演变结果，都与史诗风格相去甚远，反而与抒情诗类型较为接近。与邻近文明的智慧诗类型相比，自传性质的细节，乃至私人性的历史情节，都是这一类型作品的典型特点。① 赫西俄德在序歌中所体现的这种个人自主风格，也许与他仿效智慧诗这种类型有关。

如果说，我在此分析赫西俄德语言的消极面是为了揭示诗人

---

① 笔者在此不讨论赫西俄德作品中接收者和叙述者之间的关系，而只说明一点，这种文学类型的叙述者往往提供自传性情节。在苏美尔、巴比伦和埃及的诗歌中充满个人故事的记录。卫斯特在其评论中加以收集和总结。通常是父亲教诲儿子，偶尔还是浪荡子。有时候自传性情节更为明晰，比如埃及诗歌 *Instructions de Onchsheshonqy*，作者 Onchsheshonqy 是祭司。他得悉有人策划谋反，因没有告知国王而被关入狱。国王允许他在狱中写信教诲他的儿子。这些写成的片段每日由国王先行过目，决定是否交到祭司的儿子手上。这部诗歌除了体现强烈的自传性质以外，其写作的复杂背景也值得注意，也就是说，作者在写作的过程中预先知道作品可能无法传送到他的特定接收者之处。施米特（*Adressat und Paraineseform*）对智慧诗的自传故事和《劳作与时日》的自传性叙事进行比较，并得出结论，即在《劳作与时日》中这种自传性比较有限。

的自信态度具有不稳定性，那么，此处分析首先涉及诗歌的文本本身，而不是诗歌叙述事件的力量或诗歌从属于智慧诗类型。不过，对于文本的审慎考察使我们能够勾勒诗人这种态度的形而上的先决条件，能够明白限制或巩固这种态度的种种策略，能够重新思考智慧诗的本质意义。

诗人之声，以其代表某种正义的声音，首先可以等同于文本中的诸多声音：黄金时代的精灵（daimone）之声、夜莺之声、鹞鹰利爪下的不幸者之声，以及宙斯的女儿正义之声。精灵列属宙斯在大地上的三万个神灵，是“有死者的守护神”（行 253）；而正义女神，

> 每当有人言辞不正，轻慢了她，
> 她立即坐到父亲宙斯、克洛诺斯之子身旁，
> 数说人类的不正心术。（行 258－260）

因此，诗人之声与这些实体一样，和宙斯建立某种服务关系，在宙斯的权力下效劳。至于正义女神，则服从其父的权力。通过这样的等同关系，赫西俄德对诗人之声的支配，转变为某种服务或服从。再者，诗人之声与正义之声的等同，也使诗人请求宙斯倾听的动机得到更新。但这一不断重复的请求只能经由一个事实得到论证，即宙斯的眼睛能否真的看见不义之事：

> 宙斯眼观万物，洞悉一切，
> 只要乐意，也会来看照，不会忽视
> 一座城邦里头持守着哪般正义。（行 267－269）

尽管实际上宙斯并没有在文中出现。

赫西俄德的声音所具有的不同化身（诗人、精灵、夜莺、正义女神），使人想起父神宙斯的种种替身，亦即替代某种并不显

露的权力的种种形象。诗人的声音因此具有双重语调：一方面，它远非支配者的声音，反而是服从于宙斯的服务者的声音；另一方面，它又是没有出现的父神的替身。由此，赫西俄德担任宙斯的 therapôn［仆人］这一角色，将诗歌的行为与神的仆人的行为合而为一。再者，therapôn 替代没有出现的主人。这种双重结构（服务和替代）恰好与纳吉用来定义《伊利亚特》中的英雄和早期诗人的 therapôn 形象（仆人和“另外的我”［alter ego］）相互呼应。① 诗人在序歌中自称为主人和绝对作者，但我们看到，此处他的身份完全颠倒。

诗歌语言在此呈现的替换结构可解释为缺少先验的语言符号含义的结果。实际上，诗歌语言以这一缺失的，因而也就是固定预设的涵义为参照，从而假设自己的特有涵义。模仿结构和替换结构在赫西俄德的文本中是最明显的语文学结构。这两种结构自然而然互为补充，往往带有追溯意味、独创意味和被动意味。诗人赫西俄德替代宙斯的缺失的声音。由此，诗人替代宙斯，并把存在赋予宙斯。但是，由于宙斯的这种存在在理论上威胁着诗人的声音，宙斯的声音必须总是疏离、服从于诗人的声音，如序歌所示。我刚刚举例说明赫西俄德的声音与宙斯的存在之间的互补过程，以此类推，其他的替代关系也是如此，比如赫西俄德的声音和精灵们的行为、赫西俄德的声音和夜莺的声音，等等。也就是说，诗人之声的每一次呈现都是一次替代和补充的过程。

如此一来，当作者指明自己的名字，也就是指明他对文本的个人支配状况的时候，这一矛盾结构便呈现出所有的限制。诗人渴望把语言明确为某种凝固结构，某种属于诗人的自我，仿佛这种自我参照的结构是永久自足的。但是这样的渴望终将

---

① Gregory Nagy, *Pindar's Homer*, Baltimore / Londres, 1990. 《神谱》行 100，赫西俄德称诗人为“缪斯的仆人”。

受挫，因为语言本身既需求替代和补充，也表现替代和补充。

我们很难定义，赫西俄德对于类似阻碍的意识到达什么样的程度，他的自我一会儿被称作诗人语言的起源和基础，一会儿又为各种神的存在所替代。传统史诗习惯于在行为的人之因果性与神之因果性之间建立平行关系，并以后者覆盖前者。这种习惯做法也许使赫西俄德较少意识到他所面临的阻碍具有矛盾本质。另外，为了理解智慧诗这种文学类型，我们往往还需注意到类似的自主自足行为所具有的革新力量，以及史诗模式在类似神的存在中的后效现象。

同样的阻碍以不同的策略出现在《劳作与时日》的另一章节。自行 293 起，作为诗篇第二部分的开端，同样体现诗人对于支配自己的创作的十足信心：

> 至善的人亲自思考一切，
> 看清随后和最后什么较好。
> 善人也能听取他人的良言。
> 既不思考又不把他人忠告
> 记在心上，就是无益的人。
> 你得时刻记住咱们的告诫呵，
> 佩耳塞斯，神的孩子，劳作吧，让饥荒
> 厌弃你，让令人敬畏的美冠的德墨特尔
> 喜欢你，在你的谷仓里装满粮食。(行 293 – 101)

这一段表述似乎遵循传统的枚举衬托（Priamel）① 的修辞方

---

① W. H. Race, *Classical Priamel*, Leyde, 1982, 43. ［译按］所谓枚举衬托的修辞手法，经常是在并列举出一系列事物或名称时，最后举出最好的那一个。赫西俄德在《神谱》中多处采用这一手法。再如下文举出的萨福的例子，先举例三样美好的事物，但最后举出第四样最好的。

式，诗人指出了作为善者的几种可能性，先是最高级，接着是比较级，最后用命令式的忠告结尾："时刻记住咱们的告诫。"细看此处的表达，诗人似乎在卖弄自己的创作：他把自己的创作表现为某种ἐφετμῆς［告诫］，也就是说，他在这里使用的词在荷马诗中总是指代来自神的忠告，除了一个例外，即《伊利亚特》中阿喀琉斯的忠告（卷1行495）。但由于在荷马诗中神的词汇往往也用在阿喀琉斯身上，[①] 我们可以合理得出如下结论：赫西俄德在此赋予自己特殊的能力，诗人能够给出具有神性的忠告或命令。[②]

行298的ἡμετέης μεμνημένος αἰὲν ἐφετμῆς［时刻记住咱们的告诫］，绝好地体现了破坏文本稳定性的语言的含糊性。一方面，三要素，即最高权威的复性（pluralis maiestatis）、具有高度权威的忠告和要求对方永远记住忠告的命令，暗指诗人对于文本特有价值的清醒意识。另一方面，如果说ἐφετμῆς明确意指某项神的命令，此处用语将意味着神借赫西俄德之口说话。在这样的情况下，诗人只是代言人，或替代者。这让我们想起抒情诗人如萨福的吟咏（残篇16 LP）：

> 在黑色大地上，最美是什么？
> 有人说是骑兵，
> 有人说是步兵，
> 还有人说是舰队，
> 而我则说，人所爱者（最美）。

此处动词"说"，可谓枚举衬托修辞的基准点。

---

① 有关μῆνις的例子足以说明这一点。如我们所知，diègèsis 指代阿喀琉斯的愤怒，而这样的用法往往指代神的愤怒。P. Pucci，*Odysseus Polutropos*（附有参考书目）。

② 行303，赫西俄德接着说，神不喜欢不干活的人。

赫西俄德以同样的方式排列无所不知的至善者、不智但善于倾听者、一无所知而又不倾听者，最后以自己的名义发出忠告，也就是说，这是某个无所不知的至善者对于一无是处的佩耳塞斯之流所发出的忠告。这样的炫耀举动却也体现，除赫西俄德以外，还有别的人也在冥思默想那些“随后和最后什么较好”。也就是说，赫西俄德的地位并非如其所言独一无二，因为还有其他至善者和善者存在。我们不难想到福西尼德（Phocylide）、忒奥格尼斯和梭伦等。在这些贤人智士之间存在着某种相似的特质，他们都是至善者（*πανάριστος*），这使他们可以互相替代而不会有太大的损失。

诗篇的后半部分带给我们另一个意外：赫西俄德以一种更为私密的语调叙述他和他父亲的故事。在这个章节最后，诗人承认自己的航海经历非常有限。事实上，他只是穿过优卑亚海峡，而按照卫斯特的说法，这一段航程不过六十五米左右。诗人接着如此说：

> 但我要述说执神盾宙斯的意志，
> 因为缪斯们教会我唱神妙的歌。（行 661－662）①

言下之意，缪斯的出现是诗人认知宙斯思想的来源，而在此处宙斯的思想具体指航海的季节循环规律。缪斯扮演协调者的角色，促使赫西俄德能够重复父神的意图。这样一来，诗人作为真理的主人，作为值得宙斯倾听的作者，他的自传成了他的智慧和真实的组成部分；但与此同时，难道他也借助缪斯的协调来写作，就像那些服从于缪斯、隐姓埋名的传统诗人一样？要知道，从诗人自称为作者的那一时刻起，类似状况不再有意义，因为宙斯没有必要去倾听诗人透过缪斯讲述宙斯自己的思想。

---

① 有关*ἀθέσφατος*，参 *Hesiod and the Language of Poetry*，34 注 4。

缪斯、诗人和宙斯的联合，使我们想起这首诗的序歌。这种联合使诗人在序歌能够赞美宙斯的功绩，在此则使诗人能够叙述宙斯关于航海季节循环的思想。在这两种情况下，赫西俄德似乎从缪斯处得到特别启示，得以一窥（尽管有限）宙斯的意愿。

通过这个例子，我们看到，此处存在的依然是模仿结构和替代结构，以及类似结构的独特互补形式。笔者曾以潘多拉神话和缪斯的语言描述为例，对此作过阐释。① 尽管缪斯的真实语言与虚构语言不可分辨，但只要缪斯愿意，真实语言还是能够替代虚构语言。在文本的形而上意图中，有关真实的虚构语言模仿、转变真实，并且取代真实；相反，有关真实的真实语言真实地叙述真实，不存在任何替代、差异或者转变。显然，后一种语言没有差异、无须增补，只能是一种空想（乌托邦）。②

这种增补结构也反映在诗篇的其他命题上，尤其是在作者的权力问题上。诗人的自我总是被其他声音所取代。在这样的取代运行过程中，自我和别的声音建立某种永远无法稳定的关系。这些先验的别的声音被不断预设、重复、拒绝，而作者的自我以相

① 参看 *Hesiod and the Language of Poetry*。

② 我们对《神谱》行 26－28 的解释，与赫西俄德对世界的描述原则相符。在赫西俄德笔下，世界包含善和恶。这两者同属于持续的毗连和交流的现实结构；但在诗人的形而上观点中，两者分离对立。诗人的这一观点深刻恒定地体现于诗中。用现代的评论语汇来说，就是遗补和差异，这是因为替代是不可避免的现象，而当语言（例如赫西俄德的语言）在某种模仿、替代、转变的结构下孕育而生时，这样的替代现象非常明显。在这样的结构形式下，人们往往使某个要素得到与之相似或者推定为相似的另一要素的补充，与此同时，这一要素和其补充要素之间便产生差异。

例如潘多拉，通过模仿女神补充黄金时代，替代黄金时代，也就和黄金时代产生差异。有关真实的虚构语言替代有关真实的真实语言，并与之形成差异。好的不和神补充坏的不和神，而当好的不和神替代坏的不和神并与之形成差异时，好的不和神也就成了一种遗补。在所有的例子中，补充的时刻也就是差异的时刻。

反的方向得到构筑。自我占据宙斯之声，取代宙斯，从而自在地成为某种自主的权力，某种πανάριστος，即至善者，无所不知，并能将自己所知教与他人。但是，自我又认同旨在引起宙斯关注的声音（没有宙斯的关注，这一声音就成空洞），成了这种声音的替代，也就是说，自我成了消极重复缪斯之声的一种声音。一言以蔽之，作者的声音具有某种优势，但作者在对话中所具有的权力已不存在于自我中。

在对于叙述者的自我所具有的不稳定的身份和结构进行分析之后，我们再来看看文本中的对话者。对此，首先要回答一个问题：对于诸如《劳作与时日》此类的文本，公开发表这一事实意味着什么？诗篇及其同类作品开启了作品与听众之间的与荷马诗截然不同的新关系。在赫西俄德的作品中，被叙述者，也就是文本中被叙述的对话者，都是诗人的同代人。他们在作为被叙述者的同时也是诗篇直接针对的接收者。而在荷马诗中，叙述者对明确的接收者讲述从前的被叙述者的故事，这些接收者往往是被叙述者的后代。奥德修斯同时是《奥德赛》的叙述者和被叙述者，也就是说奥德修斯向具体的接收者、费埃克斯的王公们讲述他自己的经历。在荷马诗的这两种情况中，被叙述者和接收者各自不同，并且得到明确定义。①

在《劳作与时日》中，被叙述者和接收者是赫西俄德的同代人，并潜在地是同一种人。这使诗人的诗歌指向和智慧教诲呈现为全然不同的样貌。至少表现为如下两个方面。首先，被叙述者被召唤、请求、谴责，仿佛他们就在那里倾听诗人的吟咏，虽然这种存在可能只是某种单纯的虚构。文本创造出一种“我”和

① 在曼奴法典中，接收者被定义为一些智者。他们来到曼奴家中，请他定义不同社会阶层的职责。曼奴对他们说话。

"你"的面对面的场景。"我"提出教诲，而"你"保持沉默，因为教诲在虚拟的陈述范畴中进行。否则，下文还会有来自佩耳塞斯和王者们的饶有趣味、揶揄戏谑的回答。这促使我们假设，佩耳塞斯和不义的王者们很有可能部分地或完全地是虚拟的结果。诗人如果不是虚构他所了解的被叙述者和接收者的话，就是虚构某种陈述结构，在这样的陈述结构中，诗人可以自称为被叙述者和接收者的主人。

其次，这种"我"和"你"对峙的陈述结构始终是行得通的，即使"你"并没有作为接收者而真正存在。因为在正常情况下，佩耳塞斯和王者们不可能留下来，把这些具有批判教诲意义又直接针对他们的诗句从头到尾地听完。《劳作与时日》的陈述结构应该是一种书面形式，文本可以针对事实上不存在的接收者而展开。① 也就是说，不论作者意愿如何，任何人都有可能成为接收者和被叙述者。此处关键在于，无论接收者是谁（佩耳塞斯、王者或民众），作品都试图将他变为被叙述者。

即使向所有听众或读者开放，诗人的教诲还是有其首要的被叙述者，这与诗人的自传式叙事有关。这些自传情节甚而赋予诗篇的第一部分某种整体和谐的意味。不过，赫西俄德的叙述策略甚为丰富，诗人针对被叙述者的方式并不仅仅局限于命名和命令式召唤。相反，被叙述者在命名之前就已经指定。或者出于谨慎，或者出于讽谑趣味，诗人偶尔喜欢用一些隐含的标志指代这

① 在赫西俄德诗中，还有另一个征象可以证明书面写作或书面结构的存在。笔者曾提到，《神谱》的文本遵循书面写作的特有规则。同样，同一叙事存在不同版本，并且诗人总是用第二版本来参照第一版本，就好像第一版本是不可变动的，必须永远地保留原样，这与文本的书写原则非常接近。至于赫西俄德为什么留下同一叙事的两个不可变的版本，参看 G. Most, *Hesiod and the Textualization of Personal Temporality*, in *La componente autobiografiaca*, G. Arrighetti - F. Montanati ed. , Pise, 1993, 73 - 92。

些被叙述者。在这样的情况下，诗人的隐微意图并不总是能够很轻易被发觉，因为我们还要考虑创作的偶然性，另外文本也有可能参照其他被叙述者，或采取某些深层文本策略。

研究者经常提出如下假设：佩耳塞斯在诗篇中是具有普遍意义的人物，能够同时扮演不同角色（兄弟、穷人、商人等等），因此能够替代不同人物和不同状况。① 即使施米特（Jens – Uwe Schmidt）在最近一份引人注目的资料中尝试证明，佩耳塞斯是历史中的真实人物，我们还是可以从这样的解释中发现，佩耳塞斯时常作为诗人的借口，用来打击不义的王者，并对普遍意义的民众发言。那么，在什么样的情况下我们可以假设，诗人表面面对佩耳塞斯，实际却针对王者们？

我先举一个例子。正如施米特所说，《劳作与时日》的序歌丝毫不提赫西俄德与佩耳塞斯的这场诉讼，以及牵连其中的王公们。但从行 27 起追溯既往，诉讼状况变得清楚。诗人出于谨慎没有提及王者，而佩耳塞斯的名称也有利于掩饰这些王者的不义行为（页 45）。也就是说，争端是真实的、历史性的，这便迫使叙述者—诗人必须采用隐微的手法。但是，如何才能确定，这样一场诉讼在历史中确实存在，而不仅仅是对话的描述内容？对话的产生明显具有某种历史性的背景。但我们可以设想，对话为了涉及历史真实所采用的叙述技巧，不只是掩饰某些具体章节中的被叙述者。有关被叙述者的真实或者虚构本质这一问题，非常复杂，我们下文将会再次提到。

基于文本对于《伊利亚特》的参照事实，特别是《伊利亚特》有关宙斯和王者的特殊关系的描述，我们可以说，《劳作与时日》似乎在序歌以某种沿用荷马文本的方法隐约提及王者。序

---

① 参 M. L. 卫斯特，33 – 40。作者利用近东文明和埃及的各种智慧书文本证明这一人物的虚构成分。

歌的插入内容明显使人想到《伊利亚特》有关宙斯干涉的篇章，当父神想要抬高某个英雄的荣耀而压低另一个英雄的荣耀，给予某些人荣誉（κῦδος）和胜利，削弱另一些人的勇气和力量，等等（《伊利亚特》卷 15 行 490，卷 16 行 698 - 691，卷 17 行 688 - 690，卷 20 行 242，卷 24 行 211）。

在此字面用语的对应现象非常显著。最明显的例子便是行 7 中ἀγήνορα的使用，它在《劳作与时日》是绝无仅有的一例。[①] 该词往往用于争斗中的英雄："轻易纠正歪曲的人，挫折傲慢的人。"这行诗只可能与贵族有关，因为只有贵族能够主持正义，也只有他们可以被称作ἀγὴνορ。另外，此处用法与《伊利亚特》卷 16 行 386 有某种相应关系：

> ……（宙斯）将暴雨
> 向大地倾泻，发泄对人类的深刻不满，
> 因为人们在集会上恣意不公正地裁断，
> 排斥公义，毫不顾忌神明的惩罚。[②]

事实上，只有宙斯能够干涉贵族的事务，因为贵族是 diogeneis，即"来源于宙斯的"。只有宙斯能够触碰他们的地位和他们的重要性。而赫西俄德也从来只要求王者做一件事，即沉思。沉思宙斯的正义对于城邦的功效，以及宙斯之女正义女神的行为。行 8 中，宙斯的权力被表现为Ζεὺς ὑψιβρεμέτης［在天上打雷的宙斯］，这种用法在荷马诗中非常罕见（《伊利亚特》四次、《奥德

---

① 《神谱》行 237 有ἀγήνορα的用法。该词在《伊利亚特》出现过一次，形容特尔西特斯的性情，在《奥德赛》出现多次，与《伊利亚特》用法一致，有"高傲、狂妄"之意。

② 对于正义的描述，赫西俄德与荷马颇为相似，详见 *Hesiod and the Language of Poetry*。

赛》两次），并且往往与神的决定相关，比如给予或收回胜利、荣誉等等。这一用语的神学意味再清楚不过。①

由此，文本以影射的方式，虽没有直接点明，却针对王者，叙述王者，使王者成为被叙述者。正是通过这样的隐含形式，文本得以公开发表。文本在叙述直接点明的人物以外，也叙述某些未被点名的人物，某些属于另一文本、通过这另一文本得以存在的人物。②

谈论佩耳塞斯在这样的背景下的所作所为（纳吉曾列出他的仿真的英雄谱系），将是颇为有趣的。如果献给宙斯的颂诗真的以王者为隐含的被叙述者，那么，诗人看待佩耳塞斯的方式也许带有某种讥讽挖苦的意味。在这样的情况下，佩耳塞斯将不仅是王者们的同伙，而且还是首当其冲者。

如此一来，宙斯给予王者的荣誉和能力，是否也同样给予乞丐、陶工、穷困的农夫？这样的推论似乎并不让人信服，但我们却也不能排除这种解读的可能性，甚至还必须承认这种解读具有某种新的价值，即它的 telos［意图］与历史进程相一致。

同样的现象出现在有关两个不和神的章节。在此，参照伊利

---

① 在《神谱》中，宙斯的胜利与雷电之间的关系从行 70 起得到揭示，并且成为诗歌的一个重要动机。ὑψιβρεμέτης只在《劳作与时日》行 8 和《神谱》行 568、601（普罗米修斯神话）出现。

② 我们可以找到许多例子证明，文本同时指向不同的被叙述者。例如《神谱》的赫卡忒颂诗。文本在对女神作出赞美之后，列举得到她帮助和好处的人。行 428－439 只提及贵族：赫卡忒帮助王者主持正义、在战场上获胜，还有比赛中得胜的人、骑士。行 440－449 提及手工业者和其他劳动者：航海者、捕鱼者、农夫、饲养家畜者等等。贵族和非贵族之间的区别是明确而绝对的。读者不难在颂诗中觉察到真挚而虔诚的语气。这说明颂诗至少部分来源于真实的人所做的真实祈祷。另外的例子：《劳作与时日》的潘多拉神话和人类种族神话分别代表不同公众的兴趣和理念。潘多拉神话叙述宙斯掩藏人类的谋生手段，人类因此必须工作赖以生存，显然是针对劳动阶层。而人类种族神话叙述一些完美的英雄化的种族，指出凡人的命运根本地取决于王者的正义之治，则是针对贵族。

亚特式的文本，不仅引出英雄式的被叙述者，而且在赫西俄德式的文本语境里造成某种非协调性。让我们来看看这种非协调性及其存在原因。整个城邦如跟随好的不和女神，就会得到好处，也就是市场的合理竞争，因为好的不和女神帮助贫困的农夫、工匠、富有家庭的邻居、乞丐和诗人。好的不和女神同时也促使赫西俄德与荷马展开竞争。所有这些人将有兴趣来倾听赫西俄德的话语，因为诗人讲述的正是与他们有关的事，并且还给他们建议。而且如果宙斯愿意的话，这些普通民众还有可能名利双收。这样一来，诗篇的接收者就是整个城邦的全体居民，他们同时也成了诗篇的被叙述者。可是，诗篇仅仅提到佩耳塞斯一个人的名字。而且如果事情真的是这样的话，又有谁会跟随坏的不和女神，并且从中得到好处？有关坏的不和女神的描述与《伊利亚特》中象征着战争和暴力的不和女神相呼应：

> 原来不和神不只一种，在大地上
> 有两种。一个谁若了解她必称许，
> 另一个该遭谴责：她俩心性相异。
> 一个滋生可怕的战争和争端，
> 真残忍！没人喜欢她，只是迫于
> 神意才去拜这沉鸷的不和神。
> 另一个却是黑暗的夜所生的长女，
> 住在天上、高坐宝座的克洛诺斯之子派她
> 前往大地之根，带给人类更多好处。

仔细分析此处形容坏的不和女神的用语，我们不难联想到《伊利亚特》中的不和神。① 在《伊利亚特》中，不和神往往挑

---

① 《奥德赛》也有一两处地方提到劳作而非战争的不和神。

起战争、争端，引起人类的哀叹（*στόνος*）（卷 4 行 440，卷 11 行 3）。她或者独自行动，或者联合其他神（卷 4 行 440，卷 5 行 518）。有一次，她还受到宙斯派遣（卷 11 行 3）。她面对战场上的杀戮心满意足（卷 11 行 73），恰恰与《劳作与时日》行 28 的好作恶（*κακόχαρτος*）的不和女神一样。除了拟人化的形象外，伊利亚特式的不和神还是*κακή*（邪恶的；卷 11 行 529 和卷 20 行 161）、*βαρεῖα*（粗粝的；见卷 20 行 55，参卷 21 行 385），正与《劳作与时日》行 16 一致；她的根本特点是*ακομήχανος*（酿成祸害；卷 9 行 257），而赫西俄德的不和神则是“好作恶的”。与此相反，好的不和神敦促人们劳动，守护贫穷农民，激励富人的邻居，造成工匠之间互相攀比、自由竞争。文本的意图似乎是明确的：一边是战争，一边是和平竞争；一边是战争的英雄主义，一边是劳动的英雄主义。一边是荷马诗，一边是赫西俄德的新诗，两种诗歌类型在道德内容和审美内容上互相对立。

荷马的世界与赫西俄德的世界之间的对立是明确而夸张的。问题随之而来：两种不和神作为被叙述者，其对比是否也一样？换言之，谁会遵循坏的不和神，从伊利亚特式的战争的不和神那里得到好处？我们很难想象会是那些贫困的农夫、工匠、乞丐或诗人。此处所针对的被叙述者，首先应该是王者们。不过，诗人发出逃避坏的不和神的命令，针对的却是佩耳塞斯，而不是王者们：

> 佩耳塞斯啊，牢记这话在心深处：
> 莫让好作恶的不和女神使你疏于耕作，
> 耽溺在城邦会场，凑热闹看纠纷。（行 27－29）

也就是说，王者们并没有被指称为行 38 所叙述的佩耳塞斯抢夺家产的同谋。由此产生叙述方面的某种不合理现象：如果文本的被叙述者真的如上所说是王者们，那么，文本指定的第一对话者却是佩耳塞斯，而非王者们。

还有另外一个更为严重的不合理问题。坏的不和神往往挑起战争，这一点似乎不足以解释引文所叙的情况，即不和会使佩耳塞斯的心思从工作中移开，而去关注司法纷争和王者们的腐败。伊利亚特式的挑起战争的不和神，与佩耳塞斯懒惰无为、关注诉讼和司法腐败，这两者之间有什么联系呢？卫斯特也曾指出此处的不合理性，也就是说，坏的不和神是战争的起源，但不是懒惰无为的起源。卫斯特用赫西俄德思想中的反命题特点来解释这种不合理。由于在赫西俄德的思想中，好的不和神是行业（industrie）的起源，与此相比，坏的不和女神便可谓懒惰无为的起源。不过，这样的观点强调的是某种否定时机，只能与文本的游吟诗歌的语调有关，而不能证明概念方面的不合理结构。①

我们必须接受这样的事实，即对于《伊利亚特》的参照和影射，造成文本的某种不合理，或者不协调。当然，在《劳作与时日》也出现高贵的战争英雄，比如安菲达玛斯（行654）便是战死疆场，赫西俄德在他的葬礼竞技会上获奖。在文本中，王者们既然和坏的不和神联合，而他们所关注的又是对他人财富的不劳而获，那就是说，伊利亚特式的不和神与这些王者们并不甚相符。文本接受这一逻辑层面和叙述层面的不协调，但同时也得到很大的优势，因为参照《伊利亚特》，文本能够在两种不和神之间建立现实的差别关系，能够赋予她们两种语言、两种文本参

---

① 韦尔得纽斯反驳了卫斯特的观点。他认为此处并不存在不协调现象，因为懒惰无为是佩耳塞斯能够与司法诉讼相联系的必要前提。这种解释本身没有错误，只是移换文本的不协调概念，因为与伊利亚特式的不和神不一致的不仅仅是佩耳塞斯的懒惰无为，还有他对诉讼的关注。总而言之，为了证明文本并不存在不协调现象，还需证明司法诉讼已经进入战争式的不和女神的权限范畴。

照，并使她们分别针对不同的社会阶层。这样一来，诗人描述好的不和神给工匠们、农夫们带来诸多好处之后，就不可避免地讲到坏的不和神，以及与她相连的人物、与她相关的恶行。诗人不失时机地提到佩耳塞斯和王者们。由此，伊利亚特式的不和神对赫西俄德的好的不和神起到陪衬的作用，同时促使了一系列概念层面和社会层面的对比关系的确立。①

类似的解释法导致产生某些明确的文本效应。一方面，贵族作为真正的被叙述者，始终处于隐藏状态。另一方面，由于贵族（或王者）的恶行并不体现战争式的不和神的权限范畴，而且此处的不和神只是为了造成某种乌托邦式的概念对照，这些贵族的存在仿佛是文学作品的人物存在，而不是真正历史性的个人存在；他们更像唬人的稻草人，而不真正具备战争或暴力的危险。这些贵族的不和神，尽管带有伊利亚特式的种种威胁，却并不会真的要来袭击城邦和民人。

这样的解释结论进一步证实纳吉等人的观点，即在赫西俄德的创作时代，贵族正在沦落。② 这一历史问题甚为复杂，在此我仅限于提出几个看法。首先，我必须介绍与上文不同的另一种解释方法。其次，文本与史实的关系总是难以把握的，尤其当我们认为赫西俄德与王者之间存在着某种敌对态度，矛盾将随之而生：如果王者们真的强大而敌对，他们怎能容忍赫西俄德如此公开抨击他们？相反，如果王者们已经不再强大，那么赫西俄德发

---

① 我在 *Hesiod and the Language of Poetry* 中对此作过分析。另外，韦尔得纽斯指出，一般看来，赫西俄德的思想以好和坏这对矛盾为前提（页17）。

② G. Nagy, *Pindar's Homer*, 257. 纳吉认为，既然赫西俄德向他的兄弟提出别的方法来解决争端，而无需王者的干预，那就说明王权在当时已经不再是真实有效的权力。

还有个少女叫狄刻，宙斯的女儿，
深受奥林波斯神们的尊崇和敬重。
每当有人言辞不正，轻慢了她，
她立即坐到父亲宙斯、克洛诺斯之子身旁，
数说人类的不正心术，直至全邦人
因王公冒失而遭报应：他打着有害主意，
讲些歪理邪话，把是非弄颠倒。

——《劳作与时日》行 256—262

起这场论战，岂不是荒唐而没有意义？①

在对这一章节作出另外的解读之前，我想重新强调一点，两种不和神，尽管她们的性情大相径庭，在事实上却构成唯一的统一整体。② 正如缪斯的语言有两种（一种是真正的真实语言，一种是虚假的真实语言），不和神也有两个。两个不和神都属神，都是必然存在，都由同一母亲所生。但一个好，一个坏。在此，划分和区别具有教诲意义：使真理和谎言决裂，使和平竞争与暴力战争决裂。此类双重性体现赫西俄德写作策略的首要特点，即模仿结构和替代结构。好的方面必须既相似于对立方面，又与对立方面存在差异，从而能够替代对立方面。我并不是最早发现如下观点的人：有关斗争的两种形式之间的差异始终是乌托邦式的，这种差异隐含某种双重形式，在概念层面上，两者各自不断倾向于构筑独一无二的整体。这使人想起奥德修斯和伊罗斯两个乞丐之间的争端（《奥德赛》卷 18），最终以一场对于伊罗斯而言可能是致命的搏斗收场。

双面不和女神是斗争，是不和、差异。在赫西俄德的有意无意之中，她与文本创造的有教诲意义的区别和替代混淆于一体。

正如我们所见，赫西俄德打破不和女神的概念整体，通过现实的、乌托邦式的以及参照式的区别，将之分成两个对立的实体。不过这一双面整体在某些特定时刻也会通过特定用语得到再现。这里指的是νεῖκος一词，在荷马史诗中指唇齿之争或搏

① 类似的矛盾现象非常多。奥德修斯想要杀了费弥奥斯，因为他为佩涅洛佩的求婚者歌吟。此处指明，赞美奥德修斯的言辞，也许都是通过这样的暴力手段得来的（卷 22 行 330）。在 *Instructions de Onchsheshonqy* 中，作者知道国王控制着他的写作，便以控诉国王的不公正对待作为诗篇的开场。

② 参看 *Hesiod and the Language of Poetry*。

斗、战争。① 在有关双面不和女神的章节中则指纠纷、诉讼。不过，下面的引文重复使用同一用语，使该词与不和女神的战争特质相关联。

> *ἣ μὲν γὰρ πόλεμόν τε κακὸν καὶ δῆριν ὀφέλλει*．（行 14）
> 一个滋生可怕的战争和争端。
> *τοῦ κε κορεσσάμενος νείκεα καὶ δῆριν ὀφέλλοις*．（行 33）
> 等你有盈余，再去滋生纠纷和争端。

在这两句中，*καὶ δῆριν ὀφέλλει*得到重复使用。第一句与战争相关（行 14），第二句则与诉讼纠纷（*νείκεα*）相关（行 33），这也许意味着坏的不和女神同时也制造司法冲突和争端。总之，这样的重复促使读者在行 14 的战争与行 33 的纠纷之间建立某种关联。诗篇下文将重新体现这种潜在的关联，行 237 – 239 和行 248 – 251，宙斯惩罚强暴行凶的人，有时候一个人作恶使整个城邦遭受惩罚。宙斯将饥荒和瘟疫带给他们，接着消灭他们的军队，毁坏他们的城墙（行 245 – 248）。

如此一来，诗篇体现诗人所竭力否定的不和女神的整体。同时，王者被控诉为城邦毁灭的真正责任者，因为他们没有公正地解决诉讼，从而导致战争和灭亡。与此相反，《神谱》行 87 讲到，一个好王者，在缪斯的帮助下，可以恰当地解决严重的争端，而民人（包括赫西俄德）对他将像对神一样恭敬有礼。

如此一来，贵族并没有沦落。恰恰相反，贵族掌握了所有的权力，决定着民人的幸或不幸。可以说，不和神的毁灭特性只是建立在某个潜在的层面上，而不义城邦和正义城邦都只是一种乌

---

① 有关该词作为唇齿之争的用法，参《伊利亚特》卷 4 行 37、卷 8 行 75；作为搏斗、战争用，参卷 3 行 87、卷 7 行 374、卷 22 行 116。*νεῖκος*常常出现在形容战争开端的用语中，比如*νεῖκος ὄρωρεν*。

托邦式的表现。坏的不和神只是一个稻草人，一种阅读效应。同样，好的不和神也处于乌托邦的层面。好与坏之间清楚而明确的形而上区分，是赫西俄德这部强有力的作品所制造的最强有力的错觉。

在解开各种不稳定时机之间的联系的同时，我们的解释也隐约体现了历史真实的定义。通过参照《伊利亚特》，赫西俄德确保两个不和女神之间的差异（一个好一个坏）；诗人把王者们的形象限制为文学作品形象，或阅读效应，而把佩耳塞斯当作诗篇讽刺意味的催化剂。诗中使用νείκος一词，并且对行 14 进行重复，似乎是为了说明：在城邦为不义法则所统治的时候，象征暴力和战争的不和神潜在地存在着；也就是说，两种不和神在现实中互相补充，并且潜在地形成一个整体。在这样的前提下，贵族们确确实实代表真实而危险的权力，佩耳塞斯及其计谋则有可能使争端恶化。不过他们这么做，将与文本的形而上计划背道而驰，因为，承认竞争与斗争的互补性，将与竞争（好的不和）和斗争（坏的不和）相互对立的乌托邦计划相悖。

以上解释实例揭示，文本有关被叙述者的策略往往遵循形而上的驱使，甚于遵循历史陈述的事实。从此，我们很难在这些面对今天的读者公开发表的观点中进行区分，很难确认哪些被叙述者是真实的（也就是说是历史人物），哪些是虚构的（也就是说只在对话中是真实的），以及他们的真实或虚构达到什么样的程度。在文本所偏向的乌托邦结构里，被叙述者是文学作品人物；而在非乌托邦结构里，被叙述者则要么是历史中的真实人物，要么是某种合理的畏惧对象。形而上的驱使也许在对话中改变这些被叙述者的特点，但这并不意味着，被称为王者的历史人物没有犯下实际罪行；而只能说明，文本对这些被叙述者的描述隐藏了这一点。

如果这样的分析正确，那么，这些历史人物—被叙述者在某种强烈的形而上集中压力下，将显得具有文学意义，并且是虚构的。而恰恰是这种压力使他们作为绝对的反面人物，和政治生活与社会生活息息相关。这一点并不阻碍我们把文本解释为一种借助正义反抗邪恶的声音。恰恰相反，正义在此是集中的声音，是权利的强有力证明，是衡量曲直评判好坏的标准，是真理对话的同一体。我们由此明白正义的言论如何展开，带有什么样的修辞和策略。

这样的声音对城邦和墙池具有教诲意义和创新意义，既是受害者又是授权者。它替代缺失的父神宙斯。如果父神存在，并且有效，那么这一声音便毫无意义。诗人的声音取代宙斯的缺失，并使宙斯在诗人之声里得以存在。

《劳作与时日》开篇：一部情节诗的序曲*

[法] 卡拉姆（Claude Calame）撰

自从学界认定在《神谱》开篇发现了古希腊诗歌发展的某个决定性阶段以来，研究者纷纷从语文处理和解释技巧等方面投入大量心力。① 相比之下，《劳作与时日》的开篇引言往往被忽略。亚历山大里亚的语文学者曾经怀疑过前十行六音步诗文是否真的出自《劳作与时日》，但他们对《神谱》行115也提出同样的疑问。② 事实上，类似的疑问难道不是恰恰证实，对于古代读者而言，这些序歌具有相对的独立性？这一点使赫西俄德的序歌进一步接近托名荷马颂诗，要知道，大多数托名荷马颂诗都用作吟诵

---

* [译按] 原文标题：Le proème des *Travaux* d'Hésiode，prélude à une poésie d'action。

① 自F. A. 沃尔夫（*Theogonia Hesiode*，Halle，1783，60）的最早研究起，有关《神谱》开篇的研究材料如下：M. L. West，*Hesiod. Theogony*，Oxford，1966，151；G. Arrighetti，*Poeti*，*eruditi e biogragi*，Pise，1987，37，248；C. Grottanelli，*La parola rivelata*，in *Lo spazio letterario nella Grecia antica*，I. 1，G. Cambiano ed.，Rome，1992，219 - 264；P. Judet de La Combe，*L'autobiographie comme mode d'universalisation*：*Hésiode et l'Hélicon*，in *La Componente autobiografica nella poesia greca e latina fra realta e artificio letterario*，G. Arrighetti & F. Montanari ed.，Pise，1993，25 - 39；M. - C. Leclerc，*La parole chez Hésiode*，Paris，1993，170。

② 《劳作与时日》开篇的原创性问题，参 M. L. West，*Hesiod. Works and Days*，Oxford，1978，137（附带参考资料）；P. Mazon，*Hésiode. Les Travaux et les jours*，Paris，37；A. Lattes，*Sull'antenticita del proemio degli 'Erga' di Esiodo*，in *Rivista di Studi Classici* 2，1954，166 - 172。

史诗之前的序曲。①

在赫西俄德的两部作品里，序歌与诗篇的其余内容相互呼应。虽然不像《神谱》序歌那样预先说明诗篇所要叙述的内容，但不论命题内容还是陈述方式，《劳作与时日》序歌为全篇诗作指明方向。本文的用意正是揭示这一点。我们的分析主要把注意力集中于分幕式论说（discours en acte）作为语言陈述（énonciation énonocée）所具有的特点，以及以文本的基本命题为基础所展现的同位因素（isotopies）。本文不可能对全篇诗作展开分析，因而把重点集中在序歌对于潘多拉叙事在陈述位置、语义发展基本脉络等方面的影响。无独有偶，潘多拉神话恰恰也是本文集中诸多论文的研究题目。本文的分析分成三个部分。首先是对序歌结构的陈述分析和比较分析，其次是定义以插入陈述的方式出现在诗篇第一部分的同位因素，最后是研究潘多拉诞生这一叙事中的诸种响应及其功能。

序歌，抑或颂诗?

和《神谱》一样，《劳作与时日》序歌在结构上体现了托名荷马颂诗的诸多特点。在托名荷马颂诗中，有十首的开场和赫西俄德的做法一样，表现诗人对缪斯的召唤，诗人祈求缪斯歌唱（偶尔是为诗人歌唱）诗中所要赞美的神。被赞美诸神的权能和功绩往往用序歌的描述部分（或至少是叙述部分）的关系代词引

---

① 托名荷马颂诗的用途，参 F. Cassola，*Inni omerici*，Milan，1975，12；A. Aloni，*Prooimia*，*Hymnoi*，*Elio Aristide e i cugini bastardi*，in *Quaderni Urbinati* 33，1980，23 – 40；C. Calame，*Variations énonciative*，*relations avec les dieux et fonctions poétiques dans les Hymnes homériques*，in *Museum Helveticum* 52，1995，2 – 19。

出。缪斯也往往得到诗人对于她们的歌唱的赞美。第三人称的描述或叙事结束（《劳作与时日》中为行9）之后，往往接以第二人称的呼唤，不过不再针对缪斯，而是面向被赞美的神。叙述者最后往往会指出，他将以第一人称（ἐγών）吟咏另一诗章。[①]

不过，比较分析只有成为某种对照分析才能有结果。赫西俄德的文本恰恰提供了这样的可能性。

一　最初的同位因素

在托名荷马颂诗中，对缪斯加以描述也许是普遍的，但在《劳作与时日》（行1）中，这却具有双重意义。不论诗人是否想与《神谱》呼应，提及缪斯的出生地，似乎第一次暗示缪斯是宙斯与记忆女神谟涅摩绪涅所生的女儿。再者，诗中指明缪斯具有赞美神的荣耀这一职能，似乎也同时指明宙斯本身的职能（行3）。[②] 读过《神谱》的人将不会对缪斯歌颂她们的父亲感到惊奇（行2）。[③] 不过，行3的宙斯本身被描述为给予荣耀或声名的神。此处缪斯的职能与宙斯的职能具有某种重复性，体现某种细微的转变。

宙斯所给予的不是kleos，而是phèmè。一方面，缪斯的积极歌颂与宙斯的对比性行为（既有积极的又有消极的，在行3－7五次得到重复体现）相对应。另一方面，如果说φατος意指"享有荣耀的人"，那么该词具有phèmè在《劳作与时日》的伦理内涵，

① 有关结构分析的总结，主要来源于对托名荷马的《赫耳墨斯颂诗》《阿佛洛狄忒颂诗》以及第九、十四、十七、十九、二十、三十、三十二、三十三颂诗等的分析。

② 《神谱》行52、43。如卫斯特所言，"皮埃里亚"在此行诗中意味着缪斯的出生地，甚于宙斯和记忆女神的结合。

③ 参《神谱》行11、47和75。缪斯的歌唱使宙斯感动：行36、51和70。

也就是说，人类只有遵循宙斯的箴言才能够避免不利的名声。如果说 phèmè 取决于行为准则是否得到遵循，那么φατος则依靠言语得以延续。这种言语在《劳作与时日》的字里行间，可能是谴责，也可能是赞美（神，行760，参卫斯特，页344）。

行3－8描述宙斯的职能，此处采用多种修辞手法：交错配列（行3－4、行7）、词源（διὰ . . . Δ ιός，行3－4）、叠韵（－τοι，行3－4）、谐音（μινύθει . . . ἰθύνει，行6－7）、韵脚（－ει，行5－8），以及行5－7的头语重复。① 撇开上述的表述特点不谈，从内容结构方面看，行5－7尽管与行3－4具有相似结构，却远远不是简单的句式重复。在这三行诗中，最为接近宙斯涉及赞美职能和批评职能这种说法的，是处于中间的行6。宙斯拥有至高无上的权力，可以给人荣誉，也可以打击享有荣誉者。形容词ἀρίζηλος显然用来指代荣誉。在《伊利亚特》中，该词用来形容宙斯发出的耀眼闪电（ἀρίζηλος），为了向凡人示兆（σῆμα）；或者阿喀琉斯在战场上放声大喊，使特洛亚人陷入惶颤。② 反过来，动词βριάω的两种使用形式可能与布里阿瑞俄斯（Βριάρεως）有词源关系，在行5强调宙斯增强（βριάω）或削弱力量的权力。同一动词在《神谱》中指赫卡忒和赫耳墨斯一起能够使家畜繁殖增产（ἀέξειν），并且只要赫卡忒高兴，可以使牛羊由少变多（βριάει）或由多变少。而布里阿瑞俄斯在《神谱》中与其百手兄弟一起帮助宙斯打败提坦神，从而得到他们的荣誉，所体现的力量和强壮恰恰与这一动词相对应。③ 行7的ἰθύνει［纠正］与

---

① 此处观点来自卫斯特（页136）。另见 W. Nicolai, *Hesiods Erga*, Heidelberg, 1964, 13。

② 参《伊利亚特》卷13行242，卷18行218。

③ 参《神谱》行444、147、617、713。P. Chantraine, *Dictionnaire étymologique de la langue grecque*, Paris, 1968, 196.

μινύθει有关，带有新的语义。换言之，诗歌从力量、荣誉等概念过渡到公正的概念，并且同时包含公正概念的原义和转义。事实上，如果说行 7 的前半部分从字面上揭示宙斯能够把歪曲的（σκολιόν）矫正成直的，那么后半部分则将宙斯的行为过渡到转义上：正如衰老使皮肤起皱纹，宙斯也使傲慢者心灵枯萎。

这样一种纠正行为使人想起古代公正概念。在古人的思想中，公正的形象往往用直线或平面来表现。公正指神所保障的法则和人必须遵循的限度。违背公正，便是违背宙斯建立的法则。行 8 重申宙斯至高无上的地位，并结束从行 2 开始的颂诗。ἰθύνει［纠正］和σκολιόν［歪曲的］这两个词的转义使用，引出有关公正的解释。在《劳作与时日》中，"歪曲的言语"（μῦθοι σκολιοί）与违背誓言、hubris［无度］一样，同属超过限度之列。① 在梭伦那里，欧诺弥厄②代替宙斯，挫压傲慢行为，矫正（εὐθύνει）"歪曲的诉讼"（δίκαι σκολιαί）。对于梭伦而言，赋予法律准则某种书写形式，便是对暴力和正义进行协调，便是接受司法的强制性，使之变得直接并针对所有的人（无论好人坏人）。③

行 9 打消了我们对下述观点的所有疑问：利用既有标准和均衡原则来重建公正法则，正是宙斯的职能。从语义层面上看，赞美与批评的同位因素，既集中表现为开篇第一行诗人对缪斯的呼

---

① 参《劳作与时日》行 190（有关黑铁种族的描述）；忒奥格尼斯，1147（不义的人被定义为亵渎神灵、窥探他人财富）。

② ［译按］Εὐνουμίην，即法度，秩序。时序女神之一，忒弥斯和宙斯的女儿。参看《神谱》行 902。时序女神参与诸神装扮潘多拉的过程（劳，行 75）。

③ 梭伦，残篇 3，34，30，16。新的正义概念，参 M. Gagarin，*Early Greek Law*，Berkeley/Londres，1986，51，99。法律的书面形式，参 M. Detienne，*L'éspace de la pubilicité：ses opérateurs intellectuels dans la cité*，Lille，1988，29－81。

唤所体现的声音权力，同时也体现于有关宙斯权力的第一部分描述。行 5 – 7 的陈述体现第二个同位因素，即公正的重建，通过 dikè［正义］和 themistes［法则］等术语，以及诗人对宙斯直接说话，在行 9 得到司法范畴的呈现。① 至于公正的施行这一同位因素则建立在平等命题之上。

二　陈述的介入

在托名荷马颂诗所体现的序歌结构中，对于被赞美神的第三人称描述，往往会转换为诗人直接面对被赞美神的第二人称陈述。但是，在《劳作与时日》中，结束序歌的不是惯常的告别用语（χαῖρε），而是要求神介入的κλῦθι。在行 8 – 10 中，每行开头分别是Ζεὺς、κλῦθι和τύνη，序歌颂诗（hymne – proème）变成仪式颂诗（hymne de culte）。② 在诗人的祈求中，宙斯的手伸向正义（δίκη）。当在城邦广场上，两个人为了一起命案发生争执（νεῖκος）；当一场御马竞赛的结果引起争议，必须重新作出公正评判（δικάζειν）；当人们在集会上恣意不公正地裁断，排斥正义（δίκη），毫不顾忌神的惩罚，宙斯便会干预，毁灭人类的劳动成果。以上三个场面均出现在《伊利亚特》。③ 司法裁决的是非曲直，取决于人类及其言语，宙斯在必要时候加以干预。此时，法

① E. Benveniste，*Le vocabulaire des institutions indo – européennes*，vol. 2，Paris，1969，107，101.

② 赫西俄德的开篇与托名荷马颂诗开篇的差别，E. Livrea，*Il proemio degli Erga considerato attraverso I vv.* 9 – 10，in *Helikon* 6，1966，442 – 475；West，141。

③ 《伊利亚特》卷 18 行 497（阿喀琉斯的盾牌上描绘的场面），卷 23 行 573（墨涅拉奥斯和安提洛科斯的争端），卷 16 行 385（帕特罗克洛斯和赫克托尔的搏斗）。L. Gernet，*Droit et prédroit en Grèce ancienne*，in *Année sociologique* 3，1948/1949，21 – 119，ou in *Antropologie de la Grèce antique*，Paris，218、239.

律制定还停留在口头言语中，停留在对于每个实例的宣判中；书面法律，作为宙斯和人类言语的中介存在，作为人人皆可借鉴的公正而适当的存在，在这个时候还没有得到体现。

公正的重新平衡的同位因素贯穿《劳作与时日》的始末，却没有彻底替代赞美与批评的同位因素。通过τύνη和ἐγώ两个人称代词的并列：你（τύνη）指宙斯，施行司法正义的矫正职能；我（ἐγώ）指诗人，掌握最初由缪斯所支配的语言职能。被叙述者不再是缪斯，而是佩耳塞斯。自行27起，诗篇以第二人称的形式针对被叙述者佩耳塞斯。序歌首尾呼应，也就是说，序歌以托名荷马颂诗的特有陈述模式开场，以抒情诗的特有模式收尾。

在《神谱》序歌中，缪斯宣称拥有"述说真实与谎言"的权限，这引发诸多研究者的解释。那么，在《劳作与时日》行10中，诗人声称要"述说真相"，又意味着什么？把荷马诗用语ἀληθέα μυθήσασθαι中的ἀληθέα替换作ἐτήτυμα，又有什么特别含义？《神谱》的内容作为缪斯所启发灵感的未来和过去，亦即永恒的存在（神，行32），与《劳作与时日》所对应的此时此地（hic et nunc），是否形成对比？只有开篇所定义的同位因素和陈述标记在接下来的诗篇中的发展情况可以帮助我们得到审慎的结论。[①]

劳作、公正和言辞

序歌之后，诗篇的开场可分成两个篇幅大致相等的部分（行11－26，27－41）。第一部分只叙真理，也就是叙述某个具有普遍意义的真理；第二部分体现真理在具体情况下的

---

① T. Krischer, *Ετυμος und Αληθής*, in *Philologues* 109, 1965, 161－174；P. Pucci, *Hesiod and the Language of Poetry*, Baltimore/Londres, 1977, 9，注9；Leclerc, 204；另见本书中吕达尔的文章。

实施。① 此处的真理乃是相对于凡人所居住的大地而言。由此引出了第三个同位因素：不再是公正的施行，或有关声名的赞美言辞，而是劳作，通过农业生产致富。伴随着这三个同位因素的一一出现，序歌的语义关系及其发展脉络得以完整呈现。

一 两个不和神：赞美和批评

单纯从陈述现象来看，这里的真理与行 10 的ἐτήτυμα［真相］互为呼应，属于叙述者的责任范畴。有关好的不和神的谱系介绍（行 17），似乎使文本从只叙真理的模式转向陈述模式，预示自行 42 起几个重要的神话叙事。尽管如此，我们是否能够把这里的真理理解为事实真相（réalité de fait）？无论如何，行 17 的简洁的谱系叙事重新证实，在神的世界与人的世界的截然对比中，宙斯具有授予权力的职能。如果这与序歌的命题有关，那就是叙述者承担了区别好坏两种不和神、区别竞争与纷争的责任，而这一点恰恰有别于缪斯所歌唱的《神谱》，因为在《神谱》中只有暴力的、不饶人的不和神。②

序歌结尾的叙述者—说话者承担起论说的责任（行 10），这可以在第一部分的结尾处找到呼应，也就是游吟歌手模仿工匠之间的竞争（行 25）。此处的呼应效果也使诗人的职能在诗里列出的诸多手作者之中得以体现。③

有关两个不和神的说法，从一开始就在诗歌论说（discours poétique）模式的层面上得到定位。如果一个不和神是赞美的对

---

① 参看卫斯特，142。另见 J. U. Schmidt, *Adressat und Paraineseform*, Göttingen, 1986, 29。

② 参《神谱》行 114、225。卫斯特认为，《神谱》的创作早于《劳作与时日》，因而此处可理解为《劳作与时日》对《神谱》的修订。

③ 游吟歌手属于“具有某种技艺的行家”，在荷马诗中已有所体现。参《奥德赛》卷 17 行 382。

象，另一个则应受谴责（行 12）。诗中分别用ἔπαινος［称许］和μωμος［谴责］指称不和神，让人想起宙斯给予凡人荣耀（phèmè）的职能。此处赞美和批评的同位因素得到再现，并与不和神所引出的另一个同位因素合并，即创造性的经济生产（其反面形式则是毁灭性的战争）。也就是说，赞美和批评的同位因素围绕语言的权力命题而产生，同时又促使竞争与纷争的对立关系成为早期诗歌的基础观点之一。积极的竞争及其必然结果创造性劳动，从此便取决于诗歌语言。诗人用来赞美的声音也有可能用来批评和谴责。由此，诗人相对于缪斯和宙斯的职能得到有力体现。①

为了总结有关不和神的叙事，我们还要看一看ἤδε（行 24）的使用。该词似乎使我们进入某种叙述说明语境，也就是说，在叙述者的身份之外，陈述者—诗人站在好的不和神（有益人类的不和，行 24）的阵营里。这一用法表明，诗篇直接针对佩耳塞斯，只叙真理的部分（行 11－26），就此过渡到与具体情况相关的教诲部分（行 27－41）。

二　诗歌如审判

在开场白的第二部分，诸种同位因素和陈述标记得到体现。

首先是公正的施行这一已确定的同位因素，具体表现为，借助由宙斯所启发的公正审判（ἰθείῃσι δίκῃς），找出争端（νεῖκος）的解决办法（διακρινώμεθα）。不过，由于存在两种不和，争端形式也分成好坏两种。除了积极竞争以外，还有好作恶的不和神挑起司法争端，使人无心从事创造性劳动，无法得到地母神保护。由此，公正的施行与农业生产这两个同位因素合而为一：某些人企图不劳而获，在诉讼中浪费时间，无法从事农业生产，创造属

① 有关诗人之声的批评或赞美功能，参 M. Detienne，18。

于自己的财富。这也是行 40“一半比全部值得多”的真正含义。遵循劳动创造的人，也就尊重正义的施行。由于这两个同位因素各存在一个对立面，有关分配问题和矫正问题便完全取决于语言的力量，取决于ἐπαινος［称许］与μωμος［谴责］的辩证关系。

这也是为什么，在几个重要的神话叙述之后，诗人再一次对佩耳塞斯说话，把 hubris 定义为过分地超越限度，并与 dikè 进行对比（行 213）。歪曲的审判（σκολιαὶ δίκαι，行 219、221）与贪心受贿的人（行 220）相关。反过来，公正的审判若不是依靠宙斯干预，便是取决于整个城邦的繁荣富庶。① 有关正义理念的展开似乎回到自身问题上，因为，公正和繁荣在诗歌言辞中成为互为结论的两个命题：谁肯做出公正的审判，宙斯会给他和他的后代带来繁荣；谁若冒犯公正，存心说谎，他的家族日后必会凋零（行 280－285）。在此，诗篇开场白的三个同位因素一起出现，在叙述层面上遵循序歌所定义的宙斯职能。

至于开场白第二部分的陈述标记，则使第一部分中只叙真理的普遍审慎的观点过渡为特殊情况下的紧急呼吁（行 27 的第二人称；行 28 的“我”和祈愿句式；行 33 的第二人称；行 34 的σοι；行 38 的第二人称）。换言之，从“有人”（on）过渡到“我”（je），从有效性过渡到真实性。此处的特殊情况具体指兄弟争端（行 29、30、33、35）。行 35 和行 37 的“我们”暗指叙述者和被叙述者同为这场争端的一分子。在这一部分里，有关正义理念的展开似乎存在着某种具有普遍意义的变动：正义的不良施行，以及城邦由此而遭受惩罚（行 268，参行 249；作为一种内在参照）；“我”在诗篇陈述中的明显介入（行 270）；接着

① 《劳作与时日》正义命题的含义，介于荷马诗中“解决争端的过程”“合理的诉讼”和我们通常所说的“权利”“法律”之间。M. Gagarin, *Dike in the Workes and Days*, in *Classical Philology* 68, 1973, 81－94.

“我”重新对佩耳塞斯说话（行274）。所有这些引向宙斯所制定的法则或生活模式（行276），并使人类借助正义的赐赠，得以与动物区别开来。此处法则指当前法则，在诗篇中得到赞美，却存在于诗篇以外。

在这样的前提下，行35的αὖθι可以看作对序歌中的δεῦτε的重复。诗人在序歌中呼唤缪斯和宙斯，在此转为呼唤佩耳塞斯，以解决叙述者和被叙述者之间的争端。赫西俄德和佩耳塞斯之间的争端赖以得到解决的公正审判，比起作为叙述者的“我”宣讲并承受的审判所构筑的诗篇本身，比起为解决（διακρινώμεθα）特殊情况而取代宙斯惯常正义法则（行9）的现实的诗篇本身，是否有很大差别呢？事实上，序歌结尾处“你”（宙斯）和“我”（诗人）之间的对比只是一种互补关系。叙述者（narrateur）的语言成为陈述者（énociateur）的语言，成为面对自家兄弟佩耳塞斯的诗人的语言。为此，诗人的语言化身为调解性的审判，同时取代贪心受贿的王者的位置（行39，参行221、264）。这些王者也是诗歌语言的接收者（行202、248、263）。他们说出歪曲正义的言辞（行262），做出有失公正的审判。他们被请求抛弃错误审判的思想（行264），整顿自己的言语（行263）。[①] 从《伊利亚特》中的墨涅拉奥斯到公元前四世纪初期雅典城里的安多基德斯，这里的化身比任何其他化身更有力，因为这是一个诉讼受害者通过口头语言的自我辩护。

---

① H. T. Wade - Gery, *Hesiod*, in *Phoenix* 3, 1949, 81 - 93; B. A. van Groningen, *Hésiode et Persès* (*Mededelingen der Koiniklijke Nederlandse Akademie van Zetenschappen*, *Afd.*, *Letterkunde*, 20.6) Amsterdam, 1957, 153 - 166. 以上两篇论文均认为，诗人创作《劳作与时日》是为了阻止诉讼，或者强制佩耳塞斯接受谈判调和。相反，纳吉（*Greek Myth and Poetry*, 64）认为，《劳作与时日》所建立的司法审判的存在旨在替代王者，从而宣布对整个城邦有效的最终审判。

总之，自行285起，正义的施行这一同位因素彻底消失，代之以（是否意味着争端得到解决?）创造性劳作的全面发展。而行285以前的诗歌不是别的，就是公正的审判本身。① 诗歌语言在其赞美职能中能够把特殊情况转变为普遍情况，同时将它树立为一种超越城邦界限的典范。从陈述角度来说，也就是佩耳塞斯的个体存在逐渐转化为代表被叙述者的某个普遍意义的"你"，这一点强调外在参照向内在参照转化，现实的交流情形向诗篇所构筑的普遍状况转化。而这样的转化使诗篇得以向公众发表，使诗篇不仅涉及王者，还涵盖整个城邦共同体。

我们尤其不会忘记：在《神谱》中，正是由于缪斯的抚育，特别是缪斯中善于言说的卡利俄佩的启发，以及宙斯的教诲，王者们才能拥有优美的言辞，才能作出机智公正的审判，缓解城邦内部的严重纷争。②

未完成的和语言行为的叙事

《劳作与时日》的三大神话叙事，即潘多拉的诞生、人类种族神话、夜莺和鹞鹰，均属于诗中的正义箴训的展开过程，具有鲜明的陈述标志和陈述介入特点，完全融入辩护行为。潘多拉神话由两个γάϱ引出（行42、43）；人类种族神话从"我"唤起"你"的注意开始（行106）；③ 夜莺和鹞鹰的故事则是"我"现

① 从陈述的角度来看，这两个部分的差别在于针对佩耳塞斯与针对普遍的"你"这两种呼唤。在此之后，佩耳塞斯的名字只在有限几个地方被提及（行286、397、633和641）。

② 《神谱》行80。参普西，50。

③ 此处叙述者意图使他的叙事"富有技巧"（ἐπισταμένως）。换言之，这不仅是《奥德赛》卷11行363－369阿尔基诺奥斯拿奥德修斯和歌手作比较，而且还是《神谱》行87王者受到缪斯的启示伸张正义。

在（νῦν）要对王者讲的寓言（αἶνος）；神话叙事之后，诗人重新面对佩耳塞斯，展开公正和过度的箴训。这些叙事可谓赫西俄德长篇教诲的依据，均具解释性，从某种程度上可以被当成αἶνοι［寓言］，在某种超语言的背景下为道德论说服务。

一　重释潘多拉叙事

如果我们对潘多拉神话在《神谱》和《劳作与时日》的两个版本进行比较、对比分析，就会发现其中存在着不容忽视的差异。① 由于缺少赫西俄德文本以外的潘多拉传统形象的研究，类似的差异应该能够帮助我们定义潘多拉叙事在《劳作与时日》中的特殊定位。我们将这些差异归纳如下：

第一，潘多拉的叙事由两个γάρ引出（行 42、43）。第一个γάρ说明诸神不让人类知道生计（βίος），从而解释上文提到的兄弟纷争所处在的具体背景。第二个γάρ揭示诸神的态度，如果没有隐藏生计，人类的生存状态将完全两样，也就是说，人类将无须为了生存而劳作。在 43－46 四行诗中，ἔργον［劳作］重复出现三次。自行 47 起，叙事正式开始。此行重复使用动词κρύπτω［藏］的直陈式过去时，并且出现较为明确的主语：宙斯。

第二，动词κρύπτω［藏］及其所表现的行为没有补语。这一缺失的补语在行 50 的κρύψε一词重新出现时才跟着出现：不过不是βίος，而是火。此处转变意味着什么？为了解释诸神在行 42 的态度，诗篇给出的理由不是读者所期待的有关诸神掩藏βίος的叙事，而是普罗米修斯的故事。不过，叙事开头具有强烈的影射意义，并且诸种叙事因素也颇为符合行为逻辑：普罗米修斯欺骗宙斯，宙斯在愤怒中藏起火种不给人类，普罗米修斯盗火给人类，

① 有关潘多拉神话的两个版本的研究文献，参照本书中的相关文章。

宙斯决定给人类一件祸害以替代火种，即潘多拉（行48－58）。此处与祭祀起源无关。事实上，《劳作与时日》的叙事整体以潘多拉的创造为轴心。相比之下，《神谱》的叙事中心放在普罗米修斯的命运上，并以此为叙事结尾。乃至被造出的女子，作为一件礼物体现宙斯的计谋，却始终没有得到命名。重复使用κρύψαντες和κρύψε，不仅使人类的生存状态脱离近似黄金时代的人神和睦相处的状态，而且通过从βίος到火的过渡，以及普罗米修斯的系列行为，引导潘多拉这一形象的出现。

第三，普罗米修斯叙事因而只是为了解释某种失衡状态，为潘多拉的诞生建立叙述基础。从语义观点来看，潘多拉的存在在《劳作与时日》中与神掩藏βίος直接相关。βίος代表原始的丰盛状态，与创造性劳动生产相互区别。

第四，潘多拉命名之前，就以其欺骗性而被定义。她是一种不幸，却能诱惑人。此处体现外在与内在的特殊衔接。人们兴高采烈（行57）地接受这个大祸（μέγα πῆμα，行56），就像《伊利亚特》中的海伦，具有美丽的妻子这种形象外表（εὐειδής，参《伊利亚特》卷3行50）。就外在而言，潘多拉被妆扮得具有阿佛洛狄忒的全部特征。正是带着这些迷人的外表特征，潘多拉由少女（παρθένος，行63、71）变成女人（γυνή，行80，参行94）。就内在而言，潘多拉掩藏男人的声音和力量：正是这一语言能力使潘多拉能说会道，欺诈狡黠（行67、78）。神明的外表，凡人的真实，潘多拉所体现的这对矛盾关系集中在她那善于欺骗的声音上。

第五，潘多拉从少女到女人的转变，在《神谱》通过新娘状态的相关章节得到体现，在《劳作与时日》则是通过赫耳墨斯的命名得以完成（行80）。潘多拉这一名称的词源意义与故事的引子具有双重关联：诸神把潘多拉送给人类作为礼物，这是为了补偿诸神不给人类生计；而人类从此被定义为“吃五谷的”（行82），由此再现农业劳作这一同位因素。从句法层面和结构语义学角度看，这样的循环结构不断重复，强调普罗米修斯神话在《劳作与时日》中的隐含性和工具性的特点。

第六，潘多拉被送往人间，此处有两个中介者，即赫耳墨斯和厄庇米修斯（行83、89）。这一章节强调宙斯的礼物所具有的负面特点以及厄庇米修斯（同化为凡人）的反应。厄庇米修斯的词源含义，“过后才思考的”，与其兄弟普罗米修斯正成对比。在《神谱》中，厄庇米修斯作为伊阿佩托斯的孩子被提及，并且是“给吃五谷的人类带来不幸”。值得注意的是，在《神谱》中，厄庇米修斯并没有对盗火、潘多拉的诞生这些叙事起到任何作用。①

第七，从叙述逻辑上看，潘多拉叙事的最后小节（行90－105）并非必要。这段诗行只是解释，普罗米修斯的计谋和宙斯的愤怒导致潘多拉的出现，从而导致凡人遭受不幸的折磨。从叙述层面上看，这一小节并不与普罗米修斯叙事相关联，而是与诸神掩藏*βίος*之前人类无须劳动的生存状态相关联。换言之，行90－93/94从反面再现行43－46的说法。说起劳动，便是说起辛劳（ponos）和不幸。行90－93/94还将不幸明确为疾病、衰老等灾难。② 与行113－114的描述相比较，可见人类生存状态恰恰是黄金时代的反面写照。

第八，不幸之瓶的打开（行94－105）这一小节不过是为凡人重新被判必须劳作提供叙述上的理由。在这一小节结尾，疾病

① 《神谱》行510起，另参行585。有关两兄弟的名字词源含义，参见卫斯特的注解。

② ponos作为ergon的结果，参R. Descat，*L'acte et l'effort*，Besançon / Lille，1986，59；N. Loraux，*Les Expériences de Tirésias*，Paris，1989，63；Verdenius，62。

和死亡就像黄金时代的食物一样具有自发繁殖特点（αὐτόματοι，行 103）。由于宙斯没有赋予它们任何声音，疾病和死亡无声无息，不像潘多拉那样能够欺骗。它们是不可抗拒的，正如宙斯的意愿也不可抗拒。赫西俄德揭示宙斯的意愿不可抗拒这一道德观念，如果说在《神谱》行 613 是通过普罗米修斯的命运，那么在《劳作与时日》则是通过不幸的无处不在得到体现。叙事结尾又回到只叙真理的陈述标记，正好与叙事开头由只叙真理转向普罗米修斯叙事一起形成环形结构。

二 死亡和声音

由此，潘多拉叙事在与《劳作与时日》开场白的关系中所体现的缘由特点不容怀疑。① 不过，叙述的展开本身是否同样体现三个同位因素，即正义的施行、创造性劳动和赞美性语言？

潘多拉神话带着叙事的特有活力，以叙事逻辑中几个细微跳跃为代价，重现以劳作（ergon）命题为中心的同位因素，并且通过某个具有欺骗能力和语言能力的创造物（即潘多拉），重新引导这一同位因素，使之趋向于有死性。相比之下，《神谱》的潘多拉转变为妻子，以其繁衍能力使人类超越有死的生存状态，生命得到延续。② 换言之，《神谱》的不幸无论如何最终引向生命，而《劳作与时日》的不幸却导致死亡。

不过，再从叙述的角度看，潘多拉叙事始于宙斯的愤怒，是生计和火种的双重掩藏的后果，因而也必将以双重惩罚为结束：潘多拉作为“美丽的不幸”，以及不可抗拒的种种致命灾难的传播，两者皆来自宙斯的旨意。但这样的解释忽略了希望（Elpis）

---

① H. Neitzel, *Pandora und das Fass*, in *Hermes* 104, 1976, 387 - 419. 另参本书中德拉孔波的文章。

② 参本书中德拉孔波和泽特兰的文章。

的存在。希望在坚不可摧的不幸的瓶中所占有的空间位置，一如欺骗的语言在诸神的礼物潘多拉身上所具有的重要性。希望被种种致命灾难所围绕，代表的结构语义学身份恰恰与阿佛洛狄忒式的诸种魅力所装饰的“灾祸”相反。借用结构主义者所喜欢使用的语言，我们或者可以说，希望是与潘多拉相反的积极形象。根据古希腊思想对于希望的理解，此处希望的积极意义赋予诗篇一个新的开始，并且结论只能产生于潘多拉叙事以外。希望可以被形象化地解释为象征人类赖以为生的食物储备，人类的同伴，人类处于神畜之间的生存含糊性。希望处于所有摧残人类命运、致人类于死地的不幸之中，可谓唯一的定点，超越时空存在着。

潘多拉叙事末尾出现希望，使叙事得以延伸，并超越原有的必然结果。换言之，潘多拉叙事的逻辑结局将出现在诗篇其他部分。首先是行 213 – 285 的正义箴训部分，接着是行 286 起的劳作教诲部分。公正的审判（行 225、230、263、280）与谎言、欺骗性言说正相对立。事实上，公正的审判不仅保证正义相对于无度的胜利，而且还引导城邦走向黄金时代式的繁荣富庶。① 另一方面，劳作促进富强，从而也促进实现价值（*ἀρετή*）和荣誉（*κῦδος*，行 312）。在语言命题的基础上，赞美与正义相关联，而创造性劳作也和荣誉问题相结合。至于批评和歪曲的审判（行 219、221、250、258、262、264，参行 194），则在潘多拉的欺骗语言中找到形象化、叙述性的回响。只有疾病悄无声息。由此，在潘多拉的缘由叙事之后，人类根本命运就是有死的，并且只要有一个坏人行不义傲慢的事，宙斯就会干预，带来饥荒（作为劳作的反面）和瘟疫（作为正义的反面）。最终结局是死亡（行

① 参 J. Rudhardt，*Pandore*：*Hésiode et les femmes*，243。Rudhardt 指出，潘多拉在叙事中的虚假语言与人类在现实中的虚假语言相互呼应。同样，行 305 的好吃懒做的人成为坐享其成的雄蜂，在潘多拉的形象中也有所体现。

240）和呈现为不同形式的大祸（μέγα πῆμα，行 242）：家族灭绝、房屋和城邦的毁灭、陆地或海洋的战争等等。不过，诗篇不在潘多拉神话以外的地方重提潘多拉这一拟人化形象。

伴随着希望，这无声而致命的灾难中的唯一参照，公正的审判能够在凡人的种种限制下修复潘多拉的欺骗语言所造成的后果。公正的审判与叙述者的语言相关，很可能也和诗人的语言相关。厄庇米修斯章节在叙述逻辑层面上也许并非必要，但却揭示不听从劝告的后果，以及遭遇不幸才能理解劝告的意义。另外，由于序歌表达了向佩耳塞斯述说真相的意愿，诗篇所有针对被叙述者的言语都明显带有唤起对方注意和理解的意图（行 27、107、213、274 等）。在被叙述者的位置上，兄弟往往还被王者所替代（行 202－248）。面对潘多拉在有死者之中建立的虚假声音，只有诗人的歌唱，亦即公正言辞，能够在宙斯的准则限度以内重建神的真实。

道德教诲中的必然后果

神话叙事借助开篇保证了诗歌本身的语言行为样态。诗歌语言为诗歌提供了叙述的必然结果，并且保障诗歌得以完成。我们可以对人类种族神话进行类似的分析，以同样的方法解释黑铁种族对于预言性和毁灭性的未来的映射。我们还将注意到，在有关黑铁时代的描述中，由于某个明显的陈述性介入（ἐγώ，行 174），原有叙述被打断，叙事时间与陈述（νῦν，行 176）时间混为一体。不同种族的连续性作为对潘多拉叙事在某种程度上的证实，导向某种受歪曲言语控制的暴力状态。如果羞耻和义愤两女神抛弃人类世界，荣誉将无处藏身，叙述者将无处藏身，人类也不再有任何反抗灾难保护自我的能力，唯一的结局将是死亡。避免这种潜在威胁的唯一手段就是诗人的语言。

莺和鹞鹰的寓言将难以理解，如果它的叙述逻辑没有引出下文的审判。一旦落入鹞鹰—王者的利爪，夜莺—歌手只有依靠自己的声音才能重获自由（这一声音在行 213 得到再现）。同样是伴随着某个明显的陈述性介入，论说脱离叙述模式，重新采用只叙述普遍真理的陈列方式。在针对佩耳塞斯的话语里，叙述者在进行有关公正的施行的教诲时，重新采用“有人—真相”的言说模式，从而将针对范围扩大为更多的人（行 220）乃至整个城邦共同体（行 222）：这就是三个未完成的叙事的普遍性的必然后果，这三大叙事以其典型的传说形象引导出诸种审判的秩序，并通过各种拟人化形象（如誓言神、正义女神、和平女神，尤其宙斯）加以修饰。

希望最终也许就是叙述者的声音，是赫西俄德的诗作，是纠正触犯了宙斯法则的行为的所有努力。《神谱》的叙述促使某个永恒而先验的法则得以发展，《劳作与时日》的道德教诲旨在更好地管理有死人类的生存条件。

神话如论说:《劳作与时日》的人类种族叙事*

[法]克吕贝里耶(Michel Crubellier)撰

赫西俄德把《劳作与时日》的人类种族神话称为论说(λόγος,行106)。事实上,我们还可以称为神话的(mythique),或更确切地说是神话—论说的(mytho - logique)。诗人的训谕在此并不是通常的格言、建议或劝训。听者只有通过个人的感受和思考才能得到教诲,行106 - 108证明了这一点:"你要记在心上(σὺ δ' ἐνὶ φρεσὶ βάλλεο σῇσιν)。"(行107)正是在这层意思上,诗歌追求有别于ἐτήτυμα[真相]的ἀληθέα[真实]。① 文本研究者的工作因此大致与诗人赋予听众的任务一样。如果说听众不会对神话叙事产生立时的信任,那么对此进行譬喻类型的解读也是行不通的。比较前文的潘多拉神话,这一点在人类种族神话上尤其明显。

两个神话表面上具有较为明显的相似关系。潘多拉神话是为了进一步阐述劳作的必要性(行42和行43重复出现γάρ):诸神

---

*[译按]原文标题:Le mythe comme discours. Le récit des cinq races humaines dans les *Travaux et les jours*。法文 discours 指论说,演说,作者用来译希腊文λόγος,同时强调是有针对性的言论,也就是赫西俄德针对佩耳塞斯等受教对象的言论。旧译为"对话",但"对话"指两人之间的言语交谈,诗中从头到尾只有诗人的声音,新版里勉强译为"论说"。希腊文λόγος的语义辨析,参看刘小枫编修,《凯若斯:古希腊文读本》,上册,华东师范大学出版社,2013年增订版,页33 - 35。

①《神谱》27行。参见 H. Wismann 对这几行诗的分析。

藏起人类的生计（$\beta i o \varsigma$，行42）——

> 不然多轻松，你只要劳作一天
> 就够活上一整年，不用多忙累。（行43－44）

人类种族神话揭示了正义的必要性，叙事中的诸多细节可以证明这一点。值得一提的是，紧接下来的行202－285的训诲内容也与神话叙事互相补充，[①] 不过这个部分与神话叙事的衔接并不明显。

这两个神话对人类现有的生存条件和远离痛苦、纷争的原初生活方式进行比较。不过，潘多拉神话所描述的人类被黜的背景、起因和形式，在起源神话里没有得到体现。起源神话描述比现今的人类更早的几个连续时代，这些时代互不相同，各自表现人类生存方式的一种可能性。我们先要了解这些时代之间的相互比较，以及它们各自在人类时代整体中的定位。整体（ensemble）一词在这里具有更广泛更不确定的意义：这些时代要么因为它们之间的异同关系而形成特殊结构，要么因为它们之间的连续性而衔接成为某种历史事实。不论是哪一种情况，神话的特殊意义要求我们承认这个整体的封闭性和完整性。在赫西俄德的叙事里也确实不乏这种封闭性征象。但困难恰恰在于这些征象之间存在着矛盾。

矛盾首先表现在，黑铁时代的结尾部分表现人类和人类生活的沦落已经达到极端的边缘。在这方面与黄金时代可谓截然相

---

① 马松最先强调这两个神话的互补关系，以及诗歌的双重教诲意义（参 P. Mazon，Paris，1928，71－73）。不过他的解读方式缩小了教诲所具有的含义："为正义而工作"称得上是"好人"理查一世式的智慧。不过更为准确的说法显然应该是："创造性劳动的必要性，要求社会建立以和平和尊重权利为基础的秩序。"

反。有些研究者试图在文本里找到有关人类被黜的道德和修辞的传统主题。① 只是这样一来，我们就必须放弃叙事中的若干重要因素。正如奥维德的《变形记》甚至在细节上模仿赫西俄德的版本，却删除英雄时代，修改对白银时代的评价，从而完全改变整个叙事的结构：

> *auro deterior, fulvo pretiosior aere.*
>
> 不如黄金时代，却好过野蛮的青铜时代。②

矛盾其次还表现在，对于英雄种族死后命运的描绘，在许多地方使人联想到黄金时代：克洛诺斯的统治、③ 不知愁虑的精神状态（行 170，参行 112）以及丰盛的自然产物。

> 有福的英雄呵，甘美的果实
>
> 一年三次生长在饶沃的土地。（行 172 – 173，参行 117）

叙事似乎把前四个种族连接成某种循环，不过如此一来，第五个种族该作何处理？另外我们还将注意到，文本中的某些细节表明，英雄种族对于黄金种族而言只是一种表面的恢复和不完全

---

① 类似的文本解释如见 Ph. Melanchthon, *In Hesiodi libros De Opere et Die Enarrationes*, Paris。这个传统可追溯到奥维德的《变形记》，I，89 – 150。此外，韦尔得纽斯认为，神话中连续几个种族因远离诸神和不敬正义而被惩罚。这个观点却使我们不得不怀疑赫西俄德的叙事紧凑性：“赫西俄德并没有一个明确的叙事模式。他只是放任自己的思想天马行空，他的叙事因而没有清晰的脉络。”（W. J. Verdenius, *Structure et projet des Travaux*, in *Hésiode et son influence*, *Entretien sur l'Antiquité classique* 7, Genève, 1963）

② 《变形记》，I，115。

③ 行 169（在马松和卫斯特笺注本里为行 173a）。此行引起很大争议。事实上，这行诗如保留在传统位置上，还是和它在卫斯特等本中的修改位置（即行 173 之后）一样具有意义。因为它似乎补充说明了行 168 的“大地边缘”。

的模仿。

因此，解读人类种族神话的难点集中在第四个种族，即英雄种族所表现出来的例外。在所有人类种族里，只有英雄种族没有采用金属署名，[①] 也只有这个种族不存在任何形态上的畸异或神奇的特点（比如黄金时代的人们不会衰老和死亡；白银种族的童年持续一百年；青铜时代的人们不食五谷；黑铁种族的初生婴儿已是鬓发花白）。赫西俄德也只有在描述这个种族的时候说它比之前的种族好："更公正更好。"（行 158）文本研究者试图寻找一个合理的历史假设来论证这个叙事中的例外，比如某种不对称概念的影响，[②] 或者在叙述人类历史时有必要插入希腊古人所熟知的英雄史实。然而，这样的解释是不够的，因为我们等于否定了赫西俄德在把握论说的过程中所表现出来的纯熟技艺和内在智慧。[③] 研究者也很早达成共识，这里的叙事脉络不能被缩小成一种线性发展模式，因为神话本身的年代结构就很复杂，同时具有几个不同的时间顺序。我们至少要注意下述三点：

第一，种族之间的连续性；

第二，每个种族的历史事实，从出现直到消失（以及死后的存在方式）；

---

① 使用金属署名似乎是为了表现每一个种族的本质：金属因为本身的纯度和鲜明特质而区别于其他物质。参柏拉图在《理想国》（415a－e）中的分析。

② 人类的沉沦，晚近最详尽的分析莫过于卫斯特（1978，172－177）。

③ 我们并不排除其中一个假设，即赫西俄德沿用原本就有的材料，并在此基础上添加英雄种族或黑铁种族。P. Walcot, *The Composition of the Works and Days*, in *Revue des Etudes Grecques* 74, 1961, 1－9; C. W. Querbach, *Hesiod's Myth of the Four Races*, in *The Classical Journal* 81, 1985, 1－12; F. Bamberger, *Über des Hesiods Mythus von des ältesten Menschengeschlechtern*, in *Rheinsches Museum*, n. s., 1, 1842, 523－534, or in *Hesiod*, E. Heitsch ed., Darmstadt, 1966, 439－449.

第三，组成每个种族的每个个体的生平的时间性。

除此以外，我们在不同种族之间①还可以找到许多形式和语义方面的矛盾或关联的征象，这些都为文本研究者提供无穷的发掘潜力。如果人类起源叙事确实是一个神话，那是因为它潜在地包含多种结构，从而能够接受各种合理的模式化分析。② 结构主义解释方法能够在人类种族神话上取得诸多成果，原因就在于此。按照这种解释方法，神话文本由某些自成体系的范畴所构成，也就是说这些范畴按照决定性的转变可以相互衍生。戈尔德斯密特③和韦尔南④的研究至少在法语学术界可以说具有划时代的意义。比起那些着眼于影响或根源的研究来说，结构主义分析方法能够更好地揭示每个种族的特殊定位。但是，任何研究都不可能成为定论，因为赫西俄德的文本是由多种条件决定的。正如卡里埃尔所言："在同一些矛盾上进行新的剪接，很有可能就会揭示这个'正义的历史'的其他方面的问题。"⑤ 上述的这些结构模式因此是不够的。我们往往把它们的局限性称为"文本的语法"。

韦尔南的研究从一开始就产生非常重要的启发和影响，但是他的某些观点还有待推敲。首先，他把杜梅齐尔的印欧体系三大社会职能（王者、战士和农夫）理论作为分析文本的核心依据。但我们认为，即使这个模式在文本中确实存在，它也不可能建立

---

① 我们还会看到，这些矛盾和关联包含有关正义城邦的描述（行 225－247），后者可以被视为神话寓意得到实施后所表现出来的状况。

② 除了下文提到的戈尔德斯密特和韦尔南，其他研究者还有 P. Walcot，L. Couloubaritsis，A. Neschke。

③ V. Goldschmidt，*Theologia*，in *Revue des Etudes Grecques* 63，1950，33－59；ou in *Questions platoniciennes*，Paris，1970，141－172.

④ J. P. Vernant，*Le mythe hésiodique des races. Essai d'analyse structurale*，43－60.

⑤ 参看本书中卡里埃尔的文章。

最基本的文本结构。事实上，我们在文本里能够毫不含糊地辨认出来的只有战士这个职能。如果黄金种族可指王者（根据他们死后的命运，行 126），白银种族和战士的关联却并不明显。尤其第五个种族的描述与创造性劳动（农夫）毫无关系，而只与正义的丧失和社会关系的毁灭有关。行 177 的*κάματος*［劳累］也许隐含有劳作的意味，① 行 176 – 178 所强调的劳累和悲哀却是由生存竞争，而不是劳动的本质或创造性特点所造成。第五个种族的生活方式不与任何具体行为（比如劳动）相关联，并且得到的都是负面的描述。我们不能否认，明确劳动的创造性，在《劳作与时日》全篇中具有重要意义，对于理解人类种族神话也必不可少。但我们却不能宣称，在黑铁时代这个部分里能够找到相关的内容。

总而言之，韦尔南的研究只能是局部的，因为，文本本身的叙述脉络被忽略，只是服从于一个客观、无意识的模式。我们对于韦尔南研究的第二个质疑与结构主义的普遍观点有关，在于他把种族之间的连续性解释成某种虚构的或纯粹形式上的连接：神话借助历时性结构来展现它的真正含义，因此叙事过程只不过是种种陈述限制的反应。

---

① 在荷马诗里，*πόνος τε καὶὀιζύς*用来形容战士的辛劳（《伊利亚特》卷 13 行 2，卷 14 行 480），或沦陷的城池里女人看着死去的丈夫时的忧伤(《奥德赛》卷 8 行 529)。《伊利亚特》卷 15 行 365 的*κάματον καὶ ὀιζύς*描述阿耳戈斯人在他们辛苦建造的壁垒被阿波罗一脚推倒时的悲痛。《奥德赛》卷 14 行 414 – 418 的*κάματος*和*ὀιζύς*则出现在牧猪奴吩咐他的伙伴杀猪款待客人奥德修斯的时候。类似用语还出现在《伊利亚特》卷 6 行 285，卷 3 行 111，卷 174 行 46，卷 1 行 117 和卷 13 行 569。与行 113 的普遍用法相比，行 177 似乎更明确地指劳作引起的劳累。不过根据上下文（黄金时代与黑铁时代的对比，黄金时代与正义城邦或幸福岛的相似，等等）我们可以推论赫西俄德想在两个部分之间造成强烈的对比效果，而行 133 与行 177 之间的变化是为了适应不同的格律需求。

我们从晚近的一些研究得到许多非常有用的建议。吕达尔[①]遵循文本的非线性结构，把潘多拉神话和《神谱》的诸神谱系叙事纳入研究范围。这样一来，他可以在比较广阔的领域里揭示人相对于神的自治倾向。[②] 另外，纳吉对于古希腊早期诗歌里的英雄的研究也给我们留下深刻印象。[③] 纳吉只是间接提到人类种族神话，但是他明确定义这个神话在与其息息相关的历史背景里的位置，同时还为文本解释提出诸多合理假设。

在1987年的里尔研讨会上，我们还不知道卡里埃尔于同年答辩的博士论文。[④] 我们很高兴地发现，在他的研究里，有两个基本的历史假设和我们的意见一致：

> 只有意识到赫西俄德式的典型与荷马式的典型之间的差别，我们才能在历史里认识赫西俄德的作品。赫西俄德似乎有意识地建立与荷马诗相反的，尤其与《伊利亚特》相反的思想体系和写作体系。
>
> 如果说，在这样的时代背景里（指城邦—国家的出现），荷马式的骑士典型显得过时，那是因为他们是建立在有限财

---

① J. Rudhardt, *Le mythe hésiodique des races et celui de Prométhée. Recherche des structures et des significations*, in *Du mythe, de la religion grecque et de la compréhension d'autrui*, *Revue européenne des sciences sociales* 19, Cahiers Vilfredo, Pareto, 1981, 246 – 281.

② 我们曾经考虑过接受吕达尔提出的假设，即把英雄种族和黑铁种族看作一个整体。对比前三个种族组成的神话整体，后一个整体表现人性在历史中的表现。与《伊利亚特》所表现的史实不同，这是一种人性的自我意识，在不可逆转的行为中实现自己的命运。读者将在下文找到我们放弃这种假设的原因。

③ G. Nagy, *The best of the Achaeans*, *Baltimore/Londres*, 1979. 其中第9章（151 – 173）分析人类种族神话。

④ J. – C. Carrière, *Les mythes et les notions morales dans les travaux et les jours*, Besançon, 1987, vol. 1, 附录II、III和V, 859 – 874。

富的强制性流通上，他们必须带着长枪生产。①

我们对人类种族神话的解读因此具有坚实的传统依据。近三百年来的文本分析成果可谓硕果累累。不过，在此要对前辈们提出的批评是，他们忽略了文本在根本上是一种论说。② 我们甚至可以这么说，他们分析的不是赫西俄德的文本，而只是一些保留故事情节的段落，也就是说他们忽略语言陈述的方式。这些故事情节也仅仅呈现它们所具有的相对客观的那一部分特征，仿佛文本分析的真正目的就是在文本里找到史实。研究者或者因为方便起见而采纳这种方法，或者把它当作一种原始方法而极力拥护，③ 但是我们已经看出其中的局限性。我们认为应该从语言陈述本身出发，因为语言陈述揭示诗人的思考脉络，并且为叙事本身构筑深层的结构（我们将试着在下文分析这一点）。

论说的呈现

我们首先要强调两个与通常理解的神话文本相悖的基本事实（彼此密不可分）：

---

① 参看本书中卡里埃尔的文章。另见 Ph. Rousseau, *La componente autobiografica nella poesia greca e latina*, G. Arrighetti - F. Montanari ed., Pise, 1993, 41 - 72。卡里埃尔参照荷马诗似乎是对荷马模式的使用（甚至以扭曲为代价），而我们更强调与荷马诗比较中的论战方面。我们对卡里埃尔的赞同是批评性的赞同。

② 自行10起，《劳作与时日》表现为一种特殊的语言形式，一种言说，也就是赫西俄德对佩耳塞斯的训诲。

③ Claude Lévis - Strauss, *The structural study of Myth*, in *Journal of American Folklore* 78, 1955; ou in *Anthropologies structurale*, Paris, 1958, ch. 11.

第一，（无人称）叙事与第一人称论说的重叠；

第二，使用将来时态（行 180－201）。更确切地说，前四个种族的叙事建立在过去（指每个种族的存在）与现在（指他们死后的状态以及他们对当前人类世界的影响①）的对比上；第五个种族的描述则建立在我们所生活的现在和人类将受毁灭的未来之间的对比上，从而表现出某种时间差距。

因此，现在具有双重的时间差距，既是针对过去（即前四个种族）而言，也是针对未来而言。这里的未来并不是一种简单预测的可能性，而是神话过去所包含的神话未来。它不是自发地延伸其他种族所表现出来的连续性，而是产生在对于这种连续性进行深思的基础上。

赫西俄德采用第一人称陈述人类种族神话中的现在。这表明，在他眼里，神话既不是不可更改的历史文化的沉积，也不是对于某种非如此不可的过程的陈列。现在如同过去一样，只是时间长河中的某一段。赫西俄德自由而清醒地使用一种神话叙事，目的是揭示自己的实际经验，进而思考人类社会的各种生存可能性，并提出一种在共同体内部的行为道德准则。这就是为什么我在文章一开始就提出，这个文本与其说是神话的，不如说是神话—言说的。赫西俄德的计划从某种程度上超越神话领域。在神话之外，诗人所要发展的是一种深思熟虑的意图。

诗人两次介入神话叙事。首先是在叙事开端（行 106－108）。这几行诗很可能被误认为没有意义的寻常插入语。但事实上，诗

---

① 至此，这是缘由神话的传统结构。Rohde（*Psyche*，Tübingen，1893—1894）把人类种族神话看作有关超现实生命的不同阶层的起源神话，似乎就是凭借这种方法。另外在 G. Nagy（*The best of the Achaeans*）的著作里，我们找到有关这一点的非常有力合理的论证。但是 Nagy 的解释只是局部解释，没有提到第五种族以及这个种族和其他种族的关系。

中对于听者（ἐγώ/σύ = 我或你）的呼唤加强神话作为一种论说的特征。更为明显的是在行 174，诗人采用修辞中的层递式，以表白和许愿的方式中断叙事的原有脉络。这样做并不仅仅是为了强调神话的道德寓意而进行一种修辞性评论。一方面，诗人可以借此在叙事的时间性里建立论说的现在时；另一方面，这行诗取代通常用来连接种族之间的过渡（第四种族到第五种族）的句子。这样的替代（或者说遗漏）意味着什么？

我们不妨首先假设，这只是文本传播过程中的偶然结果，因为在莎草纸残稿中还有四行诗清楚记载黑铁种族是如何产生的（卫斯特笺注本 173b－173e）。不过，在手抄本里，从行 173 到行 174 的过渡却也没有任何语法或文风方面的勉强。另外，吕达尔的假设在我们看来也甚为合理：行 169（也就是卫斯特笺注本的 173b）中的克洛诺斯之说让人难以理解，因为当时统领诸神的显然应该是宙斯。① 对于这行诗所造成的困惑，通常的解决办法如下：要么予以删除（许多手抄本）；要么当作某种插入形式的注释（莎草纸残稿），② 同时补述第五种族是如何产生的，以改善上下文的连贯性。③

这样一来，承认手抄本的真实性可谓合情合理。行 174 造成的叙事中断和遗漏也另含别意。吕达尔认为，这是暗示第五种族并没有被创造出来，英雄种族也没有灭绝。这两个种族属于同一种人类（和我们今天一样）。因此，事实上只存在四个种族。但

① 此处所体现的困难其实是人为的，在于我们容易联想到与《神谱》不同的另外一个版本。普罗米修斯被释放，宙斯与提坦神的斗争平息之后，人类的命运只由自己来掌控。

② Carrière 为了解释这种插入方式提出另一个假设。他的假设从语文学角度而言显得有些累赘，但从历史角度而言甚是大胆。

③ 参见 West、Weil 和 Mazon 的版本。

我们认为，这样的解释一方面有牵强附会之嫌，[①] 另一方面也忽略叙述本身和被叙述事件两者之间的区别。我们因此不能断定第五种族不曾被创造出来，但是也不能对它的创造有所了解。诗人利用这种叙述的中断，既可避免非说不可，又不显得刻意沉默。

基于这样的独特性，第五种族不可能以平常方式列入前四个种族的连续性中。事实上，第五种族的作用颇为明确，它代表现有的人类，也就是赫西俄德的思考起源和思考主题。至于前四个种族以及它们所组成的结构整体，则为诗人对于当前生存条件的思考提供参照过去的范式。

为什么诗人参照四个种族而不只是一个种族？像潘多拉神话就只描述一种过去的生存方式——大致与黄金种族的情况类似，用来对比人类现有生存条件。这样的二元比照似乎足以满足缘由神话的需求。

---

① 文本中的某些细节可以用来证明这个论断。行 160，英雄种族被称作προτέρη γενεή而不是γένος；行 174，人类被称作“第五代人类”，而不是“第五个种族”。在描述方面，英雄种族与现有人类之间也有某些相似之处：他们没有什么神奇的超现实的特质；他们的行为都是个人行为（前三个种族呈现为集体行为）。有关γενεή一词的运用，如果区别于γένος，确实指一代人而不是一个种族（参《伊利亚特》卷 6 行 149）。但这里又明显指连续性的种族。使用序数（第一至第五）也足以证明五个种族的存在。形容词προτέρη并不一定意味着英雄与黑铁种族合在一起，与前三个种族区分开来；也有可能是为了指明英雄时代的结束是过去和现在的分水岭。

另外，英雄种族的灭亡并没有表现为所有人的死亡（如同白银种族，黄金种族和青铜种族相对不是那么明显，但都使用同一句式：“自从大地也掩埋了这个种族”），因为诗中详细说明一部分英雄在战争中丧生（行 161 – 165），另一部分英雄还有死后的生活（行 166 – 173）。但我们不能断定在赫西俄德叙述的时候英雄们并非全部死去。行 161 的τους μέν指整个英雄种族，就像行 152 的τοὶ μέν指整个青铜种族。不过，英雄种族和现有人类的比照，以及这两个种族和前三个种族的区分，还是具有相当重要的意义。详见下文。

为了了解四个种族所带来的复杂性，我们首先要来看看γένος［种族］一词在具体上下文中的含义。显然这个词在此不具有其常用意义，恰恰因为我们现有的人类状态只是文本中所提到的五个γένη之一。① 而如果只在我们当前生存条件的范围里，γένος就带有其习惯含义，即“世系、种族”，也就是某个更大的整体中的一部分。我们可以这样定义γένος：某个在起源、命运和生存方式上得到定义的人的整体。这些整体构筑人类的存在状态，有一些可能被绝对化或者物化。它们被设定为某种客观必然性，诸如幸福、暴力的状态也往往被视同存在本原。它们由神创造产生，连续地出现，采用金属署名，具有特殊的形态特征。由于它们各自代表的只是生存的一种可能性，因而也不排斥其他不同的可能性产生。② 人类不只是如同第一种族所描述的那样，和神接近，像神一样生活。他们也有可能在一百年里不能长大，或者突然变得强悍可怕，并且一种状态可能被另外一种状态所代替。神话的过去因此在现在得到再现，并且反过来启示现在。

在这样的前提下，把我们当前的人类混同黑铁种族的观点显得尤其微妙。首先，第五个种族并非一下子就是黑铁种族，甚而也不是“第五种族”。赫西俄德一开始说“第五代的人们”（πέμπτοισι ἀνδράσιν）。复数的运用，加上μετεῖναι［处于之间，生活在］一词，意味着这个种族并不像前面的其他种族那样，从一开始就具有种族的整体性。直到接下来的句子，为了解释行174

① 在这层意思上，翻译成“种族”尽管与赫西俄德原本所指不甚符合，但恰恰是这样的不符使“种族”这个用语显得合理。因为，希腊原文γένος的作用也一样，是为了符合希腊听众的接受能力而改善文本的流畅连贯性。

② 神话种族的多数化，这里只算论证的第一步。详见下文“范例的张力”。

所表达的心愿——“但愿我不是生活在第五代人类中”，诗人才说：

> νῦν γὰρ δὴ γένος ἐστὶ σιδήρεον .
>
> 原来现在是黑铁种族。(行 176)

我们认为，只有在一种前提条件下，这一句的意义和力量才能得到充分展现，即当前的人类不是黑铁种族，至少不是非如此不可。

赫西俄德并没有说过类似这样的话：“在这个必然发展过程中的第五阶段，也就是黑铁种族，正是发生在我们这个时代。”行 176 中的γένος σιδήρεον［黑铁种族］是宾语，νῦν［现在］是主语：“［生活在］现在［的人们］是黑铁种族。”

这样的陈述本身并非定义，而只是建立特定经历（即诗人所处的时代）和明确描述（即黑铁种族）之间的对等关系，暗指某种可与黄金、白银、青铜种族相类比的存在本质，从而为种族之间的连续性画上句号。就像诸如“耶稣是救世主”“萨巴泰·萨维是救世主”① 此类的断言既预言未来，同时又指出能够实现这个预言的人；但更重要的是它揭示叙述者在历史中的经历，并使这种经历与传统中某个无时间性的真实重合。赫西俄德以同样的方式解释我们的当前状况，并称之为黑铁时代。

第五个种族因此从某种意义上来说具有双重性。但并非如韦尔南所解释的那样，从根本上是因为这个种族既能做到 dikè［正义］也能做到 hubris［无度］，或者是因为在人类当前的尚可接受的生存状态和未来的毁灭后果之间存在着差别。真正的原因在

---

① 我们或者可以使用一个更为普遍的例子：“今天是星期三”这个陈述也包含两个内容，特殊即时的现在（即今天）以及对于某个时间顺序的参照（星期三）。

于，行 174－196 的叙事具有双重参照：神话中的黑铁时代的人，以及现实中的我们。

叙事本身并非流畅匀称。行 179 和行 180 分别有一个明显的中断，由此形成的结构如下所述：

首先，第一小段（行 176－178）中，“自现在起”的说法是对于现在的一种简单即时的延伸。此段详细描写当前人类的生活状况：劳累、劳作和悲哀。

其次，行 179 的动词μεμείξεται［混合］使用完成过去时，使这个最初的阶段仿佛具有已经完成的意味。接下来的句子因此预先对这个阶段作出评判：

> 对于这些人而言，（我们不妨说），尽管（他们所经历的一切），总还有善来与恶相混；（相反，在他们之后的人类只有不幸）。

此处的善（ἐσθλά）使人联想到黄金时代的“美物一应俱全”（行 116）。但整个句子的基调更为接近《伊利亚特》最后一卷中阿喀琉斯对普里阿摩斯所说的话。① 黄金时代的人们相对于当前的人类具有双重优越：他们不知忧虑，享有纯粹的善。这也是使他们接近诸神的地方。至于现实的人类，如阿喀琉斯所言，只有两种生存可能性：要么他的运气时好时坏，因为善恶总是混合在一起；要么他只有悲惨的命运，被穷困所迫，既不受天神重视，也不受凡人尊敬。当前的人类的命运，正与黄金种族近乎神圣的生存状态截然相反。不过在荷马诗中，两种生存的可能性还可以根据善能否缓和恶加以区别。赫西俄德却在现在只看到他和兄弟佩耳塞斯的分歧，以及存心不善的王公作出的种种歪曲判决。现

① 《伊利亚特》卷 24 行 525－533。

在已经无法再和黄金时代进行任何比较，因为人类不可避免走向毁灭。

再次，行 180 指出宙斯将毁灭这一种族的人类。黑铁种族所经历的演变非常特别。正如内斯契柯所言："如果说前四个种族本身还前后一致，第五个种族所经历的却是近似于种族更替的演变。"①行 182 – 201 描述的并不是整个演变过程，而只是这个过程最后的瞬间。自韦尔南起，许多研究者把黑铁时代分成两个阶段。但是我们认为这样做并不合理。首先因为，最后的阶段不可能被表现为一种状态，事实上这个阶段的特点在于所有同一性的丧失；其次因为，行 176 – 179 和行 182 – 201 这两小段属于不同类型的描述：行 176 – 179 只简单地描述人类当前命运，行 182 – 201 则对此作出神话的影射。

最后一点，对于黑铁种族的描述并不带幻想成分，反而有点类似于讽刺诗。黑铁种族的唯一神奇之处，在于初生的婴儿有斑白的鬓发（行 181）。但是这一点在前三个种族里可以找到对应。② 另外由于诗中紧接着就提到人类的毁灭，所以这行诗具有特别重要的作用。我们倾向于这样理解：这行诗象征人类起源的本质，而这些带着白发出生的人可能就是人类的最后一个种族。③

当前的人类在逐渐衰弱，他们渐渐丧失自我的存在，而所有

---

① 参看本书中内斯契柯的文章。

② 黄金时代的人类不会衰老，白银时代的人类有漫长的童年，青铜时代的人类不食五谷。详见下文。

③ 把这种神奇征兆解释为人类即将灭亡，似乎也有一定道理：初生的婴儿具有老年状态，表示他们活着的时间不会很长。另外，黑铁种族的衰老和白银种族的童稚也有可能构成文本的基本对比。不过，把整个神话叙事说成是建立在人类生命长度的结构上（T. M. Falkner，*Slouching towards Boeotia: Age and age – grading in the Hesiodic Myth of theFive Ages*，in *Classical Antiquity* 8，1989，42 – 60），似乎有些夸张。神奇的出生在这里并不是先驱的象征，反而意味着人类非人性化的结束。此处的生理现象可以解释社会现象。

为此作出的努力也只是耗费生命精力。此处用语与黄金时代的描绘形成了鲜明对比。

> 白天劳累和悲哀不会消停，夜里也要受殃。（行 176－178）
>
> （比较：）远离辛劳和悲哀，可悲的衰老
> 从不挨近，双手和双脚永是有力。（行 113－114）

> 神们来添大烦恼。（行 178）
> （比较：）心中不知愁虑。（行 112）

第二小段（行 182－188）描述人类的毁灭。虽是宙斯一手造成，人类却是自身毁灭的罪魁祸首。他们违背甚而破坏了所有道德规范和司法准则，导致自身生存权利的丧失。他们之间不再有任何肖似（ὁμοιότης，① 参行 182），社会秩序也完全崩溃。他们不报答年迈父母的养育之恩，不守誓言，不敬畏神灵。

文本在此提出的观点是，社会准则必须有自然依据，更明确地说是本体论依据。每种社会准则必须有同一律（principe d'identité）作为前提。人类只有尊重这个同一律才能够持久生存。

叙事在羞耻和义愤两女神的离开，亦即人和神的疏离中结束。此处同样和黄金时代形成明显反差。羞耻女神象征准则的遵循，义愤女神则象征社会限制，尤与谴责相关。两女神的职能基本代表恶的界限。换言之，人相对于神的自治导致人类的发展偏离了正常轨道；当与神彻底分离时，人类终将陷入虚无之中。

---

① 孩子与父母相似，作为正义城邦的正面特点之一，在行 235 得到重申。我们还会联想到赫克托尔在斯开埃城门的祈祷："宙斯啊，众神啊，让我的孩子和我一样……"（《伊利亚特》卷 6 行 476－481）卡里埃尔（1987，页 171）认为，这种相似是"战胜时间"并接近黄金种族的一种方式。

我们通常把结束语翻译成：“从此再无不幸的解药（κακοῦ δ' οὐκ ἔσσεται ἀλκή）。”（行 201）正如班维尼斯特①所言，在荷马诗中，ἀλκή却是指使人应对危险的道德力量。最典型的例子莫过于ἀλκή和逃避的交替轮换。这行诗因此可以理解为：“面对这（威胁当前人类的）不幸，没有什么反抗是有效的。”这里的危险不是外来的，而是人类赖以生存的社会组织瓦解。《神谱》行 876 中也有同样的例子（提丰大战结尾处）。航海者碰上风暴就无法逃脱灾难。这个具体描述可以帮助我们解释行 201 的危险。人们无法面对这样的危险，因为它无所不在，恰恰就是我们置身其中的世界的崩溃。

通过对神话结尾的分析，我们现在可以更好理解赫西俄德用来引出这个神话的三行诗（行 106－108）。

行 106 的动词ἐκκορυφοῦν，作为早期诗歌里只见一例（hapax）的词，自来②带有“简要地点明本质”或“扼要说明”的意思。③不过，这里的转义过于形象化，尤其是比较κορυφή或κορυφοῦν在史诗中毫无例外的直接的感官性用法，比如《伊利亚特》卷 4 行 426 的κορυφοῦν用来形容达那奥斯人队伍的前进，一队接一队，如同汹涌的海浪。④ 这一用法在行 106 显得非常合理。因为，潘多拉神话和人类种族神话各自形成独立整体，彼此之间不存在内在

---

① E. Benveniste, *Le vocabulaire des institutions indo－européennes*, Paris, 1969, vol. 2, 72－74.

② 这个动词及其名词κορυφή在赫西俄德以后的文学中的用法，显然是不自觉地受到赫诗的影响。

③ H. W. Nordheider, *Lexikon der frühgriechischen Epos*, col. 1497: *die Höhepunkte ausformen.* 该词寓意和ἀνακεφαλαιῶσαι一样。梅耶也发表过相似见解，*Hesiods Erga und das Gedicht der fünf Menschengeschlechtern*, in *Kleine Schriftenm*, Halle, 1924, II, 15－66; or in *Hesiod*, Darmstadt, E. Heitsch ed., 1966, 471－522。

④ 参《理想国》472a 中有关论证和海浪的对比。

的逻辑关系，而是并列指向共同的目的：教诲佩耳塞斯。论说之间的过渡因此不像谱系叙事那般具有内在必然性。“如果你愿意”（εἰ δ' ἐθέλεις）在此具有强调意味，“你则要……”（σὺ δ' ἐνὶ，行107）帮助我们总结这些不同论说的意图：听者要学会听，要懂得从论说中汲取真理。

行108揭示的似乎就是这个真理：“神们和有死的人类有同一个起源（ὡς ὁμόθεν γεγάασι θεοὶ θνητοί τ' ἄνθρωποι）。”此行诗备受争议。① 争议的内容基本表现为如下两个问题：

一方面，此处涉及的似乎不可能是神话内容，因为诗人叙述的不是诸神起源，也没有把诸神表现为人类的创造者。

另一方面，σὺ δ' ἐνὶ φρεσὶ βάλλεο σῇσιν［你要记在心上］常见于荷马诗中，从不加补语，用来强调下文将要说出的忠告的重要性，往往带有威胁语气。比如《伊利亚特》卷1行297－303阿喀琉斯对阿伽门农所说的话。这个用语往往用在段落的结尾处。在这种情况下，不可能还有一些附加性的内容紧接在用语后面。不过，我们还需知道，赫西俄德是否遵循荷马诗的用法。在《劳作与时日》里，除了行108，类似的句子还有如下两行诗：

> ὦ Πέρση, σὺ δὲ ταῦτα τεῷ ἐνικάτθεο θυμῷ.
> 佩耳塞斯啊，牢记这话在心深处。（行27）
> ὦ Πέρση, σὺ δὲ ταῦτα μετὰ φρεσὶ βάλλεο σῇσιν.
> 佩耳塞斯啊，把这话记在心上。（行274）

① 例如P. Mazon，1914，60。另见G. Broccia，*Esiodo*，*Erga* 106－108，in *Euphrosyne* 3，1969，167－174；L. Bona Quaglia，*Gli Erga Di Esiodo*，Turin，1973，122－130。有关行108的意义与真实性的晚近分析，见J. C. Carrière（1991）。

这两句都是复合句，下接*καί*引出的祈使句：“莫滋生纠纷”,① “倾听正义”,② 表达诗人对佩耳塞斯的期望，要他反省自己的行为举止，接受诗人的教诲。行108的情况不甚相同，因为人类种族神话的内容与日常经验实践相去甚远。我们从中得到的教诲将具有思辨性质。

> 你要（把故事）记在心上，（同时知道）神们和有死的人类有同一个起源。

这行诗似乎预见了听者所要汲取的文本没有明确写出的教诲。③ 由于神话表现人类逐渐疏离神所代表的同一性，我们可以假设人类的起源就是这种同一性。④ 诗人就此激发听者去发掘、去维护自己内在的这一部分神圣，而这也恰恰是树立正义之理的前提条件。⑤ 这行诗具有双重职能：它连接潘多拉神话和人类种族神话，同时还使人想起《神谱》中引出墨科涅事件以及潘多拉的诞生的句子：⑥

---

① 行28：“莫让好作恶的不和女神使你疏于耕作，耽溺在城邦会场，凑热闹看纠纷。”

② 行275：“听从正义，彻底忘却暴力。”

③ *ὡς*可以是补语关系或原因关系。同样，行106的*βάλλεο*的补语可以是*λόγον*（荷马诗的通常用法）或行108的从句。两种解释都有可能，因为*ὡς*在史诗中都作关系词使用。不过我们倾向于把它解释为补语关系。但它所引出的从句并不是介绍神话的内容。

④ 纳吉在1989年的里尔研讨会上指出，*ὁμόθεν*属于大部分诗歌开篇的*dictio*，并指出基本起源：人类并不一定是神的分支，而可能是在起初和神非常接近。在赫西俄德的人类学概念中不存在什么多样化，或内在矛盾，等等。

⑤ 参鹞鹰和莺的寓言，行201－212。但我们不认为在人类种族神话的背景里谈论“动物化”是合理的（见本书中内斯契柯的文章）。即使在他们最怪异的状态里，神话中的人类始终是人性的、太人性的。

⑥ 见梅耶对这两行的分析。

当初神们和有死的人类最终分离在墨科涅……（行 535）

行 108 指出，在同一起源的基础上，人类的未来尽管体现某种偏差，但其存在模式与神的存在模式还是相似的。人类将会经历的状况往往反映神的历史，① 因此，诗人采用《神谱》的叙事方法来表现人类历史。不过人和神的差距是如此之大，以至于神的历史只能作为简单参照。事实上，人类生存条件全然不同，人类也无力设置自己的未来。人类种族不像诸神那样一代孕育一代。人类种族的连接是一种不连续的连接。

文本因此是不连续的。只有黄金时代的人们接近神，像神一样生活（行 114），才具有完全的同一性。人类生存状态的本质在于差异。我们因此必须透过固定而又多样的模式才能领会这种本质。前四个种族作为不同模式，构成一个我们所谓的范式（paradigme）。黑铁种族是对这个范式的延伸，专指不确定的未来。

范式的命题

我们首先要揭示范式的内在结构，也就是找出种族之间的各种对比关系，对范式进行重建，接着探讨叙事在这个结构内部的描述情况，最后分析第五种族和范式之间的关系。

前四个种族呈现出二元结构，其中黄金种族和白银种族为一对，青铜种族和英雄种族为另一对。

白银种族和英雄种族的一开始使用 *αὖτε*（行 127）和 *αὖτις*（行 157）。这两个用法分别指出两对种族内部的对比关系。

同样，在这两部分出现表示前后连接顺序的用语（行 127，*μετόπισθεν*；行 156，*αὐτὰρἐπεὶ καὶ*）。类似的用法没有出现在白银

① 参 J. Rudhardt，276。

种族和青铜种族的过渡。唯一称得上是连接词的只有τρίτον（“第三个”，行143）。①

文本在每对种族内部进行比较（“远远不如从前”，行127；“更公正更好”，行158）。这在黄金种族和白银种族之间，以及青铜种族和英雄种族之间建立延续性和某种暗含的相似性。相反，从白银种族到青铜种族的过渡只有一句：“全然不像白银种族。”（行144）两者之间的任何比较都是不可能的。②

青铜种族和英雄种族由宙斯创造；黄金种族和白银种族则由奥林波斯诸神所造。对应《神谱》的相关内容，此处往往会让人产生疑问。我们同意以下解释：奥林波斯从一开始就是诸神居住的地方。赫西俄德指明前两个种族不是由宙斯所造，根据《神谱》，这些没有署名的奥林波斯神当指提坦神。我们将在下文对这两个种族的特点做进一步分析。

另外，前两个种族的人们死后还享有荣誉礼物（timè），青铜种族和英雄种族却不具备同样情况。死亡的概念对于黄金和白银两个种族，与对于青铜和英雄两个种族似乎不甚相同。人会死，这是人类的基本特征。黄金时代的人们也经历死亡，但是他们的死亡像熟睡一样安详，诗人在对白银种族的描述中没有直接使用死亡一词，而是以隐含的方式说：他们的成人经历非常短暂（行133）。白银种族的灭亡与宙斯的举措有关。诗人形容这个举措的用语，在《神谱》和《劳作与时日》里通常是用来描述不死的神灵之间的纷争。③ 反过来，死亡和伴随而来的恐怖在青铜种族和

---

① 我们还注意到，赫西俄德在黄金种族和青铜种族的开始，使用荷马诗用语γένος μερόπωνάνϑ ρώπων。有关这一用语的确切含义暂无定论。不过行吟诗人似乎用来特指作为社会种类的人的类型。

② 此句和行129的差别（尽管表面相似），详见下文。

③ 《劳作与时日》行47，《神谱》行729。

英雄种族的叙述中非常明显（青铜种族，行152－155；英雄种族，行161、166）。

这样看来，黄金种族和青铜种族似乎各自引出一个与之既相似又相对的人类种族。如果说黄金种族相对白银种族具有明显的优先权，那么青铜种族也从某种程度表现相对于英雄种族的某种优先权。我们应该如何定义存在于这两对种族之间的对比关系呢？

黄金种族和白银种族处于某种直接性（immédiateté）的世界。这里的直接性与诸种 ergon（包括战争和创造性劳动）所体现的调和性（médiation）形成对比。在这个世界里不存在诸如人类创造、重建自己的生存条件的问题。黄金时代表现一种直接性的群体模式，典型情况例如在宴席上。这种直接性还反映在黄金时代的土地自动出产果实，以及白银时代的人们无法控制自己的冲动。对于黄金时代的人们来说，他们无须借助调和（比如劳动）；对于白银时代的人们来说，他们没有能力借助调和。在《神谱》中，有关提坦的描述恰恰具有相同的特点：没有限制的繁殖和没有节制的暴力。宙斯最终毁灭白银种族，行使司法审判和重新分配特权的职能。因此，白银时代在人类历史里，与神话故事中提坦挫败、宙斯获权的事件相对应。①

相反，英雄种族由宙斯所创造，生活在一个法治的世界里。他们为了“俄狄浦斯的牧群”，或者为了海伦而战（行162－165）。英雄们作为战士的行为是以某种司法需求为基础的，因此

① 英雄种族源于宙斯的创造（和第三种族一样，行158），结束于克洛诺斯的统治（行169－173）。第二第四种族的世界因此存在交错（C. W. Querbach，169－173），并且合并成一个循环。但是，这个循环并不完整，因为克洛诺斯的统治“远离世人，在大地边缘”（行168），只包括一部分英雄。不过也恰恰是这一点才使神话模式既展现我们生活的当前，也展现黑铁种族所启示的未来。

可以表现为某种调解。

在即时与调解的对比上，青铜种族的定位很含糊。他们的行为一方面具有效力意味（他们活着只为阿瑞斯所制造的悲哀战争和无度行径），但是这种效力因为缺乏目的性而显得不完整。他们只是为了战争而战争。

如果以战争性质来定义青铜和英雄这对种族，问题就会简单很多。尤其黄金时代的生存状态恰以和平为特点，两对种族之间因此可以呈现出另一层对比关系：战争与和平。《劳作与时日》的下文也有关于这一对比的叙述。[①] 但这样一来，白银时代的定位就很不明确，因为白银种族的人们主要表现的是 hubris。不过应指出，此处 hubris 并不带战争意味。白银时代的人们只是无法避免让自己的冲动与别人的冲动发生矛盾。

我们可以做出如下总结：黄金和白银两个种族与青铜和英雄两个种族所形成的二元结构里的最基本的对比是快乐享用与战争的对比。正如行 230 – 237 所指，快乐享用是和平的基本内容。快乐享用之相对于战争，在于战争既促进又延迟稍后的快乐享用。从另一种角度来看，这又回到了即时与调解的对比。

正如韦尔南所言，两对种族的内部还存在着 dikè 和 hubris 的对比。这在白银种族、青铜种族和英雄种族都得到体现，但是说到黄金时代的δίκη似乎不很确切。这个时代的人们善良、和平、轻松，为神灵所眷爱（行 119 – 120）。不过应该看到，在自发态度和正义之间存在差别。正义要求平分权利、制订法则、扬善惩恶。黄金时代的人们很有可能平分他们共有的财富，甚而和神一

---

① 行 228 – 229，以及下文对正义城邦的描述。和平相对于战争而言。在黄金时代，由于战争不存在，所以我们当前称为和平的生存状态并没有用“和平”一词定义和命名。这就是为什么我们在对黄金时代的描述中没有找到这个词。

起平分财富，但是他们无须借助正义来调和与他人的关系，就像他们很可能也无须通过献祭来维持与神的关系一样。奥维德如此写道：

> Aurea... aetas quae vindice nullo/sponte sua sine lege fidem rectumque colebat.
>
> 黄金时代的人们，不知何谓压力，自发自愿行事。他们没有法律，诚信就是正义。①

当这个种族被大地埋葬后，他们成为精灵（daimones），守护人类，敦促正义的执行和财富的分配。韦尔南认为他们行使了王者的职能。但是这一职能只存在于他们和有死者，即当前的人类之间的关系。或者说黄金种族行使了典范作用，因为他们的生存模式恰恰反映正义的趋势：一方面，司法仲裁的目的无非是使人能够过上和平善良的生活；另一方面，正义保障城邦的和平，而和平保证有效的工作，因而也就是幸福的生活。

我们还注意到，黄金和白银之间的对比关系远远比第二对种族更为根本。白银种族与黄金种族可谓截然相反。在白银时代，人与人彼此伤害；人不崇拜神，最终受到神的抛弃。相比之下，青铜和英雄之间的对比显得相对化，只与战争内容相关。因此，黄金和白银两个种族相对于其他种族而言具有某种本体论上的优先权。我们了解人类生存状态，恰恰要以这两个种族所规定的两个对比原则为前提。② 这也意味着，只有黄金和白银两个种族在当前的人类世界里还得到荣誉礼物（timè），还是存在的。

黄金和白银之间的连接关系也值得一提。它意味着人类不可

---

① 《变形记》，I，89。

② 见 F. Bamberger，187。

能保持黄金时代的那种完美生存方式。这也是为什么赫西俄德说：

> 随后的第二代种族远不如从前，
> 奥林波斯的居住者所造的白银种族
> 心思和模样全然不像黄金种族。(行 127 – 129)

模样（*φυή*）和心思（*νόημα*）涵盖人类的存在整体，研究者往往会有如下疑问①：此句与行 144 是否相同？

> *Οὐκ ἀργυρέῳ οὐδὲν ὁμοῖον.*
> （青铜种族）全然不像白银种族。

在史诗中*ἐναλίγκιον*和*ὁμοῖον*的用法确实基本一致。② 不过我们还是可以辨认完全否定（行 129）与绝对否定（行 144）之间的微妙区别。赫西俄德利用行 144 的绝对否定，对青铜种族和前面所有种族进行比较。行 158 中的*δικαιότερον καὶ ἄρειον*［更公正更好］只是用来比较英雄种族与青铜种族的差别。我们在之前所做的分析因此很重要。综上所述，五个种族内部存在几种不同的分类法：

> 当前的人类——前四个种族
> 黄金种族——其他不完善的种族
> 前两个种族——其他种族
> 所有以金属署名的种族——英雄种族

---

① M. L. West，187.

② ［译按］两个动词都是“相像”的意思，分别出现在行 129 和行 144。

文本明确指出，白银种族远远不如黄金种族，英雄种族比青铜种族更公正更好。这四个种族因此呈交错状结构：从第一种族到第二种族的衰退，再从第三种族到第四种族的复兴。我们也清楚看到，英雄们在幸福岛的生活（行 167 - 173）是黄金时代的回响，甚至某些用语出现对应关系。幸福岛的叙述犹如恰当的结尾，证实前四个种族自成一个体系的假设。

在这样的基础上，研究者往往还想进一步证明这一体系在实际上是一个循环过程。晚近有关人类种族神话的讨论往往集中在这个问题上。纳吉认为，这是文本的基本特点。但是，循环论在我们看来似乎把问题简单化了。首先，叙事并没有就此中断，还有第五种族。① 其次，诗篇接下来对正义城邦的描述也是黄金时代的另一个回响。诗人想要制造的因此不是循环效应，而是重复效应。何况出发点（指黄金时代）与到达点（指幸福岛）不尽相同。文本以相当微妙的方式混合了两者之间的相似和相异：

首先，英雄只在死后才得到福祉，而黄金时代的人们从一开始就拥有幸福的生活；

其次，这样的福祉只属于一部分英雄，而不是整个英雄种族；

再次，幸福岛的生活远离人（行 167）和神（行 169），并且这种生活与第一代种族不同，黄金种族死后仍留在人间，行使守护精灵的职能；

最后，对于出产谷物的土地的描述也不一样。一边是土地一

① P. Walcot 和 C. W. Querbach 都认为，第五种族是神话原型的附加部分。G. Nagy 对于第五种族的观点不甚明确。他认为这个种族集中了前四个种族的所有特点中的“第五元素”。对于当前的人类来说这无疑是正确的。但是 G. Nagy 没有区别第五种族和神话中的黑铁种族，尤其是他没有解释英雄种族通过第五元素回归黄金种族具有什么样的必要性或特殊含义。

年三次为英雄长出果实，生产的频率是中断性的；① 另一边则和我们在当前世界所看到的全然不同，土地自动慷慨地出产吃不完的果实，生产是连续不断的。

研究者为了论证循环论的观点，除行 167－173 之外，往往还以行 175 为依据："要么先死要么后生！"这句诗文非常隐晦：即使我们不用它来解释神话整体在实际上是对于人类沉沦的叙事，至少在黑铁时代里，同样的沉沦主题是存在的，并且必然存在。研究者大约采用如下三种解释方法：

第一，假定神话时间可循环，黄金时代或英雄时代既属于未来也属于过去（韦尔南、纳吉）。

第二，赫西俄德在某个历史时间里论说。尽管他以悲观态度预言未来，但是美好的明天并非完全不可能。赫西俄德犹如改革家一预言家，预言不幸，同时希望通过预言避免这种不幸（吕达尔）。

第三，对ἢ πρόσθε θανεῖν ἢ ἔπειτα γένεσθαι做出新的理解："任何别的时候，只要不是现在。"（韦尔得纽斯，卫斯特）

吕达尔的研究很有说服力，而且符合我们对于赫西俄德文本内部的神话与论说之间的关系的分析。不过韦尔得纽斯对于第三种解释的论证似乎也明确无疑。② 无论如何，文本没有隐含黄金时代的回归这层意思。何况回归黄金时代意味着回归克洛诺斯的统治，难道宙斯的统治有可能被终止？赫西俄德的文本并没有关

---

① 这与我们所处的世界一样。因为神拥有人所没有的 bios。

② Verdenius，1962，133，注 3。另见《伊利亚特》卷 22 行 432，《奥德赛》卷 6 行 160。不过，θανεῖν的使用加强句子的和谐。赫西俄德并没有说"我但愿自己生活在任何时候，但尤其不是现在"，而是说"我但愿要么先死要么后生"。两种解释法：如果英雄种族和当前人类是连续的，那么这句话意味着生于英雄时代的某些人可能活到黑铁时代；相反，如果两者之间是中断的，那么诗人想要强调的就是英雄是不死的。

于这方面的任何记载。

黄金时代的存在及其位列叙事之首，意味着人类并非只能无可救赎地面临痛苦和暴力；同样，英雄时代揭示人类未来的消极倾向并非不可逆转。在这层意思上，黄金时代可以解释为英雄们的生活的τέλος［目标，意图］。两代种族都有可能充当第五种族的范例。这一点我们将在下文做出解释。

范式的张力

我们刚才重建叙事的内在结构，现在要来看看：为什么这些种族是按照这样的顺序进行连接？它们之间的连接关系体现什么样的必然性（或者什么样的偶然性）？换言之，过去人类种族的叙事如何揭示诗人对于未来的提问？这个问题将帮助我们寻求神话的教诲。

我们如此定义黄金时代的根本特点：不存在任何形式的痛苦以及任何现实人类的局限。这代种族与神的唯一差别是死亡，但是死亡在此显得安详甜蜜（行116）。他们生活在自发丰饶（无须劳作）的大地上，他们的存在基本上是永恒："双手和双脚永是有力。"（行114）

我们无从了解这个种族是如何消失的，事实上这样完美的种族怎么可能消失呢？① 黄金种族的消失纯属偶然。它开创神话叙事的时间性。换言之，黄金时代之所以被理解为过去的时代，是因为叙述故事的是我们这些遭受痛苦、纷争和劳作的当前的人。

黄金时代的人类处于稳定不变的成人状态；相反，白银时代

---

① 柏拉图的《理想国》第8卷："如此建立的城邦不可能改变。但是所有产生的事物终究要面临消亡，哪怕是这样完美的城邦也不能避免。它终有消失的一天。"

的人们经历漫长的成长过程和短暂的成熟阶段。生活不再像一场不散的宴席，持久恒定，而是某种发展演变的过程。此外，白银时代可谓当前人类眼里的“黄金时代”。自从人类开始经历出生、成长等阶段，就不再是大地出产丰盛的果实来抚养人类，而是真正意义上的母亲在哺育婴孩（行 130）。我们甚至不妨说，白银时代的描述揭示黄金时代的真实情况。因为，如果人类始终要由大地母亲来抚养，那只能说明他们事实上还是孩子。因此，叙述人类的起源，也就是叙述演变，以及从一代种族到另一代种族的过渡。

即使白银时代的人类有稳定漫长的童年，他们的最根本特征却表现在一个危机上，即他们必须改变却又无法改变。不妨说，这代种族的真实存在非常短暂，不在他们的童年，而在他们的成人危机。

尽管白银种族在模样（φυή，行 130 – 133）和心思（νόημα，行 133 – 137）上不同于黄金种族，我们却不能排除这样的可能性：这两个种族具有相同的外在生存条件，亦即黄金时代与白银时代的大地同样丰盛。

在这里，φυή［外在肉体］很有可能解释了 νόημα［内在精神］。白银时代的人类全是孩童，无法控制欲望。到了 hèbè［青年］时期，他们不能与他人或诸神建立良好固定的关系。他们的 hubris 并不是因为他们有犯罪倾向，而是因为他们没有能力去遵守法则，甚至没有能力去制订法则。诗中的描述，比如“他们无度强横彼此行恶”（行 134），表明这种态度并不是经得选择或深思熟虑的结果。白银时代的人们没有能力遵循法则，这使他们不可能有共同的生活。与此相反，hubris 对于青铜种族而言是一种内在结果（行 145），到了黑铁时代却是使人获得荣誉礼物（timè）的原因（行 191）。

行 142 指出，白银种族在死后得到尊崇，这意味着什么？从道德或修辞上看，他们似乎配不上这样的殊荣。不过，至少他们没有能够避免死亡的命运（θνητοίς①，行 141）。

纳吉指出，这里的 timè 与黄金时代的 timè 互相补充。前两个种族的死亡因此表现受崇拜的英雄的两个特点：有效地生活在人类世界，死后埋葬于大地之下。② 荣誉礼物（timè）并非一定是神的补偿，它之所以存在于前两个时代，很有可能只是因为这两个种族所具有的半神状态。我们还可以把行 197 - 200 的羞耻（aidôs）和义愤（nemesis）女神拿来做比较。黄金时代的人类死后成为精灵，加入三万个神灵行列，守护着人类的世界（行 252 - 255），他们代表羞耻神的形象。羞耻使人避免触犯法则和禁忌。宙斯对白银时代的人类的惩罚则反映义愤神的职能。因此，人类世界的秩序是 philia［友爱］和 neiko［纷争］之间的平衡结果。在这层意思上，我们可以说，白银时代的人们在神话叙事里扮演类似给孩子们讲的罪与罚的故事中的坏人。他们作为最初的违反者得到重视，并且成为反面典型。因此，黄金种族和白银种族建立人类最早的善与恶的典型，可谓范式内部的第一个范式。

白银时代的自发混乱的争执与暴力，在青铜时代转变为自愿而有组织性的战争。我们已经注意到，这个种族的生存意义完全在于他们为战争服务，但是他们的服务由于缺乏目的性而显得矛盾而令人费解。正是在这一点上构筑了他们与第四代的英雄之间的最根本区别（行 163、165）。“他们五谷不食，却又心硬如铁石。”（行 146）我们应该从生理学而不是从人种学的角度③来理解这行诗的前半部分。后半句同时也对前半句做出解释：这些青铜时代的战士不需

---

① Peppmüller 改为θνητοίς，马松保留这种做法。但我们认为这不可取，因为不符合语法要求。

② G. Nagy，1979，151 - 154；另见 F. Bamberger，446。

③ M. L. 卫斯特的分析从这种角度出发，并在上世纪得到普遍认可。另见 F. Bamberger。

要恢复元气，可以整天不断厮杀。诗人由此定义他们的生理特征。《伊利亚特》中，阿喀琉斯不愿意耽误时间，想要坚持战争，就好像阿开亚人也和青铜时代的人类一样。奥德修斯于是对他说，战士们需要吃饱喝足才能有足够的勇气和力量（卷19行154-170）：

> 一个人不可能空着肚子整天不断地
> 同敌人作战，一直杀到太阳下山。（卷19行162-163）

相反，青铜时代的人们始终保持着奥德修斯在同一章节所描述的那种精力旺盛的状态：

> 他胸中的心力勇猛不衰，全身肢节
> 坚韧不乏，直到战争完全结束。（卷19行169-170）

这个特征使青铜种族和黄金种族有几分相似，因为他们始终有饱足感。不过青铜种族的人类只是不会饥饿，却不像黄金时代的人们那样可以享受宴席的快乐。另外，这个优点也只为战争服务。这也是为什么他们不需要粮食，但却需要工作（行151）。研究者通常把*εἰϱγάζοντο*释为“劳作”，韦尔南认为这个用法不合常理，甚而自相矛盾。① 我们认为，最好是解释为普遍意义的“工作”（不是耕作五谷，而是生产武器等等）。如果我们愿意，甚至还可以想象成诸如伊阿宋、卡德摩斯等英雄所完成的神奇功勋，不过，这样的解释只能纯属偶然。

这个只为战争而活的种族也不能避免死亡。梅利耶（Claude Meillier）② 指出，他们死后没有留下姓名（*νώνυμνοι*）。根据传

① J. P. Vernant (1960), 34.

② C. Meillier, *νώνυμνοι dans le mythe hésiodque des races* (*Travaux*, v. 106-201), in *L'Univers épique*, M. Woronoff ed., Besançon, 1991, 105-128.

统，这意味着他们是自杀者。此外σφετέρῃσι（行152）的语意含糊。不过我们可以参考《伊利亚特》卷12行70波吕达马斯所说的话："让阿开亚人远离阿尔戈斯，死而不留下姓名（νώνυμνοις）。"波吕达马斯实际上是希望阿开亚人的英雄身份不被承认。①

荷马诗中的英雄受到丧失kleos的威胁；同样，赫西俄德也是以kleos为基础确立青铜时代和英雄时代的对比关系。正如卢梭（Philippe Rousseau）所言，青铜种族消失并为英雄种族所代替（行156），诗人使用和黄金种族、白银种族从生前存在过渡到死后英雄化（行121和行140）一样的用语。我们认为，英雄种族代表青铜种族在史诗传统中以kleos为形式的存在。② 也就是说，这两个种族在叙事里实为同一个种族，或者至少表现同一外在条件下的两种生存方式（如同前两个种族）。纳吉③揭示荷马诗中的英雄的矛盾，他们的优点往往具有毁灭性的暴力倾向。因此，青铜时代的人类在史诗中作为典范得到歌颂；但在现实中，依据赫西俄德的观点，他们的行为有害无益。

我们在上文已经提到有关英雄种族的种种例外现象。他们没有用金属署名，不具有奇异的形态特点。这也恰恰使他们更接近当前的人类。事实上，英雄种族没有受到某种自然本质的绝对限定。英雄们代表这样一种人类，他们有能力限定自己的道德行为

---

① 两种解释可以互相补充。赫西俄德可能是借用与自杀者有关的习俗来解释kleos的丧失。

② 《伊利亚特》卷12行23，这是荷马唯一把英雄称作"半神"的地方。有趣的是，荷马和赫西俄德都在现在思考英雄的消失，他们所思考的对象已经不存在于现实中，而只能存在于他们的作品中。参Nagy，1979，160。因此，此处的καλέονται有"崇拜"之意，参照行141的相似用法。

③ 尤其分析阿喀琉斯的章节（69－83）。Nagy揭示阿喀琉斯的所有特点，作为痛苦和暴力的英雄，他是特洛亚人和希腊人的不幸的媒介（页77）。

和历史行为，所以他们更公正更好（行158）。他们的公正在于他们的行为以重建正义为目的，这也说明在英雄的时代已经存在需要分配的财富以及分配原则。英雄的存在由于这种使命而具有某种意义上的完美（aretè）。

但是英雄的行为却也受到诸多限制。从某种意义上来说，他们继承前几个种族的生存条件。他们的任务是尽量使人类回归黄金时代的完美。此处说的尽量，意在正义。不过正义又能何处容身？英雄的世界充满各种矛盾，战争作为建立正义的手段，恰恰也是摧毁正义的威胁所在。

英雄主义不能解决问题。不过，《劳作与时日》的听话人佩耳塞斯恰恰表现史诗传统的价值体系。正如纳吉①所指，*Πέρση*［佩耳塞斯］与*πέρυω*、*πέρσις*相关联，从字面上可解释为“城邦的暴力摧毁者”。只有在神话之外，我们才能找到赫西俄德的论说的深层涵义。

结论：在与行

我们在上文分析不同种族之间的连接和过渡：

首先，白银种族似乎是黄金种族在某种形式上的再现；

其次，暴力在白银—青铜—英雄三个种族经历自发—组织—目的的发展过程；

最后，从英雄到当前的人类过渡没有体现类似的发展过程。在这样的前提下，当前的人类存在显得偶然。②

相反，前四个种族所组成的范式使我们能够理解黑铁种族。如

---

① G. Nagy, *Greek Mythology and Poetics*, 74.

② 这也是行173和行174之间的中断的意义所在。

果说范式描述人类生存条件的所有确定的可能性，那么黑铁种族补充最后一种可能性，亦即绝对的不确定性（absolue indétermination），从而为范式画上句号。人类在渐渐疏远神的同时也渐渐丧失自己的存在，因为在人类的天性里具有无限也就是 hubris 这个倾向。如果人类听凭自己的命运进入黑铁时代，也就是走向毁灭，那么这个时代就可以列入范式之中。但是英雄的故事恰恰揭示，历史发展趋势并非不可逆转。当前的第五代人类因此面临未来的两种可能性。

面临 hubris 的威胁，人类唯一可以避免毁灭（或如赫西俄德所言，“彼此吞食”，行 276－280）的方法是尊重法则，也就是正义。

事实上，正义必不可少。如果说神的存在是完满，人类的存在则是残缺。我们可以根据残缺和快乐享用的状况来定义前三个种族：

第一，黄金种族拥有完全的快乐享用。大地赐予他们无尽的食物，他们一生都在不散的宴席上度过。

第二，白银种族尽管同样拥有大地的赐赠，但是由于他们自以为是的 hubris 而经历残缺。与潘多拉神话不同的是，此处的残缺不是神的惩罚，而是人类自身无度的结果。

第三，青铜种族不缺乏什么（他们不需恢复精力），但他们也不享有任何乐趣。

英雄种族乍看之下似乎没有体现相关的内容。不过我们可以这么认为，英雄的任务是在遵循正义法则的基础上保持残缺与快乐享用之间的平衡。这样的任务是英雄式的，同时也是令人绝望的，因为英雄穷尽心力却无济于事，并且随时受到 hubris 的威胁。他们只有在死后才得到休息和快乐。

英雄模式因此行不通。对于当前人类而言，英雄只是叙事里的形象，英雄的时代是已经过去的时代。换言之，英雄的问题与当前人类所面临的问题相似，却不再相同。他们的优点在黑铁时代的风暴中毫无用途，他们的生活方式也只能使人类走向毁灭和死亡。英雄的世界是纷争的世界，从此善永远离开，自我膨胀的欲望最终导致抢劫和暴力。

相反，在当前人类所生活的世界里，劳动创造财富。人们有可能发展自己而不损害他人。赫西俄德在描述两种不和神（行 11－26）时也揭示这一点。

当前的人类从而具有比英雄们更有利的生存条件。英雄们为了正义必须付出生命。在当前世界里，正义允许人类期望繁荣和幸福。行 225－237 描述正义城邦，是黄金时代的又一欢回响：

> 他们在节庆中享用劳作收成。（行 231，参照行 115、119）
>
> 饶沃的土地长满果实。（行 237，参照行 117、173）①

当前的人类因此和白银种族一样，同时经历残缺和快乐享用。不同的是，快乐享用是白银种族的生存条件，残缺由他们自己的行为所造成；而当前人类的生存条件是残缺，但我们有能力通过自己的行为创造财富和快乐。

单纯从存在的角度来看，当前人类的生存条件最恶劣。叙事呈现各种存在的可能性，只有最后一代种族不是一种存在，而更多地体现为残缺，甚而毁灭。然而，也恰恰因为这样，这个种族的存在可以通过行动也就是创造得到实现。

诗人赞美创造性的劳动，也便是争取未来的救赎。劳作在神话叙事里往往意味着危险和毁灭，在此却得到积极的神话意义。从此，时间成为期限（la durée），记录着人类的创造性劳动。《劳作与时日》恰恰是在叙述劳作时日中结束诗篇。

---

① 不过，μεμηλότα导致不同的重要结果：在这里快乐是劳动的果实。同一章节里正义城邦对比黑铁时代："妇人生养酷似父亲的孩子"（行 235，对比行 182）；对比英雄时代："不用驾船远航"（行 229，对比行 164）。

再版后记

这本书是我第一次学翻译的习作。有机会在十年后重订再版，庆幸之外，心中别有感触。

今天看来，翻译这样一本书对初习者是太大的挑战。无论学问素养，还是翻译技巧，我都很欠缺。所幸一路有良师指引，使我少走许多弯路。书中处处可见刘小枫老师无私教诲的印迹。从篇目的选定编排，到译文细节的处理；从思想方法的启发，到汉语写作的点拨。这本书是充满感谢的起点。

此次重订，除量力改过诸多错处乃至重译若干段落之外，凡赫西俄德引文一律依照译者在十年间完成的《神谱笺释》和《劳作与时日笺释》两个译本。学术译作没法像对待文学作品般雕琢字句，此次重订以勘误为准，唯望新本更方便读者参考。书中不当之处，盼方家指正。

吴雅凌

记于 2014 年 5 月 23 日

重订于 2020 年秋天

图书在版编目（CIP）数据

赫西俄德：神话之艺 /（法）居代·德拉孔波编；吴雅凌译. --北京：华夏出版社有限公司，2021.7
（西方传统：经典与解释）
ISBN 978-7-5222-0085-9

Ⅰ.①赫… Ⅱ.①居… ②吴… Ⅲ.①赫西俄德（前 700）－诗歌研究 Ⅳ.①I198.407.2

中国版本图书馆 CIP 数据核字(2020)第 256561 号

赫西俄德：神话之艺

编　　者　[法] 居代·德拉孔波
译　　者　吴雅凌
责任编辑　刘雨潇
责任印制　刘　洋

出版发行　华夏出版社有限公司
经　　销　新华书店
印　　装　北京汇林印务有限公司
版　　次　2021 年 7 月北京第 1 版
　　　　　2021 年 7 月北京第 1 次印刷
开　　本　880×1230　1/32
印　　张　10.125
字　　数　245 千字
定　　价　85.00 元

华夏出版社有限公司　地址：北京市东直门外香河园北里 4 号　邮编：100028
网址：www.hxph.com.cn　电话：(010) 64663331(转)

西方传统：经典与解释

Classici et Commentarii

HERMES

刘小枫◎主编

古今丛编

克尔凯郭尔 [美]江思图 著

货币哲学 [德]西美尔 著

孟德斯鸠的自由主义哲学 [美]潘戈 著

莫尔及其乌托邦 [德]考茨基 著

试论古今革命 [法]夏多布里昂 著

但丁：皈依的诗学 [美]弗里切罗 著

在西方的目光下 [英]康拉德 著

大学与博雅教育 董成龙 编

探究哲学与信仰 [美]郝岚 著

民主的本性 [法]马南 著

梅尔维尔的政治哲学 李小均 编/译

席勒美学的哲学背景 [美]维塞尔 著

果戈里与鬼 [俄]梅列日科夫斯基 著

自传性反思 [美]沃格林 著

黑格尔与普世秩序 [美]希克斯 等著

新的方式与制度 [美]曼斯菲尔德 著

科耶夫的新拉丁帝国 [法]科耶夫 等著

《利维坦》附录 [英]霍布斯 著

或此或彼(上、下) [丹麦]基尔克果 著

海德格尔式的现代神学 刘小枫 选编

双重束缚 [法]基拉尔 著

古今之争中的核心问题 [德]迈尔 著

论永恒的智慧 [德]苏索 著

宗教经验种种 [美]詹姆斯 著

尼采反卢梭 [美]凯斯·安塞尔-皮尔逊 著

舍勒思想评述 [美]弗林斯 著

诗与哲学之争 [美]罗森 著

神圣与世俗 [罗]伊利亚德 著

但丁的圣约书 [美]霍金斯 著

古典学丛编

赫西俄德的宇宙 [美]珍妮·施特劳斯·克莱 著

论王政 [古罗马]金嘴狄翁 著

论希罗多德 [古罗马]卢里叶 著

探究希腊人的灵魂 [美]戴维斯 著

尤利安文选 马勇 编/译

论月面 [古罗马]普鲁塔克 著

雅典谐剧与逻各斯 [美]奥里根 著

菜园哲人伊壁鸠鲁 罗晓颖 选编

《劳作与时日》笺释 吴雅凌 撰

希腊古风时期的真理大师 [法]德蒂安 著

古罗马的教育 [英]葛怀恩 著

古典学与现代性 刘小枫 编

表演文化与雅典民主政制
[英]戈尔德希尔、奥斯本 编

西方古典文献学发凡 刘小枫 编

古典语文学常谈 [德]克拉夫特 著

古希腊文学常谈 [英]多佛 等著

撒路斯特与政治史学 刘小枫 编

希罗多德的王霸之辨 吴小锋 编/译

第二代智术师 [英]安德森 著

英雄诗系笺释 [古希腊]荷马 著

统治的热望 [美]福特 著

论埃及神学与哲学 [古希腊]普鲁塔克 著

凯撒的剑与笔 李世祥 编/译

伊壁鸠鲁主义的政治哲学
[意]詹姆斯·尼古拉斯 著

修昔底德笔下的人性 [美]欧文 著

修昔底德笔下的演说 [美]斯塔特 著

古希腊政治理论 [美]格雷纳 著

神谱笺释 吴雅凌 撰

赫西俄德：神话之艺
[法]居代·德拉孔波 编

赫拉克勒斯之盾笺释 罗逍然 译笺

《埃涅阿斯纪》章义 王承教 选编

维吉尔的帝国 [美]阿德勒 著

塔西佗的政治史学 曾维术 编

古希腊诗歌丛编

古希腊早期诉歌诗人 [英]鲍勒 著

诗歌与城邦 [美]费拉格、纳吉 主编

阿尔戈英雄纪（上、下）
[古希腊]阿波罗尼俄斯 著

俄耳甫斯教祷歌 吴雅凌 编译

俄耳甫斯教辑语 吴雅凌 编译

古希腊肃剧注疏集

希腊肃剧与政治哲学 [美]阿伦斯多夫 著

古希腊礼法研究

宙斯的正义 [英]劳埃德-琼斯 著

希腊人的正义观 [英]哈夫洛克 著

廊下派集

剑桥廊下派指南 [加]英伍德 编

廊下派的苏格拉底 程志敏 徐健 选编

廊下派的神和宇宙 [墨]里卡多·萨勒斯 编

廊下派的城邦观 [英]斯科菲尔德 著

希伯莱圣经历代注疏

希腊化世界中的犹太人 [英]威廉逊 著

第一亚当和第二亚当 [德]朋霍费尔 著

新约历代经解

属灵的寓意 [古罗马]俄里根 著

基督教与古典传统

保罗与马克安 [德]文森 著

加尔文与现代政治的基础 [美]汉考克 著

无执之道 [德]文森 著

恐惧与战栗 [丹麦]基尔克果 著

托尔斯泰与陀思妥耶夫斯基
[俄]梅列日科夫斯基 著

论宗教大法官的传说 [俄]罗赞诺夫 著

海德格尔与有限性思想（重订版）
刘小枫 选编

上帝国的信息 [德]拉加茨 著

基督教理论与现代 [德]特洛尔奇 著

亚历山大的克雷芒 [意]塞尔瓦托·利拉 著

中世纪的心灵之旅 [意]圣·波纳文图拉 著

德意志古典传统丛编

论荷尔德林 [德]沃尔夫冈·宾德尔 著

彭忒西勒亚 [德]克莱斯特 著

穆佐书简 [奥]里尔克 著

纪念苏格拉底——哈曼文选 刘新利 选编

夜颂中的革命和宗教 [德]诺瓦利斯 著

大革命与诗化小说 [德]诺瓦利斯 著

黑格尔的观念论 [美]皮平 著

浪漫派风格——施勒格尔批评文集 [德]施勒格尔 著

美国宪政与古典传统

美国1787年宪法讲疏 [美]阿纳斯塔普罗 著

启蒙研究丛编

浪漫的律令 [美]拜泽尔 著

现实与理性 [法]科维纲 著

论古人的智慧 [英]培根 著

托兰德与激进启蒙 刘小枫 编

图书馆里的古今之战 [英]斯威夫特 著

政治史学丛编

克服历史主义 [德]特洛尔奇 等著

胡克与英国保守主义 姚啸宇 编

古希腊传记的嬗变 [意]莫米利亚诺 著

伊丽莎白时代的世界图景 [英]蒂利亚德 著

西方古代的天下观 刘小枫 编

从普遍历史到历史主义 刘小枫 编

自然科学史与玫瑰 [法]雷比瑟 著

地缘政治学丛编

克劳塞维茨之谜 [英]赫伯格-罗特 著

太平洋地缘政治学 [德]卡尔·豪斯霍弗 著

荷马注疏集

不为人知的奥德修斯 [美]诺特维克 著

模仿荷马 [美]丹尼斯·麦克唐纳 著

品达注疏集

幽暗的诱惑 [美]汉密尔顿 著

欧里庇得斯集

自由与僭越 罗峰 编译

阿里斯托芬集

《阿卡奈人》笺释 [古希腊]阿里斯托芬 著

色诺芬注疏集

居鲁士的教育 [古希腊]色诺芬 著

色诺芬的《会饮》 [古希腊]色诺芬 著

柏拉图注疏集

挑战戈尔戈 李致远 选编

论柏拉图《高尔吉亚》的统一性 [美]斯托弗 著

立法与德性——柏拉图《法义》发微 林志猛 编

柏拉图的灵魂学 [加]罗宾逊 著

柏拉图书简 彭磊 译注

克力同章句 程志敏 郑兴凤 撰

哲学的奥德赛——《王制》引论 [美]郝兰 著

爱欲与启蒙的迷醉 [美]贝尔格 著

为哲学的写作技艺一辩 [美]伯格 著

柏拉图式的迷宫——《斐多》义疏 [美]伯格 著

哲学如何成为苏格拉底式的 [美]朗佩特 著

苏格拉底与希琵阿斯 王江涛 编译

理想国 [古希腊]柏拉图 著

谁来教育老师 刘小枫 编

立法者的神学 林志猛 编

柏拉图对话中的神 [法]薇依 著

厄庇诺米斯 [古希腊]柏拉图 著

智慧与幸福 程志敏 选编

论柏拉图对话 [德]施莱尔马赫 著

柏拉图《美诺》疏证 [美]克莱因 著

政治哲学的悖论 [美]郝岚 著

神话诗人柏拉图 张文涛 选编

阿尔喀比亚德 [古希腊]柏拉图 著

叙拉古的雅典异乡人 彭磊 选编

阿威罗伊论《王制》 [阿拉伯]阿威罗伊 著

《王制》要义 刘小枫 选编

柏拉图的《会饮》 [古希腊]柏拉图 等著

苏格拉底的申辩（修订版） [古希腊]柏拉图 著

苏格拉底与政治共同体 [美]尼柯尔斯 著

政制与美德——柏拉图《法义》疏解 [美]潘戈 著

《法义》导读 [法]卡斯代尔·布舒奇 著

论真理的本质 [德]海德格尔 著

哲人的无知 [德]费勃 著

米诺斯 [古希腊]柏拉图 著

情敌 [古希腊]柏拉图 著

亚里士多德注疏集

《诗术》译笺与通绎 陈明珠 撰

亚里士多德《政治学》中的教诲 [美]潘戈 著

品格的技艺 [美]加佛 著

亚里士多德哲学的基本概念 [德]海德格尔 著

《政治学》疏证 [意]托马斯·阿奎那 著

尼各马可伦理学义疏 [美]伯格 著

哲学之诗 [美]戴维斯 著

对亚里士多德的现象学解释 [德]海德格尔 著

城邦与自然——亚里士多德与现代性 刘小枫 编

论诗术中篇义疏 [阿拉伯]阿威罗伊 著

哲学的政治 [美]戴维斯 著

普鲁塔克集

普鲁塔克的《对比列传》 [英]达夫 著

普鲁塔克的实践伦理学 [比利时]胡芙 著

阿尔法拉比集

政治制度与政治箴言 阿尔法拉比 著

马基雅维利集

君主及其战争技艺 娄林 选编

莎士比亚绎读

莎士比亚的政治智慧 [美] 伯恩斯 著

脱节的时代 [匈]阿格尼斯·赫勒 著

莎士比亚的历史剧 [英]蒂利亚德 著

莎士比亚戏剧与政治哲学 彭磊 选编

莎士比亚的政治盛典 [美]阿鲁里斯/苏利文 编

丹麦王子与马基雅维利 罗峰 选编

洛克集

上帝、洛克与平等 [美]沃尔德伦 著

卢梭集

论哲学生活的幸福 [德]迈尔 著

致博蒙书 [法]卢梭 著

政治制度论 [法]卢梭 著

哲学的自传 [美]戴维斯 著

文学与道德杂篇 [法]卢梭 著

设计论证 [美]吉尔丁 著

卢梭的自然状态 [美]普拉特纳 等著

卢梭的榜样人生 [美]凯利 著

莱辛注疏集

汉堡剧评 [德]莱辛 著

关于悲剧的通信 [德]莱辛 著

《智者纳坦》(研究版) [德]莱辛 等著

启蒙运动的内在问题 [美]维塞尔 著

莱辛剧作七种 [德]莱辛 著

历史与启示——莱辛神学文选 [德]莱辛 著

论人类的教育 [德]莱辛 著

尼采注疏集

何为尼采的扎拉图斯特拉 [德]迈尔 著

尼采引论 [德]施特格迈尔 著

尼采与基督教 刘小枫 编

尼采眼中的苏格拉底 [美]丹豪瑟 著

尼采的使命 [美]朗佩特 著

尼采与现时代 [美] 朗佩特 著

动物与超人之间的绳索 [德]A.彼珀 著

施特劳斯集

苏格拉底与阿里斯托芬

论僭政(重订本) [美]施特劳斯 [法]科耶夫 著

苏格拉底问题与现代性(增订本)

犹太哲人与启蒙(增订本)

霍布斯的宗教批判

斯宾诺莎的宗教批判

门德尔松与莱辛

哲学与律法——论迈蒙尼德及其先驱

迫害与写作艺术

柏拉图式政治哲学研究

论柏拉图的《会饮》

柏拉图《法义》的论辩与情节

什么是政治哲学

古典政治理性主义的重生(重订本)

回归古典政治哲学——施特劳斯通信集

***

施特劳斯的持久重要性 [美]朗佩特 著

论源初遗忘 [美]维克利 著

政治哲学与启示宗教的挑战 [德]迈尔 著

阅读施特劳斯 [美]斯密什 著

施特劳斯与流亡政治学 [美]谢帕德 著

隐匿的对话 [德]迈尔 著

驯服欲望 [法]科耶夫 等著

施米特集

宪法专政 [美]罗斯托 著

施米特对自由主义的批判 [美]约翰·麦考米克 著

伯纳德特集

古典诗学之路(第二版) [美]伯格 编

弓与琴(重订本) [美]伯纳德特 著

神圣的罪业 [美]伯纳德特 著

布鲁姆集

巨人与侏儒(1960-1990)

人应该如何生活——柏拉图《王制》释义

爱的设计——卢梭与浪漫派

爱的戏剧——莎士比亚与自然

爱的阶梯——柏拉图的《会饮》

伊索克拉底的政治哲学

沃格林集

自传体反思录 [美]沃格林 著

大学素质教育读本

古典诗文绎读 西学卷·古代编(上、下)

古典诗文绎读 西学卷·现代编(上、下)

柏拉图读本(刘小枫 主编)

吕西斯 贺方婴 译

苏格拉底的申辩 程志敏 译

中国传统：经典与解释

Classici et Commentarii

经典与解释

刘小枫　陈少明◎主编

知圣篇 / 廖平 著

《孔丛子》训读及研究 / 雷欣翰 撰

论语说义 / [清]宋翔凤 撰

周易古经注解考辨 / 李炳海 著

图象几表 / [明]方以智 编

浮山文集 / [明]方以智 著

药地炮庄 / [明]方以智 著

药地炮庄笺释 · 总论篇 / [明]方以智 著

青原志略 / [明]方以智 编

冬灰录 / [明]方以智 著

冬炼三时传旧火 / 邢益海 编

《毛诗》郑王比义发微 / 史应勇 著

宋人经筵诗讲义四种 / [宋]张纲 等撰

道德真经取善集 / [金]李霖 编撰

道德真经藏室纂微篇 / [宋]陈景元 撰

道德真经四子古道集解 / [金]寇才质 撰

皇清经解提要 / [清]沈豫 撰

经学通论 / [清]皮锡瑞 著

松阳讲义 / [清]陆陇其 著

起凤书院答问 / [清]姚永朴 撰

周礼疑义辨证 / 陈衍 撰

《铎书》校注 / 孙尚扬　肖清和 等校注

韩愈志 / 钱基博 著

论语辑释 / 陈大齐 著

《庄子 · 天下篇》注疏四种 / 张丰乾 编

荀子的辩说 / 陈文洁 著

古学经子 / 王锦民 著

经学以自治 / 刘少虎 著

从公羊学论《春秋》的性质 / 阮芝生 撰

刘小枫集

城邦人的自由向往

民主与政治德性

昭告幽微

以美为鉴

古典学与古今之争 [增订本]

这一代人的怕和爱 [第三版]

沉重的肉身 [珍藏版]

圣灵降临的叙事 [增订本]

罪与欠

儒教与民族国家

拣尽寒枝

施特劳斯的路标

重启古典诗学

设计共和

现代人及其敌人

海德格尔与中国

共和与经纶

现代性与现代中国

现代性社会理论绪论

诗化哲学 [重订本]

拯救与逍遥 [修订本]

走向十字架上的真

西学断章

编修 [博雅读本]

凯若斯：古希腊语文读本 [全二册]

古希腊语文学述要

雅努斯：古典拉丁语文读本

古典拉丁语文学述要

危微精一：政治法学原理九讲

琴瑟友之：钢琴与古典乐色十讲

译著

普罗塔戈拉（详注本）

柏拉图四书

经典与解释辑刊

1 柏拉图的哲学戏剧
2 经典与解释的张力
3 康德与启蒙
4 荷尔德林的新神话
5 古典传统与自由教育
6 卢梭的苏格拉底主义
7 赫尔墨斯的计谋
8 苏格拉底问题
9 美德可教吗
10 马基雅维利的喜剧
11 回想托克维尔
12 阅读的德性
13 色诺芬的品味
14 政治哲学中的摩西
15 诗学解诂
16 柏拉图的真伪
17 修昔底德的春秋笔法
18 血气与政治
19 索福克勒斯与雅典启蒙
20 犹太教中的柏拉图门徒
21 莎士比亚笔下的王者
22 政治哲学中的莎士比亚
23 政治生活的限度与满足
24 雅典民主的谐剧
25 维柯与古今之争
26 霍布斯的修辞
27 埃斯库罗斯的神义论
28 施莱尔马赫的柏拉图
29 奥林匹亚的荣耀
30 笛卡尔的精灵
31 柏拉图与天人政治
32 海德格尔的政治时刻
33 荷马笔下的伦理
34 格劳秀斯与国际正义
35 西塞罗的苏格拉底
36 基尔克果的苏格拉底
37 《理想国》的内与外
38 诗艺与政治
39 律法与政治哲学
40 古今之间的但丁
41 拉伯雷与赫尔墨斯秘学
42 柏拉图与古典乐教
43 孟德斯鸠论政制衰败
44 博丹论主权
45 道伯与比较古典学
46 伊索寓言中的伦理
47 斯威夫特与启蒙
48 赫西俄德的世界
49 洛克的自然法辩难
50 斯宾格勒与西方的没落
51 地缘政治学的历史片段
52 施米特论战争与政治
53 普鲁塔克与罗马政治
54 罗马的建国叙述
55 亚历山大与西方的大一统
56 马西利乌斯的帝国
57 全球化在东亚的开端
58 弥尔顿与现代政治